블루가드 *blue guard*

초판 1쇄 찍은 날 § 2009년 8월 14일
초판 4쇄 펴낸 날 § 2012년 8월 30일

지은이 § 장소영
펴낸이 § 서경석

펴낸곳 § 도서출판 청어람
등록번호 § 제1081-1-89호
등록일자 § 1999. 5. 31
어람번호 § 제5-0239호

주소 § 경기도 부천시 원미구 심곡 2동 163-2 서경B/D 3F (우) 420-822
전화 § 032-656-4452 팩스 § 032-656-4453
http://www.chungeoram.com
E-mail § chungeoram@chungeoram.com

ⓒ 장소영, 2009

ISBN 978-89-251-1900-7 03810

※ 파본은 구입하신 서점에서 교환하여 드립니다.
※ 저자와 협의하여 인지를 붙이지 않습니다.
※ 이 책은 도서출판 청어람과 저작자의 계약에 의해 출판된 것이므로,
  무단 전재 및 유포 · 공유를 금합니다.

Chungeoram romance novel

blue
SUMMER
블루가드

장소영 지음

quard

도서출판 청어람

목차

프롤로그 / 7
1. 원수(?)는 외나무다리에서 만난다 / 26
2. 여름해양경찰서? No! 여름도떼기시장 / 67
3. 그녀는 4차원. 떠나자! 미지의 세계로 / 101
4. Go, Go! 특진! / 148
5. 한 발 가까이 / 186
6. 열녀문 / 222
7. 해변의 축제 / 265
8. 사랑과 우정 사이는 종이 한 장 차이 / 300
9. 꼼짝 마! 나, 사랑에 빠진 경찰이야! / 333
10. 달콤한 박 순경 / 373
11. 사랑에 규정 속도란 없다. 고로, 속도위반은 성립되지 않는다! / 409
에필로그 / 454

프롤로그

타타타탁탁탁탁.

빠른 발걸음 소리가 어지럽게 울렸다. 파도에 흔들리는 선체를 따라 발자국 소리가 급하게 흔들리고 그보다 더 큰 바람 소리는 당장이라도 모든 것을 집어삼킬 듯 사나웠다.

삐이이! 삐이! 삐이!

복도를 가득 울리는 비상벨 소리는 안 그래도 긴박하게 돌아가는 상황을 더욱 심각하게 어지럽히고 있었다.

[선박 전복 사고 발생! 반복한다. 선박 전복 사고 발생!]

시끄러운 사이렌 소리와 거친 바람 소리, 발걸음을 움직이기조차 힘들 만큼 흔들리는 선체를 따라 어두운 긴장감은 팽팽하게 조여지고 있었다.

"강 경사, 왔어? 안 왔어?"

고함을 지르는 함장의 추궁에 옆에 서 있던 경사가 서둘러 대답했다.

"아직입니다."

"뭐 하느라 이렇게 꾸물거려! 다시 방송 때려!"

"예! 알겠습니다."

죄없는 부하에게 소리를 버럭 지르고 함장은 다시 바다로 시선을 주었다. 족히 4m는 되어 보이는 파도와 어두운 하늘, 모든 것을 날려 버릴 듯 으르렁거리는 바람까지…… 평범한 상황이 아니었다. 게다가 라디오에서는 풍랑주의보까지 내려진다고 하니 상황은 평범함을 넘어 위험한 수준까지 올라가고 있었다.

덜컹!

긴장감이 흐르는 조타실의 문이 열리자 그 입구에 서 있던 경사가 재빨리 함장을 불렀다.

"함장님, 강세종 경삽니다."

함장은 고개를 휙 돌려 이제 막 조타실로 들어서는 강 경사를 노려보는 순간 대뜸 고함부터 질렀다.

"뭐 하느라 이렇게 늦어! 비상벨 울린 게 언젠데!"

비상벨이 울린 지 겨우 1분 정도밖에 지나지 않은 시간이었지만 함장은 그 시간의 흐름조차 가늠하지 못했다. 그만큼 상황이

급박했다.

"엔진룸에 문제가 있어서 좀 도와주고 있었습니다."

그러자 함장이 다시 소리를 질렀다.

"그걸 왜 자네가 하나! 아, 그건 됐고! 당장 출동 준비해야겠어."

세종은 함장의 손짓을 따라 GPS로 다가섰다.

"이 지점이야. 방금 풍랑주의보가 내려졌다. 다른 선원들은 모두 구조되었고, 현재 전복된 선박 안에 남아 있는 선원은 한 명이야."

함장의 목소리가 불안하게 흔들렸다. 그만큼 상황이 심상치가 않다는 의미였다.

"지금 당장 출동하겠습니다."

잠시 강 경사를 쳐다보던 함장도 고개를 끄덕이고 뒤에 서 있는 경위에게 명령했다.

"쾌속정 내려!"

"알겠습니다."

함장이 다시 세종을 쳐다보았다.

"조심해. 무모한 행동은 절대 용납 못해. 알았나?"

함장은 심상치 않은 바람과 파도를 보며 인상을 썼다. 아직 배에 갇혀 있다는 선원을 무사히 구출해 낸다면 천만다행이겠지만 지금 같은 악천후에서 다른 인명 피해가 발생하지 않도록 하는 것이 최선이었다.

"예. 알겠습니다."

하지만 강세종 경사는 함장의 그런 걱정을 알고나 있는 것인지, 곧장 몸을 돌려 조타실을 빠져나갔다.

"후우."

함장은 세종의 뒷모습을 보며 걱정스러운 한숨을 내쉬었다. 임무 앞에서는 물불을 가리지 않는 대원이라 더 걱정이 되었다. 사명감도 좋고, 책임감도 좋지만 불도저처럼 밀어붙이는 것도 상황을 봐가면서 해야 한다. 지금 같은 악천후에서는 명확한 판단과 결정력이 우선이다. 하지만 강세종 경사는 그런 면에서는 후한 점수를 줄 수 없었다. 자신에게 주어진 임무완수에만 집중하는 놈이라 상황이 힘들수록 통제하기가 더욱더 힘이 들었다.

해경으로서의 자부심과 능력으로만 본다면 100점 만점이겠지만 지휘관으로서 저런 부하는 조금 부담스러운 것이 솔직한 심정이었다.

함장의 눈이 창밖으로 보이는 해양특수기동대원들에게로 향했다. 강세종 경사를 포함한 해경특수기동대원 네 명이 흔들리는 쾌속정으로 승선하고 있었다.

땅! 땅! 땅!
철썩!
두꺼운 철제 바닥을 사정없이 내리친 것이 벌써 10분째였다.

파도는 더 높아지고 바람은 더욱더 거세게 불었다. 뒤집힌 선체 위에서 아슬아슬하게 중심을 잡고 어창, 여기저기를 망치로 두들기며 혹시 배 안 깊숙이에서 들려올 희망의 신호에 신경을 곤두세우고 있었다.

치이익! 치익.

함정에 배치되어 출항한 지 겨우 일주일밖에 안 된 초보 대원 이 순경은 다른 대원들과 달리 쾌속정을 지키며 대원들과 연결된 줄을 잡고 있었다. 더불어, 끊임없이 이쪽의 상황을 물어오는 함장과의 교신도 그의 임무 중 하나였다. 때마침, 무전기에서 함장의 목소리가 터져 나왔다.

"여기는 쾌속정. 다시 말씀해 주십시오."

[치익! 반복한다. 앞으로 5분 후까지도 선원을 찾지 못할 경우 전원 철수한다. 반복한다. 5분 후…….]

이 순경은 함장의 명령을 하달받고 다시 눈길을 뒤집힌 선체 위의 대원들에게 향했다. 그리고 있는 힘껏 소리를 지르기 시작했다.

"강 경사님! 경사님!"

그러자 가장 가까이에서 망치를 내려치고 있던 세종이 고개를 들고 이쪽을 쳐다보았다. 이 순경은 더욱 목청을 높였다.

"함정에서 무전이 왔습니다! 5분 후에 철수하라는 명령입니다!"

이런 바람 소리에도 용케 말을 알아들었는지 세종의 얼굴이 잔뜩 일그러졌다.

그때였다!

"어, 어!"

갑자기 이 순경의 눈이 공포로 확대되자 세종이 재빨리 눈치를 채고 뒤를 돌아보았다. 어마어마한 크기의 파도였다. 집채보다 큰 파도가 입을 쩍 벌리고 이쪽을 향해 넘어지고 있었다.

"꽉 잡아!"

세종의 목소리가 천둥처럼 울리자 선체 위의 대원들과 쾌속정의 이 순경은 빛의 속도로 몸을 숙였다. 잡을 수 있는 가장 튼튼한 것을 붙잡고 이를 악물었다. 그 순간!

콰아아앙!

모든 것을 쓸어버릴 만큼 강한 파도가 그들의 몸 위로 떨어졌다. 엄청난 고통이 전신을 때렸지만 그들은 고통의 비명조차 지르지 않고 버텼다. 선체 위에 아슬아슬하게 서 있던 대원들뿐만 아니라 쾌속정까지 집어삼킬 듯이 덮쳤던 파도는 또다시 언제 그랬냐 싶게 재빨리 바다로 돌아갔다.

"경사님, 더 이상 무립니다!"

세종은 자신의 오른팔인 김동운 경장이 고함을 치자 고개를 끄덕였다. 어쩔 수 없는 상황이었다. 함정에서의 명령이 아니더라도 지금 같은 악천후에서 더 이상의 구조 작업은 무리였다. 이러다가는 대원들 또한 무사하지 못할 판이다.

"5분! 5분만 더 두드려 보고 철수한다!"

세종의 명령이 떨어지기 무섭게 대원들은 다시 망치를 들고 선체를 두드리기 시작했다.

"여깁니다! 경사님, 여기예요!"

갑자기 선체 저쪽에서 고함 소리가 들려왔다. 철수 준비를 하고 있던 세종과 동운은 놀란 얼굴로 손 경장에게로 고개를 돌렸다. 손 경장이 흥분한 얼굴로 손을 흔들고 있었다.

"생존자가 있습니다! 생존자가 있어요!"

세종의 얼굴이 충격과 기쁨으로 얼룩졌다.

"다시 한 번 반복한다. 생존자가 있다. 잠수해서 선체 안으로 들어가 생존자를 구출하겠다."

쾌속정으로 넘어온 세종은 이 순경에게서 무전기를 건네받아 소리를 질렀다. 파도 소리와 바람 소리에 밀려 그의 목소리는 겨우겨우 무전기로 흘러들어 가고 있었다.

치익, 칙.

드디어 무전기에서 반응이 오자 세종은 재빨리 무전기를 귓가로 가져갔다.

[……강 경사는 들리나? 오버.]

"예. 들립니다. 함장님, 말씀하십시오."

[철수하라. 반복한다. 철수하라.]

철수하라는 함장의 명령에 세종의 얼굴이 일그러졌다. 세종은 다시 무전기에 입을 가까이 가져가 있는 힘껏 소리를 질렀다.

"생존자가 있습니다. 들리십니까? 배 안에 생존자가 있습니다!"

[치익, 칙! 들었다. 폭풍우가 더욱 거세진다는 예보다. 너희들 힘만으로는 부족하다. 해군에 지원을 요청한 상태다. 반복한다. 철수하라.]

"빌어먹을!"

세종은 당장이라도 무전기를 부셔 버릴 듯 꽉 움켜쥔 채 욕설을 내뱉었다.

철수하라니! 배 안에 생존자가 있는데 철수라니! 해군이 할 수 있다면 우리도 할 수 있다. 악천후가 해군만 피해가는 건 아니지 않는가. 함장이 뭘 걱정하는지는 알겠지만 이대로 물러설 수는 없었다. 이런 날씨에는 해군이 여기 위치를 찾을 수나 있을지 의심스러웠다. 거기다가 생존자가 지금 처한 상황이 어떤지도 모르지 않는가. 혹시 어딘가 부상이라도 당했다면…… 몇 시간을 버틸 수 있을지 아무도 모르는 일이다.

폭풍우가 그 어느 때보다 심하긴 하지만 살아 있는 사람을 두고 이대로 떠날 수는 없었다.

세종은 이를 악물고 선박 위에서 명령을 기다리고 있는 대원들을 보았다. 잠시 갈등을 하듯 생각에 잠겼던 그는 다시 무전기를 입으로 가져갔다.

"잠수하겠습니다. 이상."

[무슨 소리야! 철수하라니까! 강 경사! 강세종!]

세종은 무전기를 꺼버리고 배 위에서 대기하고 있는 대원들을 향해 소리를 질렀다.

"전부 이쪽으로 건너와!"

그러자 동운이 잔뜩 인상을 찌푸린다. 생존자를 두고 철수하려는 건 줄 알고 못마땅해하는 것이 틀림없었다. 다른 대원들도 마찬가지였다. 강세종이 생존자를 눈앞에 두고 물러설 위인이 아님을 알기에 그들은 전부 어리둥절한 표정이었다.

세종은 그런 그들의 얼굴을 보며 다시 명령했다.

"김동운 경장과 나는 잠수해서 배 안으로 들어간다. 나머지 대원들은 로프를 잡고 여기서 대기해!"

그제야 대원들이 고개를 끄덕이며 움직이기 시작했다. 모두 '그럼 그렇지' 하는 표정이 역력했다.

강세종이 누군데. 파도든 바람이든, 물이든 불이든 앞을 가로막는 것이 무엇이든 뚫고 나가야만 직성이 풀리는 강세종 경사가 아닌가! 그는 생존자를 확인하고 물러설 위인이 절대 아니었다!

"야! 이 미친 새끼야! 너 죽고 싶어? 경찰 생활 그만 하고 싶어? 새끼야! 그만두고 싶으면 너만 조용히 그만두면 되지, 왜 나는 끌고 들어가! 엉! 내가 뭐라고 했어? 분명히 철수하라고 했어? 안 했어? 상사 명령 불복하고도 네가 살기를 바라? 당장 옷 벗어!"

대한해양경찰서 소속, 5000톤급 대형함정인 한우리함의 조타실에서는 불같이 화가 난 함장의 고함 소리가 선체를 쩌렁쩌렁 울리고 있었다. 치솟는 분노로 얼굴까지 벌건 채 고함을 지르고 있는 함장의 앞에는 이제 막 함정으로 돌아온 해양특수기동대원 네 명이 부동자세로 서 있었다. 그리고 그 맨 앞에는 강세종 경사가 묵묵히 서 있었다.

"너, 강세종! 이대로 내가 널 가만둘 거라고 생각하면 오산이야! 함정에서 함장의 명령이 곧 법이란 걸 모르냐! 네가 생존자를 구출했다고 해서 이 일이 그냥 넘어갈 일이라고 생각했다면 오산이야! 감히 함장의 명령을 어기고도 네가 경찰생활 할 수 있을 거라고는 생각하지 않았겠지? 최소한 옷 벗을 각오쯤은 했을 거야. 아닌가!"

세종은 묵묵히 함장의 비난을 받아들이고 있었다. 전복 선박의 생존자를 구해내기는 했지만 상사의 명령을 불복한 것은 어김없는 사실이었다. 하지만 또다시 그때 상황으로 돌아간다고 해도 선택은 같을 것이다.

세종은 함장의 노기 띤 얼굴을 보며 천천히 입을 열었다.

"생존자를 두고 철수할 수는 없었습니다. 상사의 명령을 불복한 죄로 어떤 징계도 달게 받겠지만 옷을 벗으라는 명령은 받아들일 수 없습니다."

"뭐? 뭣이 어째!"

당장이라도 한 대 칠 듯이 달려드는 함장을 부하들이 말리고 나섰다.

"함장님, 참으십시오."

"고정하세요, 함장님."

"놔! 놔. 이것들아! 저 새끼, 당장 바닷속에 처넣고 나도 옷 벗으면 그만이야!"

길길이 날뛰는 함장을 보며 세종이 다시 기름을 부었다.

"아울러 이 모든 잘못은 저 혼자 지겠습니다. 다른 대원들은 제 명령을 따른 것뿐이니 징계는 저만 받도록 해주십시오."

세종의 또박또박 이어지는 말에 함장이 드디어 폭발했다. 자신의 팔을 잡고 있는 부하들을 뿌리치고 함장의 팔이 곧장 세종의 얼굴로 날아들었다.

퍽!

"이 새끼야! 뭐가 어쩌고 어째? 네가 뭔데 그따위 말을 지껄여! 바다 위에서 함장의 명령을 거역한 놈이 뭐? 옷을 못 벗어! 어디, 그 옷 얼마나 입고 있을지 두고 보자! 네놈 옷 못 벗기면 내가 벗어!"

세종은 핏대를 세우며 고함을 지르는 함장의 앞에서 입가를 쓱 문질러 닦았다. 붉은 핏물이 손가락에 묻어 나왔다. 그의 눈이 뒤에 서 있는 대원들에게 향했다. 자신을 원망하고 있을 대원들의 눈빛을 예상했지만 아니었다. 팀장을 바라보는 대원들의 눈에는 후회의 감정 같은 것은 보이지 않았다. 그들에게는 자신들의 지금 상황보다 생존자를 구해냈다는 자부심이 더 컸다.

세종은 그들과 눈을 마주치며 의미심장한 눈빛을 주고받았다. 비록, 상관의 명령에 불복종한 죄로 무거운 징계를 받겠지만 후회는 없다.

이들이 바로 해양특수기동대의 눈부신 자존심이었다.

이것이 바로 대한민국의 바다를 지키는 블루가드의 진정한 의미였다.

"당장 직위 해제시키고 옷 벗겨야지요."

"말이라고 하십니까? 함정에서 함장의 명령을 불복한 죄는 죄 중에서도 최곱니다. 그런 경찰을 어떻게 더 두고 봅니까? 당장 옷을 벗겨야 합니다."

"아니, 그럴 수는 없어요. 명령을 불복한 것은 잘못이지만 사람을 구했잖습니까?"

"무슨 말씀입니까? 사람을 구했으니 명령을 불복한 것을 덮자는 말씀입니까? 그러면 함장이 어떻게 부하들을 이끌고 그 거친 바다 위에서 함정을 지휘한단 말입니까? 공을 세웠다고 해서 이대로 덮어주면 앞으로 명령에 불복할 부하들이 하나둘씩 나올 것은 불을 보듯 뻔합니다."

"덮어주자는 것이 아닙니다. 옷을 벗기는 것만은 피하자는 거지요. 솔직히 이 상황에서 강세종 경사를 직위 해제시켜 버리면 우리 해양경찰의 입장이 아주 난처한 지경에 처해집니다."

"무슨 말입니까?"

"지금 각종 미디어에서 떠들고 있는 내용이 뭡니까? 뒤집힌 선박에서 구사일생으로 살아남은 선원을 목숨을 걸고 구해낸 해양특수기동대를 영웅처럼 추대하고 대단하다고 떠들어대고 있는데 우리가 그 영웅의 당사자를 파면시키면 그들이 과연 뭐라고 할까요? 또 우리 해양경찰의 이미지는 어떻게 되고요?"

해양경찰의 간부회의가 벌어지고 있는 회의 탁자에서는 조금 전 일목요연하게 상황을 정리하기 시작한 3007함의 전일곤 함장의 말에 모두들 귀를 기울이기 시작했다. 독도 경비를 맡고 있는 대형함정 3007함의 전일곤 함장은 대형함정의 함장으로만 10년을 지내온 베테랑이었다. 해양경찰 내에 퍼져 있는 소문으로는 대한해양경찰서 서장으로 유력한 인물이었지만 스스로 서장 자리를 고사(固辭)해 3007함의 함장으로 계속 근무하고 있다고 했다. 그러니, 현재 대한해양경찰서의 서장일지라도 전일곤 함장의 말을 무시할 수 없을 만큼 경찰 내 굳건한 자리를 지키고 있는 인물이었다.

"그래서 어쩌자는 겁니까?"

누군가 못마땅하다는 듯 잔뜩 볼멘소리를 냈다. 전 함장은 회의석 맨 윗자리에 앉아 있는 서장을 쳐다보았다.

"서장님, 이 일은 쉽게 한 사람의 대원을 자르고 말고 할 문제가 아닙니다. 우리 의견만 생각한다면 옷을 벗기고도 열 번을 더 벗겨도 성에 차지 않겠죠. 하지만 외부 시선을 무시할 수도 없지 않겠습니까? 그래서 말씀입니다만, 제 생각으로는 무거우면서도 외부에서 바라볼 때 특별히 태클을 걸지 못할 만한 그런 징계를 내리는 선에서 이 일은 마무리를 지었으면 합니다."

서장이 전 함장을 보며 의아한 듯 물었다.

"무겁지만 외부에서 아무런 태클을 걸지 못할 그런 징계가 도대체 뭡니까?"

전일곤 함장은 희미하게 미소를 지으며 좌중을 둘러보았다.

"제가 강세종 경사를 좀 알고 있습니다. 제 함정에서 1년 정도 데리고 있었는데 놈이 뭘 가장 두려워하는지 잘 알지요. 아마 옷을 벗는 것만큼이나 충격이 클 겁니다. 다시는 상관의 명령을 불복할 엄두조차 내지 못하게 될 것이 분명합니다!"

"그게 도대체 뭡니까?"

또 다른 함정의 함장이 궁금한 듯 묻자 전 함장은 아주 유쾌하다는 듯 하하 웃으며 입을 열었다.

"당분간, 다른 일을 시키는 것입니다. 놈이 절대 원하지 않는 일. 특수직에서 벗어나 고생스럽지만 지루하기만 한 일. 바로 그런 일을 시키는 것입니다."

극적인 상황을 연출이라도 하듯 전 함장은 잠시 말을 멈추고 좌중을 둘러보았다. 그러다 툭 말을 내뱉었다.

"여름해양경찰서. 강세종 경사를 여름 한철 운영되는 해수욕장 안전요원으로 배치시키는 겁니다."

"예에?"

놀란 사람들의 경악한 눈들을 뒤로하고 전 함장은 다시 말하기 시작했다.

"놈은 스무 살에 해군특수부대인 SSU(해군 해난 구조대)에 입대했을 때부터 바다와 함께 살아온 놈입니다. 해대를 졸업하고 해양특수기동대에 임관되던 그때부터 지금까지 거친 파도와 싸우며 일촉즉발의 상황에 맞부딪치며 살아온 놈이라 이겁니다. 그런 놈에게 육지에서, 그것도 보통 시민들을 안전하게 가이드하며 질서 유지를 시킨다면 그보다 더한 징계가 어디 있겠습니까? 모르지요. 어쩌면 제 스스로 옷 벗겠다고 나설지도. 외부에서도 더 이상 말을 할 수 없을 겁니다. 상관의 명령에 불복한 죄는 있는 거니까요. 게다가 괜히 영웅 대접한답시고 강세종 경사를 편드는 말이라도 했다가는 여름 해변을 지키는 안전요원들을 비하한다는 비난을 받을 수도 있는 일이니 더 이상 왈가왈부할 수도 없지요."

모두들 입을 딱 벌리고 전일곤 함장을 쳐다보았다. 듣고 보니 모두 일리가 있는 말이었다. 당장 자신들의 입장에 빗대어봐도 바다에서 일생을 살아온 자신들에게 해변에서 안전요원으로 일하라고 하면 엄두가 안 날 판이었다. 그 일을 비하하는 것이 아니라 거친 파도와 싸우며 늘 긴장된 삶을 살아온 자신들에게는 해변에서 시민들의 안전을 살피는 일은 상상도 할 수 없었다.

강세종이라는 놈이 유아독존인 듯 굴지만 바다 사나이임에는 틀림이 없다. 즉, 바다를 떠나서는 아무것도 아니라는 뜻이다. 물론 해변이 바다와 아주 상관이 없다고는 할 수 없지만 바다 위, 함정에서의 생활에 비하면 여름 해변은 그야말로 평범하고 안일함 그 자체일 것이 분명했다. 게다가 제멋대로 구는 놈에게 사람을 상대하고 사람들과 어울리는 것이 얼마나 중요한 일인지 뼈저리게 알려줄 수 있는 계기가 될 것이 틀림없었다.

서장은 전일곤 함장을 따라 씨익 미소를 지었다.

"듣고 보니 좋은 생각이군요. 어떻습니까? 모두들 전 함장의 의견에 동의하십니까?"

그 질문이 떨어지자마자 여기저기서 동조의 목소리가 나오기 시작했다. 전일곤 함장은 그들의 반응을 보며 속으로 능구렁이같이 웃었다.

'이놈! 강세종! 너, 나한테 빚졌다. 이놈아!'

세종의 얼굴이 붉게 달아올랐다. 어찌나 화가 났는지 목줄기에 시퍼런 힘줄이 툭툭 불거져 나올 지경이었다.

"그러니 이번 여름휴가는 해변에서 시민들을 위해 봉사한다고 생각하고 자중해. 알겠나? 다른 대원들도 각각 나뉘어서 해변 근무를 서게 될 거야."

한우리함의 함장은 세종의 얼굴이 붉으락푸르락 변하는 것을 지켜보며 쾌재를 불렀다. 회의실에서 그렇게 결론이 났을 때는 반신반의했지만 막상 강세종 경사의 얼굴이 죽을상을 하자 제대로 먹힐 것이라는 확신이 들었다. 전일곤 함장이 혹시 강세종을 살리려고 수를 쓴 것이 아닌가 했는데 꼭 그런 것만은 아닌 것 같았다.

처음 이 함정으로 강 경사가 발령났을 때 전 함장이 강세종에 대해 워낙 칭찬을 해서 좋게만 보는 줄 알았더니…….

"알겠습니다."

풀이 죽은 강 경사의 목소리를 들으며 함장은 껄껄 웃고 싶은 걸 억지로 삼켰다.

"그래. 비록 두어 달이지만 거기서는 말썽 피우지 말고 시민들의 안전을 최고의 의무로 생각하면서 반성도 하고 돌아와. 물론 다시 이 함정으로 돌아올 수 있을지 모르지만 말이야."

다시는 받아들이지 않겠다는 의지가 엿보이는 함장의 말에 세종의 짙은 눈썹이 씰룩거렸다. 하지만 함장은 더 이상 볼일이 없다는 듯 몸을 돌렸다.

"가서 짐 싸!"

함장의 방을 나온 세종은 곧장 갑판으로 나가 전화기를 들었다. 신호음이 몇 번 울리고 남자의 깊은 바리톤 음이 들려왔다.

[어떻게 됐어?]

"어젯밤 말씀하신 대로 여름해양경찰서로 2개월간 명령이 떨어졌습니다."

[그래. 잘됐군.]

세종은 잘됐다는 전일곤 함장의 말에 인상을 썼다.
"정말 이 방법밖에 없으셨습니까?"
[미친놈! 그렇게 말했는데도 아직 정신을 못 차려? 내, 네 아버지만 아니었어도 당장 네놈 옷을 벗기는 데 앞장섰어! 감히 함정에서 함장 명령을 어기고도 네가 살아남기를 바랐단 말이야? 살려줬더니 새 보따리 내놓으라는 것과 같잖아!]
갑자기 귓가를 때리는 전 함장의 굵은 고함 소리에 세종은 더욱 미간을 찌푸렸다.
"알았습니다. 어쩔 수 없죠."
풀 죽은 세종의 목소리가 안됐는지 이번에는 전 함장의 목소리도 한층 낮아졌다.
[네놈이 제일 못하는 게 뭔지 알아? 사람들을 대하는 태도야. 바다에서 사나운 파도와 싸우고 내 나라 영역을 지키는 것도 좋고, 그 대단한 패기도 좋아. 네놈 능력과 거침없는 전투력은 높이 산다. 하지만 어디에서건 인간관계를 빼고 살 수는 없어. 나중에 진급하고 싶지 않아? 내내 특수기동대로만 살 거야? 너도 너만의 함정을 지휘하는 함장이 돼야 할 것 아니야. 그런데 지금 네 행동으로 보면 절대 함장은 못 돼. 승급시험 보고, 심사만 통과하면 되는 줄 알아? 네 근무 태도 점수는 누가 줘? 바로 네 상관으로 지내온 사람들이 주는 거야? 지금 함장이 과연 너에게 후한 점수를 줄까? 앞으로 네가 그런 식으로 상관의 명령을 어기고 제멋대로 굴다가는 함장은커녕, 지휘관 근처도 못 가! 설

사 네가 함장이 된다고 하더라도 너처럼 상관의 지시를 어기는 부하를 넌 도대체 어떤 식으로 통솔할 거냐? 그러니 수많은 사람들 틈에서 인간관계를 좀 배워. 앞으로 네가 살아가는데 큰 도움이 될 테니까.]

세종은 전화를 끊고 하늘을 올려다보았다. 갈매기 떼가 근처 고깃배로 몰려들고 있었다. 부두에 정박된 많은 배들을 둘러보다 자신이 서 있는 커다란 경비함정을 쳐다보았다.

'제길! 해변이라니! 그것도 여름 해수욕장 안전요원이라니!'

푸른 하늘을 유유히 날고 있는 갈매기 떼의 울음소리가 꼭 어두운 자신의 앞날을 예고하는 것만 같아 불길하기만 하다.

1장 - 원수(?)는 외나무다리에서 만난다

"예에?"

민영은 경악한 얼굴로 눈앞의 최 경사를 쳐다보았다. 방금 들은 충격적인 말에 머리 위로 따갑게 내리쬐는 뙤약볕조차 잊을 만큼 얼어버렸다.

"지, 지금 뭐라고 하셨어요?"

말조차 잘 나오지 않을 정도로 충격적인 소식이었다. 그런 민영의 심정을 다 이해한다는 듯 최 경사는 안쓰러운 표정을 지었다.

"너하고 나하고 이번에 망망해수욕장 여름해양경찰서 근무 나가게 됐다. 넌 좀 빼주자고 말했는데 이번 여름해양경찰서에는 꼭 여자 경찰이 하나 나가야 한다는 거야. 그런데 왜 굳이 너여야만 하느냐고, 넌 작년에도 여름 해변에서 근무를 했었으니까 이번에는 좀 빼주자고 했는데……."

미안한 듯 쳐다보는 최 경사에게 민영은 저도 모르게 고개를 끄덕여 보였다.

그래, 난 작년에도 했잖아. 그러니까 이건 말이 안 돼.

"그런데도 먹히지가 않아. 네가 작년에 익사할 뻔한 시장 부인을 구해줘서 상까지 받았잖아. 그 덕에 위에서 널 좀 주시하고 있는 모양이야. 게다가 아직 홍보가 미약한 122해양긴급신고센터의 홍보를 위해서라도 이번 여름해양경찰서의 활약이 아주 중요하단 말이지. 대외 홍보용으로도 네가 딱이라는 거야."

위에서 날 주시해? 그래, 물론 주시하겠지. 재 이용해서 뭐 좀 건질 것 없나, 해서 잔머리나 굴렸겠지.

"말도 안 돼……."

민영은 어이없는 상황에 말문이 닫혀 버렸다. 어떻게 이런 일이……. 작년에 그 개고생을 했는데 올해에 또 그 빌어먹을 일을 해야 한다니!

민영은 죽을상을 하며 최 경사를 애처롭게 바라보았다.

"전 못해요. 작년에 저 초주검되는 거, 보셨잖아요. 저, 그때 5킬로나 빠졌어요. 저, 살 빼고 싶은 생각 요만큼도 없는 사람이에요. 돈 주고 먹어서 붙은 살, 왜 빼요? 이런 게 어딨어요? 작년에 근무 나갔으면 됐지, 또 나가라니요. 한 번도 여름 근무 안

해본 사람도 많은데 왜 하필 또 저예요? 전 싫어요. 싫다고요!"

생각만 해도 치가 떨렸다. 그 여름 뙤약볕 아래에서 해변을 순찰하고 사람들에게 치이고, 술주정뱅이들과 상대하느라 녹초가 되는 것도 모자라 안전요원들을 자기들 심부름꾼쯤으로 치부하는 정신 빠진 놈들을 또다시 상대할 생각을 하니 눈앞이 캄캄했다.

민영은 눈에 힘을 주며 이를 빠득 갈았다. 그리고 막무가내로 떼를 쓰기 시작했다.

"싫다고요! 싫어요! 소장님한테 정식으로 건의할 거예요. 저, 또 거기 가라고 하면 진짜 경찰복 확 벗어버릴 거라고요!"

털썩!

파출소 뒷마당에 있는 정자에 힘없이 주저앉은 민영은 조금 전 동갑내기 친구인 황지연 경장이 했던 말을 떠올리며 머리칼을 쥐어뜯었다.

"야! 아닌 말로 니가 안 가겠다고 우기면 어쩔 건데? 개기면 어쩔 거냐고? 위에서 까라는데 별수 있어? 니가 돈이 있냐, 힘이 있냐, 그렇다고 빽이 있냐? 쥐뿔도 없는 게 위에서 가라고 하면 가는 거지, 아무 소용도 없는 반항은 왜 해?"

밉지만, 황 경장 말이 틀린 건 아니다. 뭐 하나 내세울 것도 없는 일개 파출소 순경이 뭔 재주로 위에서 내린 명령을 불복하겠는가! 빌어먹을!

"그냥 아무 소리 말고 순순히 가. 솔직히 소장님이 너 아니면 누굴 보내겠어? 이제 갓 임용된 김 순경을 보내겠어? 얼빵한 이 순경을 보내겠어? 그렇다고 만날 사고나 치는 박 순경을 보내겠어? 그래도 너니까 믿고 가라는 거야. 그래도 니가 수상인명구조 자격증까지 있는 경찰이잖아. 혹시 알아? 이번 여름안전요원으로 근무하고 나면 인사고가에 고평가될지. 너, 빨리 승진해야 한다며? 그러니까 그냥 찍소리 말고 가!"

나쁜 년! 친구라는 년이 편은 되어주지 못할망정 불난 집에 기름을 들이붓는 소리만 하고 자빠졌다. 내가 뭐, 수상인명구조 자격증을 이렇게 써먹으려고 딴 줄 아나? 해경 시험 볼 때 혹시나 가산점이라도 붙을까 싶어서 따놓은 건데 이게 이렇게 내 발목을 잡을 줄 누가 알았겠냐고!

물론 황 경장 말이 구구절절 다 옳은 말이지만 그래도 '우리 소장 나쁜 놈, 지독한 놈, 편협한 놈' 이런 욕이라도 해주면 안 되느냐 말이다. 비록 뒤늦게 순경 시험에 합격해 새파란 놈들과 어깨를 나란히 하고는 있지만 그래도 내가 저하고는 고등학교 동창인데 어떻게 그렇게 매몰차게 말을 하느냐 말이다. 못된 것!

"후우."

한숨이 절로 나온다. 해안가에 위치한 파출소와 출장소는 여름 한철 몸살을 앓는다. 굳이 해변이 아니라도 날이 더워지면 크고 작은 사건 사고들로 내륙에 근무하는 해경도 쉴 틈이 없었다. 그런데 해변은 어떻겠는가. 그저 노는 것을 목적으로 온 사람들은 즐기는 것에 빠져 스스로의 안전에 소홀하게 되고 그러다 보면 곧잘 위험에 빠진다. 그러니 한시도 숨을 돌릴 수 없는 곳이 바로 여름철 피서지 근무였다.

"말이나 들어 처먹어야 말이지."

중얼거리며 새어 나오는 말이 곱게 나오지 않는다. 물론 가족들이나 연인들이 오붓하게 여행 와서 안전하게 즐기고 가는 사람들에게는 불만이 없었다. 그런데 꼭 어딜 가나 진상들이 있기 마련이었다. 술 처먹고 물에 뛰어드는 놈, 같이 온 여자친구한테 잘 보이려 무모하게 안전선을 넘어가는 놈, 낚시 삼매경에 빠져 자기가 썰물에 떠밀려 내려가는지도 모르는 인간들……어쨌든 여름 해수욕장은 온갖 인간들로 넘쳐 나는 천태만상의 현장이었다. 바로 그런 곳에 또 파견이 되게 생긴 것이다! 작년에 이어 또!

"그놈의 시장 마누라를 구해주는 게 아닌데!"

갑자기 민영은 주먹을 불끈 쥐며 파르르 떨었다. 보기에도 심히 부담스러운 몸매로 비키니를 쫘악 입어주셔서 온갖 민망한 자태를 다 드러내시는 것도 모자라 그 큰 엉덩이를 커다란 튜브에 걸치고 망망대해를 향해 열심히 팔을 저으시더니 결국은 안전 경계선을 넘어 둥실둥실 떠내려가지 않았는가 말이다. 다행히 그녀가 타고 있던 순찰정이 마침 그 옆을 지나다가 겁에 질려 바다에 빠져 버린 그 사모님을 구해낼 수 있었다. 그런데 그 사건이 이렇게 자신에게 시련을 줄 줄은 정말 몰랐다.

구해낸 사람이 다름 아닌 대한시 시장 사모님이라는 이유로 그녀는 표창장까지 받았고 그해, 여름해양경찰서의 영웅으로 추대받았다. 얼마나 큰 사건으로 확대되었으면 지역신문에 대문짝만 하게 얼굴까지 실렸겠는가 말이다. 거기까지는 좋았다. 그런데 그 이후로가 문제였다. 그날 이후로 대한해양경찰서에서는 홍보 관련 행사만 있으면 그녀를 불러내서 이것저것 시켜대는 통에 아주 몸살이 날 지경이었다. 그저 조용히 살고 싶은 그녀에게는 절대로 달갑지 않은 해였다. 그 지긋지긋했던 여름이 가고 이제야 좀 잊을 만하다 했더니…….

'대외 홍보용으로도 네가 딱이라는 거야.'

빌어먹을, 내가 무슨 현수막이야? 찌라시야? 왜 뻑하면 날 홍보용으로 써먹느냐고오!

탁, 덜그럭.

석 달째 읽고 있는 〈어린왕자〉를 상자 속에 툭 던져 넣고 아침 회의 때 낙서 비슷하게 끄적인 것 외에는 별로 쓴 적이 없는 수첩도 던져 넣었다. 두어 달간은 주인 없이 지낼 책상을 정리하며 간단히 짐을 싸고 있는데 누군가 뒤로 슬쩍 다가서는 것이 느껴진다.

"뭐 해?"

민영은 뒤를 돌아보며 인상을 썼다. 얄미운 황 경장이다.

"보면 몰라?"

점심 식사 후 짧은 휴식 시간을 즐기느라 사람들은 모두 밖으로 담배를 태우러 나간 뒤인지라 파출소는 텅 비어 있었다. 그 덕에 민영은 직급으로나 호봉으로나 자신보다 훨씬 위인 황지연 경장을 친구로 대할 수 있었다.

"너 그 얘기 들었어?"

웃음기가 잔뜩 묻어나는 지연의 질문에 민영은 시큰둥한 얼굴로 대꾸했다.

"뭔 얘기? 내가 해변으로 파견 나가게 된 거 취소된 소식 아니면 나한테 그 어떤 감흥도 기대하지 마라."

"취소된 건 아니지만 네가 들으면 감흥 좀 느낄걸?"

민영은 재밌어 죽겠다는 얼굴로 속닥거리는 황 경장을 찌릿 노려보았다.

"넌 뭐가 그렇게 재밌냐?"

그러자 지연이 천연덕스럽게 웃으며 대꾸한다.

"내가 언제 재밌댔어? 난 그냥 이 상황이 흥미로울 뿐이야."

여우 같은 년! 저것도 동창이라고 만나서 그렇게 반가워했다니…… 내가 미친년이다!

민영은 입술을 삐죽거리며 쏘아붙였다.

"나, 지금 바쁘거든? 내일부터 안전교육 받으러 가려면 오늘은 일찍 퇴근해서 푹 쉬어야 해. 넌 잘 모르겠지만 안전교육, 그거 사람 잡는 교육이거든. 마네킹 같은 거, 물에 휙 던져 놓고 목숨 걸고 구해야지, 호루라기 얼마나 세게 불 수 있을지 그 끝을 시험해 봐야지, 또 시끄러운 해수욕장에서 목청껏 소리를 지르려면 지금부터라도 열심히 생달걀 먹어둬야 한단 말이다. 니가 이런 안전교육에 대해 뭘 알기나 해?"

"그래! 그거 말이야. 그 안전요원으로 가는 거, 그거!"

갑자기 흥분하는 지연을 보며 민영은 더욱 인상을 썼다.

"뭔 소리야?"

"빅뉴스 하나 알려줄게."

"빅뉴스?"

그다지 기대하지 않는다는 얼굴로 민영은 지연을 쳐다보았다. 그러자 지연은 무슨 대단한 뉴스를 전해주기라도 하는 듯 흥분한 표정이다.

"이번에 네가 파견 나가는 해수욕장 안전요원에 누가 또 있는지 알아?"

"최 경사님."

무슨 그런 당연한 걸 묻느냐는 식으로 민영이 즉각 대답하자 지연이 인상을 썼다.

"그거 모르는 사람이 어디 있어? 내가 최 경사님을 두고 이렇게 흥분하겠어? 최 경사님하고 너 빼고 말이야. 나머지, 또 다른 누가 가게 될지 아느냔 말이야."

"내가 그걸 어떻게 알아? 다른 파출소나 출장소에서 애먼 경찰 두어 명 차출하겠지. 그것도 아니면 저기 높은 경찰서에서 두어 명 내려보내시던지."

갑자기 지연이 민영에게 바짝 다가섰다. 민영은 흠칫 놀라며 몸을 뒤로 뺐다.

"얘가 왜 이래?"

"내가 방금 경찰서 해상안전과에 근무하는 동기하고 통화했는데……."

민영은 갑자기 불안해졌다. 은근하게 낮아지는 지연의 목소리에 오소소 소름이 돋는다.

"놀라지 마라."

"도대체 뭘 갖고 그래? 말하려면 빨리 해! 뜸 들이지 말고!"

민영이 윽박지르자 지연이 재빨리 말을 쏟아냈다.

"그 애 말로는 이번에 너하고 같이 근무하게 될 안전요원 두 명이 해양특수기동대원이란다."

"뭐어!"

놀라서 동그랗게 눈을 치뜨는 민영을 보며 지연이 더욱 키득거리며 웃었다.

"아직 놀라기는 일러. 그 사람들이 왜 해수욕장 안전요원으로 오는지 알게 되면 더 기함할걸? 그 대단한 사람들이 무슨 이유로 여름 한철 운영되는 해수욕장 근무로 오는 거겠어?"

"내가 그걸 어떻게 알아!"

민영이 흥분하자 지연은 더욱 신이 나서 재잘거리기 시작했다.

"그게 바로 빅히트야. 그 사람들, 한우리함에서 특수기동대로 활동하던 사람들이야. 한우리함이 보통 함정이야? 해경에서 보유한 함정 중에 가장 큰 함정에 속하는 5천 톤급 아니냐. 동해 바다를 지키는 함정 중에서도 최고의 함정인데 그런 함정에서 기동대로 활약하던 사람들이 어떤 사고를 쳤기에 여기까지 쫓겨왔을지 궁금하지 않아?"

"궁금해. 그것도 무지하게."

이건 말이 아니었다. 어이가 없어 기가 차는 신음 소리였다. 민영은 오만 가지 인상을 쓰며 지연을 쏘아보았다.

"그러니까 네 얘기는 뭐야? 해양특수기동댄가 뭔가 하는 인간들이 무슨 큰 잘못을 해서 징계를 받았는데 그 징계가 바로 여름해양경찰서 파견근무라는 거야?"

그러자 지연이 터져 나오려는 웃음을 겨우 참으며 고개를 끄덕인다.

나쁜 년! 다른 건 몰라도 나의 불행이 저년의 행복인 것만은 분명하다.

"무슨 잘못인지는 나도 잘 모르는데 어쨌든 대단한 꼴통인가 봐. 동기 말에 의하면 경찰서 높은 곳에 있는 사람들도 그 강 경산가 하는 남자라면 고개를 흔든대. 쇠고집에 똥고집에 막가파고 성질은 무지 더럽대."

"그런 놈을 뭐 하러 데리고 있어? 당장 짤라 버리지."

정말 이해되지 않는다는 투로 물었다. 그러자 지연이 가는 어깨를 으쓱 들어 올렸다.

"낸들 아나. 그 모든 꼴통 짓에도 불구하고 능력이 좋은가 보지. 아니면 뒷배가 좋던가. 이번에도 옷 벗기자고 덤비는 높으신 분들이 하나둘이 아니었다는데 구사일생으로 파면만은 면한 모양이더라."

"그래서? 파면만은 면하고 징계를 받은 게 결국 내가 근무하게 될 해수욕장 근무야?"

정말 어이가 없어 성난 콧김만 쏟아져 나온다. 하필 왜 내 구역이냐고!

"바로 그거지. 해양경찰대학 졸업에 특수기동대 팀의 팀장으로까지 근무했으니 그 목이 얼마나 꼿꼿하겠어? 게다가 지위도 경사라던데, 최 경사님이나 널 저기 아래에 사는 벌레 취급이나 하는 거 아닌가 몰라."

하!

민영은 자리에 털썩 주저앉았다. 기가 막히고 코가 막힌다. 안 그래도 힘든 해수욕장 안전가이드 노릇을 할 걱정이 태산인데 덤으로 잘난 체하는 기동대 놈들 비위까지 맞춰야 한다니…… 이놈의 팔자는 왜 이 모양이란 말인가!

"쯧쯧쯧. 네 기구한 운명에 내 동정심이 끓는다, 끓어. 에이, 좋다! 기분이다. 내가 너의 그 어두운 인생 터널에 한줄기 빛을 쏘아주마."

저년이 뭐라고 씨부렁거리던 민영에게는 들리지 않았다. 암울한 자신의 인생이 그저 원망스러울 따름이었다.

"너, 잘하면 이번 기회에 승진할 수도 있어."

순간, 민영의 눈이 빠르게 돌아갔다. 참으로 재빠른 반사 속도였다. 생존을 위한 처절함마저 느껴진다.

"뭐? 무슨 소리야? 승진이라니?"

"깔깔깔. 애가 급하긴 급한가 보네. 하긴, 남들보다 한참 늦은 나이에 겨우 순경 배지 달았는데 얼른 진급하고 싶겠지. 내가 그 마음 충분히 헤아린다."

민영은 자리에서 벌떡 일어서 지연을 다그치기 시작했다.

"뭔 소리야? 승진이라니? 알아듣게 설명해."

민영이 다그치든지 말든지 별로 급할 것이 없는 지연은 느긋하게 손톱을 후후 불며 중얼거리기 시작했다.

"작년에 네가 구해줬던 그 시장 사모님 말이야."

"그 사모님이 왜?"

"그 사모님이 이번에도 네가 근무하게 될 망망해수욕장에 휴가 가신단다."

민영은 못 알아듣겠다는 듯 인상을 썼다.

그 시장 사모가 휴가를 어디로 가든 내 승진과 뭔 상관인가?

그 둔한 시장 사모는 그녀의 고달픈 인생에 무게를 더했으면 더했지, 절대 가볍게 해줄 인물은 아니었다.

"그게 뭐? 그 사모님 휴가하고 나하고 무슨 상관인데?"

"쯧쯧, 이렇게 말귀를 못 알아들어서야…… 그 사모님 취미가 뭔지 알아? 그 튼튼한 몸을 튜브에 끼우시고 유유히 파도를 타시는 거야. 망망해수욕장에서 근무했던 사람들은 다 알아. 작년에 너한테 구조되기 전까지는 그래도 물에 빠진 적은 없었지만 이번에는 또 모르지, 어떻게 될지."

"그래서? 그래서 어쩌라고? 그 사모님이 물에 빠지는 거하고 내 승진하고 무슨 상관이냔 말이야!"

답답해 죽겠다는 듯 민영이 다시 재촉했다.

"멍청한 것. 야, 박민영. 내가 여기까지 얘기했으면 딱 알아들어야지. 넌 고등학교 때도 그렇게 맹하더니 아직도 그래. 그래서 네 별명이 형광등인 거야. 아니, 요즘 형광등도 너처럼 그렇게 늦지는 않아. 어떻게 이렇게 눈치가 없니?"

친구의 비난에도 민영은 멍한 표정을 지었다. 도저히 감이 잡히지 않았다. 여우 같은 황지연이 도대체 뭘 말하는 것인지. 그러자 지연이 제 가슴을 탕탕 쳤다. 예쁘게 솟은 가슴이 출렁인다.

"아휴! 답답해. 이번에도 공을 세우라고! 공을! 그 시장 사모가 물에 빠지면 또 건져 올리라고! 그러면 넌 자동으로 승진하는 거야. 멍청아! 혁혁한 공을 두 번이나 세웠는데 위에서 가만

히들 있겠어? 세간(世間)의 이목을 생각해서라도 1계급 특진이지!"

순간, 민영의 얼굴이 씰룩거리기 시작했다. 차츰 밝아지는 얼굴은 급기야 화사한 빛을 발하기 시작했다. 이제야 지연이 말하고자 하는 뜻을 이해하게 된 그녀의 얼굴은 이슬을 머금은 한 떨기 백합처럼 활짝 피었다.

"니가 작년에는 순경으로 임용된 지 얼마 되지 않아서 특진까지는 못 시켜주고 표창장 선에서 끝냈지만 이번에도 시장 사모님을 또 구해줘 봐. 그럼 특진 안 시켜주고는 못 배기지. 다른 사람도 아니고 시장 사몬데."

그래, 시장 사모! 내가 그 사모님 구해주고 특진을 얼마나 기대했던가! 하지만 해경에 합격한 지 채 1년도 되지 않았다는 이유로 1계급 특진의 혜택은 받지 못했다. 그런데 이번에 또 공을 세운다면? 그렇다! 황지연의 말처럼 그 대단하신 시장 사모님을 또 구해준다면 이번에야말로 경장 배지를 달 수 있을 것이다. 순경에서 경장까지 최단시간이 걸린 해경이 되는 것인지도 모른다.

민영은 지연의 손을 덥석 잡았다.

"엄마야! 얘가 왜 이래?"

기겁을 하는 지연을 힘껏 끌어안으며 민영은 웃음을 터뜨렸다.

"황지연! 넌 역시 내 친구야! 하하하."

그러자 지연이 민영을 홱 밀쳤다.
"야! 징그러!"
그러거나 말거나 민영의 얼굴은 웃음이 가득했다. 암울했던 인생은 환한 햇살로 가득 채워졌고 그녀의 머릿속은 벌써 물에 빠져 허우적거리는 시장 사모를 구하는 상상에 빠졌다.
'싸모님! 기다리십시오! 제가 갑니다!'
안 빠지면 튜브에 구멍을 내서라도 제가 구해 드리겠습니다!

이른 아침, 푸르스름한 대기의 찬 기운이 영롱한 이슬을 만들어내는 시간이었다. 풀숲에 닿는 발소리조차 서걱거리며 정겨운 소리를 낸다. 하얀 연기처럼 공기 중을 흐르는 안개가 희미하게 대지를 감싸는 그 시각, 건물 안쪽에서 조그맣게 흥얼거리는 콧소리가 들려왔다.
뭐가 그렇게 좋은지 팔까지 휘저으며 흥얼흥얼거린다. 해경의 산뜻한 여름 제복을 갖춰 입은 여자는 단정하게 빗어 올린 꽁지머리를 찰랑이며 도저히 무슨 노래인지 알 수 없는 리듬을 타고 마당으로 걸어나왔다.
맑은 새벽 공기만큼이나 상쾌한 콧노래를 부르던 민영은 갑자기 걸음을 멈추고 개미 새끼 한 마리 지나가지 않는 적막한 하늘을 향해 두 팔을 힘껏 뻗었다.
"으으으……."
누가 봤으면 참 볼썽사납다 할 만큼 있는 힘껏 기지개를 켜며

사지를 쭉 뻗은 그녀는 연이어 깊은숨을 들이켰다. 낯선 곳에서 첫 밤을 보내서 그런지 잠을 설쳤다. 새벽녘까지 잠이 들지 못해 뒤척이다가 결국에는 날이 밝자마자 이불을 걷어차고 나온 것이다. 오지 않는 잠을 청하느라 괴로워하는 것보다는 차라리 몸을 움직이는 것이 낫겠다 싶었다.

"후우욱."

민영은 바닷가에서 불어오는 짠 공기를 폐 깊숙이 들이마셨다.

윽.

비릿한 바다 냄새 내지는 상쾌한 시골 공기를 예상했는데 갑자기 콧속으로 밀려오는 범상치 않은 역겨운 냄새에 재빨리 숨을 멈추고 마셨던 공기를 도로 내뱉었다. 온통 논밭으로 둘러싸인 곳이라 그런지 솔직히 바다 냄새보다는 퇴비 냄새가 더 강하다.

민영은 코를 찌르는 쾌쾌한 냄새에 눈살을 찡그리며 회색빛 벽돌집을 돌아보았다.

해변에서 멀리 떨어져 있는 민박집이라는 이유로 여름 한철 해변에서 근무하게 될 안전요원들의 숙소로 정해진 곳이었다. 해변에서 가까운 민박집은 숙소로 정하기에 너무 비싸고 또 바캉스 손님 하나라도 더 받았으면 받았지, 경찰 지정 숙소로 내줄 만한 곳이 없다는 이유로 숙소는 이런 시골 구석에 정해졌다.

'높으신 분들, 해외 원정 골프 보내주는 돈으로 공무원 관사나 멋지게 짓지.'

턱도 없는 바람이었다. 이놈의 나라는 공공연하게 공무원을 위한 복지에 신경 쓰면 욕먹는 나라다. 공무원은 무조건 근면, 성실이라는 모토 아래 후진 환경 속에서도 몸이 부서져라 일만 해야 했다. 그런데 왜 높으신 양반들은 해마다 원정 골프니, 연수를 핑계로 관광을 가는 걸까?

그게 바로 공식과 비공식의 차이가 아니겠는가. 같은 공무원이라도 급이 다르다. 소수의 높은 분들은 비공식적으로 놀러 가도 업무차 나가는 것이라 둘러대면 그만이지만 대다수 낮은 공무원들은 뭘 하려고 해도 대외적으로 알려진다. 시민을 위해 봉사하는 낮은 공무원은 자기 돈으로 좋은 차 사도 욕먹고, 높은 곳에서 한자리 차지하고 계신 분들은 나랏돈으로 멋들어진 관광하면서 놀고 다녀도 괜찮다. 그리고 그런 사실이 혹시 알려지기라도 하면 가만히 일만 하던 공무원들까지 싸그리 욕을 먹는다. 이런 나라에서 후진 공무원으로 살아가는 내가 대단하다.

민영은 스스로를 낮은 공무원이라 칭하는 것에 대해 거리낌이 없었다. 실제로 하위 공무원이었고, 골치 아프게 높은 공무원이 되고 싶은 마음도 없었다. 그냥 평범하게, 편안하게, 머리 쓰는 일 없이 그냥 이렇게 낮은 공무원으로 사는 것이 속 편하다는 주의였다.

그녀는 뭉근한 퇴비 냄새에도 불구하고 상쾌한 얼굴로 주변을 둘러보았다.

　바닷가에서도 멀고 시내로 나가기에도 먼, 온통 논밭으로 둘러싸인 허름한 민박집이었다. 그녀는 문득 어젯밤에 이곳에 도착해 마당으로 들어서던 어린 전경들의 일그러진 얼굴을 떠올렸다. 절로 웃음이 난다. 자신들이 묵게 될 숙소가 쾌적하고 시원한 2급 호텔쯤은 될 것이라고 기대한 것 같았다. 민박집 건물을 올려다보던 그들의 얼굴은 형용할 수 없는 좌절감으로 일그러져 있었다.

　'큭큭, 불쌍한 놈들.'

　민영은 아직도 낯선 잠자리에 적응하지 못해 뒤척이고 있을 어린 전경들을 생각하며 씨익 미소를 지었다.

　'니들, 이번 여름에 빡센 군생활이 뭔지 제대로 알게 될 거다.'

　죽네 사네, 울고불고할 그들을 생각하니 괜스레 웃음이 차올랐다. 어젯밤 자기들끼리 떠드는 소리를 듣고 난 후라 그런지 더 의미심장한 미소가 그려졌다.

　"이렇게 더운 여름날, 해변에서 근무하는 거니까 적어도 더위는 안 먹겠지."
　"그러게. 내가 아는 형이 그러던데 안전요원으로 근무하는 거, 무지 쉽대. 그냥, 호루라기만 불면서 다니면 된다던데?"

민영은 그들의 대화가 다시 떠오르자 키득거렸다.

그 '아는 형' 이라는 놈이 누군지 모르지만 뭘 잘 모르시고 하는 말이지. 아니면 입술에 침도 안 바르고 천연덕스럽게 거짓말을 한 건지도. 여름 해변 근무가 쉽다니! 정확히 일주일 안에 집에 가고 싶다고 징징거릴 게 뻔한 놈들한테 말이야!

철컥.

민영은 마당 한쪽에 서 있는 자전거로 다가갔다. 그리고 자전거를 받치고 있는 스탠드를 발로 툭 차올리고 핸들을 틀었다. 서슴없이 다리 하나를 번쩍 들어 올려 안장에 올라탄 그녀는 천천히 페달을 밟으며 마당을 가로지르기 시작했다. '드르륵, 드르륵' 경쾌하게 돌아가는 바퀴 소리를 들으며 이른 아침 텅 빈 오솔길을 달려나갔다.

비록, 힘든 여름 근무가 시작되는 이른 아침이지만 자전거로 달리는 시골길만큼은 변함없이 상쾌하고 시원했다.

민영은 100미터 전방에 보이는 붉은색 벽돌 건물을 보며 열심히 페달을 밟았다. 제법 거센 바닷바람에 태극기와 경찰 마크가 그려진 깃발이 미친 듯이 퍼덕이고 있었다. 파출소가 통폐합되는 과정에서 비어버린 건물은 해수욕장 개장 시기에 맞춰 여름해양경찰서로서의 역할을 톡톡히 하고 있었다. 비록 여름 한철이지만 그래도 폐가처럼 음침해져 비행 청소년들의 아지트로 쓰이는 것보다는 이렇게라도 운영하는 것이 훨씬 나은 행정이었다.

작년에도 저곳에서 근무를 했던 민영은 익숙한 동작으로 건물 뒤편의 주차장으로 향했다.

싸아아.

부드럽게 밀려왔다 나가는 은은한 파도 소리와 저 먼 하늘에서 울리는 갈매기 소리…… 참으로 평화로운 아침이었다.

부아아앙!

그런데 고요한 아침 공기를 가르고 귓바퀴를 진동할 만큼 우렁차게 울리는 오토바이의 굉음이 들려온 것은 그때였다. 어떤 놈이 이른 아침부터 파워풀한 엔진 자랑질인가 하며 눈살을 찌푸리는 순간!

촤르르륵!

무언가 묵직한 것이 그녀의 곁을 쏜살같이 지나쳤다. 바로 옆에서 이는 사나운 바람에 놀라 본능적으로 자전거를 세운 그녀는 황당한 눈빛으로 앞서 달려가는 검은색 오토바이를 바라보았다. 아직도 뿌연 먼지가 그녀의 시야를 가리고 있었다. 오토바이가 지나가며 일으킨 먼지바람에 그녀의 머리칼이 헝클어진 건 물론이고 깨끗하게 빨아 입은 경찰복에 흐릿한 얼룩까지 보였다.

"저런 썩을!"

절로 욕설이 터져 나온다. 이른 아침부터 시끄러운 오토바이 소음을 쏟아내는 것도 모자라 감히 해양경찰서 주차장을 제집이라도 되는 듯 들어가다니!

"넌 오늘 제삿날이다!"

사심이 깊이 내포된 경찰로서의 의무감을 앞세우며 민영은 재빨리 페달을 밟기 시작했다.

어떤 놈인지 너, 오늘 제대로 걸렸쓰!

끼이이익!

바람을 가르고 쏜살같이 주차장으로 들어온 민영은 자전거의 브레이크를 급하게 잡았다. 눈으로는 그 재수없는 오토바이를 찾아 두리번거렸다. 아니, 두리번거릴 필요도 없었다. 경찰차 두 대가 세워져 있는 주차장 한가운데에 떡하니 자리를 차지하고 서 있는 오토바이는 찾아 헤매고 자시고 할 필요도 없이 그녀의 눈에 한번에 들어왔다. 제집 주차장이라도 되는 듯 오토바이를 세운 남자가 이제 막 헬멧을 벗는 것이 보였다. 민영은 두 번 생각할 것도 없이 곧장 페달을 밟아 덩치 큰 오토바이 가까이로 다가갔다.

가까이서 보니 더 울분이 치솟는다. 오토바이는 평범한 중국집 오토바이 수준이 아니었다. 소위 자동차 한 대 값이라는 명품 오토바이라는 것을 오토바이에 무지한 그녀도 한눈에 알 수 있을 만큼 광이 번쩍번쩍 난다.

'이런 순 양아치 같은 놈!'

민영은 자전거에서 내려서며 험악한 인상을 지었다.

"안녕하십니까."

비록 평범한 인사로 들릴 말이지만 그 어투는 지극히 감정적이었다. 좋게 말할 때 꺼지라는 듯 거칠기 짝이 없는 어투였다.

"실례지만 경찰서에는 무슨 일로 오셨나요? 여긴 경찰서 전용 주차장이라 일반 시민들은 주차를 할 수 없는데요. 혹시 주차하실 곳을 찾으시는 거라면 저 위로 200미터쯤 더 올라가시면 공용주차장이 있습니다."

혹시 정말로 길을 잃었거나, 정말 경찰의 도움을 받으러 온 일반인일 수도 있으니 민영은 최대한 목소리를 가다듬으며 설명했다. 그때였다. 그녀가 설명하는 내내 이쪽은 쳐다보지도 않고 경찰서 건물을 훑어보던 남자가 갑자기 그녀를 돌아보았다. 마치 성가시게 하는 날파리를 돌아보듯 귀찮아하는 기색이 역력했다.

남자의 얼굴이 천천히 이쪽을 향한 그 순간, 민영의 머릿속에 떠오른 것은.

'하, 그 양아치, 참 바람직하게 생겼네.'

소위 말하는 조각 같은 얼굴에 몸매 또한 단단해 보이는 것이 수영복 입으면 비키니녀들 가슴을 제법 울렁거리게 할 외양이었다. 단지, 차가운 기가 물씬 느껴지는 눈빛이 옥의 티라면 티랄까······.

저도 모르게 헤벌쭉 벌어지려는 입을 단속하고 정신을 차리는 찰나, 민영은 세 단계의 감정변화를 겪었다.

'첫째는 양아치가 아니구나.'

최소 한 명 이상의 조직에게 '형님' 소리는 들을 것같이 생겼다.

'둘째는 어디서 봤는데…….'

진짜 낯이 익다. 한번 본 얼굴이나 이름을 잘 기억 못하는 걸로 유명한 내가 기억할 정도면 진짜 아는 사람임이 틀림없다.

'셋째는…… 빌어먹을!'

기억났다!

민영은 입술을 꽉 붙인 채 눈을 크게 떴다. 남자는 그녀를 쓰윽 훑어보고 다시 건물을 한 번 쳐다보더니 또다시 그녀에게 눈길을 돌렸다. 정확히 말하면 그녀가 입은 하늘색 제복에 달린 배지로. 무궁화 순이 두 개 그려진 초라한 순경 배지에 그의 눈길이 잠시 멈추더니 정말 어처구니없게도 그녀를 싹 무시한 채 오토바이에서 내려 건물로 걸어가기 시작하는 것이 아닌가!

민영은 얼어버린 눈길로 남자의 뒷모습을 끈질기게 노려보았다.

모른다! 저 인간은 나를 못 알아보는 거야!

민영은 갑자기 자신이 없어졌다. 자신을 못 알아보는 저 남자가 이상한 것이 아니라 첫눈에 남자를 알아보는 자신이 더 이상했다. 그게 언젠데? 고등학교 1학년 때니까 벌써 10년은 훨씬 지나지 않았는가. 10년이 뭔가? 지금 내 나이가 서른하나니까…… 31에서 17을 빼면…… 제길! 14년이다.

민영은 자신의 눈을 쓱쓱 비비며 이제는 건물 안으로 사라진 남자의 발자취를 훑었다.

'에이, 잘못 본 거겠지.'

그래. 잘못 본 것일 거다. 내가 무슨 용빼는 재주가 있다고, 내가 무슨 천재도 아니고! 난 천재보다는 둔재에 가깝지 않은가. 14년 만에 다시 본 남자를 어떻게 첫눈에 알아보냐고! 고등학생 까까머리 소년의 얼굴과 서른한 살의 성인 얼굴은 천지 차이잖아! 어떻게 이렇게 한눈에 알아보냐고!

스스로의 기억력과 판단력을 의심하며 고개를 가로젓던 그녀는 자전거를 아무렇게나 팽개치고 방금 남자가 들어간 건물을 향해 뛰기 시작했다.

'이럴 게 아니라 다시 보자! 어쨌든 저 인간이 저기 안에 있는 동안에는 다시 봐야 하는 거잖아!'

덜컹.

힘차게 문을 열고 들어선 민영은 사무실 안쪽에 서 있던 남자와 다시 눈이 마주쳤다. 그녀는 꿀꺽 침을 삼키고 거칠게 말을 시작했다.

"무슨 일이시죠?"

남자의 태도가 너무 당당했다. 민영은 질문을 툭 던져 놓고 남자의 얼굴을 세세히 뜯어보기 시작했다. 그러자 남자가 못마땅한 얼굴로 그녀의 머리끝에서부터 발끝까지 주욱 훑어본다.

상당히 기분 나쁘다. 마치, 저 남자 눈앞에서 땅벌레라도 된 듯 작아지는 자신이 한심했다.

남자의 입가가 슬며시 비틀려 올라갔다. 닦달하는 그녀가 몹시 가소롭다는 듯 쳐다보는 것이 확실했다!

민영은 인상을 팍 쓰며 다시 물었다.

"여긴 해양경찰서입니다. 무슨 볼일이시죠?"

그러자 남자는 몹시 귀찮다는 듯 짙은 눈썹을 휘었다. 그리고 정말로 무성의한 태도로 입을 열었다.

"오늘부터 출근인가? 꽤 일찍 출근하는군."

민영의 입술이 살짝 벌어졌다. 이젠 더 이상 못 참겠다는 듯 성질을 버럭 내려는데 그가 주머니 안쪽에서 무언가를 꺼내는 것을 보고 입을 다물었다. 또 그것이 그녀의 가슴에 달린 경찰 배지와 같은 형태로 만들어진 것임을 깨닫는 순간, 얼굴은 놀라움으로 굳어버렸다.

그녀의 것보다 정확히 두 개가 더 많은 무궁화 순!

민영은 자신의 눈앞에 보였다가 사라지는 배지를 멍하니 쳐다보았다. 경찰이다. 그것도 그녀보다 훨씬 높은 계급의……

그녀는 입술을 굳게 다문 채 남자가 사무실을 이리저리 배회하는 것을 지켜보았다.

'강세종.'

민영은 속으로 조용히 이름 석 자를 중얼거렸다. 정말 기가 막히게도 그녀는 그 이름을 정확히 기억해 냈다. 그녀 스스로 기억력이 좋다고 인정한 적도 없고, 사람 이름을 잘 외운다고 생각하지도 않는다. 그렇다고 '강세종'이라는 이름 석 자를 14년이나 지난 지금까지 정확히 외울 정도로 깊은 사연이 있는 것도 아니었다. 하지만 그녀는 자신조차 이해할 수 없을 정도로 정확히 '강세종'이라는 이름을 기억해 냈다. 그의 얼굴을 14년 만에 다시 본 지 채 5분도 되지 않아서!

강세종…… 다시 한 번 그 이름을 되뇌며 민영은 키가 큰 남자를 뚫어지게 응시했다. 엄밀히 말하면 그렇게 썩 많이 변하지도 않았다. 고등학교 1학년 때도 저 정도의 키는 됐었고, 아니, 그때보다 지금이 조금 더 큰가? 어쨌든 그때도 그녀보다 훨씬 컸으니까 지금도 그렇게 큰 차이를 느낄 수는 없다. 얼굴은…… 음, 얼굴은 좀 변했다. 하지만 그렇게 몰라볼 만큼은 아니었다. 아까 주차장에서 단숨에 알아본 얼굴이니 말해 뭣하랴. 전국 청소년 수영 선수권 대회에서 우승하는 것과 동시에 단숨에 학교의 킹카로 뛰어올랐던 외모였던 만큼 여전히 얼굴은 잘생겼다.

그때야, 뭐 아직 애였으니까. 하지만 지금은 아니다. 소년의 티가 완전히 가시고 거친 남성미를 완벽히 갖춘 성인 남자였다.

"순경."

민영은 자신만의 생각에 잠겨 있느라 그가 부르는 것을 듣지 못했다. 다시 자신을 부르는 짜증 섞인 목소리가 두어 번 더 이어지고 나서야 비로소 그녀는 고개를 들었다.

"네?"

그 순간, 정확히 그를 향해 고개를 돌리는 순간, 그녀의 뇌리로 100만 볼트 전류가 흘렀다. 마치 마른하늘에 날벼락이라도 친 듯, 그녀의 머리는 '띠잉!' 하는 소리를 내며 전율했다.

"이번에 너하고 같이 근무하게 될 안전요원 두 명이 해양특수기동대원이란다."
"동기 말에 의하면 경찰서 높은 곳에 있는 사람들도 그 강 경사가 하는 남자라면 고개를 흔든대. 쇠고집에 똥고집에 막가파고 성질은 무지 더럽대."

며칠 전, 황지연 경장이 했던 말이 마른하늘에 치는 날벼락처럼 그녀의 뒤통수를 후려갈긴다. 민영은 거친 숨을 들이켰다.
"강 경사······."
자신도 모르게 입술을 움직이며 중얼거렸다. 맞은편에 서서 험악하게 인상을 쓰는 그를 인식하지도 못한 채 그녀는 그를 아는 티를 내고 말았다.
"어떻게 알았지?"
그녀는 멍한 얼굴로 그를 쳐다보았다. 그러자 그가 한 걸음 앞으로 나서며 다시 묻는다.
"나를 아나?"
민영은 화들짝 놀라 황급히 고개를 저었다.
"아니, 아닙니다."

그의 눈이 의심스러운 듯 좁아졌다.

"그런데 내 성을 어떻게 알지?"

그녀의 얼굴을 꼼꼼하게 살피는 폼이 사뭇 진지하다. 혹시 자신을 알아볼까 봐 살짝 긴장했지만 다음에 이어지는 말에 민영은 자신이 괜한 걱정을 했음을 깨달았다.

"처음 보는 얼굴인데……."

그럼 그렇지. 날 알아볼 턱이 없지.

민영은 떨떠름하게 얼굴을 굳히며 어깨를 으쓱했다.

"여기 오기 전에 강 경사님에 대해 조금 들었습니다. 그래서 짐작해 본 겁니다."

"나에 대해 들어?"

그가 씨익 웃었다.

"그렇다면 썩 좋은 이야기는 아니었을 것 같군."

그녀는 긍정한다는 듯 아무런 대꾸도 하지 않았다. 그러자 그가 재미있다는 듯 그녀를 쳐다보았다.

"이름이 뭔가?"

민영은 다시 긴장했다. 하지만 이내, 스스로를 비웃었다. 이름뿐 아니라 그와 같은 고등학교를 다녔었다고 해도 저 인간은 그녀를 기억해 내지 못할 것이다.

"박민영입니다."

아니나 다를까, 강세종은 고개를 한 번 끄덕이며 돌아섰다.

"박 순경, 꽤 일찍 출근했군."

"……."

민영은 대꾸하지 않았다. 기분이 땅을 파고 가라앉는다. 강세종에게서 '박 순경'이라고 불리는 기분은 한마디로 비참하고 처참했다. 한때, 사춘기 소녀의 가슴을 설레게 했던 짝사랑의 상대를 근 15년 만에 다시 만났는데 상대는 그녀보다 훨씬 앞에서 달리고 있었다. 대등한 지위는 아니더라도 어느 정도는 맞설 수 있는 직급이었다면 이렇게 비참한 기분이 들지 않았을 것이다.

덜컹.

"경사님, 생각보다 일찍 도착하셨……."

갑자기 문이 확 열리더니 낯선 남자가 들어섰다. 처음엔 민영을 보지 못하고 강세종을 향해 인사를 하던 남자가 그녀의 존재를 확인하더니 갑자기 눈을 크게 뜨고 입을 다물었다.

"어, 누가 또 있었네요?"

늘 그렇듯 이번에도 남자는 그녀가 입은 경찰복과 가슴에 달린 배지를 확인했다.

"순경?"

놀란 듯 묻는 남자의 어투에서 '순경치고는 나이가 좀 있네?' 하는 느낌이 물씬 풍겨왔다. 평소에 나이가 들어 보이는 얼굴은 아니라고 생각하지만 그렇다고 5년 이상을 뚝 떼어먹을 만큼 동안도 아니었다.

민영은 씁쓸한 얼굴로 고개를 끄덕였다. 그동안 나이 많은 순경 노릇 꽤 많이 적응했다고 생각했는데 이제 보니 아니다. 강세종을 상관으로 모셔야 한다는 것을 아는 순간부터 자신의 처지가 한없이 초라해지기 시작했다. 이 낯선 남자가 자신에게 순경이냐고 묻는 것조차도.

"반가워. 난 김동운 경장. 순경치고 나이는 좀 많아 보여도 나보다는 어린 것 같은데 말 놓는다. 우리 경사님하고는 인사했지? 경사님도 그렇고 나도 그렇고 어젯밤에 서울에서 출발해서 이제 막 도착하는 바람에 아직 옷도 못 갈아입었어."

'너 몇 살이야? 민증 까봐!' 라고 소리치고 싶었다. 하지만 민영은 그러지 않았다. 그런들 무슨 소용인가. 나이 많은 거 자랑하면 경장이 순경 되고, 순경이 경장 되나?

갑자기 남자가 강세종을 향해 고개를 돌렸다.

"경사님, 아침 드셨어요? 아침 먹으려고 배회하다가 우연히 경사님 오토바이를 보고 들어왔어요. 여기가 경찰선지도 몰랐네. 하하하."

그러자 세종이 시큰둥하게 대꾸했다.

"먼저 숙소부터 정해야지."

"숙소는 벌써 정해져 있을걸요?"

김동운 경장이라고 소개한 남자가 그녀를 쳐다보았다.

"해변 근무자들 숙소 정해져 있지? 혹시 어딘지 알아?"

민영은 고개를 끄덕이며 무뚝뚝하게 대답했다.

"네. 약도 그려 드릴까요?"

"그래 줄래? 그럼 고맙……."

"생전 처음 온 길인데 약도 가지고 되겠어? 네비도 못 찾는 시골길을. 직접 안내해."

순간, 민영은 강세종이 자신을 향해 말한 것을 이해하지 못했다. 아니, 말을 한 것이 아니라 명령한 것을.

"네?"

멍하게 되묻는 그녀에게 세종이 인상을 썼다.

"직접 안내하라고. 출근 시간 되려면 아직 두 시간도 더 남았는데 여기 앉아서 뭐 할 거야? 숙소가 여기서 먼 것도 아닐 테고. 그러니까 박 순경이 직접 우리를 안내하라고."

이런 우라질!

기가 막히고 어이가 없었다. 민영은 갑자기 끓어오르는 분노로 얼굴을 붉히며 강세종을 노려보았다.

"에이, 경사님. 기껏 출근했는데 어떻게 다시 숙소로 가자고 해요. 그냥 약도 받아서 저희끼리 찾아가죠. 시골길인데 찾기 어렵기야 하겠어요?"

민영의 얼굴이 변한 것을 김 경장이 알아차리고 재빨리 나섰다. 하지만 세종은 그런 민영의 기분을 아는지, 모르는지 다시 명령했다.

"숙소로 안내하는데 무슨 문제 있나?"

천연덕스러운 놈의 눈길이 이쪽을 향하는 순간, 민영은 경찰서 건물을 폭파시키고도 남을 만큼 엄청난 살의를 느꼈다.

성질 더럽고 저밖에 모르는 건 예나 지금이나 똑같다!

민영은 두 남자가 지켜보고 있는 가운데서 비릿한 실소를 머금었다. 순간, 잘생긴 낯짝만큼은 인정할 수밖에 없는 강세종의 짙은 눈썹이 스윽 치켜 올라갔다. 그녀는 바로 옆 책상에 아무렇게나 놓여 있는 이면지와 볼펜을 홱 끌어당겨 약도를 그리기 시작했다.

직접 안내하라는 자신의 명령을 무시하고 민영이 약도를 그리기 시작하자 세종이 더욱 눈살을 찌푸리는 것을 알면서도 그녀는 묵묵히 약도를 그려 나갔다. 초딩이라도 알아볼 수 있도록 아주 크고 선명하게. 그리고…….

"여기, 숙소로 가는 약돕니다."

세종이 못마땅한 얼굴로 민영과 그녀가 내민 종이를 번갈아 쳐다보기만 하자 두 사람을 가만히 지켜보고 있던 김 경장이 피식 웃으며 중얼거렸다.

"오, 센데? 만만치 않아. 큭큭."

아무래도 지금 상황을 즐기는 사람은 김동운이라는 저 남자뿐인 듯싶다.

"뭐 하는 짓인가, 박 순경?"

말끝마다 '순경, 순경' 하는 게 배알이 뒤틀렸지만 민영은 이를 악물고 꾹 참아냈다. 그리고 비웃음을 가득 머금은 채 친절하게 설명하기 시작했다.

"죄송합니다, 경사님. 저도 직접 안내해 드리고 싶지만 보시

다시피 여기 사무실 정리를 해야 해서요. 모르시겠지만 제가 올해로 여기 근무가 두 번째입니다. 그래서 이곳 환경을 제일 잘 아는 사람도 저죠. 그리고 제가 오늘 이렇게 일찍 출근한 건 제 상사인 최순황 경사님의 명령 때문입니다. 며칠 전부터 이곳에 내려와 대기하고 있는 민간자율안전요원들의 캠프를 둘러보라는 명령이 있었거든요."

일부러 두 번째 근무라는 것을 알리며 '니가 특수기동대라고 해봤자 여기서는 내가 선배다' 라는 뉘앙스를 팍팍 풍겼다. 그리고 최 경사님을 언급함으로써 '너보다 상급자의 명령이 우선이다' 라는 뜻을 과감히 어필했다. 직급으로만 본다면 같은 경사지만 호봉으로 따지면 최 경사님이 저 인간보다 훨씬 위가 아닌가.

물론 모두 거짓말이다. 그냥 잠이 오지 않아 나왔으니 시간은 철철 넘친다. 하지만 저놈을 위해 쓸 시간은 결단코 없다. 없는 일도 만들었으면 만들었지, 그렇게는 못하지!

순경 주제에 명령 한마디만 내리면 순순히 따를 것이라 여겼던 탓인지 두 남자는 마치 뒤통수라도 한 대 얻어맞은 듯 얼이 빠진 얼굴이었다. 아니, 뜻밖의 반격에 충격을 받은 사람은 성질 더러운 강세종 경사였다. 그는 점점 분노의 화신으로 변신하고 있었다. 금방이라도 붉은 화염을 토해낼 듯이 성난 얼굴이 그녀를 사납게 노려보고 있었다.

하지만 내가 누군가! 어디 한번 해보자고! 막가는 거야! 나한텐 시장 사모가 있잖아!

민영은 일부러 더 사악한 미소를 지으며 마지막 일격을 가했다.

"혹시 경장님과 경사님께서 제 일을 함께해 주시겠다면 제 시간을 쪼개어 숙소로 직접 안내해 드리겠습니다."

그리고 보란 듯이 사무실 곳곳에 어지럽게 놓여 있는 책상들과 의자들, 그리고 바닥의 먼지들을 눈으로 쓰윽 훑었다. 그녀는 의기양양한 표정으로 세종을 쳐다보았다.

"같이 청소를 하잔 말인가?"

잇새로 내뱉듯 묻는 세종에게 민영은 순진한 척 고개를 끄덕여 보였다.

"굳이 제게 숙소 안내를 받고 싶다면요."

사무실 안은 전운이 감돌았다. 그리 넓지도 않은 공간에서 한 남자와 한 여자의 시선이 부딪쳐 불꽃을 피우자 다른 한 명의 방관자는 슬그머니 문을 향해 걷기 시작했다. 이런 일에 괜히 끼어봤자 득될 것 없다는 재빠른 판단에 의해서 나온 생존전략이었다.

"김 경장."

"에, 예?"

문을 열고 나가려던 동운은 자신을 부르는 낮은 목소리에 화들짝 놀라 뒤를 돌아보았다. 그리고 그 순간, 동운은 이 싸움에서 누가 이겼는지 깨달았다.

"차, 가져왔나?"

"아, 예."

"시동 걸어."

강세종 1패.

"예. 알겠습니다."

동운은 이때다 싶어 재빨리 문을 열고 나갔다. 동운이 나가고 세종은 맞은편에 서 있는 여순경을 지그시 응시했다. 만만치 않은 물건이다. 순경 주제에 자신보다 2계급이나 높은 상관의 명령을 어기는 것도 기함할 일인데 느물거리며 이죽거리는 폼 또한 예사로운 인물은 아니었다.

타도 대상 1호.

세종은 눈앞에 서 있는 여자를 한번에 정의했다. 이곳 해변에서 타도하고 휘어잡아야 할 첫 번째 대상인 셈이다. 겨우 두 달 근무지만 말썽없이, 휴가 온 것처럼 편안하게 적응하기 위해서 꼭 거쳐야 할 관문이란 뜻이다.

오늘은 이대로 물러서기로 했다. 우선, 지금과 같은 유치한 상황에서 네가 옳으니, 내가 옳으니 싸우는 것 자체가 치졸하다. 그리고 앞으로 저 하찮은 순경을 밟을 날은 새털같이 많음을 상기했다. 어차피 이번 여름 동안에는 다른 급한 볼일도 없지 않은가. 잘하면 지루한 해변 근무에서 낙이 생길 것도 같았다.

"이름이 뭐라고 했지?"

순간, 민영은 얼굴을 일그러뜨리며 무뚝뚝하게 내뱉었다.

"박민영…… 입니다."

상당히 기분이 나빴다. 나는 저를 단 한 번에 알아보고 이름까지 기억해 냈는데 저 인간은 내 이름을 말한 지 5분도 되지 않았는데 또 잊어버렸다. 새대가리 같은 놈.

"박 순경."

게다가 온전한 이름을 부르지도 않는다. 그럴 거면 이름은 왜 물어! 나쁜 자식!

"……네."

"나에 대해 들은 바가 있다고 했지?"

"……."

무슨 말을 하려고 저러나 하는 얼굴로 쳐다보는 민영에게 그가 씨익 웃어 보였다. 잘생긴 놈이 시니컬하게 웃으니 어째 저승사자보다 더 무서워 보였다.

"뭘 들었는지 몰라도 들은 것, 그 이상을 경험하게 해주지. 기대해."

말뜻을 채 이해하기도 전에 그가 그녀를 지나쳐 사무실을 빠져나갔다. 한동안 멍하니 서 있던 민영은 쾅 하고 문이 닫히는 순간, 정신이 번쩍 들었다.

'뭐야? 지금 나한테 선전포고한 거야?'

그리고 민영은 그제야 이 모든 상황을 피부 깊숙이 실감하기 시작했다.

이런 엿 같은!

그 미친 해경특수기동대원이 강세종이었다니! 아아, 신이시여. 제 인생의 바닥은 도대체 어디입니까!

원수(?)는 외나무다리에서 만난다 61

부우우웅.

세종이 차에 올라타자마자 동운은 차를 출발시켰다. 자갈을 튀기며 힘차게 앞으로 나가는 차를 매끈한 아스팔트 위로 올려놓으며 동운은 옆자리에 앉은 세종을 힐끗 쳐다보았다. 애매한 표정이다. 짜증이 잔뜩 일은 듯 못마땅한 표정이긴 한데 완전히 그렇다고만은 할 수 없는…… 살짝 웃음기가 비치는 것 같기도 하고.

뭐지? 저 구린 표정은?

동운은 아무 일도 없었다는 듯 경쾌한 어조로 입을 열었다.

"여순경이 좀 맹랑하네요."

그리고는 슬쩍 눈치를 보았다.

별 반응 없음. 음, 그럼 조금 강도를 높여서.

"까져 가지고! 순경 주제에 말이야. 하늘 같은 경사님이 명령을 내리시는데 어디서 개겨? 개기기를! 안 그렇습니까?"

역시 반응이 없다. 동운은 무심한 얼굴로 창밖을 응시하고 있는 세종을 다시 흘끔거렸다.

'저럴 사람이 아닌데…….'

별 이유 없이 부하가 기어오르려는 건 죽어도 못 보는 위인이다. 자신의 주관이 너무나 뚜렷해 간혹 상관의 명령에 어긋나는 행동을 하긴 했지만 거기엔 늘 합당한 이유가 있었다. 조직 생활이란 것이 옳지 않은 일에도 좀 숙이고 들어가야 하는데 강세종은 그런 면에서는 꽝인 사람이었다. 그래서 그런지 부하의 의견에 늘 귀 기울이는 상사였다. 하지만 무작정 기어오르는 부하는 절대 용납하지 못하는 벽창호였다. 그런 그가 그 맹랑한 여순경의 하극상을 그냥 넘어갈 리가 없었다.

그런데 지금 봐서는 그냥 넘어갈 분위기다.

동운은 어깨를 으쓱하며 그냥 허허 웃어버렸다.

"걱정 마십시오. 제가 다른 건 못해도 이번 여름 동안 저 안하무인 여순경의 기를 확실히 꺾어놓고······."

"그 순경은 내 거야."

엥?

동운은 눈을 동그랗게 뜨며 물었다.

"예?"

그러자 세종이 음흉한 미소를 지으며 중얼거렸다. 마치 가지고 놀 쥐를 발견하고 입맛을 다시는 고양이 같은 얼굴이었다.

"박 순경은 내 거라고. 이 순간부터 갠 내 밥이니까 건드리 마."

허걱!

동운은 세종의 얼굴에 떠오른 악마의 미소를 보는 순간 귀엽게 생긴 그 여순경의 명복을 빌었다.

박 순경! 자넨 이제 살아도 산 목숨이 아니야!

두 남자는 이상하게 시내 곳곳을 헤매고 있다는 느낌을 지울 수가 없었다. 분명 저 앞으로 직진하면 뭔가가 있을 것 같은데 약도를 보면 우회전을 하라고 한다. 그리고 막상 우회전을 하면 차가 다닐 것 같지 않은 좁은 골목길이 나타난다. 겨우겨우 골목길을 빠져나가 보면 아까 직진을 했으면 되었을 그 길이 나왔다. 그런 과정을 두어 번 반복한 두 사람은 무언가 심상찮은 기운을 느꼈다. 왠지 이 세밀한 약도에 음흉한 음모가 숨어 있는 듯한…….

드디어 인내심이 폭발한 세종이 저 앞에서 걸어가는 아저씨를 가리켰다.

"저기 저 사람한테 물어봐."

동운은 빈 포대자루를 질질 끌면서 걸어가는 아저씨의 옆에 차를 세웠다.

"실례합니다."

큰소리로 부르자 아저씨가 시큰둥한 얼굴로 돌아보았다. 장시간 바깥 활동을 한 탓인지 시커멓게 그을린 얼굴에는 작은 표정 하나도 찾아볼 수 없었다. 무뚝뚝하게 쳐다보는 아저씨의 눈동자를 보며 동운은 친절한 미소를 지으며 물었다.

"죄송한데, 길 좀 여쭙겠습니다."

아저씨는 말 한마디 없이 고개를 까딱하며 승낙의 표시를 했다. 귀찮다는 표정이 역력했다.

"망망하늘정원 펜션이라는 곳을 찾고 있는데요."

"무슨 펜션? 그런 데도 있나?"

아저씨의 무표정한 반응에 동운은 머쓱한 얼굴로 약도가 그려진 종이를 내밀었다.

"여기 그려진 곳을 찾아가려고 합니다."

무심한 태도로 종이를 받아 든 아저씨가 약도를 쓰윽 훑어보았다.

"여기라면…… 하늘민박이잖아. 하늘민박이 언제 펜션으로 바꼈나?"

중얼거리는 아저씨의 말에 동운과 세종은 서로의 얼굴을 쳐다보았다. 아저씨가 문득 고개를 들고 동운과 세종을 한심하게 쳐다본다.

"망망 제2파출소에서 오는 길이요?"

동운은 고개를 끄덕였다.

"예. 거기 그려진 것처럼 예전엔 파출소였는데 지금은 여름해양경찰……."

"거기서 뭐 하러 여기까지 왔어?"

"예?"

"약도가 뭔 소용이야? 파출소 옆에 난 샛길로 쭉 가면 자동차로 10분이면 갈걸. 괜히 기름만 낭비했구먼."

그러더니 동운에게 약도가 그려진 종이를 휙 던져 주었다.

"누가 그렸는지 이곳 지리를 영 모르는구먼."

두 남자를 황당하게 만들어놓고 아저씨는 가던 길을 다시 재촉하기 시작했다. 그때 세종이 재빨리 아저씨를 불렀다.

"그럼 이 약도가 잘못된 겁니까? 혹시 시내에서 펜션으로 가는 더 빠른 길이 있는 건 아닙니까?"

그러자 아저씨가 '뭔 소리냐'는 듯 돌아본다.

"그 약도는 쓰레기야. 시내 구석구석을 관광할 것 아니면 기름 낭비하기 딱 좋은 약도구먼."

뜨악한 얼굴의 동운과 세종을 쓰윽 쳐다보더니 아저씨가 큰길을 가리켰다.

"저기로 나가서 좌회전을 해. 그리고 망망해수욕장이라고 적힌 이정표대로 가. 쭉 직진하면 길가에 하늘민박이라고 적혀 있을 거요. 그 샛길로 들어가면 댁들이 찾는 그 정원인가 하늘인가 하는 펜션이 나올 거요."

그리고 아저씨는 타박타박 가던 길을 가기 시작했다. 자동차 안은 한동안 정적이 감돌았다. 동운은 차마 먼저 입을 떼지 못하고 핸들만 꽉 틀어쥐고 있었다. 절대 인정하고 싶지 않았다. 아무리 맹랑하기로, 어떻게 자기보다 계급이 높은 두 명의 상관을 엿 먹일 수가 있는가!

"아무래도…… 저희가 당한 것 같습니다."

동운이 마지못한 듯 입을 열어 지금 자신들이 처한 상황을 인정하자 세종이 턱을 실룩거렸다.

"아주…… 아주 재미있군. 아주 재미있어."

이를 악물고 눈 밑의 살까지 떨며 어금니 사이로 내뱉는 그 말 한마디, 한마디가 악에 받쳐 있었다. 아무래도 그 여순경, 제명에 못 살 것 같다.

2장 - 여름해양경찰서? No! 여름도떼기시장

콰당!

무거운 철 책상이 쑤욱 뒤로 밀려 나갔다. 곧이어 덜컹 하며 철제로 만들어진 의자도 넘어진다. 그리고 그 아수라장 한가운데에 제 성질을 참지 못하고 애먼 책상과 의자에 화풀이를 하는 순경, 박민영이 있었다.

무슨 이런 팔자가 다 있나? 재수가 없어도 이렇게 없을 수는 없다. 그동안 내가 뭔 죄를 그렇게 크게 지어서 이런 일이 생긴단 말이냐!

민영은 또다시 울컥 치밀어 오르는 화를 겨우겨우 눌러 참으며 한숨을 푹 내쉬었다. 그동안 힘들다면 힘들고, 고생이라면 고생인 인생을 제법 잘 참아내며 살았다고 생각했다. 고등학교를 겨우 졸업하고 남들처럼 대학 갈 엄두를 내지 못해 취업 전선에 뛰어들면서도 '나보다 못한 사람도 있는데 뭐' 하는 위로를 스스로에게 하며 나름대로 최선을 다해 살았다. 적성에 맞지도 않는 소규모 컨테이너 업체의 경리로 일하며 매일매일 커피 심부름에 전화받고 전자 계산기만 두드리는 것에 신물이 나 결국 회사를 때려치울 때도 이 정도로 암울하지는 않았다.

꼬박 1년을 공부해서 지방 전문대에 입학하고 또 졸업을 했을 때에는 무언가 해냈다는 성취감에 세상을 다 가진 듯 행복했었다. 게다가 두 번이나 미끄러진 해양경찰 시험에 합격했을 때에는 '드디어 내 인생에도 반짝반짝 별이 드는구나' 했었다. 그런데 늦깎이 순경이라고 이리저리 채이긴 했지만 '어느 인생에든 굴곡은 있는 거니까' 하며 참아냈다.

올해, 두 번째로 해변 근무를 서게 됐을 때만 해도 내 인생이 이렇게 암담해질 줄은 몰랐다. 그래도 큰 죄 짓고 산 일은 없으니까 큰 벌 받을 일도 없을 것이라 믿으면 살았는데…….

'멋진 꼴통.'

머릿속을 스치는 요상한 별명 하나. 민영은 강세종을 생각하며 이상한 별명 하나를 떠올렸다. 멋지다는 단어와 꼴통이라는 단어는 전혀 상반된 어감임에도 불구하고 강세종에게 들이대면 전혀 어색하지 않다. 그래서 강세종은 그렇게 불렸다. 멋지고 잘생겼지만 '꼴통' 이라고.

그녀가 다녔던 고등학교 선생님들은 객관성을 잃고 세종을 어찌 대해야 할지 몰라 허둥지둥했다. 말 안 듣고 꼴통 짓만 골라 하는 세종을 죽일 듯이 미워해야 했다. 그런데 '너 오늘 죽었어!' 하는 심정으로 벼르고 벼르다 한 번 날 잡아서 족칠라 치면 각종 스포츠로 체전에서 당당히 입상하여 학교의 이름을 빛내주시는 통에, 화르륵 타올랐던 불길은 금상을 받아 쥐고 개선장군처럼 당당히 교문을 들어서는 녀석을 보자마자 한순간에 꺼져 버리곤 했다.

미워야 했는데 미워지지 않는 놈.

학교의 교칙은 어기라고 만들어놓은 것마냥 안 지키는 교칙이 지키는 교칙보다 더 많은 놈. 공부 못해, 선생님 말 안 들어, 뻑하면 수업 땡땡이에 싸움질로 하루가 멀다 하고 결석을 해대는 녀석을 선생들은 '꼴통'이라고 불렀다. 하지만 교칙을 지키지는 않는데 정도를 벗어나지 않는 놈, 공부는 못하지만 돌머리는 아닌 놈, 수업 땡땡이에 툭하면 싸움질이지만 약한 놈, 모자란 놈은 괴롭히지 않는 정의파였던 그놈을 선생들은 '멋진 놈'이라고도 불렀다.

그래서 만들어진 별명이 '멋진 꼴통'이었다. 게다가 그 '멋진 꼴통'은 여학생들의 우상이었다. 남학생들도 그놈을 싫어하지는 않았다. 놈이 잘나서 시기를 하기는 했지만 그놈이 멋진 놈이라는 것에는 이견이 없었다. 그래서 그놈을 따르는 추종자도 꽤 있었던 걸로 기억한다.

민영은 자신이 기억하는 것이 더 많다는 것을 인정해야 했다. 공부 머리는 지지리도 나쁜데 강세종에 대해서는 세세한 것 하나까지 전부 기억하는 자신이 처량했다.

그래! 까놓고 말해서 좀 좋아했다.

'에이, 박민영, 많이 좋아했잖아.'

박민영은 자신의 양심이 지난 일을 들춰내자 신경질적으로 중얼거렸다.

"그래그래. '좀' 보다는 더 많이 좋아했다."

솔직히 말하면 고교 1, 2학년 동안 내내 혼자서 몰래 짝사랑했었다. 처음엔 '뭐 저런 놈이 다 있나?' 했다가 약한 남자아이를 괴롭히던 개날라리놈들을 때려눕히는 걸 본 이후로 '괜찮은 놈'으로 방향 조정했었다. 그러다가 어느 여름날 운동장에서 웃통을 벗고 농구하는 걸 보고 턱으로 흘러내리던 침을 닦으며 깨달았다.

'나, 박민영이 놈을 좋아한다.'

그렇게 점점 시선을 빼앗기고 관심을 가지다가 결국 눈처럼 순결한 첫 순정까지 주었다. 하지만 거기까지였다.

그녀는 학창 시절에 그다지 두각을 나타내지 않는 여학생이었다. 아니, 더 자세히 말하면 전혀 존재감이 없는 아이였다. 공부도 썩 잘하지 못했고, 운동은 그저 그랬고 남들 다 있는 특기도 하나 없었다. 그렇다고 성격이 활발한 것도 아니어서 친구 사귀는 데에도 젬병이었다. 늘 한쪽 구석에 처박혀서 연습장에 뭔가를 끄적이거나 남들 수다 떠는 걸 구경하는 아이, 수업 시간에는 자신의 번호가 불릴 때 외에는 발표도 하지 않는 아이가 바로 나였다.

아마도 1, 2학년을 통틀어 60명가량의 동창들 중 나를 기억하는 이는 열 손가락 안에 꼽을 것이다. 그리고 나를 기억하지 못하는 수많은 동창들 중 하나가 바로 강세종이다. 그러니 나의 짝사랑은 혼자만의 삽질이요, 청승이었을 뿐이었다.

그걸로 땡이었다. 혼자 좋아하다가 전학을 가면서 잊었다. 금방 잊은 건 아니지만, 가끔은 그 학교 교문 앞을 찾아가 그를 보려고 얼쩡거린 적도 있었지만 맹세코 거기까지였다. 지금은 싹, 깨끗이, 티끌 하나 없이 완전히 정리되었다.

그때 이후로는 '멋진 꼴통' 강세종에 대해 요만큼의 감정도 남아 있지 않다. 맹세코!

"죽여주시는구만."

맹랑한 여순경에게 속아서 볼 것도 없는 시내 구석구석을 헤매는 것도 모자라, 뚱하다 못해 시니컬하기까지 한 시골 아저씨를 만나 있는 대로 무시를 당했다. 서울에서 동해까지 밤새 달려 도착했는데 관심도 취미도 없는 시내 관광을 한 것은 그렇다 치자. 그런데 겨우 도착한 숙소라는 곳이 여기다. 차라리 못 찾았다고 하고 이대로 서울로 상경하고 싶은 심정이었다.

두 남자는 낡고 허름한 건물 앞에 서 있었다. 주변은 온통 논과 밭이었고 어디선가 구수한 똥 냄새가 널리 세상을 이롭게 하고 있었다.

'망망하늘정원 펜션.'

사기다!

이름 자체가 사기였다. 저 건물 어디에 '하늘'이니 '정원'이니 하는 단어와 어울리는 곳이 한군데라도 있단 말인가. 그래. 망망하기는 하다. 막연하고 아득한 심정이 딱 지금 두 남자의 심정이었다.

척 보기에도 고친 티가 팍팍 나는 푯말은 솜씨도 지지리 없는 누군가에 의해 조작되었음을 한눈에 알 수 있었다. 뭐랬더라? 하늘민박? 그 시니컬한 아저씨가 말했던 '하늘민박' 조차도 이 건물에 어울리는 명칭이 아니었다. 그저 이 건물과 어울리는 단어는 딱 하나였다.

민박.

그래. 더도 말고 덜도 말고 딱 '민박' 한 음절이면 되었다. 이건 민박 수준 이상은 절대 될 수 없는 구조물이었다.

"설마 여기는 아니겠죠?"

동운은 믿을 수 없는, 아니, 믿고 싶지 않은 어투로 중얼거렸다.

"언제나 설마가 사람을 잡지."

세종의 음울한 대답에 동운도 고개를 끄덕였다.

그래, 설마가 사람 잡는다. 설마, 그 여순경이 상관 둘을 이렇게 엿 먹일 줄 누가 알았겠는가. 어쨌든 겁대가리는 달나라로 보낸 것이 분명한 여자였다.

두 남자가 잠시 넋을 잃고 황망하게 서 있는데 누군가 건물에서 나왔다. 한눈에 보기에도 꽤 어려 보이는 남자가 오렌지색 티셔츠에 반바지 차림으로 슬리퍼를 질질 끌며 나오고 있었다.

동운과 세종은 그 남자를 보는 순간 미간을 찌푸렸다.

전경이었다.

오렌지색 티셔츠에 선명하게 새겨져 있는 해경 마크를 보는 순간, 동운과 세종은 해군에서 차출된 전경임을 알아차렸다.

"어!"

족제비같이 생긴 놈이 마당에 우두커니 서 있는 남자 둘을 발견하고 걸음을 멈추었다. 잠시 어색한 기운이 감돌았다. 아니, 전경임을 한눈에 알아차린 동운과 세종은 '어서 꿇어!' 라는 식의 눈치를 마구 쏘아주었고 어리바리, 어린 전경은 잠시 머뭇거리며 현 상황을 점검하는 듯했다. 그러다가…….

"충성."

좀 느려도 눈치가 아주 없는 놈은 아니었다. 두 남자의 심상찮은 포스를 눈치 챈 전경이 재빨리 차렷 자세를 하며 거수경례를 했다.

"쉬어."

세종이 귀찮다는 듯 툭 내뱉었는데도 전경은 쭈뼛거리며 어쩔 줄 몰라 했다. 아마도 제대까지는 한참 먼 놈인 듯했다. 동운이 한 걸음 앞으로 나서며 물었다.

"해변 차출 전경인가?"

"예. 그렇습니다."

"이름은?"

"전협입니다!"

"전협? 외자야?"

"예. 그렇습니다!"

잔뜩 힘이 들어간 목소리를 보니 역시 입대한 지 얼마 안 된 전경이다. 동운은 씨익 미소를 지으며 조용히 말했다.

"쉬어, 괜찮아. 긴장 풀고. 여기가 여름 해경 지정 숙소 맞나?"

"예. 그렇습니다."

힘은 좀 빠졌지만 그래도 여전히 굳어 있다. 동운은 다시 부드럽게 웃어 보이며 입을 열었다.

"보는 것만큼 안도 후지냐?"

동운이 뭘 말하는지 못 알아듣겠다는 듯 전경이 눈을 크게 떴다. 그러자 세종이 짜증나는 목소리로 툭 끼어들었다.

"이 건물 안 무너지겠냐고?"

"예? 아, 예. 안 무너집니다."

그러더니 영 자신이 없는 듯 건물을 힐끔 돌아본다. 그리고 재빨리 덧붙였다.

"저희도 어젯밤에 도착해서 잘 모릅니다. 그래도 잠자는 동안 무너지지는 않았습니다."

세종이 한숨을 푹 내쉬었다. 동운은 얼른 다시 물었다.

"저희? 몇 명이나 왔는데?"

"저까지 포함해서 전경은 4명이고, 해경에서 파견된 두 분이 계십니다."

순간, 세종의 눈이 찌릿 빛이 났다.

"해경?"

"예. 그렇습니다."

대답은 잘해놓고 갑자기 전협은 '그런데 당신들은 누구죠?'라는 물음표를 잔뜩 그린 채 동운과 세종을 번갈아 보았다. 조금 전 '충성'까지 외쳐 놓고 이제야 동운과 세종의 정체가 궁금한 모양이었다. 역시 좀 덜떨어진 놈이다.

"우린 대한해경에서 왔다. 이분은 강세종 경사님. 난 김동운 경장."

"충성."

정체를 밝히자마자 또 충성이란다. 진짜 좀 모자란다.

"됐어. 충성은 아까 했으니까 그만 해. 안에 해경에서 오신 분들 계신가?"

"예. 아니, 잘 모르겠습니다. 저도 이제 일어났습니다."

전협의 대답에 세종은 손목시계를 쳐다보았다.

아직 일곱 시도 안 된 시간이었다. 그럼, 그 망할 박 순경은 뭐야? 새벽 여섯 시부터 경찰서에 출근한 그 맹랑한 여자는 뭐냐고?

"그 해경에 여순경도 있나?"

"잘 모르겠습니다."

"왜 몰라?"

세종이 신경질적인 어투로 묻자 전협은 다시 쫄았다.

"그게…… 저희가 어제 너무 늦게 도착하는 바람에 방 배정만 받고 인사는 생략했습니다. 최 경사님께서 그러라고 하셔서……."

"최 경사님?"

"예. 이번 여름해양경찰서를 맡아서 운영하실 분이라고……."

동운과 세종은 서로를 쳐다보았다. 그 겁대가리를 상실한 여순경이 말했던 '최순황 경사'가 바로 '최 경사'와 동일 인물인 듯했다.

"안에 계신가?"

"예. 조금 전에 일어나셔서 저희를 깨워주셨습니다."

잘하는 짓이다. 경사가 일어나서 전경들까지 깨워야 하다니!

세종은 못마땅한 얼굴로 전경을 위아래로 훑어보다가 신경질적인 걸음을 옮기기 시작했다. 그 뒤를 동운이 재빨리 따라갔다.

새벽부터 잔뜩 기합이 든 맹한 전경을 마당에 그대로 세워둔 채.

"네. 그럼, 리스트 만들어서 좀 있다가 뵐게요."

"예. 그럽시다. 그리고 최 경사님께 말씀 좀 잘 드려서 회의는 너무 자주하지 말도록 합시다. 입으로 백날 떠들어봤자 말 안 듣는 사람들이 말 잘 듣는 것도 아니고……."

"네. 그렇긴 하죠. 그래도 저희들끼리 질서가 안 잡히면 시민들을 어떻게 통솔하겠어요. 그러니 조금 불편하시더라도 규칙을 만드는 건 꼭 필요한 것 같아요. 작년에도 해보셨으니 잘 아시잖아요."

그녀처럼 이번에도 연달아 해변 근무를 서는 사람이 또 있었다. 민간자율구조대의 대장으로 작년부터 이곳 망망해수욕장의 안전요원으로 활동하기 시작한 사람이었다. 그전에는 무슨 해병대 전우회 같은 곳에서 활동을 했었다는데 몇 년 전부터 해수욕장 안전요원으로 자원해서 결국 팀장으로까지 올라온 사람이었다. 나이는 마흔을 훌쩍 넘었지만 체력이나 수영 실력 등은 젊은 남자들에게 전혀 뒤지지 않았다.

"박 순경도 알다시피 작년에는 쓸데없는 회의가 너무 많았어. 뭔 일만 생기면 불러대는 통에 정작 필요한 때에는 인력이 부족했잖아. 이번에는 제발 그러지 말자고."

그 부분에 있어서는 민영도 할 말이 없었다. 작년에 파견되었던 천 경사님은 뻑하면 회의소집이 일인 분이셨다. 나중에는 '저분 낙이 회의다' 라는 소문이 돌 지경이었다. 오죽하면 별명이 '붕어 천'이었겠는가. 만날 입만 나불거린다고 안전요원들이 붙인 별명이었다.

"이번에는 그러지는 않을 거예요. 저희 최 경사님은 회의 별로 안 좋아하시거든요."

"그래? 그거 다행이구먼."

민영은 환한 미소를 지으며 나 대장을 향해 고개를 까닥였다.

"그럼 이따 뵐게요, 대장님."

"그래요. 있다가 보자고."

몽골 텐트로 만들어진 민간자율구조대 캠프를 나서며 민영은 따가운 모래사장을 걷기 시작했다. 강세종에게는 사무실 정리니, 민간자율구조대 캠프 방문이니 핑계를 댔지만 모두 거짓은 아니었다. 어젯밤에 최 경사님이 아침에 각 팀별 장들을 소집했으면 한다는 명령이 있었고, 이곳 분위기를 제일 잘 아는 그녀가 나선 것이었다.

'그렇다고 사무실 정리까지 내가 할 일은 아니지.'

민영은 움푹움푹 파이는 모래사장을 가로질러 아스팔트 위로 올라섰다. 저기 멀리 해양경찰 깃발이 펄럭인다.

젠장, 피한다고 피할 수 있는 일이 아니다.

그녀는 잔뜩 인상을 썼다. 그들이 아침나절 내내 시내를 헤맸을 테니 아마 그녀를 죽이려고 벼르고 있을 것이다.

"뭘 들었는지 몰라도 들은 것을 모두 경험하게 해주지. 기대해."

쳇, 기대하라고? 뭘? 강세종, 나 건들지 마라. 나, 계획 무지 많은 사람이거든? 전도유망한 순경 앞길을 막아섰다가는 쥐도 새도 모르게 매장되는 수가 있어!

저기 모래사장에 묻어버리는 수가 있단 말이야!

"자, 여기는 이번 여름해양경찰서에서 근무하게 될 강세종 경사, 그리고 김동운 경장. 그리고 이쪽은 나와 같은 파출소에서 근무하는 박민영 순경. 전경들은 각자 알아서들 소개해 봐."

최순황 경사가 간단하게 해경들만 소개를 끝내고 전경들에게 바통을 넘겼다. 이제 겨우 어느 정도 정리가 끝난 사무실 안은 이번 해변 근무에 파견된 해경 네 명과 전경 네 명이 서로의 소개를 하고 있었다.

민영은 자신에게 꽂히는 교묘한 눈길을 의식하지 않으려 일부러 전경들에게서 눈을 떼지 않았다. 사무실로 들어오던 순간부터 날아들던 꼬챙이 같은 눈길은 모두 모여보라던 최 경사의 명령이 떨어질 때도 그녀를 집요하게 따라다녔다. 그리고 지금, 이 순간에도 그 까칠한 눈길은 여전히 그녀를 향하고 있었다.

"충성. 해상병 921기 진지한입니다."

웃음기라고는 찾아볼 수 없는 얼굴로 진지하게 자신을 소개하는 전경을 향해 최 경사가 물었다.

"몇 살이지?"

"스물셋입니다."

"음, 좋을 때구먼. 5개월 후에 전역한다고?"

"예. 그렇습니다."

"이름이 진지한인데 진짜 진지한가?"

"예. 그렇습니다."

민영은 '푹' 쏟아지려는 웃음을 겨우 참아냈다. 마지막 말은 누가 들어도 농담인데 진지한은 농담처럼 듣지 않은 모양이다. 최 경사가 뻘쭘한 얼굴로 진지한을 쳐다보았다.

"하하, 농담이야."

최 경사는 썰렁한 분위기를 상쇄해 보려고 억지웃음을 지었지만 진지한은 웃지 않았다. 그 덕에 최 경사의 웃음만 어색하게 주변을 맴돌다 잦아들었다.

'끙, 앞뒤 꽉 막힌 벽창호 한 놈 들어왔구만.'

민영은 쯧쯧 혀를 찬 후 눈길을 돌려 세종 쪽을 흘깃 바라보았다. 그는 이 상황에서 어쩌는지 보고 싶었다. 그런데 그녀는 슬쩍 돌아가던 눈길을 다시 황급히 제자리로 돌렸다.

'아! 짜식! 집요하네!'

세종이 아직도 자신을 노려보고 있다는 것을 안 민영은 '끙' 하고 한숨을 내쉬었다. 지금 저 자식의 머릿속에 뭐가 들었는지 뻔하다. 아마, 엉터리 약도로 자신을 골탕 먹인 복수를 어떻게 할 것인가, 생각하고 있겠지. 저 자식은 나이를 처먹고도 저렇게 뒤끝이 구려? 남자가 대범하지 못하게시리.

"어이, 다음 소개해 봐."

최 경사가 명령하자 그 옆의 전경이 자리에서 일어났다.

"충성, 해상병……."

전경들이 차례로 자신을 소개할 때마다 민영은 벌어지는 입을 다물 수가 없었다. 어째 이름들이 다 저럴까? 마치 성격 보고 지은 이름들인 것처럼 하나같이 사람과 이름이 딱 들어맞는다.

스물두 살이라는 조용언은 진짜 조용했다. 목소리는 가늘었고 조용조용 내뱉는 말투는 귀를 쫑긋 세워야 겨우 알아들을 수 있었다. 저래 가지고 어떻게 군대는 들어갔는지 정말로 궁금할 정도였다.

전협. 애다. 아직 고등학생 티를 벗어나지도 못한 소년이었다. 생긴 건 족제비같이 생겨가지고 나이도 이제 갓 스물이란다. 조용언의 개미 소리를 들은 직후에 듣는 목소리라 그런지 아주 우렁찼다.

"제 신조는 의리에 죽고 의리에 사는 것입니다. 제 꿈은 장차 대한민국의 해경이 되는 것입니다. 앞으로 여러 경사님과 경장님들을 존경하며 따르겠습니다."

목소리도 힘있고, 꿈이 해경이라는 것도 좋다. 그런데 뭐? 여러 경사님과 경장님들을 존경해? 그럼 난?

민영은 잔뜩 눈살을 찌푸린 채 전협을 노려보았다. 그런데 이 인간은 강세종을 쳐다보며 눈을 빛내고 있었다. 딱 보기에 전협이 존경할 대상으로 점찍은 사람은 '꼴통' 강세종이지 싶었다.

"이재섭입니다. 나이는 스물넷. 강남의 최고학군, 경기고등학교 졸업. 마찬가지로 대한민국 최고의 인재들만 다닌다는 서울대학 전자공학부에 최고 성적으로 입학. 1학년 수료 후 ROTC로 입대할 예정이었으나 자의로 해군에 지원. 이번 해변 근무를 끝으로 전역할 예정입니다. 이상. 충성."

전협의 소개를 들으며 '하, 이번 전경들 되게 특이하네' 하는 표정으로 방심하고 있던 사람들은 이재섭의 소개가 시작되는 순간, 눈을 휘둥그레 떴다. 이름만큼 재수없는 인간이었다. 누가 묻지도 않았는데 말끝마다 '최고'를 부르짖으며 소개하는 폼이 '나, 이런 놈이야. 그러니 알아서들 기어!' 하는 것처럼 거들먹거린다.

"누가 물어봤어?"

역시 그냥 있을 강세종이 아니시다. 그저 이재섭의 만행에 눈만 휘둥그레 뜨고 있던 다른 사람들과 달리 우리의 꼴통, 강세종은 발 빠르게 움직였다.

이재섭이 눈을 부라리며 세종을 쳐다보자 그가 목소리를 지그시 깐다.

"눈깔아."

눈썹을 씰룩거리며 여전히 눈을 깔지 않는 이재섭을 향해 세종의 목소리가 더욱 음침하게 울렸다.

"어디 소속이야? 너희 부대에서는 상관에게 그렇게 하라고 가르치나?"

그 순간, 이재섭의 눈이 슬쩍 아래로 향했다. 하지만 그 표정에는 '똥이 무서워서 피하냐, 더러워서 피하지' 하는 생각이 고스란히 묻어 있었다.

"자, 자. 소개는 이쯤에서 끝내고 회의 시작하지. 박 순경."

"네, 경사님."

민영은 이재섭과 강세종의 기 싸움을 구경하다 최 경사의 부름에 화들짝 놀라 고개를 돌렸다.

"민자대(민간자율구조대) 대장, 언제 오기로 했어?"

"이번에 활동하게 될 사람들 리스트가 만들어지는 대로 가지고 오신댔어요."

"그래? 소방서 쪽은?"

"그쪽도 오늘 내로 일정을 만들어서 만나봐야 할 것 같습니다."

"그래. 그럼 강 경사는 지금 나하고 같이 시청에 좀 다녀오지."

"시청에요?"

세종이 삐딱하게 묻자 최 경사가 고개를 끄덕였다.

"그래. 시에서 안전요원들을 뽑았다는데 가서 어떤 식으로 운영할 건지 알아봐야지. 아무래도 활동하는 단체가 많으니까 각자 구역을 정하는 게 좋지 않겠어? 박 순경, 작년에도 그랬지?"

"네, 경사님. 작년에는 각 단체별로 순번을 정해서 순찰 시간도 정했습니다."

"그래, 이런 거 저런 거, 정할 게 한두 가지가 아니야. 그러니 강 경사가 며칠 나하고 같이 다니면서 각 단체별 우두머리들과도 인사를 나눠야지."

"……."

뭐가 마음에 안 드는지 똥이라도 씹은 표정으로 세종이 고개를 끄덕이자 최 경사는 회의를 종료한다는 듯 좌중을 둘러보았다.

"나흘 후면 해수욕장 개장이야. 당분간 우리가 머물 곳이니까 청소 좀 깨끗이 하고 해변 지리도 좀 알아놔. 그리고 이번 여름 동안 고용한 안전요원들 리스트가 내려오는 대로 소집해서 순찰 구역 나누고…… 할 일이 많구먼. 박 순경이 좀 수고해. 작년에도 여기 근무를 했으니까 잘 알겠지. 순찰정이나 뭐 그런 구조장비들 빠진 거 없나 점검도 하고. 참, 이번에는 수상오토바이도 지급되었다고 하던데 몇 대나 지급되는지도 알아봐. 알았지?"

"네, 경사……."

최 경사의 명령에 경쾌하게 대답하던 민영은 순간 끼어드는 나지막한 목소리에 말을 멈추었다.

"그게 왜 그쪽에서 할 일입니까?"

"응?"

최 경사가 놀라 세종을 바라보았다. 형식적으로 수첩에 무언가를 끄적이며 잠자코 있던 다른 사람들도 모두 세종을 쳐다보았다. 세종은 그런 사람들의 눈초리는 신경도 쓰지 않는다는 듯 곧장 최 경사를 응시했다.

"김 경장이 있는데 순경에게 일을 맡기시면 되겠습니까? 몇 안 되는 인원이라도 기강이라는 것이 있는데."

세종의 잔뜩 비틀린 말투에 최 경사의 얼굴이 순간 붉게 변하기 시작했다. 목에서부터 붉은 기가 오르더니 얼굴 전체로 순식간에 번져 간다.

"어? 어, 그게 그렇게 되나?"

최 경사가 당황해하며 김 경장과 민영을 번갈아 쳐다보았다. 그러자 세종이 민영에게 무뚝뚝한 태도로 입을 열었다.

"박 순경이 이곳 사정을 잘 안다고 하니, 구조장비 체크는 박 순경이 해. 그리고 김 경장은 전경들과 같이 사무실 정리와 청소를 좀 하고. 또 순찰 순번은 어떤 식으로 정할지 고민도 좀 하고. 알았나?"

"예. 알겠습니다, 경사님."

이번에는 김 경장이 경쾌한 목소리로 대답을 하고 나섰다. 그리고 그 앞에서 민영은…… 한마디로 새됐다.

어이없었다. 그럼 뭐야? 나 혼자 구조장비 체크하란 말이야? 챙겨야 할 장비가 얼마나 많은데!

강세종, 이 쪼잔한 시키! 약도 잘못 그려준 복수를 이따구로 하냐!

"경사님, 이건 아니죠. 어떻게 경사님이 명령을 내리고 있는데 그 인간이 툭 끼어들어서는 경사님을 그렇게 물을 먹이냐고요. 그럼 경사님이 전경들 앞에서 뭐가 돼요!"

"그게 그렇게 되나? 에이, 뭐 어때? 강 경사 말이 아주 틀린 것도 아니잖아."

민영은 그저 사람이 좋기만 한 최 경사의 말에 더욱 목청을 높였다.

"아니죠! 경사님! 강세종 경사, 만만히 보시면 안 돼요. 오늘 하는 거 보니까 최 경사님이 조금만 틈을 주면 완전 제멋대로 할 위인이더라고요. 아니, 그래도 명색이 최 경사님이 이번 안전구조대 팀장인데 어떻게 그렇게 명령을 한번에 싹 무시하고……."

"아니야. 내가 잘못한 거지. 아닌 말로 김 경장이 있는데 박 순경에게 지휘권을 넘긴 건 말 안 되잖아. 그건 진짜 내가 잘못한 거야."

"그렇다고 하더라도 나중에 따로 말하면 되잖아요. 꼭 그 자리에서, 어린 전경들이 보는 그 자리에서 그래야 했냐, 저는 이걸 말하고 싶다고요."

말하다 보니 더 화가 난다. 민영은 목에 핏대를 세우며 흥분했다. 자신의 지위는 하찮은 순경일 뿐이니 강세종을 잡아줄 사람은 최 경사님뿐이다. 그런데 말을 하면 할수록 최 경사가 자신에게 썩 도움이 되어줄 것 같지 않아 불안해졌다.

"그러니까 최 경사님이 아예 처음부터 기강을 확실히······."

민영이 손바닥에 주먹을 내리꽂으며 자신의 주장을 강하게 어필할 찰나 전화벨이 울렸다. 하필, 이런 때에!

Rrrrr. Rrrrr. Rrrrrrr.

"어, 전화 왔네. 잠깐만."

민영은 최 경사가 주머니에서 휴대폰을 꺼내는 것을 보다가 고개를 돌려 잔잔하게 밀려오는 파도를 노려보았다.

"오늘 내로 구조장비 리스트 만들어놓고, 망망해수욕장 안전요원으로 근무할 사람들 리스트도 모두 파악해. 각 단체별 팀장들 만나서 일정을 알아보고 가장 괜찮은 날을 정해서 회의 일정 잡고. 아, 그리고 우리와 직접 연락을 취할 기상예보 담당자가 누군지 알아봐. 그 사람 근무지 전화번호는 말할 것도 없고, 개인 연락처와 주소까지 전부 알아둬."

오늘 하루 그녀에게 내려진 일이었다. 그것도 다름 아닌 강세종 경사 '놈' 께서 직접 하달한 명령이다. 누가 들어도 다분히 개인 감정이 섞인 지시였다. 구조장비 리스트에 안전요원 리스트까지.

망망해수욕장은 대한민국 최대 해수욕장 중의 하나다. 여름 해수욕장이 개장하게 되면 수많은 단체에서 안전요원을 뽑는다. 해경은 말할 것도 없고 시청, 구청, 민간에서 운영하는 사단법인, 게다가 해병대 전우회나 해수욕장 근처의 주민들이 나서는 순수한 봉사단체들까지······.

그 사람들 리스트를 넘겨받아 우리 측 데이터로 만드는 것만 해도 하루 종일 걸릴 것이다. 그런데 구조장비 리스트에 일정 파악까지. 강세종이 날 골탕 먹이려고 일부러 내린 지시가 분명했다.

"······아이고, 마누라님. 걱정 마시라니까. 걱정 마. 내, 오늘 일찍 마쳐서 회 떠갈게. 당신이 먹고 싶다는데 살아서 펄펄 날뛰는 고랜들 못 바치겠어? 그래, 아주 싱싱한 놈으로다가. 응. 소주 한 병. 오케이. 알았어."

사모님이다. 민영은 전화기를 두 손으로 공손히 잡고 통화를 하시는 최 경사님을 보며 눈치를 챘다. 최 경사는 자타가 공인하는 공처가였다. 본인은 애처가라고 하지만 누가 봐도 공처가다. 어찌나 벌벌 떠시는지 보는 사람이 다 애처러워할 만큼 중증이었다.

"응······ 나도 사랑해요."

잠시 민영의 눈치를 보던 최 경사가 기어이 낯간지러운 멘트를 날리신다. 민영은 애써 고개를 외면하고 눈길을 피해주었다. 순전히 최 경사를 위해서였다. 아니, 솔직히 듣고 있는 자신이 더 민망해서 외면했다.

"어디까지 했지?"

다시 본래의 모습으로 돌아온 최 경사가 멋쩍게 웃으며 묻는다. 갑자기 민영은 전의를 상실했다. 최 경사만이 강세종이 공격하는 창을 막아줄 방패라고 생각했는데 전혀 잘못 짚은 듯싶었다. 아마, 오늘처럼 강세종이 또다시 여기저기 끼어들어도 최 경사는 기분 나빠할 것 같지 않았다. 뭐든지 좋은 게 좋은 거라고 믿는 분이시니.

민영은 풀 죽은 얼굴로 고개를 저었다.

"아뇨, 됐어요. 제 할 말은 다 했어요."

아, 이놈의 팔자가 언제쯤 피려나.

"박 순경, 너무 고깝게만 생각하지 마. 다 좋은 게 좋은 거 아니겠어? 몇 안 되는 동료들끼리 겨우 두 달 근무하는 건데 평탄하고 무사하게 지내자고. 알았지?"

"……네."

나도 그러고 싶죠! 정말 저도 그러고 싶다고요! 전 이번에 특진도 해야 한단 말이에요!

민영은 정말 울고 싶은 심정으로 푸른 바다를 응시했다.

'아, 정말 여긴 쓰나미 같은 거 좀 안 오나? 딱 한 인간만 덮쳐 줄 만큼 세게 와서 강세종만 쏘옥 집어내 쓸어가 주면 되는데.'

"아, 진짜!"

드디어 민영은 키보드 자판을 홱 밀어버렸다. 도저히 화딱지가 나서 참을 수가 없다.

왜 내가 이래야 해? 다 퇴근한 야밤에 왜 사무실에 혼자 남아 이 청승을 떨어야 하느냐고! 내일이면 해수욕장 개장이니 일이 바빠지겠다고 하더니 남아서 야근하는 사람은 나뿐이잖아.

민영은 일을 잘 분담해서 빨리 끝내고 쉬자고 하던 강 경사의 말을 떠올렸다.

그런데 이게 잘 분담한 거야? 잘 분담했는데 왜 나만 이러고 있냐고! 이건 다분히 개인 감정이 담긴 복수야! 경사씩이나 된 자식이 속은 어찌나 좀스러운지.

그녀는 씩씩거리며 텅 빈 사무실을 훑었다.

물론 내가 컴퓨터에 좀 약한 건 인정한다. 그래도 이 정도는 아니지. 비록 독수리 타법이긴 하지만 전 국민의 문서 작성기인 아래 한글도 다룰 줄 아는데!

민영은 네 시간 동안 자신이 작성해 놓은 화면을 자랑스럽게 쳐다보았다. 그런데 자랑스러워하던 그 마음은 얼마 가지 못했다.

분명히 많이 쓴다고 썼는데 왜 이것뿐이지?

그녀는 믿을 수 없다는 듯 마우스를 이리저리 굴려보았다. 아무리 굴려봐도 겨우 두 페이지다. 제길, 네 시간 만에 두 페이지 작성했다!

"나쁜 자식. 지들은 몸으로 하는 일 하고 난 이런 어려운 일이나 주고."

차라리 나도 그들처럼 구조장비 옮기고 챙기고 돌아다니면서 안전 경계선 점검하라고 했으면 벌써 끝내고 들어갔을 것이다. 책상 앞에 앉아서 안전요원 명단 체크하며 문서 작성하는 일 따위는 적성에 맞지 않았다.

'여자라고 배려해 주는 거겠지.'

사람 좋은 최 경사님은 강 경사가 분담한 일에 대해 그렇게 말했다. 하지만 민영은 절대 그것이 '배려'라고 생각하지 않는다. 그 자식이 누굴 배려한다는 것 자체가 말도 안 되는 일이다. 분명 그 약삭빠른 놈은 알아차렸을 것이다. 그녀가 책상물림 타입이 아님을. 그러니까 제일 골치 아프고 성가신 보고서 작성 따위의 일을 시킨 거지!

민영은 괜히 혼자 씩씩거리다가 휴대폰을 집어 올렸다. 신나는 댄스 음악이 휴대폰에서 흘러나와 빈 사무실을 가득 메우기 시작한다.

[헤이! 안전요원. 잘 지내셔?]

나쁜 년. 이년은 왜 주는 거 없이 미울까?

"넌 내가 잘 지낼 거라고 생각하냐?"

[왜? 잘생긴 기동대원들과 생활하는데 잘 지내야 하는 거 아냐? 그 남자들 잘생겼지? 내가 인터넷에서 사진 봤는데 진짜 잘생겼더라. 그 강세종인가 하는 남자는 조각이던데? 조각! 야, 그 남자 내가 찜했으니까 건드리지 마라. 하긴 너하고 가까이하기엔 너무 먼 당신이더라만. 깔깔깔.]

안 그래도 열불 나서 불길이 타오르고 있는데 이 기집애가 아주 부채질을 하고 있다, 부채질을.

"인터넷? 그 인간이 인터넷에도 떴냐? 왜?"

[야, 너 아직도 몰라? 쯧쯧. 넌 내가 정보 안 물어주면 세상하고 등질 애야. 어째 그렇게 정보가 더뎌? 더디길.]

"난 그런 정보 따위 없어도 잘살았어."

[그래서 니가 안 되는 거야. 너, 그거 모르지? 원래 안전요원 파견근무 나갈 사람은 니가 아니었다는 거.]

"뭐?"

이게 무슨 소린가!

민영은 너무 놀라 의자에서 자빠질 뻔했다. 아니, 이게 무슨 공룡 발가락 빠는 소리란 말인가?

"그게 무슨 소리야? 내가 아니었다니? 그럼 내가 다른 사람 대신 왔단 말이야?"

[휴우. 내가 이런 말까지 안 하려고 했는데 니가 하도 세상을 만만하게 보는 것 같아서 해줘야겠다. 넌 좀 긴장도 하고 좌절도 하면서 살아야 할 필요성이 있어. 지가 둔하니까 다른 사람도 다 자기 같은 줄 알고…… 쯧쯧. 나도 며칠 전에 알았는데, 사실은 원래 이다빈 순경이 해변 근무로 내정되었었대.]

"이다빈?"

이다빈 순경의 웃는 얼굴이 민영의 머리를 스쳤다. 늘 웃고 다니는 어린 여순경이지만 민영과 달리 똑 부러지고 야무진 여자였다. 스물네 살의 어린 아가씨답게 청순한 여자가 똑똑하기까지 하니, 동료들이나 상관들의 이쁨을 한 몸에 받는 순경이었다. 그렇게 썩 예쁜 얼굴은 아니지만 웃는 표정만큼은 애교가 철철 넘친다. 오죽하면 그녀가 처음 임용되어 파출소로 왔을 때 별명이 '새벽이슬'이었겠는가. 뭐, 생긴 게 꼭 이슬만 먹고 살게 생겼다나, 뭐라나. 그것도 새벽에 맺히는 이슬만.

그런데, 그런데 그녀가 내정되어 있었다면서 왜 내가 온 거지?

[그래, 이다빈 순경. 걔가 어떻게 알았는지 이번에 해변 차출 안전요원에 지가 포함된 걸 알아낸 거야. 야, 웃기지 않니? 순경 단 건 너보다 느린데 어째 너보다 정보가 더 빨라? 걔가 그거 알고 소장 집에 쳐들어갔잖아. 과일이랑, 술이랑 사 들고 가서 소장 사모까지 있는 데서 못 간다고 울고불고했단다. 아휴, 어찌나 찐득이처럼 달라붙는지 소장이 두 손, 두 발 다 들었대. 게다가 걔가 애교가 좀 많니? 소장 사모가 걔 살살거리는 거에 완전히 넘어가서 소장한테 보내지 말라고 압력을 넣었대잖아. 그러니 소장인들 별수 있어? 결국 제일 만만한 널 보낸 거지.]

아아, 이 거지발싸개 같은 인간들을 모조리 쓸어서 어디, 무인도에라도 갖다 버리고 싶다. 옹기종기 모여서 지들끼리 잘살라고.

"황지연."

[왜? 왜 목소리는 깔고 그래? 니 실체를 알고 나니 힘이 쫘악

빠져?]

이년은 나보다 날 더 잘 안다.

"난 왜 이럴까?"

[글쎄, 나야 모르지.]

"나, 이러고 계속 살아야 하니? 갑자기 세상 살기가 싫어진다."

[알아서 하셔.]

나쁜 년. 친구가 죽고 싶다는데 말리지는 못할망정.

"끊자."

[왜? 죽으려고?]

독하고 매정한 년.

"아니."

[그럼?]

"밥 먹으러 가려고."

[죽고 싶다는 것이 밥은 목구멍으로 넘어가?]

"먹고 죽은 귀신은 때깔도 곱대. 먹고 나서 고민하련다."

[넌 먹고 죽어도 때깔은 안 고울 거야. 네가 원래 좀 까맣잖아.]

민영은 더 이상의 대화는 무리라는 판단 아래 일방적으로 폴더를 닫아버렸다. 그리고 멍하니 천장을 올려다보았다.

심란하다. 남의 땜빵으로 온 고생길 한가운데서 홀로 남아 사무실을 지키고 있자니 인생이 무상하다.

"에잇!"

민영은 의자를 박차고 일어났다.

내가 무슨 영화를 보겠다고 혼자 사무실에 앉아 이 청승을 떨어! 배 째!

펑크가 나버린 자전거를 끌며 터덜터덜 시골길을 걷던 민영은 우뚝 걸음을 멈추었다. 지연에게 세종이 왜 인터넷에 떴는지 물어보지 않았다는 사실을 깨달았다. 자신이 이다빈 순경 땜빵용이었다는 사실에 흥분해서 강세종에 대해 물어보는 것을 깜빡한 것이다.

'숙소에 컴퓨터가 있었나?'

없었던 것 같다. 아무래도 내일 아침까지 기다렸다가 사무실에 나가서 인터넷을 뒤져야 할 것 같다.

민영은 다시 걸음을 옮기기 시작했다. 자전거 타고 달릴 때는 이렇게 멀지 않았는데 자전거를 끌고 걸어가려니 진짜 멀다. 투덜투덜, 하염없이 자신의 가여운 인생을 주절거리며 걷던 그녀는 어느새 민박집의 불빛이 보이자 희미한 미소를 지었다.

'그래, 그래도 끝이 있는 거지. 내가 겪는 이 고행도 언젠가는 끝이 나겠지.'

누가 도와주지 않아도 스스로를 너무 잘 추스른 민영은 기운찬 걸음으로 대문을 두드렸다.

탕, 탕, 탕.

'아, 이놈의 숙소는 벨도 없어!'

덜컹.

녹슨 빗장이 열리는 소리가 들린다 싶은 순간, 민영은 문을 두드리려 올렸던 손을 멈추었다.

끼이익.

무슨 전설의 고향도 아니고, 대문 열리는 소리가 음침한 것이 딱 구미호가 사는 집 같다.

그런데 말이다. 참 삶은 재미있다. 이 시점에, 절대로 만나고 싶지 않은 인물이 딱 눈앞에 나타나는 것은 도대체 누구의 장난이란 말인가. 시킨 일, 마무리 짓지도 못하고 '에라 모르겠다'는 심정으로 숙소로 돌아왔는데 문을 열어준 사람이 바로 그 일을 시킨 당사자라니. 박민영. 참 재수 더럽게 없다.

웃통을 벗어젖힌 채 인상을 잔뜩 쓰고 서 있는 그를 민영은 마주 노려보았다.

"대문 부술 일 있나? 힘 좋은 건 다른 데 가서 자랑해."

말본새 하고는! 내가 힘 좋은데 지가 보태준 거 있어?

"하도 안 열어줘서요. 대문이랑 현관이랑 오죽 멀어야 말이죠. 뭐, 훔쳐 갈 것도 없는데 대문은 왜 잠갔대요?"

지 할 말만 하고 돌아서던 세종은 문득 뒤에서 들려오는 신경질적인 대꾸에 걸음을 멈추었다. 따박따박 대꾸하는 민영의 말을 잘못 들은 것이 아닌지 의심하며 돌아보았다. 자신이 잘못 들은 게 아니라면 지금 이 상황은 '순경'이 하늘 같은 '경사'한테 대든 거다.

아! 그렇군. 박 순경이지. 첫날 약도로 날 물먹인 그 박 순경. 경장과 경사를 한 번에 KO패 시킨 그 박 순경!

세종은 보란 듯이 몸을 돌려 팔짱을 척 꼈다. 팔의 근육이 불끈 솟아오르며 단단하게 굳는다.

아놀드 같다. 그 힘 좋게 생긴 영화 배우. 튼실한 어깨며 팔, 바지 허리 선 위로 보이는 탄탄한 배까지.

민영은 입안에 가득 고이는 침을 겨우 삼키며 눈에 힘을 주었다. 다리가 풀리니 눈도 풀리려고 한다.

"박 순경."

음침하게 목소리를 깔아서 부르긴 왜 불러? 내가 그런다고 무서워할 줄 알면 오산이야!

"왜, 왜요?"

젠장, 더듬었다. 절대 겁나는 거 아닌데 왜 더듬지? 그래도 목소리는 꽤 컸다.

"시간 있나?"

헉! 왜? 내 시간은 왜? 어디 끌고 가서 패려고? 야아! 너, 고등학교 때는 그래도 정의파였잖아. 힘없고 약한 애들은 안 건드렸잖아. 나, 이래 봬도 여자야!

"글쎄요. 시간이……."

이번에는 더듬지는 않았다. 그런데 약하다. 여차하면 도망가려고 주변을 살피다가 목소리가 기어들어 가는 것을 신경 쓰지 못했다.

"시간 있으면 물 좀 뿌려."

좀만 움직여도 확 내빼 버리려고 준비하고 있는데 갑자기 물 뿌리라는 말에 확 깼다. 민영은 놀란 눈으로 그가 마당 한 켠에 있는 수돗가로 가는 것을 지켜보았다. 그리고 망설임없이 엎드려뻗쳐를 한다.

"뭐 해? 이리 와서 물 좀 뿌리라니까."

등목? 지금 나한테 등목 해달라는 거야? 아닌 밤중에 홍두깨도 아니고 웬 등목? 그것도 멀쩡한 욕실 놔두고 무슨 등목이야?

아! 저 자식은 왜 저딴 걸 나한테 시키고 지랄이야!

촤아아악!

시원한 물줄기가 매끈한 남자의 등으로 쏟아졌다. 예년보다 빨리 찾아온 더위에 해수욕장 개장 시기마저 앞당겨진 날씨다 보니 해가 떨어진 저녁이라고 해도 별반 달라질 것은 없었다. 때 이른 열대야 현상이 벌써 시작되는 것이 아닌가 하는 의구심이 들 만큼 공기는 텁텁하고 후끈했다. 더구나 밀폐된 사무실에서 더운 선풍기 바람만 열심히 쏘이다가, 설상가상으로 자전거 타이어까지 펑크나는 바람에 울퉁불퉁 시골길을 열나게 걸어왔던 그녀로서는 지금 눈앞에 엎드려서 찬물 세례를 받고 있는 강세종이 여간 부러운 것이 아니었다.

정말이지, 마음 같아서는 그녀도 웃통을 벗어 던지고 그 자리에 엎드려 '나도 뿌려!' 라고 소리치고 싶었다. 하지만 그래도 한 가닥 남은 여자로서의 조신함이 그것만은 주저하게 만들었다. 다만, 바라는 것이 있다면 어서 이 매끈하고 섹시한 남자의 등에서 자유로워져 실내에 있는 욕실에서 마음껏 물세례를 받고 싶은 것이 다였다.

남자 등이 섹시하다고 느낀 적은 맹세코 처음이다. 내가 아무리 남자에 굶주린 노처녀지만 아무 남자 등이나 보고 섹시하다고 느끼지는 않는다. 수많은 19금 관련 영상을 두루 섭렵했지만 그 어느 배우의 등에서도 이런 감흥을 받지는 못했다.

진정 감탄스러웠다. 두 팔로 상체를 지탱하느라 힘이 들어가서인지 날카롭게 솟은 어깻죽지는 매력적인 악마의 날개처럼 툭 튀어나와 있었고 그 아래로 선명하게 그어진 척추의 올곧은 선, 역삼각형의 반듯한 몸체. 이 모든 것이 가로등 아래에서 짙은 갈색빛을 발하고 있었다.

촤르륵.

다시 한 번 더 물을 끼얹었다. 잠깐 손을 떠는 바람에 물이 바지 허리선을 조금 적셨다. 그래도 강세종은 별 반응 없다. 그 순간, 그녀의 머리로 섬광 같은 무언가가 스치고 지나갔다. 정말 귀신에 씌기라도 한 것인지 그 순간에 박민영은 이성을 버렸다. 오직, 본능과 욕구에만 충실했다.

됐다고 말하는 그의 중얼거리는 목소리를 듣는 순간, 휙 돌아 버린 그녀는 손에 들고 있던 바가지에 물을 가득 담아 그의 엉덩이 쪽으로 가져갔다.

갑자기 몸에 물기가 느껴지자 일어서려고 하던 그가 움찔 다시 몸을 뻗친다. 그 순간, 그녀는 일을 저질렀다. 단 한순간의 망설임도 없이 곧장 바가지를 기울였다.

촤아악!

아! 난 정녕 머리 따로 몸 따로란 말인가!

차가운 물이 바지춤을 흥건히 적시는 순간, 강세종이 '억' 하는 신음 소리와 함께 자리에서 벌떡 일어서자 그제야 민영은 자신이 무슨 짓을 했는지 자각했다.

'아뿔사. 쟨 경사고 난 순경이지.'

아, 이런 생각은 좀 빨리빨리 해주면 안 되는 건가? 왜 몸보다 머리가 더 굼떠! 왜 내 몸은 머리가 시키는 대로 안 하고 제멋대로 움직이냐고!

민영이 서른한 살이 되는 지금까지 생존전략으로 내세운 것이 있다면 '안 되면 후퇴!'다. 그리고 이 순간이 그녀에게는 자신의 생존전략을 써먹을 수 있는 바로 그 순간이었다.

그녀는 뛰었다. 바가지를 바닥에 휙 내팽개치고 전속력으로 내달렸다. 대문을 지나 펑크난 자전거를 끌고 오던 그 시골길을 마구 달렸다. 뒤에서 누군가 쫓아오는 기색 같은 것은 느끼지도 않았다. 그저 달리고 달렸다.

포레스트 곰프처럼.

3장 ─ 그녀는 4차원.
떠나자! 미지의 세계로

 세종은 정말로 황당했다.
 뭐 저런 여자가 다 있나? 저거, 진짜 요즘 세상에 사는 사람 맞나? 하는 생각이 머릿속을 가득 채운다. 아니, 뭐. 좋다. 나한테 좋은 감정 안 가지고 있다고 치고, 그래서 엿 먹으라는 심정으로 바지는 물론 팬티까지 젖게 물을 끼얹은 것까지는 이해한다. 그런데 저건 무슨 시추에이션인가?
 아메바 수준의 단순한 뇌 구조가 아니면 저런 행동이 나올 수가 없다. 저렇게 달려나가면 안 봐도 될 사이가 되는 것도 아닌데 도대체 무슨 맘으로 도망을 갈까? 욕실 샤워기가 고장만 나지 않았어도 저 여자한테 이런 걸 시키는 게 아닌데. 시킨 내가 잘못이지.

세종은 어이없어 헛웃음만 지으며 수건을 놓아두었던 곳으로 몸을 돌렸다.

"제길!"

욕설이 튀어나왔다. 몸을 닦으려고 잘 올려두었던 수건은 바닥으로 내팽개쳐져 물기 가득한 흙바닥을 뒹굴고 있었다. 한눈에 보기에도 누구의 짓인지 알 것 같다.

그의 눈이 다시 열린 대문으로 향했다. 달 밝은 밤에 으드득, 이 갈리는 소리가 소름 끼치게 울렸다.

'박 순겨엉!'

민영은 앞으로 흘러내리는 머리칼을 후 불어 올리고 점퍼를 목까지 끌어 올렸다. 밤도 깊어지고 바닷가에 가까운 곳이라 그런지 공기가 제법 서늘했다.

윙, 위이잉. 위이이잉.

짝! 짝!

손바닥에 불이 난다. 찬 공기도 문제지만 이놈의 모기 때문에 돌아가시기 직전이었다. 아니, 무슨 모기들이 단체로 몰려다녀? 모기는 개별 플레이하는 거 아니었나? 이건 뭐, 사이비 종교집단 몰려다니듯이 떼로 덤빈다.

민영은 비좁은 소파에서 몸을 뒤척이며 최대한 맨살을 감추기 위해 노력했다. 이대로 잠이 들면 모기들에게 살점까지 뜯길

판이다. 아침에는 뼈만 앙상히 남을 것 같은 살벌한 상상이 머리를 스쳤다. 상상만 해도 소름이 끼친다. 윙윙거리는 모기들이 살까지 뜯어먹을지도 모른다는 공상 때문에 그녀는 책상 위에 놓여 있던 A4용지를 끌어다 얼굴까지 덮었다.

텁텁한 종이 냄새가 코끝으로 확 밀려들었지만 모기에게 뜯겨서 죽는 것보다는 나았다.

민영은 겨우겨우, 몸을 움츠리고 잠을 청했다. 피곤하다. 오늘 하루 정말 정신없이 보냈다. 게다가 마지막은 강세종의 성질까지 건드렸으니 내일 또한 무사하지 못할 것 같아 심히 걱정스러웠다. 하지만 그래도 희망은 있다. 내일은 해수욕장 개장일이니 조만간 시장 사모님을 만날 수 있을 것이다.

아아, 나의 공(功). 나의 구세주. 싸모님, 제 앞에서만 빠지셔야 합니다. 제가 아니면 그 누구도 사모님께 손대게 할 수 없어요. 꼭 저여야만 합니다. 싸모님! 싸모님만이 제 인생의 유일한 빛이십니다!

몽롱해지는 의식 속에서 시장 사모를 멋지게 구하는 장면을 떠올리며 미소를 지었다. 그리고 달콤한 잠 속으로 깊이 잠식하려던 찰나, 그녀는 시장 사모의 튼튼한 다리를 잡고 놓지 않는 또 다른 손을 보았다. 그리고 그 손의 주인이 씨익 웃으며 속삭인다.

'이건 내 거야! 박 순경.'

우라질! 지옥에나 가버려. 강세종!

"안 돼, 안 돼에. 싸모님! 싸모님."

민영은 허공에 대고 헛손질을 하며 소리를 질렀다. 그러다 갑자기 눈을 번쩍 뜨고 자리에서 벌떡 몸을 일으켰다. 그 순간, 좁은 소파에서 몸이 기우뚱하더니 그녀는 순식간에 소파 아래로 떨어졌다.

우당탕.

"억!"

정말 '억' 소리나게 아프다. 잠이 덜 깬 얼굴로 아픈 엉덩이를 쓰다듬으며 잔뜩 인상을 쓰는데 눈앞에 낯선 구두코가 보였다. 그녀는 아직 완벽히 돌아오지 않은 이성으로 '왜 저게 보이지?' 하다가 갑자기 고개를 홱 들어 올렸다.

"헉!"

놀라 자빠진다는 말이 이럴 때 써먹는 말인가 보다. 그녀는 진정으로 놀라서 실신할 뻔했다. 책상 모서리에 엉덩이를 걸치고 팔짱을 떡 낀 채 그녀를 내려다보고 있는 남자는…… 강세종이었다.

으허헉.

민영은 어쩔 줄을 몰라 눈만 크게 뜬 채 그를 멍하니 바라보았다. 그녀를 내려다보는 그의 눈은 진정으로 한심하다는 기색이었다. 외계인을 보기라도 하듯 쳐다보는 요상한 눈빛을 받으면서도 민영은 움직일 수가 없었다.

"안 일어날 거야?"

그가 궁금하다는 듯 묻는다. 민영은 그가 왜 저런 말을 하나? 이해하지 못해 눈을 끔뻑거렸다. 그러자 그가 한 음절, 한 음절 끊어서 또박또박 다시 묻는다.

"그. 러. 고. 있. 을. 거. 냐. 고."

"아…… 저, 그게……."

그녀는 조금씩 돌아오는 이성을 더 빨리 찾으려 머리를 홱홱 저었다. 그런 그녀를 보며 세종이 머리를 설레설레 흔든다.

"박 순경, 너 어느 별 사람이야? 너, 해경 뒷문으로 들어왔지? 누가 대리시험 쳐줬지?"

자다가 흘린 침 때문에 얼굴 한쪽에 찰싹 달라붙어 있던 종이를 떼어내던 민영은 갑자기 들려오는 그의 목소리에 얼굴을 찌푸렸다.

'아니, 이게 무슨 씨나락 까먹는 소린가.'

"예?"

민영이 잔뜩 굳은 목소리로 따져 묻자 그가 가소롭다는 듯 쳐다보았다. 그리고 조금 전 하던 말을 다시 한다.

"정상적으로 해경 시험에 합격했을 리가 없지. 그따위 정신 수준으로 어떻게 몇십 대 일을 뚫어? 분명히 부정행위가……."

"야!"

순간, 사무실 안은 충격의 도가니에 빠졌다. 사무실 안에는 현재 두 사람뿐이다. 어젯밤, 세종의 바지에 물을 끼얹은 만행을 저지르고 도망쳐 나온 후 결국 사무실에서 새우잠을 자야 했던 민영과 웬일인지, 사무실로 일찍 출근한 강세종 경사. 둘만 있는 사무실이지만 그 어느 때보다 강한 긴장감이 흘렀다.

참을 수가 없었다. 다른 건 다 참아도 내 혼신의 노력을 다해 합격한 해경 시험을 부정행위 따위로 치부하는 것만은 참을 수가 없었다. 지금까지 살아오는 동안 스스로가 가장 자랑스러웠던 때를 꼽으라면 단연 해경 합격 통지를 받았을 때였다. 직장생활을 청산하고 전문대에 입학했을 때도 그때보다 행복하지는 않았다. '내가 정말로 무언가 해냈다'는 그 성취감은 이루 말할 수가 없었다. 게다가 그녀가 시험을 칠 때 경쟁률은 사상 최대였다. 그런 엄청난 경쟁률을 뚫고 당당히 해경이 되었는데 뭐? 뒷문? 대리? 부정행위? 그에게 '야!' 하고 소리를 지를 때만큼은 강세종의 근육질 몸을 믹서에 박박 갈아서 마셔도 시원치 않을 만큼 이성을 잃었다.

하지만 언제나 그렇듯 이성을 아주 떠나보내지 않는 이상, 아무리 미친 이성이라도 그 순간만 지나면 나갈 때와 마찬가지로 빠르게 제자리로 돌아온다.

세종의 근거없는 의심을 도저히 참을 수 없어서 결국 '야!'라고 소리쳐 버린 민영도 스스로의 행동에 놀랐지만 그보다는, 한참 낮은 직급의 순경에게 하극상을 당해 버린 강세종은 남극의 빙하처럼 얼어버렸다.

석상처럼 굳어버린 그를 보며 민영은 아주 잠깐 갈등했다. 또 다시 도망을 가야 할지 말아야 할지. 하지만 민영은 자신이 더 이상 갈 곳이 없음을 자각했다. 그래서 선택했다.

아무 일도 없었던 것처럼 행동하기로.

천천히 눈을 내리깐 민영은 부스럭거리며 자리에서 일어나 우천 시에 입는 점퍼들을 하나하나 개기 시작했다. 그리고 그 작업이 끝나자 여기저기 흩어져 있는 A4용지들을 그러모았다. 착착 포개어 원래 있던 자리에 올려놓고 소파도 정리했다. 그동안 모든 신경은 뒤에서 지켜보고 있는 세종에게 향했지만 민영은 모른 척했다. 지금 시점에서 모른 척하지 않아도 될 방법이 없다. 그러니 그냥 이대로…….

뚜벅.

"엄마야!"

지은 죄가 있어서 그런지 조그만 기척에도 과하게 놀랐다. 민영은 모든 촉각을 곤두세우며 세종을 향해 안테나를 세웠는데 갑자기 그가 움직이자 너무나 놀랐다. 너무 놀란 나머지 그는 자신을 건드리지도 않았는데 민영은 소파에 널브러지며 공포에 질린 비명을 내질렀다.

"으아아악!"

그가 황당하다는 듯 내려다본다. 아, 쪽팔린다.

"뭐 하는 거야? 지금."

민영은 그가 멈춰 서서 그녀를 광녀 보듯 쳐다보자 얼굴을 붉혔다.

"그러게요. 제가 지금 뭐 하는 걸까요?"
"너, 뭐냐?"
진정으로 궁금하다는 듯 묻는 세종을 보며 민영은 더듬더듬, 대답했다.
"박 순경."
픽.
갑자기 그가 웃었다. 아니, 엄밀히 말하면 기가 차고 어이가 없어서 헛웃음을 짓는 것이다. 민영은 그의 입이 작은 곡선을 그리며 올라가자 깊은 안도의 한숨을 내쉬었다. 적어도 화가 난 건 아닌 것 같았다.
"그저 박 순경이야?"
"에?"
멍하게 입을 벌리는 그녀를 보며 그가 다시 물었다.
"너, 누구냐고."
"……."
정말로 대답하고 싶었다. 그런데 뭐라고 대답해야 할지 진정 모르겠다. 그가 갑자기 허리를 굽히더니 그녀의 얼굴로 가까이 다가왔다. 놀란 그녀는 더욱 움츠러들며 긴장했다.
"박 순경. 너, 나 알지?"
민영은 머리를 저었다.
"아니, 넌 분명히 날 알고 있었어."
아니야. 아니라고. 난 네 고교 동창도 아니고, 널 짝사랑하던 둔녀도 아니야. 그냥 기억하지 마. 제발 날 기억하지 말라고!

공포에 질린 그녀의 눈을 지그시 응시하던 그가 잔뜩 인상을 쓴다.

"분명히 어디서 본 얼굴인데……."

"그, 그럴 리가……."

그때였다.

쾅!

사무실 문이 세차게 열리더니 김 경장이 뛰어들어 왔다.

"경사님! 어젯밤에 박 순경이…… 어?"

헉헉거리며 사무실로 들어서던 김 경장은 갑자기 입을 쩍 벌리고 말을 멈추었다. 소파에 널브러져 있는 민영과 그녀를 덮치다시피 하고 있는 세종. 그의 눈에 들어온 것은 더도 말고, 덜도 말고 바로 그 장면이었다.

눈으로 본 것이 뇌를 스치며 결론에 도달하는 데는 채 5초도 걸리지 않았다.

"두 사람 지금…… 둘이 사겨요?"

그 순간, 세종이 오뚝이처럼 재빠르게 몸을 바로 세우고 민영도 용수철이 튕겨 올라오듯 벌떡 일어섰다. 그리고 외쳤다. 동시에!

"제정신이야!"

"미쳤어요!"

두 사람의 격렬한 반응에 김 경장이 잠시 황당한 듯 쳐다보더니 껄껄 웃었다.

"물론 아니겠죠. 만난 지 며칠이나 됐다고 사귀겠어요? 아닌가? 요즘은 하룻밤 만에 만리장성도 쌓는다는데······."

"쓸데없는 소리 말고 용건이나 말해."

인상을 잔뜩 찌푸린 세종이 거칠게 명령하자 김 경장이 헤헤거리며 고개를 저었다.

"아뇨. 난 또 박 순경이 없어졌다기에 놀라서 경사님께 보고하려고 그랬죠. 최 경사님이 박 순경이 여차하면 도망갈 수도 있는 인물이래서 진짜 도망갔나 싶었거든요."

김 경장의 말에 민영이 입을 딱 벌리는 것과 달리 세종은 고개를 끄덕였다.

"그렇겠지. 충분히 그럴 위인이지."

그가 그녀를 쳐다본다. 민영은 입술을 삐죽거렸다. 어젯밤 도망친 전적이 있으니 발뺌도 못하겠다. 하지만 그녀는 그런 식으로 무책임한 사람은 아니었다. 그건 최 경사도 알고 있다. 다만, 요 근래 들어 그녀가 몹시 힘들어하니까 그런 생각까지 잠깐 한 모양인데 아무리 그래도 이건 너무한다.

"잘못 아셨어요. 일하다가 순직하는 한이 있어도 내 할 일은 하는 사람이에요."

민영은 시큰둥하게 내뱉고 문을 향해 걸었다.

"박 순경, 어디 가?"

김 경장이 묻자 민영은 뒤도 돌아보지 않고 중얼거렸다.

"화장실 갑니다."

그리고 슬리퍼를 질질 끌며 문을 열고 아침 햇살 속으로 걸어 나갔다.

"어떻게 된 겁니까?"

민영이 나가자 김 경장이 물었다. 세종은 입을 굳게 다문 채 대답을 하지 않았다. 그러자 김 경장이 다시 물었다.

"두 사람이 여기서 같이 밤샜어요?"

세종은 잔뜩 찌푸린 얼굴로 김 경장을 노려보았다.

"내가 왜?"

동운은 어깨를 으쓱했다.

"저야 모르죠."

세종은 동운을 일별하고 자신의 책상으로 걸어갔다. 그러자 동운이 다시 성가시게 달라붙었다.

"그러니까 두 사람이 왜 그런 포즈로 있었냐고요."

세종은 흠칫 고개를 들고 동운을 향해 사납게 물었다.

"그런 포즈라니? 어떤 포즈?"

"아까 그 자세요. 박 순경은 저기 소파에 누워 있고 강 경사님은 그 위를 덮치듯이······."

"덮치긴 누가 덮쳐!"

버럭 소리를 지른 세종은 뜨거운 콧김을 내뿜으며 씨근덕거렸다.

"내가 뭐가 아쉬워서 저런 이상한 여자를 덮쳐? 엉!"

코까지 벌름거리며 흥분하는 세종의 기세에 동운은 재빨리 뒤로 물러섰다.

"아니면 됐죠 뭐. 하하하. 그런데 그렇게 이상한 여자는 아니던데……."

"뭐?"

찌릿 노려보는 세종에게 동운은 특유의 능글거리는 웃음을 지었다.

"작년에 순경으로 임용돼서 표창장까지 받았던데요? 시장 와이프 구해줘서요. 그리고 근면 성실하기로는 그 일대 파출소와 경찰서에서 알아준답니다. 생긴 게 딱 선하게 생겼잖습니까. 예쁜 건 아니지만 귀엽게 생긴 게, 딱 내 스탈인데."

"뭐? 귀엽게 생겨?"

세종은 어이가 없다는 듯 물었다. 그러자 동운이 고개를 끄덕였다.

"네. 귀엽잖아요. 하는 짓도 귀엽던데. 요 며칠 전경들 데리고 이것저것 교육시키는 걸 보니까 웃기도 잘하고 유머도 많더라고요. 성격 하나는 진짜 좋아요. 게다가 터프하기까지. 하하하."

"요즘은 귀엽다는 의미가 4차원과 일맥상통하는 건가?"

"예?"

무슨 말이냐는 듯 묻는 동운에게 세종은 손을 휘저었다.

"됐어. 가서 순찰일지나 좀 가져와."

"예써!"

장난스럽게 거수경례를 하는 동운을 보며 세종은 이맛살을 찌푸렸다.

뭐? 귀여워? 누가? 그 4차원이?

'야!'

갑자기 자신을 향해 소리를 지르던 그녀가 떠오른다. 그러고 보니, 하극상에 대한 응분의 조치를 취하지 않았다.

세종은 소파를 슬쩍 쳐다보았다. 소리는 지가 질러놓고 잔뜩 겁에 질려서 몸을 움츠리던 모습이 떠올랐다.

젠장, 귀엽다고? 그 여자가?

미쳤군. 미쳤어!

치익, 치익.

쪼로록.

높은 곳에 앉아 따가운 해에 정통으로 맞서며 고생하는 그녀가 안쓰러웠는지 119에서 운영하는 수상안전구조대원이 음료수를 가져다주었다. 먹는 건 절대 사양하지 않는 민영은 음료수를 '쪼오옥' 소리가 나도록 빨아먹다가 갑자기 무전기가 칙칙거리자 서둘러 손을 뻗었다.

[망루 3호 응답하라. 망루 3호.]

"본부. 여기는 망루 3호. 말하라."

[망루 3호, 교체 대원 출발했다. 교대 요망.]

"오케이. 접수 완료."

민영은 쾌활한 목소리로 대답하고 무전기를 내려놓았다. 이글거리는 태양 빛을 피해 숨을 좀 돌릴 생각을 하니 피로가 일시에 날아가는 듯하다. 아침부터 망루대(해수욕을 즐기는 시민의 안전을 살피기 위해 모래사장에 세워진 높은 사다리 형태의 전망대)에 올라 따가운 햇볕을 받으며 눈알이 빠지게 파도만 노려보았다. 아침나절에는 잠시 파도가 높아 입수를 금지하는 바람에 또 누가 혹시 바다로 뛰어들까 봐 눈알을 부라렸고 나중에는 다시 입수 금지가 풀려 혹시 안전 경계선을 넘어가는 사람이 있나 살피느라 한시도 눈을 쉬지 못했다.

때는 바야흐로 바캉스의 계절이었다. 이른 더위에 해수욕장은 조기 개장을 했고 그 덕분에 해수욕장 안전요원들의 고생도 일찍 시작되었다.

민영은 아까 다 마신 음료수 병을 아쉬운 얼굴로 흔들어보았다. 마셔도 마셔도 목이 마르다. 그도 그럴 것이 살을 태우듯 뜨거운 햇볕 아래 한 시간도 아니고 무려 네 시간을 앉아 있었으니 철인이라도 '나 죽었소' 하고 나자빠질 판이었다.

아무리 흔들어도 아무 소리도 들리지 않는 음료수 병을 놓아두고 민영은 다시 바다로 눈길을 돌렸다. 점심때가 되어서 그런지 바다에는 사람들이 꽤 줄어 있었다. 하지만 그렇다고 사고가 일어나지 않는다는 보장은 없다. 이럴 때일수록 더 꼼꼼히 살펴야 했다. 간혹, 점심 거하게 먹고 무작정 바다로 뛰어드는 시민들이 있기 때문이다. 그러면 또 꼬르륵거리며 죽네, 사네 할 둔한 사람이 있는지 주의 깊게 살펴야 했다.

민영은 하얀 파도가 부서지는 해안선을 따라 그녀가 맡은 구역을 꼼꼼히 살피기 시작했다. 저 멀리서 가끔 '삐익, 삐이익' 호루라기 소리가 울렸지만 가까운 곳은 아니었다. 그녀가 앉아 있는 망루 3호의 관할 구역에서는 아직 이렇다 할 사고는 없었다. 아마, 본격적인 휴가철이 되면 이곳도 몸살을 앓을 것이다. 하지만 해수욕장이 개장하고 일주일이 지난 오늘까지는 주민들이나 가까운 지역 사람들이 방문하는 것이 다인지라 사람이 그렇게 많지 않았다. 그러니 사건, 사고가 일어날 확률도 적다.

삐익! 삐이익!

순간, 민영은 아주 가까운 곳에서 나는 호루라기 소리를 따라 고개를 돌렸다. 그녀의 눈이 방금 스치고 지나온 곳에서 누군가 호루라기를 불고 있었다. 그녀는 재빨리 쌍안경을 눈에 대고 그곳으로 고개를 돌렸다.

강세종?

안전대원의 상징인 오렌지색 티셔츠에 남색 수영복을 입고 마찬가지로 오렌지색 모자를 쓴 강세종 경사가 보였다.

'아니, 저 인간이 왜 저기서 저러고 있어? 제트보트 타고 바다를 누비고 있어야 할 인간이……?'

강세종에게 덤빈 후 받게 된 대가는 서러움 그 자체였다. 고교 동창이지만 경사와 순경이라는 하늘과 땅만큼의 차이로 인해 그녀가 감수해야 할 서러움은 여기저기서 시시때때로 밀려왔다. 강세종은 귀찮고 성가신 일은 전부 그녀를 시켰고, 조금만 실수를 해도 기다렸다는 듯 달려들어 핀잔을 주기 일쑤였다. 오죽했으면 무언가 실수라도 할라 치면 강세종의 힐난하는 눈초리가 먼저 떠오를까.

자꾸만 태클을 거는 사람 앞에서는 실수가 더 많아지는 것처럼 민영도 지금 그런 지경이었다. 그러니 자연스럽게 세종의 눈에 띄지 않으려고 피해 다니다 보니 해변 생활이 더 피곤했다.

민영은 자신의 가혹한 처지를 생각하며 한숨을 푹 내쉬다가 다시 그를 향해 초점을 맞추었다.

무슨 일인지 그가 누군가를 향해 호루라기를 불러대고 있었다. 민영은 그가 쳐다보고 있는 방향을 향해 쌍안경을 돌렸다.

"오호!"

입에서 절로 감탄이 새어 나온다. 저 인간이 뭘 보고 저러나? 하는 마음에 그 방향으로 돌렸는데 기막힌 장면이 포착되었다. 여자인 그녀가 보기에도 몸매가 끝내주는 여자가 있었다. 소위 글래머라고 불리는 여자였다. 아슬아슬한 비키니 상의 위로 가슴은 터질 듯 비어져 나왔고 삼각팬티는 골반에 겨우 걸쳐져 있는 모습이었다. 손바닥만 한 팬티 옆쪽에 붙은 가는 끈을 살짝 잡아당기기만 해도 팬티가 쑥 흘러내릴 것만 같았다.

여자의 각선미를 감탄하며 침을 흘리던 민영은 순간, 렌즈에 강세종의 모습이 잡히자 화들짝 놀랐다.

"아니, 저 인간이 왜…… 헉!"

민영은 너무 놀라 들고 있던 쌍안경을 떨어뜨릴 뻔했다. 가까스로 쌍안경을 고쳐 잡은 그녀는 서둘러 다시 그쪽으로 렌즈를 돌렸다.

이제 막 강세종이 쭉쭉빵빵 여자의 팔을 잡고 끌어당기고 있었다. 그러고 보니, 아까 세종이 호루라기를 분 것도 저 여자를 향해서인 듯하다. 그런데 왜 저러지? 보기엔 별 잘못한 것도 없어 보이는데…… 이런 젠장!

순간, 민영의 눈에도 보였다. 여자는 손에 맥주 캔을 들고 있었다.

"저런 개념을 상실한 왕가슴 같으니라고!"

민영은 울분을 토해냈다. 아니, 어떤 미친 인간이 수영하면서 술을 처먹어! 그것도 술을 가지고 아예 물속으로 들어가다니.

"죽고 싶어 환장을 했구만. 환장을 했어! 아니, 음주 수영은 자살 행위라는 것도 모르나!"

쯧쯧, 혀를 차며 계속 그들을 주시했다. 세종이 물 밖으로 끌어내려고 팔을 당겼지만 여자는 자꾸만 안 가려고 버티고 있었다. 아예 고래고래 고함까지 지른다.

"야! 니가 뭐가 아쉬워서 그 지랄이냐? 내가 너 정도 몸매만 되면 난 백사장에 누워서 오는 남자, 가는 남자 눈요기나 실컷 시켜주겠다. 물속엔 왜 들어가? 그 좋은 몸매 안 보이게! 야아, 넌 진짜 복 받은겨. 누군 그런 몸 만들려고 일 년, 열두 달 헬스

클럽을 다녀도 안 만들어지는 몸매를 가졌으면서 왜 죽으려고 용을 쓰냐? 저, 저거 봐라. 저거 봐. 아니, 뭘 잘했다고 소리를 질러? 야! 강세종. 확 밀어버려. 힘 됐다 뭐에 써! 걍 어깨에 메고 나와서 모래사장에 꽂아버리라니까."

그 순간 정말로 그녀의 말대로 됐다. 여자가 자꾸만 말을 듣지 않자 세종이 허리를 굽혀 여자를 강제로 제 어깨에 걸쳤다. 투툭 솟아오른 단단한 어깨에 왕가슴을 매달고 걷기 시작한다. 민영은 그 광경에 입을 딱 벌렸다. 튼튼한 어깨에 여자의 섹시한 몸을 매달고 걸으니까 진짜 야한 동영상이라도 보는 듯 착각이 들었다.

우람한 몸의 남자 주인공이 섹시한 여자를 들쳐 메고 물길을 걷는 장면……

"저것들이 어디서 에로 영화를 찍고 난리야! 아, 경찰들 뭐 하나? 저것들 확 경범죄로 처넣어야 하는 거 아니야?"

아, 내가 경찰이지. 참.

민영은 자신의 혼잣말에 머쓱해 희미하게 웃었다. 그러다 또 문득 놀란 눈을 부릅떴다. 세종이 걸어나와 여자를 모래사장에 다소 거칠게 내려놓고 있었다. 그러자 어딘가에서 여자의 친구 쯤으로 보이는 또 다른 여자가 뛰어왔다. 그리고 상황은 마무리되기 시작했다. 세종이 친구를 향해 무언가 설명을 하고, 아니, 멀리서 보기에도 설교로 보인다. 친구는 연신 죄송하다는 듯 머리를 조아렸다. 또 다른 친구들이 나타나 술 취한 글래머를 부축하고 가자 그제야 세종이 바닥에 떨어진 모자를 집어서 머리에 쓰는 것이 보였다.

민영은 자리에 털썩 주저앉으며 이죽거렸다.

"지가 터미네이터야? 뭐야? 아니, 왜 여자를 어깨에 메고 난리야? 성희롱으로 고발당하면 어쩌려고."

자칫 잘못 여자가 고깝게 여겨 경찰이 안전을 핑계로 자신을 유린했다고 할 수도 있는 것 아닌가. 공무원이 괜히 공무원인가? 공공연하게 아무 일 없이 살아야 하는 게 바로 공무원이다. 괜히 그런 지저분한 문제에 발목 잡히면 경찰 인생 좋나는 건 시간문제였다.

인터넷에 강세종이 떴다는 지연의 말에 그 다음날 바로 인터넷의 바다를 헤엄쳤다. 헤엄치고 자시고 할 것도 없이 '강세종' 하고 치니까 네버 뉴스가 맨 위에 나타났다. 해경이 전복된 선박에서 생존자를 구해냈다는 칭찬과 함께 강세종의 얼굴이 대문짝만 하게 실려 있었다.

뭐래더라? 악천후에서 자신의 안위를 생각지 않고 위험한 물 속으로 뛰어든 훌륭한 해경특수기동대라고 했었나? 그래. 그랬던 것 같다. 솔직히 그 뉴스를 보고 든 생각은 '역시 강세종이다' 였다. 고딩 때도 그랬다. 다른 건 다 참아도 약하고 힘없는 놈 괴롭히는 건 못 참는 놈이었다.

그러고 보니, 그가 해양경찰이 된 건 아주 당연한 수순인 것 같다.

"오지랖 넓은 건 예나 지금이나…….."
"원래 아시는 사이세요?"
헉!
민영은 갑자기 들려오는 목소리에 기함할 듯 놀라 높은 망루대에서 떨어질 뻔했다. '이게 어디서 나는 소리야?' 하며 놀란 눈을 두리번거리다가 아래를 내려다보았다.
"으헉!"
진짜 놀랐다. 재수없는 이재섭이다!
민영이 놀라 자빠질 듯 비틀거리는 것과 달리 이재섭은 무심한 눈빛으로 그녀를 올려다보고 있었다.
"야, 야! 너 언제부터 거기 있었어? 엉! 언제부터 있었냐고!"
흥분하니까 목소리까지 떨린다. 원래 아는 사이냐고 묻는 걸 보니 마지막 말은 분명히 들었고, 그럼 나 혼자 중얼거리던 그 말들도 다 들은 건가? '강세종' 어쩌고 하는 거랑, 몸매가 어쩌니 저쩌니 한 거랑…… 그 모든 실없는 혼잣말을 재가 들었을까?
"어떤 거 말씀입니까? 개념 상실한 왕가슴 어쩌고 한 거요? 아니면 '강세종, 밀어버려!' 한 거요? 그것도 아니면 성희롱 어쩌고 한 거, 어떤 걸 말씀하시는지……?"
저런! 아, 씨! 다 들었다. 하나도 빠짐없이 전부! 아, 난 이제 전경한테도 존경받지 못하는 순경이 되어버렸다.
"야! 넌 왔으면 왔다고 기척이라도 할 것이지! 내가 그렇게 만만해 보여? 엉! 어디서 하늘 같은 상관의 혼잣말을 엿들어! 너 진짜 더러운 꼴 한번 볼래?"

말하면서도 이건 아니지 싶었다. 어르고 달래서 내가 정말로 그런 사람은 아니니까 다른 전경들한테 소문내지 말라고 부탁해도 시원찮을 판에 버럭 소리가 웬일인가.

"너, 너 왜 왔어!"

이도 저도 안 되니까 성질만 뻗친다. 우선 이 자식이 왜 내 망루대 밑에 서 있는지부터 캐야 했다.

"교대하러 왔습니다."

아, 교대. 그래, 교대 시간이었다. 쪽팔린다. 난 진정 저 뜨거운 모래밭에 무덤이라도 만들어야 한단 말인가? 그런데 모래밭에 무덤 만들 때도 관 짜나?

민영은 더 이상의 우사스러움을 피하기 위해 황급히 사다리를 내려왔다.

"수고해."

그리고 서둘러 이재섭의 눈길을 피해 발을 푹푹 파먹는 모래밭을 어기적어기적 걸어가기 시작했다.

재섭은 아주 빠른 걸음으로 걸어가는 민영의 뒷모습을 보며 싱긋 웃었다.

'귀엽다.'

진짜 귀여웠다. 안전교육이랍시고 전경들 모아놓고 인명구조시 어떻게 해야 한다면서 잘난 척을 할 때도 눈을 뗄 수가 없었다. 그리고 요 며칠 동안 그녀를 유심히 지켜보는 동안에도 내내 웃음을 참을 수가 없었다. 특히 오늘은 더했다. 높은 망루대에 앉아서 쌍안경을 들고 끊임없이 중얼거리는 폼이 귀여워 미칠 것 같았다.

동그란 얼굴에 오목조목하게 생긴 얼굴은 예쁘고 섹시하다기보다 귀엽다. 가녀리기보다는 튼튼해 보이는 다소 통통한 몸매도 귀여웠다.

재섭은 당황스러웠다. 박민영 순경은 절대 그의 스타일이 아니었다. 입대하기 직전까지 만났던 영은은 바람이 조금만 세게 불어도 날아갈 듯 가녀린 타입이었고, 그보다 더 전에 만났던 희영은 육감적인 몸매에 성격까지 화끈한 여자였다. 그리고 또 그전에 만났던 여자들 중 그 어느 누구도 박민영 순경처럼 덜렁거리고 터프하지는 않았다.

아, 물론 터프하다는 건 순전히 순경이라는 측면에서만 보면 그랬다. 순수하게 여자로만 본다면…… 앙증맞고 순진하고 깨물어주고 싶을 만큼 귀여웠다.

재섭은 잠시 잠깐 생각을 했다. 그리고 결론을 내었다.

"오케이, 박민영. 나, 너한테 작업 들어간다. 각오해."

재섭은 음흉하면서도 자신감 가득한 미소를 지으며 손가락을 입에 살짝 가져다 댄 뒤 그녀의 뒷모습을 향해 쭉 뻗었다.

'이 시대의 확실한 킹카, 나, 이재섭이 작업 들어가면 안 넘어

오는 여자 없다. 그래서 박민영, 너도 나한테 넘어오는 건 시간 문제야!'

누가 자기에게 손가락을 들이대는지도 모르고 민영은 곧장 경찰서로 향했다. 조금 전의 민망함은 벌써 잊어버리고 그녀의 머릿속은 '오늘 점심은 뭘 먹나?' 하는 생각으로 가득 차 있었다. 아니, 조금은 다른 생각도 하고 있었다. 생각이라기보다는 장면? 그래, 장면이다. 아까 봤던 세종과 글래머의 모습이 눈앞에서 자꾸 아른거린다.

사실, 그게 딱 여자들 가슴 졸이게 만들 장면이 아닌가. 근육 빵빵한 남자가 나를 가뿐히 들어 올리는 상상. 그건 모든 여자의 로망일 것이다.

아, 물론 아니라고 발뺌하는 여자도 있겠지만 속으로는 아닐걸? 원할걸? 고상한 척해도 덤비면 넘어가는 게 여자 아닌가. 물론 정말 아니다 싶은 남자는 빼고.

민영은 순전히 혼자만의 토론 끝에 판단을 하고 결정을 내렸다. 그게 순 자기만의 생각이란 건 별로 염두에 두지 않았다. 여자들 모아놓고 토론할 거 아닌데 내가 무슨 결론인들 내면 어떠랴.

"자식, 멋있긴 했어."

그동안 강세종과는 만나면 으르렁대느라 서로를 냉정히 판단할 여력이 없었던 것 같다. 첫 만남이 비틀려서 그랬는지 그는 늘 그녀를 못 잡아먹어 안달이었고, 그녀는 또 그런 그를 피하거나 맞대응하느라 바빴다. 해수욕장 개장 전 나흘과 개장 후 일주일을 합해서 총 11일 동안 두 사람이 한 거라고는 싸우고 도망 다니고 째려보는 것밖에 없었다.

부모 죽인 원수도 아닌데 왜 그러는지 두 사람도 알지 못했다. 경찰서 사람들은 전부 그게 바로 '앙숙'이라서 그런단다. 사실, 알고 보면 별일 아니었다. 여름경찰서에서 처음 만난 날, 그가 그녀를 요로고 아래로 내려다보지 않았다면, 무작정 상관이라고 명령하지 않았다면 그녀도 그에게 이렇게까지 나쁜 감정을 가지지는 않았을 것이다. 그랬다면 그녀도 일부러 약도를 엉터리로 그려 그를 골탕 먹이지 않아도 됐을 테니 둘 사이가 앙숙이 될 일이 없었다.

고로! 이 모든 원흉은 바로 강세종이란 결론이 난다.

"그래, 자식아. 이게 다 너 때문이야. 네가 왜 잠자는 원숭이의 코털을 건드리느냐고."

못마땅한 듯 이죽거리며 문을 열고 안으로 들어갔다. 그 순간, 민영은 다시 나가고 싶은 강한 욕구를 느꼈다. 사무실에는 강세종, 혼자뿐이었다. 엿 됐다.

"어, 다른 사람들은요?"

괜히 어색해져 아무 볼일도 없는 다른 사람들의 행방을 찾았다. 다들 어디 갔겠는가. 점심 먹으러 간 거 아니면 근무 나갔겠지.

그가 인상을 쓰며 쳐다본다. 그딴 걸 왜 물어보냐는 식이다.

인마! 그냥 아무렇게나 대꾸해 주면 덧나냐? 그게 뭐 어려운 일이라고 오만 인상은!

민영은 강세종에게 대답을 기대한 자신을 탓하며 책상으로 걸어가 앉았다. 그리고 할 일도 없으면서 괜히 이것저것을 꺼냈다가 집어넣었다.

'아, 나 지금 뭐 하는 거지? 밥 먹으러 왔잖아.'

괜히 헛손질을 하다가 갑자기 생각이 나서 그녀는 의자를 밀고 자리에서 일어섰다. 그와 동시에 그가 그녀를 향해 입을 열었다.

"점심 먹었나?"

나? 나한테 묻는 거야?

민영은 주위를 두리번거렸다. 혹시 그녀가 모르는 새에 누가 들어왔는지 확인하려는 제스처였다.

"어딜 봐? 너 말이야, 박 순경."

저건 말끝마다 순경이야! 그래, 나 순경이다. 그래서 뭐?

또 열이 확 차올라 민영은 미간을 찌푸렸다. 그러자 그가 갑자기 몸을 젖히더니 의자에 떡하니 기대앉고 그녀를 쳐다보았다.

"뭐 하나만 묻자."

'뭔데?' 하는 얼굴로 그의 눈을 마주 보자 다시 묻는다.

"넌 왜 내가 널 부를 때마다 떨떠름한 표정이야?"

그녀는 4차원. 떠나자! 미지의 세계로 125

진짜 몰라서 묻는 것 같았다. 민영은 코를 벌름거리며 콧김이 새어 나오는 것을 겨우 참아냈다. 뭐라고 할 말이 없다. '니가 나더러 순경, 순경 할 때마다 기분 나빠!' 라고 할 수는 없잖은가.

순경더러 순경이라는데 뭐.

"그런 적 없는데요."

시큰둥하게 대답했다. 할 말 못하는 심정이 어떤지 저 인간은 알까?

"솔직한 성격인 줄 알았더니 그것도 아닌가 보군. 기회를 줘도 못 잡고."

민영은 사납게 눈을 치떴다.

저게 지금 나하고 한판 하자는 거야? 뭐야?

"무슨 말입니까?"

"나한테 불만있으면 말해보라고 기회 주는 거야."

봤다! 난 봤다.

민영은 그가 말끝에 입 모양으로만 '맹꽁아' 하는 것을 분명히 보았다. 비록 소리를 내지는 않았지만 분명히 '맹꽁' 이라고 했다.

맹꽁? 맹꼬옹!

그녀가 정말 고쳐야 하는 게 하나 있었다. 욱하는 성질머리. 성질이 확 뻗치면 아무것도 눈에 들어오는 것 없이, 이것저것 재는 것 없이 폭발하는 거. 뒷감당은 할 수도 없으면서 그저 저

지르고 보는 것. 그게 바로 그녀의 최대 약점이었다. 그리고 그 약점은 이번에도 어김없이 발휘되었다.

"야! 강세종!"

쾅당.

의자 등받이가 젖혀지도록 한껏 몸을 기대고 있던 강세종은 민영이 부르르 몸을 떨며 소리를 지르는 것과 동시에 바닥으로 떨어졌다.

"윽!"

민영도 너무 놀라 입을 딱 벌렸다. 의자는 뒤집어지고 그 옆에 우람한 강세종이 나뒹굴고 있었다.

"다, 다쳤어?"

"반말하지 마!"

그가 버럭 소리를 지른다. 어지간히 화가 난 모양이다. 민영은 깜짝 놀라 숨을 들이켰다. 너무 경황이 없어서 자신이 반말을 하고 있는지도 몰랐다.

"아, 죄송. 다쳤어요?"

그런데 진짜 이러고 싶지는 않았는데…… 웃음이 난다. 아, 진짜 참아야 되는데. 여기서 웃으면 진짜 저 인간이 날 죽이려고 들 텐데. 참을 수가 없다.

"끅."

주먹으로 입을 틀어막고 용을 썼지만 한번 솟아오른 웃음보따리는 입술을 비집고 결국 터져 나왔다.

"푸핫! 크크크크. 큭큭. 끅끅끅."

웃음을 참으려다 보니 마치 우는 소리처럼 들렸다. 세종도 처음엔 '저 여자가 우나?' 하는 얼굴로 쳐다보다가 그녀가 웃는 것을 알고 얼굴이 시뻘게졌다.

"박 순겨엉!"

천둥 같은 고함 소리가 경찰서 지붕을 날려 버릴 듯 울렸다. 그녀는 고막을 찢을 듯 달려드는 고함 소리를 듣는 순간 입을 딱 다물었다. 그런데……

"윽."

이번엔 딸꾹질이다. 그가 이를 드러내며 죽일 듯이 노려보았지만 멈출 수가 없었다.

"윽, 윽."

딸꾹질이 내 의지로 멈춰지는 건 아니잖아!

'경사님하고 같이 밥 안 먹었어? 그럼 경사님, 밥 굶었겠네. 혼자선 밥 안 드시는데.'

민영은 앞서 걷고 있는 세종의 등을 흘낏 쳐다보았다. 사무실에서 그 난리를 겪고 난 후 그녀는 줄행랑이라도 치듯 서둘러 경찰서를 나와 자주 가는 해장국집으로 가서 거하게 점심을 해결했다. 밥을 다 먹어갈 즈음, 최 경사님의 연락을 받았다. 급히 진지한과 교대를 하라는 연락이었다. 수상오토바이를 타고 순찰 중이던 조용언이 갑자기 복통을 호소하는 바람에 진지한이 조용언을 데리고 병원으로 갔다고 한다. 그러니 민영에게 대신 수상오토바이를 타라는 지시였다. 게다가 조용언 대신이라는 세종과 함께.

다른 사람들은 전부 다른 일정이 있었고 근무를 뺄 수 있는 사람은 세종과 민영뿐이었다. 그래서 그녀는 지금 세종과 함께 수상오토바이가 정박되어 있는 장소로 이동하는 중이었다.

'혼자서 밥을 안 먹어? 나, 참. 저 덩치에 어울리지 않는 행동하네.'

급하게 경찰서로 들어서는 그녀가 혼자란 것을 알고 김 경장이 '경사님은?' 하고 물었다. 당연히 그녀는 모른다고 했고 김 경사는 '그럼 경사님과 같이 밥 먹으러 간 거 아니었어?' 라고 물었다. 물론 아니라고 대답했다.

그 인간은 잘 모르겠고, 난 나 혼자 밥 먹으러 갔다고 했더니 김 경장의 눈이 비난하는 투로 좁아졌다.

참나, 그럼 어쩌라고? 그리고 내가 그 인간이 혼자 밥 못 먹는 거, 알았나?

'점심 먹었나?'

그래서였나 보다. 갑자기 밥 먹었냐고 물어봤던 이유가. 아까 사무실에서 그가 갑자기 그렇게 묻는 통에 그 사단이 났다. 그런데 알고 보니 혼자 밥 못 먹어서 나보고 같이 먹자는 거였네.

민영은 조금 어이없는 눈길로 저만치 앞서 가는 세종을 쳐다보았다.

"덩치는 산만 해가지고 밥도 혼자 못 먹어? 아침도 안 먹었다면서 점심까지 굶었으니 배 좀 고프겠네."

고소하다는 듯 웃으며 중얼거렸지만 가슴 한쪽에서는 조금 안됐다는 동정심이 일었다.

'아, 난 이래서 안 돼. 이렇게 마음이 좋아서 이 험한 세상을 어찌 살려고.'

그때였다. 민영은 길 한쪽에 커다란 고무 대야를 내려놓고 덮고 있던 보자기를 걷어내는 할머니를 보았다. 김밥이었다. 그녀는 벌써 꽤 멀리 걸어가고 있는 세종을 한 번 보고, 또 장사 준비를 시작하는 할머니를 한 번 보았다.

'그래. 까짓 내가 인심 썼다. 비록 우리가 좋은 사이는 아니지만 내가 너보다 그릇이 크다는 걸 보여주마. 난 원수한테도 인심을 베푼단 말이지. 캬! 난 부처다, 부처.'

민영은 스스로의 높은 덕에 갈채를 보내며 할머니에게 걸어갔다.

"할머니, 김밥 한 줄에 얼마예요?"

"응? 아, 김밥? 한 줄에 이천 원. 한 줄만 줘?"

"아뇨. 두 줄 주세요."

"아이고, 그래. 두 줄은 먹어야 힘을 쓰지. 덩치도 큰데."

아, 진짜! 내가 덩치가 뭐가 크다고! 어디 가서 덩치 크다는 말은 안 듣는데.

그녀의 불편한 속이 드러났는지 할머니가 웃었다.

"에이, 뚱뚱하다는 말이 아녀. 아가씨가 훤칠하니 키도 크고 시원하게 생겨서 그래."

시원하게 생겼다는 말이 무슨 뜻인지는 모르지만 뚱뚱하다는 말은 아니라는 말씀에 그녀의 얼굴은 다시 펴졌다.

민영은 할머니가 주섬주섬 검은 봉지를 꺼내 김밥 두 줄을 담는 것을 지켜보았다.

"그런데 할머니, 여기서 장사하시면 안 되는데. 저번에도 어떤 대학생이 여기서 샌드위치 팔다가 해수욕장 운영요원한테 쫓겨났어요. 그러니까……."

"할머니!"

민영의 말이 채 끝나기도 전에 어딘가에서 벼락 치는 소리가 들렸다. 그녀와 할머니의 눈길이 동시에 화단 너머로 향했다. 붉은색 조끼를 입은 해수욕장 운영요원이 빨간색 경광봉(조심하거나 삼가도록 미리 주의를 줄 때 사용하는, 빛을 내는 방망이)을 들고 뛰어오고 있었다.

"거보세요, 할머니. 어서 정리하세요."

"아유, 다른 데 가도 마찬가지여."

"저기, 노점상들 모여 있는데 있잖아요."

"거긴 벌써 임자들이 다 들어차 있지. 거기 자리가 있으면 내가 이리 왔겠어?"

"그럼 저리로 가세요. 저기엔……."

"거긴 자릿세 달라고 해서 안 돼. 김밥 몇 줄 팔아서 자릿세 내고 나면 뭐 남누."

민영은 난감했다. 하긴, 해수욕장이 개장하면 여기저기서 온통 전쟁이다. 여름 한철 붐비는 동네다 보니 그 짧은 시간에 장사 좀 해보려고 지역주민들뿐 아니라 이 동네, 저 동네 할 것 없이 죄다 이리로 몰려온다. 그러니 장소는 협소하고 장사를 하려는 사람은 많다. 해수욕장 운영팀에서는 '다시 찾고 싶은 해수욕장'을 만들기 위해 되도록 노점상을 근절하고 단정하고 깨끗한 해변을 만드는 데 만전을 기하고 있었다. 그러니 할머니처럼 자릿세조차 낼 형편이 아니면 매번 이렇게 쫓겨 다녀야 했다.

어느새 가까이 다가온 운영요원이 버럭 소리를 질렀다.

"할머니! 여기서 또 이러고 있으면 어떡합니까! 아까 저기서도 안 된다고 그렇게 말씀을 드렸는데 여기서 또 이러고 계시네!"

"아이고, 아저씨. 좀 봐주구려. 딱 두 시간만 팔고 갈게. 얼마 말아오지도 못해서 금방 팔 수 있어. 아까 점심시간에 좀 봐줬으면 벌써 팔고 갔지."

"아니, 이 할머니가 근데! 그래서 내가 안 봐줘서 지금 이러고 있단 말이야! 뭐야! 안 된다고 한번 말했으면 그런 줄 알아야지. 할머니 같은 사람이 한둘인 줄 알아? 그 사람들 다 봐주다가는 해수욕장이 쓰레기가 될 게 뻔한데! 아! 빨리 챙겨요. 어서!"

그러더니 김밥이 든 대야를 거칠게 발로 찬다. 민영은 인상을 썼다. 좀 너무한다 싶었다. 자기 어머니뻘은 될 할머니한테 말 끝마다 반말하는 것도 모자라 먹는 음식이 든 대야를 발로 차다니!

"아저씨, 내 오늘만 팔고 안 오께. 응? 이 김밥 오늘 안 팔면 쉬어서 못 먹어. 서울 사는 우리 손녀가 방학했다고 내일 온다는데 오늘 이거 팔아서 장이라도 봐야 한단 말이지. 그러니까……."

"아, 진짜! 할머니, 왜 이렇게 말을 못 알아먹어! 시끄럽고, 어서 빨리 챙기라니까!"

또! 또 발로 찬다. 민영은 너무나 화가 나서 참을 수가 없었다. 갑자기 어떤 장면이 생각났다. 초등학교 5학년 때였다. 아빠가 돌아가신 후 시장에서 붕어빵 장사를 시작했던 엄마가 떠올랐다. 그 알량한 붕어빵 장사를 하면서도 자릿세니 뭐니 번듯한 가게를 가진 사람들에게 갖은 모욕을 당하면서 그 앞자리 하나 차지해 보려고 애를 쓰던 엄마가 지금 눈앞에서 죄지은 사람처럼 고개를 주억거리는 할머니와 오버랩되었다.

"빨리 챙겨요! 빨리!"

"아저씨!"

결국 참지 못했다. 민영은 그때까지 몇 걸음 물러나 방관하던 자세를 버리고 힘차게 앞으로 나섰다. 그런데 이 인간, 아직 사태 파악 못하고 그녀의 등장을 얼씨구나 반긴다.

"아, 여기 경찰도 있었네. 순경님, 여기 할머니 좀 어떻게 해

봐요. 여기서 장사하면 안 된다고 말을 했는데도 도저히 말을 안 들어먹어! 말을!"

"거, 말 좀 조심합시다!"

민영의 사나운 말투에 운영요원의 눈이 휘둥그레 커졌다. 아직도 상황 파악이 안 되는지 멍하게 쳐다보는 눈길이 바보 같았다.

"지, 지금 나보고 한 말이요?"

진짜 몰라서 묻는다는 듯 아저씨의 얼굴은 맹했다. 민영은 씩씩거리며 본격적으로 할머니 편에 섰다.

"아저씨한테 못해도 어머니뻘은 되는 할머닌데 말 좀 부드럽게 하면 혀에 바늘이라도 돋는대요? 아니, 왜 그렇게 험악하게 인상을 써요? 그리고 이것도 다 먹는 음식인데 발로 차면 죄받아요! 그냥 좋은 말로……."

"좋은 말로 했지!"

드디어 상황 파악이 끝난 운영요원은 할머니에게서 방향을 틀어 그녀를 향해 죽일 듯이 덤비기 시작했다.

"아니, 경찰이라는 사람이 누구 편을 드는 거야? 지금! 엉! 말 좀 조심하라고? 내가 지금 말조심하게 생겼어! 아까부터 이 할머니가 내가 가는 데마다 앞서 와서 신경질나게 하는데 말이 좋게 나가게 생겼냐고! 아, 이 순경, 이거 홀딱 깨네. 어머니뻘? 난 이렇게 말귀 못 알아먹는 어머니 없어!"

"뭐라고요! 말 다 했어요? 홀딱 깨? 진짜 홀딱 깨는 거 한 번 보여줘? 내가 아저씨한테 반말하면 좋겠어? 아저씬 뭐, 엄마도 없어? 아저씨 어머니가 이걸 보면 뭐라고 하겠어! 엉!"

"뭐, 이런 싸가지없는 게 다 있어! 경찰이면 다야? 어린 게 누구한테 바락바락 기어올라! 정당한 책임을 다하는 선량한 시민한테 경찰이 이래도 돼? 생긴 건 야리야리하게 생겨가지고 성질은 거지발싸개보다 못하잖아!"

"뭐라고요! 아저씨, 말 다 했어!"

야리야리하게 생겼다는 말에 잠시 기분이 풀리려 했지만 그 다음에 나온 거지발싸개라는 말에서 홱 돌아버렸다. 드디어 분을 참지 못한 민영이 앞으로 홱 다가서자 아저씨도 지지 않고 성큼 다가왔다. 두 사람은 당장이라도 폭력을 휘두를 듯 불꽃을 튀기며 이를 갈았다. 그때였다.

"박민영!"

민영은 자신을 부르는 세종의 목소리도 무시하고 운영요원과 당장이라도 한판 붙을 듯 으르렁거렸다.

"박민영 순경! 지금 뭐 하는 짓인가!"

순경이라는 단어가 들리는 순간, 민영의 의식 사이로 종이 울리는 소리가 들렸다. 그 직책이라는 것이 참 웃긴다. 보통 시민일 때는 뭔 짓을 해도 거리낄 것이 없는데 대한민국 경찰이라면 얘기가 달라진다. 자신이 '순경'이라는 자각이 드는 순간, 민영은 깨갱 하고 꼬리를 내렸다.

운영요원에게 향했던 거친 눈길을 내리고 험악한 표정으로

서 있는 세종을 쳐다보았다.

"뒤로 세 발자국 물러서!"

성난 목소리가 명령했다. 민영은 순순히 시키는 대로 했다. 그러자 그걸 지켜보던 운영요원이 신이 난 목소리로 떠들기 시작했다.

"나 참, 높으신 분 오니까 이제야 제정신을 찾나 보지? 순경 주제에 말이야. 너, 어디 소속이야?"

"소속은 알아서 뭐 하실 겁니까?"

자기편인 줄 알았던 세종이 무뚝뚝하게 묻자 운영요원이 다시 헷갈린다는 표정을 짓는다. 민영도 헷갈렸다.

강세종, 너 누구 편이냐?

"순경 주제? 순경 주제가 어떤 주제입니까? 어디 소속이냐고요? 내 직속 부합니다."

"아니, 이 여자…… 이 순경이 먼저 나한테 반말을 하고, 또 이 할머니 편을 들면서……."

"이번 해수욕장 운영위원회에서 내건 슬로건이 친절, 봉사, 협동, 단결인 걸로 아는데요?"

말끝을 똑똑 잘라 먹어가며 세종은 운영요원의 기를 팍팍 누르고 있었다. 세종의 눈길이 김밥이 든 대야와 풀 죽은 할머니, 그리고 아직도 헷갈린다는 듯 멍한 표정을 하고 있는 민영을 차례로 훑었다. 그러더니.

"이건 뭐, 슬로건 중에 하나도 지키는 게 없구만. 친절도 안 돼, 봉사도 안 돼, 협동, 단결? 지키는 게 뭡니까?"

운영요원이 어이가 없다는 듯 입을 딱 벌렸다. 확실히, 세종의 카리스마에 주눅이 든 것 같았다.

'강세종, 파이팅!'

세종이 확실히 자신의 편이라는 확신이 든 민영은 쾌재를 부르며 힘껏 그를 응원하기 시작했다.

"이, 이건 엄밀히 말하면 고, 공무집행 방해라고요. 난 지금 여기 해변의 질서를 유지하기 위해서……."

"그러니까!"

용기를 낸 아저씨가 다시 반격을 시도했지만 어김없이 세종의 방어에 밀려났다.

"그러니까 말입니다. 지금 아저씨는 현재 해양경찰 소속 안전요원의 공무집행을 방해하고 있습니다."

"예? 제가요?"

자신이 공무집행 방해를 했다는 말을 듣는 순간 운영요원의 얼굴이 하얗게 굳었다.

"박 순경, 앞으로."

갑자기 자신을 부르는 소리에 민영은 화들짝 놀라 앞으로 나섰다.

"네?"

대답이 시원찮았는지 그가 잠시 그녀를 째려보았다.

"박 순경이 먼저 할머니가 여기서 장사하시는 걸 알고 좋은 말로 다른 장소로 옮기라고 권유하고 있었을 텐데? 내가 그렇게 지시하지 않았나?"

엉? 니가? 니가 언제 나한테 그런 지시했어? 아, 좋아. 어쨌든 그랬다 치고.

"아, 예. 그렇습니다."

아, 진짜. 미리 짜지도 않았는데 어떻게 이렇게 손발이 착착 맞냐? 내가 천재냐? 니가 천재냐? 우리 둘 다 천잰가?

"무슨 소립니까? 내가 아까 다 봤는데! 여기, 이 순경이 할머니한테서 김밥 두 줄 받고 돈까지 주는 걸 봤다고요."

하! 그 아저씨, 눈도 밝다. 그런데 어쩌지? 다 봤다잖아.

민영은 세종을 흘끔거렸다.

"사실이야?"

"예?"

민영은 세종의 눈을 마주 보았다. 아주 잠깐 그의 한쪽 눈이 살짝 감겼다가 떠지는 것을 본 것도 같았다.

어, 이거 신호 같은데?

민영은 할머니를 돌아보았다. 할머니도 어쩔 줄을 모르겠다는 얼굴이었다.

민영은 침을 꿀꺽 삼키고 다시 그를 보았다.

어! 이번엔 진짜 봤다. 분명히 그가 윙크 비슷한 것을 보냈다.

그녀는 천천히 고개를 가로저었다.

"아, 아니요. 그런 적 없는데요."

시작이 어렵지, 시작만 하면 술술술. 이것이 바로 거짓말의 법칙이다.

"아뇨, 전 절대 그런 적 없어요. 누가 돈을 줘요? 나 참. 아저씨 눈이 너무 안 좋은 거 아니에요? 이건, 할머니가 빨리 움직이시라고 들어드린 거라고요. 그죠, 할머니?"

손에 든 김밥까지 자랑스레 들어 보이며 민영은 할머니를 돌아보았다.

너무 오버했나? 할머니는 끌어들이지 말 걸 그랬나?

민영은 너무 거짓말에 심취해서 그만 할머니까지 이 거짓된 세상에 끌어들인 것을 곧바로 후회했다. 하지만.

"맞아, 순경 말이 맞아. 난 이 순경한테 돈 안 받았어. 저 김밥도 순경이 내 짐이 무겁다고 들어준 거야."

우와! 할머니 진짜 캡짱이시다! 손에 돈까지 쥐고 계시면서 눈 하나 깜짝 안 하시고 거짓말을 하신다.

"그, 그럼 손에 쥔 그 돈은 뭐예요!"

마지막 발악이라도 하듯 운영요원이 소리쳤다. 민영은 한 걸음 나서며 할머니를 옹호하려는데 할머니가 더 빨랐다.

"이거? 아까 저기서 판 거지. 왜? 이것도 뺏으려고?"

상황 종료.

그 누가 말하지 않아도 이 싸움은 누구의 패로 끝났는지 분명했다. 운영요원이었던 아저씨는 괜한 화풀이를 하며 성질을 내다가 세종의 포스에 눌려 결국 뒤돌아서 쓸쓸한 퇴장을 해야 했다. 그리고 남은 건 세종과 할머니, 민영이었다.

세종이 민영을 사납게 노려보다가 할머니를 향해 공손히 말했다.

"여기서 장사하시는 건 안 됩니다."

그러자 이번에는 할머니도 순순히 고개를 끄덕이셨다.

"그래, 그런 것 같구먼. 젊은 사람들 애먹이면서까지 장사를 해서야 쓰겠나."

힘없이 중얼거리는 할머니를 보며 민영은 가슴이 찡해오는 것을 느꼈다. 방학이라고 놀러 온다는 손녀를 위해 맛있는 거라도 사주시려고 김밥을 팔러 나오신 건데 겨우 두 줄 팔고 되돌아가시게 생겼으니······.

민영은 흐트러진 김밥을 다시 쌓고 보자기를 덮는 할머니의 옆에 쪼그려 앉았다.

"할머니, 저기 가서 제가 말씀드릴 테니까 자릿세 내지 말고 그냥 파세요. 제가 말만 잘하면 자릿세 안 내도 될 거예요."

자릿세를 대신 내줄 요량이었다. 아예 김밥을 다 사주고 싶었지만 이 많은 김밥을 처리할 방법도 없으니 사주지는 못하고 아예 자릿세를 대신 내주고 할머니가 김밥을 파시게 하는 게 나을 것 같았다.

"권력 남용하지 마."

민영은 머리 위에서 들려오는 엄한 목소리에 고개를 번쩍 들었다.

뭔 남용? 아니, 내가 남용할 권력이 어딨다고 저런 소릴 한 대?

하지만 세종은 그녀가 세모꼴로 뜬 눈을 쳐다보지도 않고 할머니를 향해 입을 열었다.

"저기 경찰서 깃발 보이시죠?"

할머니가 세종이 가리키는 깃발을 향해 고개를 돌렸다.

"어? 어. 저기 펄럭이는 거?"

"예. 거기 가셔서 강세종 경사가 저녁 쏘는 거라고 말씀하세요. 이거 다 두고 가세요. 제가 거기 있는 전경한테 대신 계산해 놓으라고 할 테니 그렇게 하세요."

"이 많은 걸?"

할머니가 놀란 눈으로 쳐다보자 세종이 싱긋 웃었다. 민영은 순간, 입을 딱 벌렸다. 할머니를 위해 저녁을 쏜다는 핑계를 대며 김밥을 팔아주는 것도 놀라운데 저런 표정까지.

저 자식도 저렇게 웃을 수 있네.

"안 많습니다. 경찰 넷에 전경 넷이 먹는 건데 이 정도는 먹어야죠. 장정 여덟이 배고플 때는 소도 잡는다고 하잖습니까."

"그야, 그렇지. 여기 이 순경도 같이 먹으면 총 아홉 명이구먼."

민영은 고개를 갸웃거렸다.

우리 사무실 인원이 전부 아홉인가?

"아닙니다. 장정 여덟에 저 순경도 포함입니다. 장정 못지않게 먹거든요."

아 씨!

"아, 하하하. 아이고, 잘 먹으면 좋지. 안 그래도 아가씨가 튼튼하게 생겼다 했어. 고마워요. 다른 거, 맛있는 거 먹어도 되는데 나 때문에 김밥으로 저녁을 때워줘서."

거듭 고맙다는 인사를 하는 할머니를 김밥과 함께 보내고 이제는 정말 세종과 민영만 남았다.

"박 순경."

"네!"

목소리 심각하다. 즉각 대답하고 순하게 굴자.

민영은 잔뜩 긴장한 채 순순히 대답했다. 그런 그녀가 이상했는지 그가 슬쩍 돌아본다.

"지은 죄가 뭔지는 아나 보지?"

"……."

죄가 많아서 뭘 말해야 할지 몰라 가만있었다. 그에게 지은 죄부터 나열하자면 날밤 새야 할 것이고 '할머니 김밥 사건'만 들자면 성질 못 참고 경찰의 위신을 깎은 것, 장사하면 안 되는 곳에서 장사하는 할머니 김밥 팔아준 것, 시민의 안전을 위해 봉사해야 할 경찰이 시민과 싸우자고 덤빈 것 등등. 채 생각나지 않는 죄까지 세면 너무 많아서 아예 대꾸하기를 포기했다.

"그 김밥은 어쩔 거야?"

자기가 생각해도 물어야 할 죄가 너무 많은지 세종은 귀찮다는 듯 그녀의 손에 든 김밥으로 관심을 돌렸다. 민영은 그제야 자신의 손에 아직 김밥 두 줄이 들려 있다는 것을 깨달았다.

"여기."

더듬더듬, 김밥을 내밀었다. 막상 주려니까 기분이 이상하다. 그가 뭐냐는 식으로 쳐다본다.

민영은 괜히 머쓱해져서 얼른 그의 손에 김밥을 쥐어주었다.

"점심 굶었다면서요. 오토바이 타고 순찰 돌려면 힘 많이 들어요. 아까 괜히 저 때문에 식사도 못하신 것 같아서요. 엉덩방아 찧게 한 죄로 드리는 겁니다."

얼굴이 달아오른다. 그래서 민영은 재빨리 몸을 돌려 뛰었다.

"야! 박 순경, 순찰 안 돌 거야?"

뒤에서 들려오는 소리에 걸음을 멈춘 민영은 자신이 방향을 잘못 잡고 뛰었다는 것을 깨달았다.

아, 쪽팔린다.

그녀는 다시 몸을 돌려 쏜살같이 뛰어 그를 스쳐 지나갔다. 그리고 이번에는 신나게 달렸다. 수상오토바이가 정박된 곳까지.

이러다 진짜 포레스트 곰프 되겠다!

세종은 은박지로 싸인 김밥 두 줄을 쥔 채 빠르게 달려가는 그녀의 뒷모습을 보았다.

정말이지, 이해 불능이다. 무슨 여자가 저렇게 밤낮 없이 뛰어다니길 좋아해?

그런데 웃음이 난다. 약도 사건 이후로 타도 대상 1호로 낙점 짓고 꽤 괴롭혀 댔는데 여자는 꿈쩍도 않고 여전히 생기발랄, 쾌활 모드다. 찌르면 좀 아픈 시늉도 해야 찌르는 사람이 재미가 있는 법인데 어떻게 생겨먹은 여자가 아무리 찔러도 눈 하나 깜짝하지 않는다. 도리어 '야!'를 남발하며 상관을 타고 넘으려고까지 한다.

그럼 이쯤에서 저 버릇없는 하극상을 자근자근 밟아서 흔적조차 없게, 다시는 일어서지 못하게 해줘야 하는데 세종은 그렇게 하지 않는 자신이 이상했다. 분명히 화가 나야 하는 시점에서 웃음이 나고 당연히 밟아줘야 하는 상황에서 맥이 빠진다.

도대체 이게 무슨 조환가?

세종은 정말 이해할 수 없는 얼굴로 이제 모습조차 보이지 않는 그녀의 흔적을 향해 황망한 눈길을 고정시켰다.

부아아아앙!

수상오토바이가 물살을 가르며 시원한 굉음을 토해내고 있었다.

해수욕을 즐기는 인파가 많은 곳에서는 안전 경계선을 설치해 놓고 순찰정이 그 일대를 왔다 갔다 하며 혹시 경계선을 넘어오거나 위험한 돌출 행동을 하는 피서객이 없나, 감시하고 있었다. 하지만 상대적으로 인적이 드문 방파제나 으슥한 바위 근처 같은 곳에서 한적한 수영을 즐기는 사람들과 수영 금지 구역에서 수영을 하려는 사람들은 살필 수가 없었다. 그럴 때는 수상오토바이가 유용하다. 빠른 속도감과 좁고 후미진 곳도 살살이 살필 수 있다는 점에서 수상오토바이는 경계용 순찰로 딱이었다.

바아아앙, 싸아아아!

물보라를 튀기며 쏜살같이 튀어나가는 세종의 오토바이를 따라 민영의 오토바이도 속력을 높였다. 그녀의 눈에도 저 멀리 돌바위 위에 위험하게 서 있는 사람들이 보였다. 금방이라도 거친 바위틈으로 흐르는 물로 뛰어들 태세였다.

'꼭 하지 말라면 더 하는 인간들이 있다니까.'

민영은 세종이 지나간 물길을 따라 속도를 높이며 입술을 깨물었다. 바위와 바위 틈 사이로 흐르는 물은 그 세기가 보통의 물살과 다르다. 넓게 흐르던 물살이 좁은 구석으로 갑자기 몰릴 때는 세찬 소용돌이를 만들기도 하고, 거친 바위에 부딪쳐 튕겨 나오면서 상상할 수 없을 만큼 큰 파도를 만들기도 했다. 그래서 수영 금지 구역이 생기는 것이다.

이런저런 안전을 생각해서 금지 구역을 만들어놓으면 뭐 하나? 저렇게 지지리도 말 안 듣는 인간들이 있는 걸.

파아아앗!

수상오토바이의 브레이크를 잡으며 세종이 세찬 물보라를 일으켰다. 핸들을 반 바퀴 회전시키며 능숙하게 오토바이를 세우는 세종을 따라 민영도 오토바이를 세웠다. 그가 마이크를 꺼내 들고 바위 쪽을 향해 경고음을 보냈다.

삐이이!

"금지 구역 밖으로 나가십시오. 수영 금지 구역입니다. 다시 한 번 말합니다. 위험한 지역이니 물러서십시오."

어찌나 딱딱거리며 말하는지 그녀가 듣기에도 거부감이 심하게 들었다. 저 인간은 뭘 해도 친절하고는 거리가 멀다. 아까 할머니한테 한 건 정말 기적에 가까웠다. 그런데 목소리 착 깔고 경고하니까 먹히긴 잘 먹힌다.

바위 위에 서서 히히덕거리던 청춘남녀들이 세종의 경고 방송에 놀라서 얼른 바위 저쪽으로 뛰어갔다. 그런 그들을 보는 세종의 눈은 한심하다는 기색이 역력했다.

갑자기 웃음이 났다. 겨 묻은 개가 똥 묻은 개를 나무란다더니…… 아닌가? 똥 묻은 개가 겨 묻은 개 나무라는 건가? 어쨌든! 똥이 먼저든 겨가 먼저든 뭐가 먼저든 간에, 강세종은 저들을 뭐라 할 입장이 아니었다.

자긴 안 그랬나? 지금 도망가는 저들보다 훨씬 어릴 때 학교에서 하지 말라는 짓은 죽어라 하는 말썽꾸러기였으면서. 지가 지금 경찰 됐다고 저런 표정 지어도 돼?

민영이 그의 이중성에 혀를 차고 있을 때 세종이 갑자기 그녀를 돌아보았다.

"왜?"

그녀의 표정을 딱 알아채고 떨떠름하게 묻는다. 민영은 어깨를 으쓱했다.

"아뇨. 올챙이가 개구리 시절을 모르는 것 같아서요."

"뭐?"

황당하게 바라보는 세종을 일별하고 민영은 오토바이의 출발 버튼을 눌렀다. 그리고 어이없게 쳐다보는 세종을 눈 끝으로 스치며 당당히 물살을 가르기 시작했다.

세종은 눈살을 심하게 찌푸렸다.

"저게 무슨 말이야? 저거, 속담 말한 거야? 개구리가 올챙이 시절 모른다지, 올챙이가 개구리 시절을 어떻게 알아? 무식한 여자 같으니라고."

무슨 의도로 그런 말을 했는지는 모르지만 무식이 왕창 드러나는 속담 인용에 세종은 정말 할 말을 잃었다. 그래 놓고 뭐가 잘났다고 자신을 저렇게 한심하게 보는가 말이다.

아, 저 여자하고 같이 있다가는 나까지 4차원의 세계로 끌려 들어갈 것만 같다.

'빌어먹을!'

4장 - Go, Go! 특진!

삐이익! 삐익! 삐이이이익!

평화로운 해수욕장에 난데없이 호루라기 음이 하늘을 찢을 듯 울려 퍼졌다. 해변에 누워 모래찜질을 즐기던 사람도, 튜브를 타고 해수욕을 즐기던 사람들도, 한가롭게 앉아 음료를 마시던 사람들도, 모두의 눈길이 다급하게 울리는 호루라기 소리를 향해 두리번거렸다.

삐익! 삐이익!

민영은 뛰면서 신발을 벗어 던졌다. 모자는 이미 바람에 날려 어딘가에 떨어졌고 단단하게 묶었던 꽁지머리는 공기를 가르며 달랑이고 있었다.

첨벙! 첨벙, 첨벙, 첨벙.

거친 물보라를 일으키며 물가를 거칠게 질주하던 그녀는 몸이 떠오를 수 있는 깊이까지 다다르자 곧장 바다로 뛰어들었다.

좌악! 좌악, 좌악.

있는 힘껏 팔을 휘저었다.

타타타타타타!

민영은 저 멀리서 익수자 근처로 다가오는 모터보트를 확인하고 더욱더 속력을 높였다. 그 순간, 눈앞에 보이던 익수자가 갑자기 사라졌다. 거친 숨을 몰아쉬며 주위를 두리번거리던 민영은 모터보트에서 누군가가 뛰어드는 것을 보고 재빨리 잠수했다.

'안 되지. 안 되고말고. 나 지금 특진에 미쳐 있는 거 안 보이냐? 내가 먼저 발견했거든!'

박민영 순경은 현재 특진 사냥 중이었다. 휴가 온다던 시장 사모는 본격적인 휴가철이 시작된 지 한참이 지났지만 코빼기도 보이지 않았고, 뻑하면 눈을 부라리고 그녀를 괴롭혀 대는 강세종은 이제 아예 재미가 들린 듯 민영을 산 채로 잡수시려고 한다. 어찌나 그 재미에 빠졌는지, 아침에 눈을 뜨는 순간부터 밤에 잠자러 가는 그 시간까지 시시때때로 그녀를 괴롭혀 댔다. 그녀가 아무리 그를 피해 다녀도 어느 순간 세종은 민영을 찾아냈다. 마치 그가 일부러 그녀를 찾아 헤매기라도 하는 것처럼.

미친놈.

이런 진퇴양난의 현실 속에서 그녀가 할 수 있는 거라곤 그저 특진을 위한 공(功)을 세우는 것뿐이었다. 이 힘든 여름을 견딘 대가로 1계급 특진만 할 수 있다면 뜨거운 태양도, 어떻게 하면 그녀를 더 괴롭힐까 눈에 쌍심지를 켜고 있는 강세종도 참아낼 수 있을 것 같았다. 그래서 죽을힘을 다하고 있었다. 자신의 근무 타임이 아니라도 언제 어디서건 공(功)을 세울 건더기라도 있을라 치면 물불을 가리지 않고 달려들었다.

지금도 마찬가지였다. 조금 전까지 수상오토바이를 타고 순찰을 돌았던 그녀는 점심을 먹기 위해 교대를 했다. 거하게 점심을 먹고 경찰서로 돌아가던 중에 저 멀리서 수상한 인영을 보았고 마침, 제4망루대에서 들려오는 호루라기 소리에 그 인영이 익수자임을 단번에 알아차렸다. 그리고 뛰었다.

그녀의 반대편에서 달려가고 있는 다른 수상구조대원보다 더 빨리 뛰기 위해 전력을 다했다. 달리기만큼은 자신있었다. 고교시절에도 100미터를 16초 내로 뛰는 여학생은 그녀뿐이었다. 한때는 육상선수가 될까? 하는 고민을 심각하게 한 적도 있었다. 하지만 그건 그녀의 적성이 아니라는 것을 알고, 또 그녀의 집안 형편이 운동에만 전념할 수 있는 상황이 아님을 알고 쉽게 포기했다.

지금은 밥을 먹은 직후라 몸이 조금 무겁긴 했지만 특진을 할 수만 있다면 이까짓 달리기쯤은 일도 아니다.

그런데 민영은 간과하고 있는 것이 두 가지 있었다. 첫째는 자신이 현재 식후 30분도 채 되지 않았는데 차가운 물로 뛰어들어 심하게 체력을 쓰고 있다는 사실이었고, 둘째는 조금 전 모터보트에서 물로 뛰어든 사람 중에 강세종 경사도 포함되어 있었음을 몰랐다는 것이다.

그저 특진에만 눈이 먼 민영은 한 가지 목표만을 향해 전진하고 있었다. 혁혁한 공을 세울 수 없다면 잔잔한 공을 많이 세워 아예 올해 해수욕장 최고의 안전요원이 되어서 1계급 특진의 기회를 갖는 것이었다.

특진, 특진, 특진, 특진…….

그녀는 머릿속에 '특진'이라는 단어만을 떠올리며 물속으로 가라앉고 있는 익수자를 향해 힘차게 팔과 다리를 저었다. 그리고 그렇게 사력을 다해 팔을 저은 결과 그녀는 마침내 공포에 질린 익수자의 손을 붙잡을 수 있었다. 그런데…….

"어! 어어어."

민영은 갑자기 다리에서 느껴지는 극심한 고통에 눈을 휘둥그레 떴다. 참을 수 없는 고통이 엄습했다. 몸이 비틀렸다. 몸에서 균형이 사라지자 이제 물속은 그녀가 생각하던 그런 편안하고 익숙한 공간이 아니었다. 공포가 느껴지기 시작했다. 그녀의 손을 잡고 있는 익수자의 눈에 떠오른 공포와 똑같은 공포가 그녀의 폐를 압박하기 시작했다.

그 순간, 그녀의 손에서 익수자의 손이 빠져나갔다. 민영은 당황한 얼굴로 익수자를 채가는 진지한을 바라보았다. 다시 수

면으로 떠오르기 위해 팔을 휘저었지만 몸은 자꾸만 가라앉기만 한다. 너무나 당황한 나머지 물속에서 쥐가 나면 어떻게 대처해야 하는지도 생각나지 않았다.

'정신 차려! 박민영!'

이러다가는 심장마비까지 올지 모른다. 그제야 배가 부른 상태에서 위험하게 물속으로 잠수했다는 것을 깨달았다. 소화가 되지 않은 상태에서의 수영은 위험하다. 급속한 체력 저하를 가져올 수 있고, 원활하게 피가 돌지 못해 경련이 일어날 수도 있다. 심하면 심장마비까지 와서 사망하는 경우도 있었다.

이런 기초 상식까지 무시하고 무식하게 물로 뛰어든 사람이 바로 특진에 눈이 먼 박민영 순경이었다.

민영은 멍한 얼굴로 점점 강도가 더해지는 고통을 느끼며 허우적거렸다. 쥐가 났을 때 대처해야 할 방안에 대해서는 생각지도 못했다. 이런 말도 안 되는 상황에 빠진 자신을 인정하고 싶지 않은 탓인지 그녀는 정말 뇌가 없는 사람처럼 아무런 생각도 하지 못했다. 몸은 자꾸 가라앉고 다리에서 시작된 경련은 허벅지를 타고 점점 위로 올라오고 있는 시점에서 제대로 된 이성을 차리기란 쉽지 않았다.

그때였다.

누군가 그녀의 어깨를 세게 붙잡았다. 민영은 놀란 눈으로 뒤를 돌아보았다.

강세종!

구세주처럼 그가 있었다. 너무 기쁜 나머지 환호성이라도 지르고 싶었지만 물속이라 그럴 수가 없었다. 그녀는 본능적으로 그에게 매달리기 위해 팔을 뻗었다. 하지만 그가 슬쩍 물러난다. 민영은 경악의 눈빛으로 그를 쳐다보았다.

'설마, 저 인간이 날 이대로 익사시키려고 하는 건 아니겠지?'

점점 숨이 막혀오는 상황에서 충격과 배신감까지 들자 당장이라도 이성을 잃을 것 같았다. 그런데 가만, 저 인간 뭐 하는 거지?

그가 이상한 행동을 하고 있었다. 험악한 인상으로 그녀에게 자꾸만 무언가를 지시하고 있었다. 손가락을 그녀에게 가리켰다가 자신을 가리킨다.

'뭐? 너를 따라 하라고?'

그가 자신의 발끝을 쥐고 몸 안쪽으로 깊숙이 당기는 것이 보였다. 그리고 다시 그녀에게 손가락질을 해 보인다. 하지만 마지막 그의 손가락질은 불필요했다. 민영은 세종이 발끝을 쥐는 순간, 자신에게 행할 응급조치가 어떤 것인지 깨달았다.

민영은 그가 했던 그대로 발끝을 잡고 몸 안쪽으로 당겼다. 그리고 몸에 힘을 쭈욱 빼고 발바닥 오목한 부분을 가볍게 누르면서 주무르기 시작했다. 그녀가 그러는 동안 그가 뒤쪽으로 다가와 그녀의 어깨를 잡고 수면 위로 헤엄치기 시작했다.

얼마 후.

"푸핫!"

반짝이는 수면으로 떠오르는 순간, 그녀는 격하게 숨을 몰아쉬었다. 답답하게 막혀 있던 폐가 급격하게 공기를 흡수한다. 갈비뼈 부근이 뻐근하게 조여질 만큼 격하게.

순찰정이 대기하고 있었다. 물속에서 이미 그녀의 위기 상황을 목격했던 진지한이었기에 이제나저제나 하고 아래를 살피다가 세종과 민영이 동시에 떠오르자 황급히 손을 내밀었다.

정말로 창피하게, 민영은 익수자를 구하러 갔다가 익수자가 되어 구조되었다.

그것도 강세종에게!

"정신이 있어! 없어!"

인적 없는 바위틈에서 날카로운 고성이 울렸다. 몇 걸음 떨어진 곳에 서서 망을 보고 있던 진지한이 슬쩍 그쪽을 쳐다보았다. 처음 바다에서 건져 올린 익수자는 곧바로 도착한 다른 순찰정에 넘기고 진지한은 세종과 민영을 태웠다. 세종은 인적이 없는 바위 쪽으로 키를 돌리라고 명령했고, 지금 진지한은 그들에게서 멀리 떨어져 누가 오나 안 오나 감시 중이었다.

그리고 저쪽에서는 지금 다리를 쭉 뻗고 앉아 있는 민영과 그녀의 다리를 연신 주무르고 있는 세종이 있었다. 그리고 그 강세종은 민영을 향해 분노의 끝을 보여주고 있었다.

"이따위 기초도 안 된 경찰이 무슨 안전요원을 한다고! 도대체 정신을 어디다 두고 사는 거냐고!"

민영은 고개를 푹 숙인 채 아무런 대꾸도 하지 못했다. 무슨 말을 하겠는가. 이번 일은 정말이지 입이 백 개라도 할 말이 없었다. 위기 상황 시 기본적인 대처 방안도 떠올리지 못했다고 저 야단인데 만약 그녀가 안전수칙을 어기고 식사 후에 곧장 물로 뛰어든 것을 알면 그는 아예 그녀의 발에 바위를 매달아 저 깊은 바닷속으로 처박으려고 들 것이다.

한동안 씩씩거리며 고함을 지르던 세종이 이제는 제법 화가 가라앉았는지 소리 지르는 것은 멈추었다. 그래도 그녀의 다리를 주무르는 손은 멈추지 않았다.

갑자기 맨다리에 느껴지는 그의 손길이 과하게 의식되기 시작했다.

민영은 다리를 슬며시 빼며 중얼거렸다.

"이제 됐어요. 제가……."

"가만있어! 뭘 잘했다고. 예뻐서 해주는 줄 알아? 생각 같아서는 저 물속에 확 처박아도 분이 풀리지 않아!"

또 생각해도 화가 난다는 듯 그가 이를 갈았다.

'그렇다고 뭐 저렇게 성질을 내? 지가 죽을 뻔한 것도 아닌데.'

미안한 건 미안한 거고, 고마운 건 고마운 건데 너무 화를 내니까 슬슬 성질이 나려고 한다. 그래도 민영은 자신이 백번 잘못한 것을 알기에 아무런 대꾸도 하지 않고 눈길도 들지 못했다.

그녀는 일그러진 그의 옆얼굴을 보았다. 잔뜩 찌푸린 짙은 눈썹과 그 아래로 날카롭게 솟은 콧날, 화가 난 것이 역력한 입매와 경직된 턱. 불같이 화를 내고 여전히 잔뜩 어두운 세종의 얼굴을 보는 순간, 갑자기 그녀의 가슴에 찌르르, 무언가가 지나갔다.

놀란 그녀는 자기도 모르게 한쪽 손을 들어 올려 왼쪽 가슴을 눌렀다. 찌르르 울리던 전류는 한순간이었고 이제는 따뜻한 기운이 퍼져 나간다. 민영은 당황했다.

절대 그럴 리 없는데, 저 인간이 절대 날 걱정할 리가 없는데……

세종의 일그러진 옆얼굴과 계속해서 그녀의 다리를 주무르는 그의 손길을 느끼며 민영은 야릇한 감정이 피어오르는 것을 느꼈다. 설마 그가 그녀를 걱정해 저렇게 화를 낼 리가 없다고 생각하면서도 과하게 분노하고 화를 터뜨리던 세종의 행동에서 미약하게나마 그런 느낌을 받았다.

그 느낌은 자꾸만 가지를 치며 끊임없는 상상을 낳았고, 결국에는 진짜 그가 자신을 걱정했을지도 모른다는 엉뚱한 결론에 도달했다. 그래서…….

"고…… 마워요."

그가 흠칫 손길을 멈추고 눈길을 돌렸다. 민영은 얼굴을 붉히며 다시 속삭였다.

"경사님 아니었으면 죽었을지도……."

"자랑이다."

에?

민영은 이죽거리는 세종을 보며 입을 딱 벌렸다. 그가 신랄하게 쏘기 시작했다.

"그게 자랑인가? 해경 소속의 안전요원이 물속에서 쥐가 나서 죽을 뻔했다고 하면 지나가는 개가 웃겠군. 어디 가서 절대 입 밖으로도 내지 마. 사람들이 알면 해양경찰 전체를 우습게……."

"네! 알았어요. 알았다고요! 잘났어! 진짜!"

쥐도 코너에 몰리면 고양이를 문다. 민영은 코너에 몰린 쥐는 아니었지만 조금 전 다리에 쥐도 났던 터라 고양이를 좀 물기로 했다. 사람이 고맙다고 하면 '그래, 그래도 살아서 다행이다' 내지는 '앞으로는 조심해. 몸은 어때?' 이 정도는 나와줘야 하는 거 아닌가!

물론! 내가 해양경찰의 명예를 실추시키는 행동을 하긴 했지만 죽다가 살아난 사람이잖아! 새 생명을 얻은 이때에, 저한테 생명을 구해줘서 고맙다고 인사하는 사람한테 이딴 식으로 무안을 줘야겠어!

그래서 넌 나한테 존경을 못 받는 거야! 이 자식아!

갑자기 설움이 밀려들었다. 늦은 나이에 순경에 임용되어 친구 년 밑에서 경찰 생활하며 지낸 것도 모자라, 여우 같은 기집애 땜빵으로 나온 해변 근무에서는 고등학교 때 가슴을 울리던 짝사랑의 밑에서 모진 구박을 다 당했다. 그래도 특진해서 남들과 한참 벌어진 간격을 따라잡으려고 기를 쓰다가 죽음 직전까지 가지 않았는가 말이다.

그런데 저 자식은 그저 날 못 잡아먹어서 안달이지. 뭐? 걱정? 저 자식이 날 걱정해? 박민영, 이 맹추!

"뭘 잘했다고……."

살짝 기운이 꺾인 그의 목소리가 들려오는 순간 그녀는 폭발했다.

"경사님이 알아요? 바보 같은 내 처지가 어떤지 경사님이 아느냐고요! 남들보다 늦게 시작했어도 난 자부심이 있었어요. 내가 얼마나 원해서 해경이 됐는지 알아요? 그렇게 원해서 해경이 됐는데 내가 행복하기만 한 줄 알아? 엿 같아! 남들보다 한참 늦은 나이에 순경 짓 하려니까 엿 같다고! 그래서 승진 좀 해보려고 별짓을 다하고 있어! 평탄하게 순차적으로 계단 밟아서는 안 될 것 같아서 좀 건너뛰려고 죽을힘을 다하고 있단 말이야! 내가 뭐 이러고 싶어서 이런 줄 아냔 말이야! 누군 밥 먹고 바로 물속으로 뛰어들고 싶어서 뛰어들었느냔 말이야!"

마지막 말은 안 했어야 했다.

세종의 얼굴이 조금 전보다 더 어두워졌다. 조금 구차하긴 했지만 그래도 그녀의 처지가 처지인지라 말속에 든 뼈아픈 속내를 그도 눈치 챘다. 그래서 그녀에게 화가 나기보다는 안쓰러움이 더 강하게 일었다. 그런데 뭐? 밥 먹고 바로 물속으로 뛰어들어?

그녀에 대한 안쓰러움과 바다에서 건져 내며 미칠 듯이 걱정했던 마음, 그리고 그 안에서 정체없이 떠도는 야릇한 마음까지 일시에 날려 버릴 만큼 불같은 분노가 치솟았다.

"뭐! 밥을 먹고 바로 물속으로 뛰어들어!"

마른하늘에 날벼락처럼 천둥소리가 울렸다. 그때까지도 살기등등하며 자신의 처지를 피력하던 민영도 단숨에 찌그러질 만큼 그 위력은 실로 엄청났다.

샤워를 하고 머리를 털며 복도를 걸어가던 동운은 속닥속닥 전경들끼리 속삭이는 소리에 걸음을 멈추었다. 부엌 싱크대 앞에서 라면을 끓이고 있던 진지한과 이재섭이 뭐가 그렇게 심각한지 몹시 진지한 얼굴로 속닥거린다.

동운은 전경들이 혹시 상관 욕이라도 하는 것이 아닌가 싶어 얼른 벽에 몸을 붙이고 귀를 쫑긋 세웠다.

"그래서?"

"그래서는요 뭐. 박 순경이 깨갱 하고 엎어졌죠. 그럴 수밖에 더 있겠어요? 박 순경님이 밥 먹은 직후에 물속으로 뛰어들어서 다리에 쥐가 난 것도 모자라 기본 대처도 잘못해서 강 경사님이 건져 냈는데 입이 열 개라도 할 말이 없죠. 대충 그러고 그냥 넘어갔으면 됐는데 또 박 순경님이 경사님한테 대들다가 괜히 욕만 더 먹었어요. 으으으."

갑자기 진지한이 몸을 떨었다.

"살벌했어요. 둘이 아주 서로 못 잡아먹어서 난리예요. 그런데 박 순경님, 나이가 생각보다 많은가 봐요. 그것 때문에 자격지심도 있는 모양이더라고요. 그 나이에 아직 순경이니 그럴 만도 하지만…… 박 순경님 일 열심히 한다고 우리끼리 그랬잖아요. 그런데 그게 다 공 많이 세워서 승진하고 싶어서 그런 모양이더라고요. 오늘 보니까……."

목소리를 더 줄이며 속닥거리는 통에 동운은 마지막 말은 듣지 못했다.

'하여튼 남자 새끼들이 여자들보다 더 수다스러워!'

동운은 못마땅한 얼굴로 갈등했다. 저것들을 확 기합을 줄까, 말까…… 그런데…….

"넌 그렇게 아무 얘기나 옮기냐?"

"예?"

"상관들이 했던 말을 그렇게 아무 생각 없이 옮기냐고."

오호, 이재섭, 저 자식 영 재수없는 놈은 아니네.

동운은 이재섭이 진지한을 야단치는 것을 보며 눈을 휘둥그레 떴다.

"입 지퍼 채워. 앞으로 남은 여름 제대로 보내고 싶으면."

동운은 이재섭이 나올 기미가 보이자 재빨리 그 자리를 피해 걷기 시작했다. 그는 자신의 방을 지나쳐 곧장 강세종 경사의 방으로 방향을 틀었다.

 창문을 활짝 열어놓고 멍하니 밖을 쳐다보고 있던 세종은 어딘가에서 밀려오는 희미한 담배 향에 인상을 썼다. 몇 년 전 담배를 끊은 후 지금까지 성공적으로 버텨왔는데 오늘은 견디기 힘들 만큼 담배 생각이 간절하다.

 "엿 같아! 남들보다 한참 늦은 나이에 순경 짓 하려니까 엿 같다고! 그래서 승진 좀 해보려고 별짓을 다하고 있어!"

 눈물까지 글썽거리며 악을 쓰던 그녀의 얼굴이 하루 종일 머릿속을 떠나지 않았다. 아무리 괴롭혀도 끄떡도 않던 마징가 제트가 어쩐 일인지 오늘은 평소의 박 순경답지 않았다. 솔직히 그녀를 놀리고 괴롭히는 재미에 빠져 있는 중이었다. 성질을 바락 냈다가 푸르르 기가 죽고, 어떨 때는 깐죽거리고 또 어떨 때는 도저히 이해할 수 없는 4차원적인 행동을 하는 그녀가 흥미로웠다.
 그녀는 다람쥐 쳇바퀴같이 지겨운 해변 생활에서 그를 웃게 하는 유일한 존재였다. 그가 내린 불합리한 명령에 파르르 떠는 그녀를 보며 슬며시 미소 짓고, 또 엉뚱한 행동을 하는 그녀로 인해 놀라고 웃고 어이없어하는 재미가 어느새 그의 생활에서 큰 영역을 차지하고 있었다. 하지만 그건 그저 고양이가 장난감을 가지고 노는 것처럼 단순한 감정일 뿐이었다.

오늘 오전까지는.

세종은 거칠게 자신의 머리를 휙휙 쓸었다. 짧게 솟은 머리칼이 손가락 사이로 재빨리 빠져나간다.

미치는 줄 알았다. 그 순간에는 눈이 뒤집히는 줄 알았다. 익수자를 구하러 들어간 물속에서 그녀가 허우적거리는 것을 보는 순간 100톤의 쇠망치로 뒤통수를 강타당한 것처럼 얼이 나갔다. 아주 짧은 순간이었지만 그는 그녀와 마찬가지로 위기 상황에 대한 대처 방법을 떠올리지 못했다. 그래서 더 그녀에게 화가 났다. 그를 그렇게 이성을 잃게 만든 사람이 그녀였기 때문에 무턱대고 화가 났다.

게다가 그 빌어먹을 감정은 또 뭔가?

복잡했다. 물속에서 느낀 감정의 변화를 전부 기억할 수는 없지만 그 모든 감정이 몇 가지로 함축되었다.

걱정, 불안, 두려움, 분노.

그녀를 발견한 후 그가 느꼈던 감정이었다. 그녀를 무사히 끌어낸 후 안전한 바위로 옮겼을 때는 그 모든 감정이 활화산처럼 폭발했다. 걱정과 안도감이 뒤섞여 소리를 지르고 온갖 비난을 퍼부어도 시원해지지가 않았다. 아니, 그녀에 대한 분노는 벌써 식었지만 자신에 대한 분노가 솟아 더 화를 냈다.

그런데 그녀가 승진 운운하며 눈물을 글썽일 때는······.

세종은 창틀을 꽉 움켜잡았다.

'안고 싶었다.'

그래. 빌어먹을. 안아주고 싶었다. 눈에 물기가 차오르는 것을 보는 순간 힘껏 안아주고 싶었다.

"미친놈."

힘없는 중얼거림이 입 밖으로 새어 나왔지만 진짜 자신이 미쳤다고 생각하지는 않는다. 그럼 이 감정은 무엇인가? 왜 그 이상한 여자가 재미있고, 흥미롭지? 도대체 왜 눈앞에 안 보이면 궁금한 거냐고? 그녀의 발에 쥐가 났는데 왜 내가 이성을 잃느냔 말이다.

그녀를 왜 안아주고 싶은 거냐고! 왜!

똑똑.

흠칫.

세종은 노크 소리가 나는 방문을 노려보았다.

"누구야?"

그러자 문이 찰칵 소리를 내며 열리더니 동운의 웃는 얼굴이 나타났다.

"아직 안 주무시네요?"

세종은 시큰둥한 얼굴을 다시 창밖으로 돌렸다.

"그래."

동운은 방 안으로 들어서며 세종이 보고 있는 밖을 넘겨보았다.

"밖에 뭐 있습니까?"

"……."

어째, 분위기가 묘하다. 동운은 세종의 기분이 저조한 것이 혹시 오늘 오후에 있었던 '박 순경 쥐 사건' 때문이 아닐까? 잠시 생각했다. 둘이 워낙 앙숙이라 혹시 박 순경을 이번 기회에 아주 매장이라도 시킬 궁리를 하고 있는지도 모른다.

"박 순경, 오늘 또 한 건 했다면서요?"

세종이 뒤를 돌아본다.

"한 건이라니?"

어? 왜 저렇게 예민하지?

동운은 너무 빨리 반응하는 세종에게 이상한 느낌이 들기 시작했다.

"전경들이 속닥거리고 있더라고요. 박 순경이 오늘 사고 쳤다고. 요 며칠 박 순경, 조마조마했죠. 어찌나 날뛰던지. 119 쪽도 그렇고 민자대(민간자율구조대) 쪽도 박 순경한테 가자미눈을 뜨고 있잖습니까. 박 순경이 너무 날뛰니까 오히려 구조 활동하는데 걸리적거린답니다. 알고 봤더니 그게 다 승진 때문에 그런 거더군요. 오늘도 그렇게 앞뒤 안 가리고 뛰어들다가 익사할 뻔 했다고……."

"개자식……."

헉!

동운은 세종의 입에서 거친 욕이 튀어나오자 흠칫 입을 다물었다.

설마 저거, 나더러 그러는 건 아니겠지?

세종의 험악한 눈빛이 동운을 향했다.

"진지한, 그 자식은 이름값도 못하는군. 오늘 일 함구하라고 명령 내린 지가 언젠데 그새를 못 참고 나불거려?"

자기에게 한 욕이 아니란 걸 알고 동운은 속으로 안도의 숨을 내쉬었다.

"어리잖습니까. 지들끼리니까 하는 말이겠죠. 그런데 박 순경, 생각보다 아픔이 많네요."

"……."

세종은 동운의 말에 아무런 대꾸도 하지 않았다. 그런 세종을 보며 동운도 조용히 입을 다물었다. 아무래도 분위기가 영 아니다. 동운은 그가 혼자 있고 싶어하는 것이라 생각하고 자리에서 일어났다.

"전 그만 제 방으로……."

"김 경장."

방바닥에서 몸을 일으키던 동운은 갑자기 자신을 부르는 세종을 향해 고개를 들었다. 하지만 세종은 여전히 창밖을 응시한 채였다.

"예, 경사님."

"관리계 쪽에 아는 사람이 있다고 했지?"

에? 관리계? 대한해경 관리계?

동운은 대한해양경찰서 관리계에 근무하는 후배를 떠올리며 고개를 끄덕였다.

"예. 있습니다."

"……박 순경 인사기록 뺄 수 있으면 좀 빼보라고 해. 개인적으로."

동운은 뒤에 아주 작게 들리는 '개인적으로' 라는 말에 놀랐다. 솔직히 박 순경의 인사기록에 대해서 알고 싶다면 그건 상관으로서 더 큰 사고가 나기 전에 부하에 대한 정보를 알고 싶어하는 것이라고 생각하면 그만이었다. 그런데…….

개인적으로 알고 싶은 것이라면 얘기가 달라진다.

"개…… 인적으로요?"

"……그래. 사적으로 알고 싶은 정보니까 위에서 모르게 해."

동운이 다시 확인하자 세종이 조금 더 구체적으로 말했다.

뭐야? 이거, 이 요상한 분위기가 뭘 의미하는 거지? 설마…….

"네에?"

민영은 놀란 눈을 크게 뜨고 최 경사를 쳐다보았다. 그러자 최 경사는 더 이상의 반론은 절대 받아줄 수 없다는 듯 결연한 얼굴로 다시 말했다.

"이미 결정된 거니까 토 달지 마."

민영은 비어 있는 세종의 자리를 슬쩍 돌아보았다.

"강 경사님도 반대할……."

"반대 안 했어. 의외로 순순히 그러겠다고 하던데?"

그녀는 인상을 썼다.

"그럴 리가요."

"진짜야. 둘이 잘 안 맞는 건 알겠는데 강 경사는 그래도 공과 사는 구별하는 사람이야. 경사 직위는 그냥 다는 게 아니지."

"……."

민영은 아무런 대꾸도 하지 못했다. 여기서 한마디라도 더 했다가는 자신은 순경이라 공과 사도 구별 못하는 존재로 전락할 것 같았다. '쥐 사건'이 있은 후, 강세종과 그녀는 거의 말도 안 하고 지냈다. 그는 그대로 화가 났고, 그녀는 그녀대로 그날의 일을 후회하고 있었다.

어쩌자고 그런 말을 했는지.

홧김에 순경이 어쩌고, 승진이 어쩌고 하며 신세 한탄까지 해댔으니 정말 어디론가 달아나서 다시는 강세종을 보고 싶지 않았다.

그런데 좀 이상했다. 그녀는 이런 심정이라서 그를 피했지만 강세종은 왜 그러는지 알 수가 없었다. 안전수칙을 어긴 그녀에게 벼락같은 고함을 칠 때는 당장이라도 응분의 조치를 취할 것 같던 인간이 바위에서 내려와 경찰서에 도착한 후에도 아무 행동도 취하지 않았다. 최 경사님이 아직도 모르는 걸 보면 보고도 안 한 것 같았다. 심지어는 그날 이후로 아예 그녀 보기를 돌같이 하고 있었다.

그럴 인간이 아닌데.

'이때다' 하고 득달같이 달려들어 그녀를 못살게 해야 할 인간이 조용하니까 오히려 더 불안하다. 게다가 조금 전 최 경사 말로는 내일부터 두 사람이 한 조가 되어 순찰정을 타야 한다지 않는가. 그런데 강 경사가 그 명령을 곧장 수용했다니.

아, 더 불안하다. 설마 순찰정 타고 바다로 나가서 쥐도 새도 모르게 깊은 바다에 빠뜨리려는 완전 범죄를 꿈꾸는 건 아니겠지?

민영은 엉뚱한 상상에 몸을 떨었다.

"다음 주까지는 어쩔 수 없어. 바다가 심상찮으니까 어린 전경들을 내보낼 수는 없는 거 아냐. 그래도 우리가 해경인데 위험한 일은 우리가 해야지. 다행히 김 경장이나 강 경사가 기동대 출신이니까 좀 안심이 돼. 그리고 박 순경도 수영이나 안전사고 대비하는 면에서는 자타가 공인하는 우수 인재잖아. 김 경장하고 이재섭이 한 조가 되고 강 경사와 박 순경이 한 조가 되면 막강파워, 울트라 팀이 탄생하는 거지. 하, 하하하."

그녀가 몸을 떠는 것이 강세종과 한 팀이 된 것 때문에 화가 나서 그러는 것이라 오해한 최 경사가 위로랍시고 과하게 추켜세운다. 민영은 억지로 웃는 최 경사에게는 별 관심이 없었다. 그리고 강세종과 한 조가 된 것도 지금 당장은 문제가 아니었다. 정작 문제는 다른 데 있었다.

특진.

그게 문제다. 이미 강세종한테 들켰고 일부 전경들도 알고 있는 사실이지만 특진으로 나아가는 고행의 길을 멈출 수는 없었다. 일본 해안에서 발견된 해파리 떼가 동해로 올라올지도 모른다는 뉴스가 방송되고 장마전선이 북상하고 있다는 기상청의 예보로 해수욕장은 전에 없는 강력한 경계 태세에 들어갔다. 해변을 순찰하는 사람들보다 순찰정을 타고 안전 경계선을 순찰하는 사람들의 임무가 더 막중해진 것이다.

수시로 바닷속을 점검하며 혹시 독성을 지닌 해파리 떼가 나타나는지 감시를 해야 했고, 장맛비 속에서 높은 파도를 즐기려는 윈드서핑족이나 수상오토바이족들을 단속해야 하는 일은 매우 위험을 요하는 일이었다. 물론 그 일 자체가 문제라는 얘기는 아니다. 다만, 그녀가 세우고 싶은 공(功)을 세우는 일에서 멀어진다는 것이 문제라면 문제였다.

더구나 그녀의 음침한 속마음을 모두 알게 된 강세종과 같은 팀이라면 그녀가 혁혁한 공(功)을 세우는 일은 거의 불가능할 것이라고 봐도 무방할 것이다.

아, 누군가 내 인생을 교묘하게 꼬아놓는 느낌이 드는 건 왜일까?

탁.

민영은 자신에게 닥친 시련을 어떻게 해야 잘 풀어나갈지 고민하고 있었다. 목 언저리까지 풀어헤친 짧은 단발머리를 사정없이 쥐어뜯으며 입으로는 연신 '특진, 특진, 특진'을 중얼거리다가 또 어떤 때는 '강세종 타도, 강세종 타도'를 중얼거렸다. 흰색 A4용지에 그 누구도 알 수 없는 기하학적인 무늬를 새기며 책상 위에 엎어지듯 그렇게 웅크리고 있었다.

그때, 무언가가 '탁' 소리를 내며 머리맡에 내려졌다.

민영은 멍한 얼굴로 고개를 들었다. 이재섭이 보였다. 저 자식은 황지연과다. 황지연 경장이 주는 거 없이 미운 년이라면 저놈은 받은 거 없이 재수없는 놈이었다.

저거 봐, 저거. 지가 잘생겼다고 확신하는 저 미소. 열라 재섭서!
"왜?"

민영은 입술을 일그러뜨리며 툭 쏘았다. 그러자 재섭이 눈짓을 보낸다.

뭐? 어쩌라고?

민영이 이재섭이 보내는 눈짓을 따라 시선을 깔자 책상 위에 우뚝 서 있는 검은색 음료수 병이 보였다. 피로할 때 먹는다는 그 '바카쇼'.

그녀는 다시 눈길을 올려 재섭을 보았다.

"나, 먹으라고?"

"예. 요 며칠 피곤해 보이시더라고요. 안색이 별로 안 좋아요."

내가?

민영은 자신의 뒤 벽에 붙어 있는 거울을 슬쩍 돌아보았다.

안색, 좋기만 하구만. 발그레하니…… 아, 이건 너무 생각을 많이 해서 피가 얼굴로 몰려서 그런가? 어쨌든 내 안색은 어제나 오늘이나 똑같은데. 살다가 안색 나쁘다는 소리는 처음 듣는다. 타고나길 까무잡잡한 피부를 가지고 태어나서 어디 가서 혈색 안 좋다는 소리는 들어본 적이 없었다. 너무 건강해 보인다는 말은 들어봤어도.

"잘 마실게."

어쨌든 공짠데 사양할 필요는 없다. 민영은 아무 소리 없이 음료수 병을 받아 '딱' 하는 소리가 날 만큼 경쾌하게 뚜껑을 열었다.

"내일부터 강 경사님과 같이 순찰정 타시죠?"

음료수를 입으로 가져가며 민영은 고개를 끄덕였다.

"어."

"저하고 같이 타시게 됐으면 좋았을걸."

응?

민영은 순간 음료수 병을 입에 댄 채 재섭을 쳐다보았다.

저건 또 무슨 연막이냐? 저 뒤에 무언가가 있는 것처럼 보이지 않는 음산한 기운이 느껴진다.

그녀가 미심쩍은 눈빛으로 쳐다보자 재섭이 다시 씨익 웃었다. 또 재수없다.

"그러셨으면 박 순경님은 제가 지켜 드릴 텐데."

지켜줘? 니가? 왜? 니가 왜 날 지켜줘? 헉!

놈이 그녀를 향해 눈을 찡긋했다. 그 순간, 민영은 갑자기 모골이 송연해지는 섬뜩함에 흠칫 몸을 뒤로 젖혔다.

뭐야? 너, 지금 나한테 윙크한 거니?

"아! 잊어버릴 뻔했네요."

모 드라마의 '차인포'처럼 손가락을 딱 세우더니 살짝 흔든다.

아, 닭살이다. 등줄기를 수백 개의 발을 가진 지네가 기어가는 느낌이다.

이재섭이 이번에는 주머니에서 화장품처럼 보이는 튜브를 하나 꺼내 그녀에게 내밀었다. 민영은 엉거주춤 그 튜브를 받아들었다.

덜컹.

그때 갑자기 사무실 문이 열렸다. 뜨겁게 데워진 바람이 사아악, 사무실 안으로 밀려들어 옴과 동시에 한 남자가 들어섰다. 마치 황야의 무법자 같다. 외로운 총잡이처럼 홀연히 나타난 강세종을 향해 민영의 시선이 멈추었다. 어디선가 '띠리리~' 하는 음향이 울리는 것 같았다.

아, 식은땀이 난다.

사무실 저쪽에서 아까부터 이쪽을 살피고 있는 최 경사와 조용언도 부담스러운데 이젠 거기에 강세종까지. 덥다, 더워.

"꼭 바르세요. 자외선 차단제는 차단지수가 중요해요. 저번에 박 순경님 바르는 거 보니까 지수가 좀 낮더라고요. 좋은 걸로 산 거니까 꼭 챙겨서 바르세요. 그 예쁜 피부 망가지면 곤란하니까."

허, 허허허허. 살다 보니 내 피부 걱정하는 놈도 만난다. 언제 또 남의 선크림은 봐가지고. 갈지 안 갈지 알 수는 없지만 그래도 시집을 갈 생각이 있다면 반드시 선크림은 바르라고 하던 황지연 경장의 충고를 듣고부터 바르기 시작했다. 그것도 아무 화장품 가게에 가서 제일 싸고 양 많은 걸로 하나 달라고 해서 발랐다. 그런데 선크림에도 차단지수가 있나?

민영은 자신을 향해 따갑게 밀려드는 눈길들을 잠시 망각하고 재섭이 준 선크림에 써진 'SPF 45'라고 적힌 문구를 응시했다.

음, 숫자가 있긴 있군. 이 숫자가 높으면 좋은 건가 보다. 쪼잔한 놈, 이왕 사줄 거면 한 100정도 적힌 걸로 사주지.

"높다고 다 좋은 건 아니지만 그 정도면 꽤 차단이 되는 거니까 3시간마다 한 번씩 덧바르세요."

아, 그렇구나. 숫자가 높다고 좋은 건 아닌가 보다. 하, 그 자식 아는 것도 많네.

민영은 바보처럼 고개를 끄덕이며 고맙다고 중얼거렸다. 그러자 놈의 얼굴에 자만심 가득한 미소가 퍼졌다.

"뭘요. 박 순경님을 위해서 하는 건데 이 정도쯤은 약과죠."

이제 사무실 안이 갑자기 용광로 속처럼 뜨거워졌다. 에어컨 틀어놨는데 왜 이렇게 덥지?

"어, 그래. 어쨌든 잘 쓸게."

민영은 억지로 미소를 지으며 재섭을 향해 선크림을 들어 보였다. 놈이 건방진 포즈로 고개를 한번 까닥하더니 자기 자리로 돌아간다. 그제야 민영은 자신에게 향하고 있는 따가운 시선들을 일시에 느꼈다.

"하, 하하하. 재섭이가 이런 걸 다 주네요. 하하하."

어색해서 웃을 수밖에 없었다. 다행히 모두들 아무 소리 없이 고개를 끄덕이더니 제 할 일들을 한다. 민영은 괜히 민망해서 쭈뼛쭈뼛 자리에서 일어섰다. 그리고 조용히 걸음을 옮겨 사무실을 재빨리 빠져나갔다.

그 순간.

"어이, 이재섭. 뭐야? 너 지금 무슨 짓 한 거야?"

"설마, 재섭이 형. 설마……."

민영이 사무실을 빠져나가자마자 사무실 안은 일대 혼란에 빠졌다. 재섭을 향해 하이에나처럼 달려든 최 경사와 조용언은 본인들의 직위나 조용한 성격마저 잊어버리고 캐묻기 시작했다. 하지만 재섭은 그들에게 느끼한 미소만 날리며 침묵을 유지했다. 그 미소가 이미 답을 말하고 있었다.

'나, 박 순경한테 작업 중이다.'

그리고 그 미소의 은밀한 뜻을 정확히 파악한 강세종의 눈은 얼음처럼 차가운 빛을 발했다. 이유를 알 수 없는 번뇌가 그의 고고한 뇌를 쑥대밭으로 만들며 조용히 소용돌이치고 있었.

"박 순경님, 저희 간단하게 한잔할 건데 같이 가실 거죠?"

민영은 수건으로 젖은 머리를 닦으며 나오다가 복도에 모여서 있는 전경들을 보았다.

"술?"

"예. 어서 준비하고 나오세요. 겉옷 따뜻한 걸로 챙기세요. 밤바람이 찹니다."

무리 중에서 이재섭이 한 발 앞으로 나오더니 예의 그 느끼한 미소를 또 남발한다. 민영은 인상을 쓰며 그를 향해 이죽거렸다.

"됐다. 니들이나 많이 마셔라."

"왜 그러세요. 같이 가세요. 예?"

뭐냐? 저 표정은. 마치 내가 같이 갈 거면서 한 번 튕겨보는 거라고 생각하는 저 얼굴은.

"싫어. 피곤해."

그러자 이재섭이 아예 그녀가 서 있는 코앞으로 다가섰다. 민영은 이제 눈살을 찌푸리며 재섭의 하는 양을 지켜보았다. 심히 부담스러운 캐릭터. 잘난 척은 있는 대로 하면서 생각해 주는 척은 엄청 한다. 그 생각하는 척한다는 것이 또 무지하게 느끼하다.

저하고 나하고 나이 차가 몇인데 저게 나를 가지고 노나? 하는 생각까지 들었다.

"그러지 말고 같이 가세요. 혼자 여기 남아서 뭐 하시게요?"

혼자?

민영은 재섭의 어깨 너머 전경들의 무리를 살펴보았다. 하지만 저들 중에 강 경사나 김 경장은 없었다.

"강 경사님하고 김 경장님은 최 경사님 따라서 각 단체지도부들 회식 모임에 가셨어요. 그러니까 저희들도 간단하게 한잔하려는 겁니다. 여기에 박 순경님도 같이 가셔야 진짜 공식적인

Go, Go! 특진! 175

회식이 된다니까요."

말이나 못하면······.

민영은 내키지 않았다. 저 젊은 무리 속에 끼어서 나이 먹은 거 새삼스레 확인하고 싶지도 않았고 무엇보다 일찌감치 잠자리에 들고 싶은 마음이 더 컸다. 결국, 조용한 방 안에서 느긋하게 잠을 청하는 것을 택한 민영은 재섭을 향해 단호하게 말했다.

"미안해. 난 피곤해서 도저히 안 되겠다. 너희끼리 가라."

"박 순경님······."

"야, 이재섭."

돌아서던 민영은 자신의 팔을 잡는 재섭의 행동에 눈을 치떴다.

그런데 이놈 봐라. 여전히 느물거린다. 이 자식이 완전히 날물로 봤군.

"예. 박 순경님."

민영은 시선을 내려 자신의 팔을 잡고 있는 재섭의 손을 노려보았다. 그리고 조용히, 하지만 힘있게 말했다.

"치워."

"예?"

"안 들려? 이 손 치우라고."

"아, 예."

잠시 당황하던 재섭이 얼른 손을 치우자 민영은 눈짓으로 전경 무리를 가리켰다.

"가서 놀아."

"박 순……."

아, 그 자식. 되게 말 안 통하네!

"너, 내가 그렇게 우스워?"

"무슨……?"

"가만 보니까 네가 날 아주 우습게 보는구나. 너 보기엔 내가 아주 졸로 보이지? 이게 어디서 하던 짓을 여기까지 와서 해! 내가 니가 꼬시던 그런 여자애들처럼 보여? 왜? 여긴선 꼬실 여자도 없으니까 아쉬운 대로 나 같은 늙다리라도 한번 놀려볼 생각이야? 내가 그렇게 상항 파악도 못하는 빈깡통으로 보이냐고!"

민영은 제풀에 화가 나 버럭버럭 고함을 지르고는 홱 돌아섰다. 그때였다.

"누가 그래요?"

에?

놀란 민영이 걸음을 멈추고 뒤를 돌아보자 재섭의 심각한 눈길이 이쪽을 향한다.

"제가 언제 박 순경님을 놀린다고 했습니까? 누가 박 순경님을 우습다고 했습니까? 전 박 순경님 우습게 생각하지도 않고 놀릴 생각도 없습니다. 더군다나 박 순경님을 늙다리라고 생각해 본 적은 결단코 없습니다. 왜 스스로를 그렇게 말씀하십니까? 제가 그렇게 못되고 나쁜 놈으로 보이십니까? 저, 진심입니다. 남들이 말하는 나이 같은 거, 저한테는 문제 안 됩니다. 박 순경님이 신경 쓰인다면 그건 인정하겠습니다. 하지만 극복하실 수 있도록 제가 노력하겠습니다. 그뿐입니다. 다른 건 몰라도 제 진심만은 알아주십시오."

쌔애애앵.

한여름 밤에 시베리아의 혹한 바람이 불었다. 저기 저쪽에 모여 이재섭의 하는 양을 지켜보고 있던 전경들도 입을 딱 벌렸다. 민영도 마찬가지였다. 나이 차까지 극복하겠다는 이재섭의 진지함을 느낀 순간 민영은 크게 당황했다. 아직도 믿어지지 않는 건 사실이지만 어쨌든 지금 상황에서는 저 재수없는 이재섭의 말은 진실로 받아들여야 하지 싶었다. 안 그랬다가는…… 안 그랬다가는…… 저 큰 녀석이 울 것 같다.

"어……."

하지만 말이 나오지 않았다. 이런 상황에 처음 처해보는지라 민영은 상당히, 아주 많이 당황스러웠다. 나이 차 같은 거, 극복 안 해도 될 놈들한테서도 이런 적극적인 대시를 받아본 적이 없는데 나이를 넘어 노는 물까지 다른 어리고 잘난 놈에게서 이런 고백을 받고 보니 참으로 난감했다.

"쉬십시오. 많이 피곤하신 것 같으니까 저희끼리 가겠습니다. 문단속 잘하시고 주무세요."

민영은 어버버, 말도 하지 못하고 그저 고개만 끄덕였다. 그러자 이재섭이 동료들에게 돌아가고 그들은 이재섭을 따라 쭈뼛쭈뼛 이동하기 시작했다.

아! 이게 뭔가?

민영은 갑자기 혼란스러웠다.

이거 믿어도 되나? 아니, 믿으면 또 어쩔 건데? 상대는 7살이나 어린 놈이다. 게다가 좀 잘난 놈인가? 본인의 입으로 그러지 않았던가. 이 시대 최고의 킹카라고. 하지만 난 퀸카 근처에도 안 가본 평민인데…….

민영은 이재섭과 그들의 무리가 떠난 빈 공간을 허허롭게 쳐다보았다. 그리고 중얼거렸다.

"저 자식이 더위 먹었나?"

결론은 결국 이것뿐이었다. 이재섭은 며칠 미친 듯한 열기 속에서 더위를 심하게 먹은 것이다.

"아악! 덥다!"

방문이란 방문은 다 열어놓고 바닥에 퍼져 있던 민영은 자리에서 벌떡 일어나 앉으며 소리를 질렀다. 그렇다고 나아지는 건 없었다. 더운 바람만 회전시키는 선풍기도 지금은 무용지물이었다. 열대야가 실감난다.

아니, 명색이 바닷간데 너무 더운 거 아냐?

장마가 정말 오려는지 공기는 끈적끈적 습기를 가득 머금었고 날은 후텁지근했다. 차라리 장마가 어서 왔으면 싶을 만큼.

민영은 도저히 견딜 수 없어서 샤워를 한 번 더 할 요량으로 일어섰다. 방 밖으로 나온 그녀는 너무도 조용한 빈 복도를 어색하게 바라보았다. 적응 안 된다. 몇 개 안 되는 방을 전부 해경에 대여하고 숙소 주인은 나 몰라라, 관리도 안 하고 있었다. 아침에 잠깐 청소하러 왔다가 휙 가버리고는 땡이었다. 그 덕에 이곳 '망망하늘정원 펜션'에는 해경 소속 경찰들과 전경들뿐이었다. 그리고 지금은 이 건물에는 그녀 혼자뿐이었다.

민영은 어깨를 으쓱 들어 올렸다가 놓았다.

"조용하니 좋네."

현재 여름해양경찰서 내 경장 이상 고위급 간부들은 각 단체별 지도자들과 만찬 중이시고, 전경 이하 졸들은 지들끼리 회식 중이시다. 고로, 그 가운데에 낀 순경은 홀로 숙소를 지키며 빈 방을 뒹굴고 있었다.

썩 만족스러운 상황은 아니지만 민영은 자신의 처지를 순순히 받아들였다. 여기저기 낄 수 없는 깍두기가 된 건 바로 자신이니까. 엄마가 가라고 할 때 대학 갔으면 나도 경장 이상 지도자들 만찬에 낄 수도 있었을 것이다. 하지만 그녀는 후회하지 않았다.

머리가 좋아서 공부를 썩 잘했다면 욕심을 내볼 수도 있었을 것이다. 하지만 그녀는 붕어빵 장사를 하는 엄마를 고생시키면서까지 대학 욕심을 낼 수는 없었다. 아마, 그때로 다시 돌아간다고 해도 취업 전선에 뛰어들었을 것이다. 그것만이 엄마의 고생을 덜 수 있는 유일한 방법이었으니까.

씁쓸한 미소를 지으며 욕실로 향하던 민영은 문득 창밖의 풍경을 보았다. 가로등 빛 아래 고즈넉한 시골길이 한 폭의 풍경화처럼 보였다. 그녀는 갑자기 저 풍경화 속에 자신도 살짝 껴

보고 싶은 엉뚱한 욕구가 일었다.

민영은 몸을 돌려 복도를 뛰다시피 걸었다.

누가 뭐랄 거야? 내가 만든 그림에 내가 들어가겠다는데!

왁자하게 술 취한 사람들의 고성이 난무하고 매캐한 담배 연기가 가득한 실내였다. 멀쩡한 사람들도 취하면 실없게 만드는 게 술이다. 보기엔 점잖고 꽤 지적으로 보이던 각 단체의 지도부들은 술 몇 병이 비어지면서부터 이성을 잃기 시작했다. 여자라도 한 명 있었으면 성희롱으로 몰릴 만한 끈적한 농담을 서슴없이 하고 웃기지도 않는 개그를 흉내 내며 술이 깨면 후회할 짓을 대놓고 하고 있었다.

세종은 그런 사람들 틈에서 음료수를 마시고 있었다. 어제 김 경장과 둘이 마신 술 때문에 아직도 속이 풀리지 않아 술 마시기가 꺼려졌다. 거의 흡입 수준으로 술을 잘 마시는 김 경장과 대적한 후라 그런지 후유증이 너무 심했다. 그래서 사람들이 권하는 술도 슬쩍 아래로 흘려 버렸다.

그는 너무 멀쩡했다. 그래서 사람들의 주정이 영 마음에 들지 않았다. 취한 사람들 틈에서는 자신도 취해야 같이 어울려지는데 자신만 멀쩡하니 어쭙잖은 소외감마저 들었다. 게다가 매캐한 담배 연기에 머리까지 지끈거렸다.

세종은 도저히 참을 수가 없어서 자리를 살짝 빠져나왔다. 맞은편에 앉아 있던 동운이 그런 그를 보고 뒤따라 나왔다.

"왜 나와?"

"경사님은요?"

밖으로 나오자 상쾌한 공기가 코끝으로 물씬 풍겨왔다. 철썩이는 파도 소리와 시원한 바람이 그의 달아오른 피부를 스친다.

"답답해서."

세종이 대답하자 동운도 고개를 끄덕였다.

"아까부터 그래 보이시더라고요."

세종은 동운을 흘깃 쳐다보고 희미하게 미소를 지었다.

"술 마시는데 정신 팔려 있더니 날 감시한 거냐?"

그러자 동운이 키득거렸다.

"그런 셈이죠. 오후부터 계속 기분이 저기압이셨잖습니까. 사실, 그 건에 대해 좀 물어보고 싶었……."

"묻지 마. 괴로우니까."

동운의 눈이 가늘게 좁혀졌다.

"괴로워요?"

"……."

동운이 작게 휘파람을 불었다. 그러자 세종이 못마땅한 듯 쳐다보았다.

"이게 말이죠. 아무 사건도 없고, 골치 아플 일도 없는데 괴롭다면 말입니다."

세종은 동운이 무슨 말을 하려고 저러나? 하는 얼굴로 지켜보았다. 동운이 씨익 웃었다.

"그런 경우, 열에 아홉은 여자 문제죠."

순간, 세종은 얼굴에 희미한 열기를 느꼈다. 실제로 그의 눈 아래쪽 볼이 슬쩍 붉어졌다. 당황한 세종은 동운에게서 시선을 홱 돌려 검은색 바다로 눈길을 돌렸다.

"여자는 무슨. 문제가 있을 여자도 없는데."

"왜 없습니까? 박 순경도 여잔데. 엄밀히 말하면 좀 매력적인 여자죠."

매력? 그 여자가? 그 4차원, 엉뚱 발랄 박 순경이?

"그래?"

세종은 슬쩍 동운을 도발했다. 갑자기 누군가에게 인정받고 싶었다. 4차원 박민영을 향한 이 이름 모를 답답함에도 정당한 이유가 있다는 것을 확인받고 싶었다. 그녀를 향한 설렘이 그렇게 이상한 것만은 아니라는 것을 제3자를 통해 확인하고 싶었다.

"좀 엉뚱하기는 하죠. 아니, 많이 엉뚱하죠."

제길, 나쁜 자식. 그럴 거면서 왜 기대를 하게 만들어!

"그래도 귀엽잖아요. 물론 어디로 튈지 모르는 탁구공 같은 여자라서 저 같은 평범한 남자가 상대하기에는 버겁지만 누군가 임자가 나서면 그 매력을 알아보겠죠. 뭐. 원래 유유상종이라지 않습니까. 아마 박 순경의 엉뚱함마저 이해하고 포용하는 남자가 있다면 충분히 사랑받을 수 있는 여잡니다."

뭐야, 저거?

세종은 동운을 살벌하게 노려보았다.

저 말뜻은, 그러니까 박민영을 좋아하게 될 남자 또한 4차원이란 말이잖아. 유유상종? 저게 말이면 단 줄 아나!

"어, 맞다. 이재섭! 이재섭, 그 자식이 박 순경한테 작업 건다던데……."

이재섭이라는 단어와 작업이라는 단어에 세종의 귀가 '반지의 대왕'에 나오는 '골룸'처럼 쫑긋 세워졌다.

"오늘도 사무실에서 닭살 행각이 벌어졌다면서요? 조용언이 말로는 경사님도 계셨다던데……. 이재섭이 박 순경한테 화장품까지 선물했다고……."

"화장품은 무슨. 허접한 선크림 하나 준 거 가지고."

세종은 자신도 모르게 이죽거렸다. 그런 세종을 흘겨보는 동운의 눈이 반짝 빛을 발했다.

"그것도 일종의 화장품이죠. 듣기로는 꽤 비싼 거라던데. 전경이 무슨 돈이 있어서 그러나 싶어서 물어봤더니 그놈 집이 좀 산답니다. 강북에서 제일 잘나가는 피부과 원장이 아버지고 형이 또 그 병원 의사라네요. 서울대까지 들어간 놈이니 아마 머리는 무지 좋은 집안인가 보더라고요. 돈도 많고 머리도 좋은 놈이 왜 박 순경을 좋아할까요?"

순간, 세종은 소리를 버럭 질렀다.

"내가 그걸 어떻게 알아! 김 경장은 언제부터 남의 뒷담화나 즐기면서 전경들과 어울렸어?"

"예?"

동운은 세종의 시퍼런 서슬에 놀라 뒷걸음질을 쳤다. 그러자 세종이 더 씩씩거리며 핏대를 세운다.

"괜히 어린 전경 놈들과 쑥덕거리다가 무시당하지 말고 처신 똑바로 해!"

그러더니 휙휙 걸어가기 시작했다. 술집과는 정반대 방향으로.

"어디 가세요?"

동운이 놀라서 묻자 세종이 뒤도 돌아보지 않고 소리를 질렀다.

"난 갈 테니까 따라오지 마!"

그러더니 뒤도 한 번 안 돌아보고 간다. 동운은 힘차게 걸어가는 세종의 뒷모습을 보며 숨죽여 웃었다. 쿡쿡거리며 웃다가 나중에는 고개를 젖히고 호탕하게 웃었다.

'유후! 강세종 경사님! 잘하면 올해 국수 먹여주시는 거 아닙니까?'

좀 앞서 가는 듯했지만 고지식하고 여자 보기를 돌같이 하던 강세종이 박 순경 같은 엉뚱천사한테 빠졌으니 살짝 기대를 가져볼 만도 했다.

동운은 껄껄 웃다가 순간, 자신의 자리에 놓아두었던 술 생각이 나서 재빨리 술집으로 뛰어들었다.

'내 술!'

5장 - 반 발 가까이

"나~ 나나나나나~"

그것은 누가 봐도 생쇼였다. 세종은 눈앞에 보이는 광경에 입을 다물 수가 없었다. 지구인이 아닐지도 모른다는 얼토당토않은 생각을 잠깐 했었고, 어쩌면 다른 차원에서 온 미스터리 걸(girl)일지도 모른다는 상상도 했다. 그리고 지극히 정상적으로 살아온 자신이 이해할 수 없는 고난이도의 뇌를 가진 반사회적 인물일지도 모른다는 생각도 아주 잠깐 했었다. 하지만 저렇게 정신줄을 잠깐씩 놓는 광녀일지도 모른다는 생각은 단 한 번도 한 적이 없었다.

"루루루루루~ 루루루루루~"

아주 영화를 찍고 있다. 너무 어이가 없어서 인기척을 내기가 두렵다. 습기로 젖은 바닥을 마구 뛰어다니며 하늘로 두 팔을 벌린 채 그 누구도 절대 알아들을 수 없는 음을 흥얼거리는 저 여자는 진정 그가 가까이하기에는 너무 먼 존재였다.

순간, 그녀가 발을 헛디디며 넘어졌다.

당연하지. 저렇게 하늘만 보고 마구 뛰어다니는데 땅인들 가만있겠는가. 이 여자야, 인간이 서 있으려면 중력에 집중해야 하거든?

그런데 이번에는 아예 바닥에 드러누웠다. 그래 놓고 웃는다. 바닥에 누워 별도 없는 시커먼 하늘을 올려다보며 그녀가 웃고 있었다.

"와아! 하늘 조오타."

하늘이 좋아?

세종은 그녀를 따라 하늘을 올려다보았다. 가로등 빛에 비친 하늘은 시커먼 먹구름만 가득했다. 조만간 달마저 먹어버릴 기세로 먹구름들이 악마의 손처럼 서서히 밀려들고 있었다. 저런 하늘이 좋다는 여자는 설마 사탄의 추종자?

세종은 갑자기 조용해진 그녀를 가만히 응시했다. 입꼬리를 늘이고 희미하게 웃는 여자의 옆모습이 보였다.

찌리릿.

헛!

세종은 갑자기 자신의 가슴에 흐르는 전류를 느끼며 거친 숨을 들이켰다. 도대체 무슨······?

댕, 댕, 대앵!

어딘가에서 종소리가 울렸다. 이건 말도 안 된다. 손을 들어 올려 멀쩡한 눈을 쓱쓱 비볐지만 여전히 그의 눈에 보이는 것은 눈부시게 빛나는 천사였다.

말도 안 돼······.

파파파팍! 팍! 파팍!

허어억!

세종은 자신의 눈을 의심하며 하늘로 솟아오르는 폭죽을 보았다. 화려한 불꽃을 만들며 쏟아지는 무수한 불빛들. 마치 로맨틱 영화의 한 장면처럼 폭죽이 터지고 종이 울렸다. 그리고 가로등 빛 아래 퍼질러 누워 있는 여자가 있었다. 그 여자를 향해 그의 가슴이 뛴다.

세종은 이를 악물었다.

'제길! 이건 공포 영화야!'

민영은 젖은 땅에 드러누워 대지의 차가운 기운에 더위를 식혔다. 하늘은 금방이라도 비를 쏟아낼 듯 잔뜩 무거워 보였다. 그녀도 그랬다. 속에 먹구름이 끼어서 답답하고 어두웠다. 그런데 이젠 아니다. 일부러 노래도 부르고 머릿속도 맑게 하면서 뛰다 보니 어느새 답답했던 속이 풀리는 것 같았다. 그리고 이렇게 땅에 누워 있으니 대자연의 품속에 들어온 듯 자유롭기만

하다.

 사람은 때로 속박에서 풀어져 볼 필요도 있었다. 누구나 직장 문제를 비롯해 인생을 살아가는데 있어서 책임과 규율에 얽매여 산다. 그녀도 마찬가지였다. 남들보다 늦은 시작을 만회해 보려고 남들보다 더 빨리 뛰려고 하다 보니 어느새 스스로를 속박하고 채근했다. 그러니 속에 먹구름만 낄 수밖에.

 아직도 가야 할 길은 멀다. 특진을 포기한 것도 아니고 그렇다고 해경이 된 걸 후회할 것도 아니다. 다만, 가끔은 이렇게 쉬어가야 했다. 그녀도 인간이니까. 때로는 마음 졸이지 않고, 뛰지 않고 느긋하게 걷고 싶은 인간이니까.

 "오늘부터 박 순경 방은 여긴가?"

 헉!

 놀란 민영은 고개를 휙 돌려 소리나는 쪽을 향했다.

 오 마이 갓! 강세종!

 휘리릭, 빛의 속도로 몸을 일으킨 그녀는 일어서자마자 옷에 묻은 흙을 털어내려고 부산을 떨었다. 하지만 젖은 흙은 말끔히 떨어지지 않았다. 지저분해진 옷을 포기하고 민영은 어색하게 웃었다.

 "언제 왔어요?"

 "방금."

 거짓말은 아니다. '방금'이라는 말에는 아주 많은 시간이 포함되니까. 그 기준은 그때그때 다른 거니까.

어색한 침묵이 흘렀다. 오늘따라 매미도 울지 않았다.

아! 비 오는 날에는 매미도 안 울지. 당장 비는 안 오더라도 이렇게 습기가 많으니 매미도 모두 자나 보다.

"다른 사람들은요?"

"회식 중이야."

'그럼 너는?'

민영은 목 끝까지 나온 질문을 꿀꺽 삼켰다. 요 근래 이상한 버릇이 생겼다. 강세종이 눈앞에 보이면 이상하게 심장이 빨리 뛴다. 아마, 그날 이후부턴가 보다. '할머니 김밥' 사건 이후로 괜히 그를 의식하고 있었다.

뭐야? 이건 꼭 고등학교 때로 돌아간 것 같잖아.

"아, 전 그럼……."

공기가 점점 무거워지는 게, 할 말도 없고 기분만 이상해졌다. 그래서 민영은 어색한 미소를 매단 채 몸을 돌렸다. 그런데…….

"오토바이 타고 싶어?"

응? 이게 무슨?

민영은 놀란 눈으로 고개를 돌렸다. 그런데 그의 얼굴이 어째…… 불그스름하다. 희미한 가로등 빛에 반사되어서 그런가?

"흠, 싫으면 말고."

어? 저거 헛기침인가? 쟤, 설마 무안해하는 거야? 천하의 강세종이 무안해한다고? 에이, 설마.

"좋아요."

허걱! 이게 무슨! 야! 박민영, 여기서 니가 좋다고 할 장면은 아니지!

하지만 늦었다. 그녀는 언제나 그렇듯 머리보다 행동이 더 빨랐고 그 결과는 말도 안 되는 상황을 연출시켰다. 바로 강세종의 허리를 잡고 시골길을 질주하는 진풍경을!

미쳤어! 미쳤어!

바아아아앙!

오토바이는 한마디로 끝내줬다. 보기에도 꽤 멋있어 보인다 했는데 자리에 착석하는 순간 느껴지는 안정감과 속도감은 오토바이에 무지한 그녀도 확연히 느낄 정도였다.

민영은 용기를 내어 손 하나를 내밀었다. 더 용기를 내어 팔을 허공으로 뻗었다. 바람이 팔을 스쳐 지난다. 온 세상을 가르고 박민영이 질주하고 있었다.

아! 강세종도 같이.

끼이익.

한적한 시골길을 달리는 기분은 한마디로 최고였다. 속에 남아 있던 답답함의 마지막 남은 찌꺼기까지 한꺼번에 날릴 만큼 그 위력은 실로 놀라웠다.

민영은 오토바이에서 내려서며 세종을 향해 미소를 지었다.

처음이지 싶다. 강세종을 향해 진심으로 웃어보는 건.

"고맙습니다. 덕분에 좋은 경험 했습니다."

너무 판에 박힌 인사인가? 어째, 좀 어색하다. 남자 허리춤 잡고 좋다고 소리칠 때는 언제고 이제 와서 '좋은 경험 했습니다' 라니. 그래도 달리 할 말이 떠오르지 않는다.

"들어가."

저 인간도 별다를 것 없다. 잠깐이었지만 둘이 연인이라도 된 것처럼 오토바이 타고 달린 사인데 저 돌같이 무뚝뚝한 표정 좀 보라.

후두두둑!

"어, 비 온다."

민영은 오토바이를 타고 있는 세종의 머리 위로 후두둑 떨어지는 빗방울을 보았다. 제법 굵게 내리던 빗방울이 소나기로 변한 것은 순식간이었다. 민영도, 그리고 세종도 단시간에 비 맞은 생쥐 꼴이 되었다. 하지만 둘 다 상관하지 않았다.

시원하다.

그녀는 비를 맞으며 시원하다는 생각을 했다. 후텁지근했던 공기가 차가운 비를 맞으며 급속히 온도를 낮추고 있었다.

민영은 비를 맞으며 환하게 웃었다. 그리고 그를 보았다. 순간, 비를 맞아 서늘하게 내려갔던 온도가 다시 오르기 시작했다.

두 사람의 눈길이 얽혔다. 곧게 내리는 빗물 사이로 반짝이는 두 쌍의 눈빛이 부딪치며 은밀한 스파크를 튀겼다.

민영은 아무 무늬도 없는 천장을 멍하니 바라보고 있었다. 아까 밖에서 비를 맞으며 마주쳤던 그의 눈길을 잊을 수가 없다. 시뻘건 불길로 낙인이라도 새긴 듯 강세종의 뜨거운 눈길이 머릿속을 떠나지가 않는다.
두근.
세종의 얼굴을 떠올리는 것만으로도 얼굴이 붉어지고 설렌다. 민영은 이불을 홱 걷어차며 일어나 앉았다.
쏴아아아아.
비가 마구 쏟아지고 있었다. 창을 두드리는 빗소리가 다소 위협적이기까지 했다.
민영은 창으로 흘러내리는 빗물을 보며 입술을 깨물었다.
'박민영. 지금 형편에 짝사랑까지 하면 너 진짜 추해진다.'
짝사랑했던 상대를 또 짝사랑하면 난 진정 열녀인가? 이러다가 해수욕장 한복판에 열녀문 세우겠다!

순찰정으로 이용되는 고속단정(RIB)을 타고 나가는 첫 순찰은 다소 어색하게 시작되었다. 지난밤, 야릇한 시선을 주고받은 사이인지라 민영은 세종의 눈을 똑바로 마주지도 못하고 계속해서 시선을 피했다. 세종도 굳이 그런 그녀와 시선을 맞추려고 노력하지 않았다. 그는 그대로 키를 잡는 앞쪽에 앉고, 그녀는 그녀대로 묵묵히 바로 뒤에 자리를 잡고 앉았다.

부르르르릉!

제트보트가 물살을 가르며 튀어나갔다. 잠시 몸이 흔들렸지만 무난하게 중심을 잡은 민영은 온몸으로 덤벼드는 바람을 맞으며 난간을 꽉 잡았다. 그리고 무심하게 보이는 세종의 뒤통수를 응시했다.

여러 가지 심정이 어지럽게 지나간다. 혹시 자신이 또 같은 상대를 짝사랑하는지도 모르는 상황에 직면하자 그녀는 무조건 '아니다'라고 절규했다. 지난밤 내내, 부인하고 또 부인했지만 오늘 이렇게 그를 다시 보니 그렇게 아니라고 다짐했던 각오가 썰물 빠져나가듯이 빠져나간다.

'미쳤다, 박민영.'

정말 자신이 강세종을 또 짝사랑하기 시작한 거라면 이대로 바다에 퐁당 빠져서 죽어야지 싶었다. 여름 한철, 철새처럼 머물다 떠날 인간을 마음에 담는 것도 바보짓인데 14년 전의 맹꽁이 짓을 또 해야 한다고 생각하니 인생 자체가 암담해졌다.

이건 특진보다 더 급하게 해결해야 할 문제였다. 괜한 감정놀음에 빠져서 잡히지도 않는 허황된 꿈을 꾸는 건 정말로 피하고 싶었다. 그리고 이 시점에서 그녀는 연애 따위에 허비할 시간이 없었다.

그래, 그것만 기억하자. 오직 내 인생에는 특진만이 살길이다!

민영은 입술을 꽉 깨물고 새롭게 각오를 다졌다.

"안개가 너무 짙은데……."

세종의 걱정스러운 말에 민영도 소리없이 동조했다. 처음 출발할 때부터 안개가 심상치 않았다. 하지만 그들이 출발하던 때에는 이 정도로 짙지는 않았다. 아침 일찍부터 파도가 높아서 입수 금지령이 내려지고 사람들이 없는 해수욕장은 조용했다. 그래도 높은 파도를 즐기려는 서핑족들과 보드족들이 무모한 위험을 즐길 수도 있기에 순찰을 나선 것이었다.

해안선 가까이 있을 때는 그런대로 괜찮았다. 그런데 해안선에서 조금 멀어지자 어느새 안개는 한 치 앞을 볼 수 없을 만큼 자욱해졌다. 어디가 어딘지 분간을 할 수도 없었다. 해경에서 보유한 순찰정 중에서도 가장 작은 4.9M급의 소형 고속정이라 위치를 추적할 수 있는 GPS조차도 없었다. 이런 상황에서 그들이 할 수 있는 것은 아무것도 없었다.

다소 굳어 보이는 그의 뒷모습을 보며 민영도 걱정스러운 듯 미간을 찌푸렸다. 파도는 점점 높아지고 있었다. 바람도 심상치 않다. 혹시 이렇게 파도에 떠밀려 깊은 바다로 나간다면 일은 더 커진다. 웬만한 파고를 견딜 수 있는 고속단정이지만 시간과 연료의 제한을 무한정 극복할 수는 없었다.

세종이 주변을 살피기 시작했다. 그리고 배 아래로 고개를 내밀어 파도의 방향을 살폈다. 아마 육지에 가깝게 있는 것이라면 혹시 파도가 그들을 이끌어줄지도 모른다고 생각하는 듯했다. 하지만 바다는 거칠게 아우성만 칠 뿐 그들이 원하는 방향 제시는 해주지 않았다.

그가 다시 눈을 가늘게 뜨고 주변을 세밀히 살피기 시작했다. 민영도 덩달아 주위를 둘러보았다. 그때였다.

쾅!

"악!"

풍덩!

배가 무언가에 부딪쳤다. 그 순간, 충격에 의한 비명 소리와 함께 민영이 바다로 떨어졌다. 갑자기 배가 심하게 요동치는 바람에 미처 대처하지 못한 그녀가 바다로 떨어진 것이다. 충격을 받기는 세종도 마찬가지였다. 하지만 그는 키를 잡고 있었던 상황이라 민영처럼 바다로 튕겨져 나가지는 않았다.

세종은 몸을 낮추어 다급하게 소리를 질렀다.

"박민영!"

민영은 그가 당장이라도 뛰어들 듯 몸을 내밀자 팔을 흔들었다.

"괜찮아요!"

물속에 처박혔기에 망정이지 단단한 돌에 가서 박혔다면 죽었을지도…… 아!

민영은 자신의 눈을 의심하며 입을 딱 벌렸다. 그 순간, 짠 바닷물이 입속으로 들이찬다.

"켁. 콜록, 콜록."

"자."

그가 그녀에게 손을 내밀었다. 민영은 그의 손을 잡으며 기쁜 듯 말했다.

"보트가 바위에 부딪쳤나 봐요. 바위섬이에요."

바로 1미터 앞도 분간하지 못할 만큼 짙은 안개 덕분에 그들의 바로 앞에 있는 바위섬조차 발견하지 못했던 것이다.

"받어."

배로 올라온 그녀에게 자신이 입었던 점퍼를 툭 던져 주며 그가 고개를 끄덕였다.

"가지고 있다가 갈아입어."

그리고는 배와 바위의 간격을 가늠하기 시작했다. 아무래도 배의 상태를 살피려면 저쪽 바위로 건너가야 하는 건 필수지 싶었다. 게다가 이 안개가 걷히려면 시간이 꽤 걸릴 테니 그동안 안전한 바위섬이 나을 것이다.

그가 갑자기 그녀를 돌아보았다.

"여기서 기다려."

그러더니 그녀의 대답은 듣지도 않고 건너편 바위로 훌쩍 건너뛰었다. 꽤 넓은 간격임에도 불구하고 날 듯이 안착한다.

괜히 기동대 출신이 아니네.

배는 무엇에 걸린 것인지 꼼짝도 하지 않았다. 아마도 배 바닥이 어딘가에 걸려 있는 듯싶었다. 건너편으로 건너갔던 세종이 아래로 내려가서 배를 살피기 시작했다. 그 순간, 후두둑 비가 내리기 시작했다. 성난 파도는 당장이라도 그녀가 탄 보트를 덮칠 듯 아우성치고 세찬 바람은 그녀가 입고 있는 점퍼를 날려 버릴 듯 으르렁거렸다.

"이쪽으로 건너와!"

그가 소리쳤다. 민영은 배와 건너편 바위의 사이를 잠시 가늠한 후 뱃머리에 올라섰다. 그 순간 배가 심하게 요동쳤다. 그녀는 다시 한 걸음 물러섰다.

"힘껏 뛰어. 내가 받을 테니까!"

그가 다시 소리를 지른다. 민영은 인상을 썼다.

아! 내가 이것도 못 뛸까 봐?

오기가 솟았다. 그녀의 많은 약점 중에 또 하나가 바로 이거다. 아무것도 아닌 일에 목숨 거는 것.

좀 조심해서 뛰면 괜찮았을 것을 그놈의 오기 때문에 사정없이 몸을 날렸다. 세종에게 지지 않으려고 어찌나 세게 뛰었던지 하마터면 하늘로 날아갈 뻔했다. 그 덕분에 그녀는…… 강세종의 품에 안겨 버렸다. 아, 젠장.

세종은 불의의 습격에 미처 대처할 준비가 되어 있지 않았다. 그래서 본능이 앞섰다. 자신도 모르게 품에 안겨드는 그녀를 꽉 잡았다. 으스러지게 껴안으며 품 안의 그녀를 느꼈다. 심하게 가슴이 두근거린다. 비가 쏟아지고 당장이라도 파도가 덮칠 듯한 이런 위험천만한 곳에서 그는 진정 짐승의 야욕을 느꼈다.

물컹하게 닿는 젖가슴의 부드러움, 나긋하게 안겨드는 감미로운 여체.

아! 젠장!

놓아야 하는데 놓고 싶지가 않았다. 하지만 놓아야 했다. 그에게서 이상 징후를 감지한 그녀가 꿈틀거리기 시작한다. 빌어먹을 욕심을 들키지 않으려면 지금 놓아야 했다.

스르르, 다리에 힘이 풀린다. 민영은 그가 팔에서 힘을 빼자마자 무릎이 팍 꺾이는 경험을 했다. 비틀, 흔들리는 그녀의 팔을 황급히 잡는 그의 손에 의지해 민영은 가까스로 중심을 잡았다.

뭐지? 이 몽실몽실한 기분은.

자신이 마치 구름 위에라도 있는 듯 둥실 떠오르는 것 같았다. 민영은 그를 올려다보았다. 눈 주위가 조금 불그스름하다.

잘못 본 건가?

민영은 바람에 휘날리는 머리카락 때문에 그의 얼굴을 잘 살필 수가 없었다.

"움직여야 돼."

말은 그러면서 세종도 움직이지 않았다. 서로에게 눈을 맞춘 채 둘 중 누구도 시선을 돌리지 않았다. 결국 그의 뜨거운 눈길을 견디지 못한 그녀가 먼저 고개를 돌렸다.

"아, 흠. 배, 배는 어때요?"

잠시 그녀를 응시하던 그가 천천히 대답했다.

"……바닥이 뾰족한 바위에 걸린 것 같아."

민영은 인상을 썼다.

"그럼……."

"걱정할 것 없어. 구조 요청할 거니까."

"어떻게요? 여긴 무인도 같은데."

민영은 날카롭게 생긴 바위만 가득한 섬을 쓰으 훑어보았다. 그리 넓지도 않은 작은 바위섬이다. 순찰을 돌 때 바위섬을 꽤 여럿 봤다. 그중 어느 섬인지는 알 수 없지만 어쨌든 육지와는 그렇게 멀지 않을 것이다. 그래도 수영을 해서 갈 거리는 아니었다. 보트가 움직일 수 없다면 구조 요청을 반드시 해야 했다.

그녀가 걱정이 가득한 표정을 짓자 그가 부스럭거리며 점퍼 안쪽에서 무언가를 꺼냈다.

아! 휴대폰!

민영은 놀라서 눈을 크게 떴다. 그가 휴대폰을 꺼내 보인 후 다시 주머니로 집어넣었다.

"왜요? 그냥 지금 구조 요청해요."

"나중에."

나중에? 왜?

민영은 이해할 수 없는 얼굴로 그를 쳐다보았다. 그러자 그가 바위섬 안쪽을 가리키며 말했다.

"우선 비부터 피해야지. 지금 구조 요청해 봤자 위치를 알릴 수도 없어."

아, 난 또…… 그의 말이 옳다. 현재 자신들이 있는 위치를 모르는데 어떻게 구조 요청을 할 것이며 이 안개 속을 뚫고 구조를 하러 오지도 못할 것이다.

민영은 머쓱한 웃음을 지었다.

박민영, 뭘 상상한 거냐?

"거기, 똑바로 잡아!"

어제, 아니, '할머니 김밥' 사건 이후로 세종에게 가졌던 좋은 감정은 오늘 이후로 말짱 꽝으로 되돌린다. 아까, 배에서 바위로 건너뛸 때 느꼈던 야릇한 감정이 무색하게 그는 정말 구제불능, 앞뒤 막힌 벽창호였다.

인간이 어째 저럴까? 어찌나 변신을 자유자재로 하는지 '지킬박사와 하이드' 저리 가라였다. 여하튼 하나는 확실하다. 강세종은 명령 내리기 좋아하는 '독재자'였다.

비를 피할 장소를 찾기 시작하면서부터 겨우 찾아낸 바위틈으로 그녀를 무지막지하게 밀어 넣는 것까지 어느 하나 마음대로 하지 않는 게 없었다.

민영이 강하게 거부하며 자신의 몸은 이 틈으로 들어올 수 없다고 버텼지만 그는 그녀의 거부에 굴하지 않았다. '안 되면 힘!' 이것이 저 무식한 강세종의 좌우명임이 분명했다. 버티는 그녀의 팔을 잡고 천으로 구멍 메우듯이 꾸깃꾸깃, 밀어 넣는 것도 모자라 틈에 엉덩이가 끼자 그 넓적한 손으로 마구 더듬기까지 했다.

비열한 새끼!

게다가 이젠 손가락 하나 움직이기 힘든 틈에서 겨우 자리를 잡고 있는데 바람막이를 만든답시고 점퍼를 펼치더니 한쪽을 잡으란다.

아, 나더러 어쩌라고!

"어서!"

또 재촉이다. 부글부글, 화가 끓는다. 민영은 세종을 사납게 노려보았다. 그런데 성질을 낼 수가 없다. 그래도 그녀는 좁은 틈에 끼어 있으면서도 비는 피하고 있었지만 그는 내리는 비를 온전히 다 맞고 있었다. 거기다가 그녀가 있는 곳에 비가 들이치지 않도록 바람막이까지 설치 중이지 않는가.

민영은 화를 꾹 눌러 참으며 팔을 힘껏 뻗었다. 어찌어찌하니 또 되긴 된다. 그가 시키는 대로 이곳저곳을 잡고 있자니 세종이 여기저기를 고정시켜서 제법 괜찮은 바람막이가 만들어졌다.

"어!"

민영은 겨우 한시름 놓고 다시 자리를 잡고 앉으려던 순간, 갑자기 그가 그 큰 몸을 구기면서 들어오자 눈을 화등잔만 하게 떴다.

"뭐 하는 거예요?"

"보면 몰라?"

허거걱! 아, 지금 여길 들어오시겠다고? 그 몸으로?

아, 여기서 그 몸이란 강세종의 근육질 몸을 말한다. 우락부락하고 단단한 몸이 진짜 거짓말처럼 그녀의 코앞으로 쑥 밀려들어 왔다. 그녀는 그렇게 힘들게 들어왔는데 세종은 정말 거짓말 하나 안 보태고 눈 깜짝할 새에 안으로 들어왔다. 물론 그녀는 숨조차 쉴 공간이 없어진 것은 말할 것도 없다.

미스터리하다. 어떻게 저 몸이 여길 들어오지? 기동대에서는 몸 구기는 방법도 가르치나?

아, 그게 중요한 게 아니었다. 커다란 덩치가 들어오자 그녀는 더욱 답답해졌다. 안 그래도 협소한 자리가 그에게 밀려 숨이 턱턱 막힌다.

"헉, 헉, 미쳤어요? 아, 좁아!"

몸이 찌부러지는 것 같았다.

"성질 안 내고 가만히 숨 쉬면 괜찮아."

"경사님이 나가면 훨씬 편할 것 같은데요?"

"내가 왜? 밖에 나가면 비 맞는데."

그야, 넌 남자잖아. 고깟 비 좀 맞으면 어때? 기동대였다는 자식이 이깟 비가 대수야?

"여긴 둘이 있기에 너무 좁아요."

"지금 둘이 있잖아."

"그러니까 좁다고요."

"그럼 니가 나가던가."

한 발 가까이

헉! 이기적인 인간. 그래, 내가 나간다. 여기서 이렇게 숨 막혀 죽느니 나가서 비 맞아서 죽으련다.

"비켜요. 나갈 거니까."

민영은 씩씩거리며 그를 밀쳤다.

"알아서 나가."

우와! 뭐 이런 인간이 다 있냐?

민영은 그를 사납게 노려보았다. 세종이 비켜주지 않으면 그를 타고 넘어야 한다. 온몸을 겹치면서!

"지금 일부러 그러는 거죠?"

"뭘?"

"일부러 나, 성질 돋우는 거 아니냐고요."

갑자기 그가 그녀를 빤히 쳐다보았다.

"뭐 하러?"

"난 모르죠. 처음 만났을 때부터 먼저 시작한 건 경사님이니까요!"

"내가? 니가 먼저 시작했지."

아, 나 진짜. 하나하나 나열해서 따지고 싶지만 점점 구질구질해지는 것 같아서 참았다.

"됐어요!"

아예 안 보게 자리를 뜨고 싶지만 그럴 수도 없는 자신의 처지가 신경질이 났다. 비가 그칠 동안은 이렇게 그와 딱 붙어서 있어야 한다고 생각하니 더 열이 난다.

그녀가 팩 토라진 이후로 두 사람은 침묵을 유지했다. 좁다 좁다 할 때는 미칠 것 같았는데 시간이 지나니 또 그런대로 견딜 만했다.

민영은 화르르 솟았던 화가 다시 푸르르 가라앉자 괜스레 미안해졌다. 그래도 이만큼 비를 피하는 건 다 강세종 덕분이지 않는가.

그녀는 그를 흘깃 쳐다보았다. 밖을 응시하고 있는 옆모습이 보였다. 민영도 고개를 돌려 신나게 쏟아 붓는 비를 감상했다. 그러다가 다시 그를 훔쳐보았다.

"할 말 있으면 해."

귀신같은 놈. 내가 할 말 있는 건 어떻게 알아가지고.

"할 말이라기보다는…… 뭐 하나 물어봐도 돼요?"

"안 아프게 물어봐."

헤에, 저게 언제적 유머냐.

"형제 있어요?"

'세진이 잘 있어?' 라고 묻고 싶었다. 하지만 세종은 아직 그녀가 고교 동창인 줄 모른다. 민영도 그가 알기를 바라지 않았다. 그래서 우회적으로 물었다.

그가 고개를 돌려 그녀를 뚫어지게 응시했다. 너무 강하게 쳐다봐서 괜히 찔린다.

왜 저렇게 쳐다보지?

"누나 하나."

어, 웬일로 쉽게 대답하네. 그렇다면.

"누나? 누나는 지금 뭐 해요? 결혼했어요?"

정말 궁금한 것을 물었다. 그렇게 특별했던 강세진도 결혼 같은 평범한 걸 했을까? 궁금해서 물었다. 그런데 그의 입가에 작은 미소가 그려졌다.

어허, 저건 무슨 의미냐? 마치 내 의중을 다 안다는 듯한 저 미소.

"결혼했고 나라를 위해 일해."

"결혼을 했어요? 언제? 나라를 위해 일한다면 무슨 일? 설마 경찰? 그럴 리 없는데, 그 똑똑한……!"

너무 아는 체를 한 것 같아 민영은 흠칫 입을 다물었다. 혹시 그가 이상하게 생각하는 건 아닐까 하고 눈치를 살폈지만 다행히 그는 아무렇지도 않은 표정이었다.

"결혼한 지는 좀 됐지. 세 살 된 아들도 있거든."

"아들!"

민영은 또 흥분했다. 서른한 살에 아들 하나를 뒀다면 별로 놀랄 일도 아닌데 결혼은커녕, 연애조차 변변히 해보지 못한 그녀에게는 흥분할 일이었다. 늘 궁금했었다. 고등학교 때도 천재로 인정받던 아이였다. 어찌나 똑 부러지게 잘났는지 고등학교 3년 과정을 1년 만에 마치고 대한민국 최고 대학을 거쳐 하버드대까지 진출한 아이였다. 물론 학교에서 워낙 세진을 치켜세우며 '장한고교가 배출한 인재'라며 광고를 해대서 알았지만 말이다.

어쨌든 똑똑한 친구였다. 한 번 들으면 다 제것으로 만들어 버리는 천재소녀였다. 그런 세진이 결혼을 했다니…….

좀 의외다. 세진인 남들처럼 살지 않을 줄 알았다. 평범한 사람들과 아주 다른 삶을 살 줄 알았다. 그런데 결혼해서 아들까지 뒀다니…….

전혀 예상치 못한 답변을 들은 것처럼 민영이 다소 의아해하자 그가 마치 그녀의 심정을 아는 것처럼 부연 설명을 시작했다.

"나하고 달리 세진인, 아, 세진인 내 쌍둥이 누나야. 강세진은 좀 똑똑한 편이었지."

좀? 입은 비뚤어졌어도 말은 바로 하자. 강세종. 그게 좀이었니? 니 누난 천재였어. 천재!

"뭐 그 애한테 기대하는 사람들이 많긴 많았는데 다 마다하고 저 하고 싶은 걸 하더라고. 부모님도 그런 면에서는 관대하셨으니까. 어쨌든 그 앤 역사가 좋다면서 고고학에 뛰어들었지."

고고학? 아, 또 의외다. 세진이한테 그런 면이 있었나? 고고학이라면 땅 파고 먼지 뒤집어쓰면서 고생하는 거, 아닌가? 동굴 같은데 막 탐험하러 다니고.

"고고학이라도 다 같은 건 아니야. 인디아나 존스처럼 그렇게 현장에서 유물 탐사를 하는 사람도 있고, 책상머리에 앉아서 연구만 하는 사람도 있지."

인디아나 존스가 유명하긴 유명한가 보다. 어떻게 '고고학' 하니까 딱 인디아나 존스가 떠오르냐?

민영은 세종이 점쟁이처럼 그녀의 생각을 잘 읽는 것에 의아해하면서 다시 물었다.

"그럼 세진…… 아니, 경사님 누난 연구만 해요?"

"아니, 그것도 아냐. 나도 잘은 모르지만 연구만 하다가 현장으로 뛰어든 모양이더라고. 보기보단 강단있는 타입이거든. 그러다가 매형 만나서 결혼하고 지후 녀석 가졌을 때부터 현장을 잠시 떠나 있었는데 또 요즘은 현장에 나가겠다고 하는 모양이야. 매형은 그걸 말리고 있고."

지후가 조칸가 보다. 세 살이라던 그 아들.

민영은 세종의 얼굴을 물끄러미 응시했다. 세진과 그 가족에 대한 이야기를 할 때마다 그의 얼굴이 부드럽게 이완되었다. 그의 얼굴만 봐도 세진이 얼마나 행복하게 살고 있는지 알 것 같았다.

부럽다.

세진이 이룬 행복한 가정도 부럽지만 누나 이야기를 하면서 이렇게 웃어주는 동생이 있는 것도 부러웠다. 하늘 아래 핏줄이라고는 엄마와 자신밖에 없는 민영에게는 최고로 부러운 것들이었다.

"좋네요."

그가 그녀를 쳐다보았다.

민영은 슬쩍 시선을 피해 비가 오는 밖을 쳐다보았다.

"난 혼자거든요."

분위기가 묘해서 그런가? 그녀는 자신도 모르게 스스로의 이야기를 꺼내놓았다. 그 상대가 강세종이라는 사실도 망각했다. 비가 오는 무인도에 갇힌 상황이 자주 오는 건 아니지 않는가. 게다가 그가 이렇게 허물없이 자신의 이야기를 해주었는데 그녀도 무언가 말하고 싶었다.

"중학교 때 아빠 돌아가시고 엄마하고 나, 둘뿐이에요. 지금까지."

그가 말없이 듣고 있었다. 그녀는 희미한 미소를 지으며 다시 입을 열었다.

"언니나 동생이 있었으면 좋겠다고 생각한 적 많아요. 오빠면 더 좋고. 어릴 땐 형제 있는 애들이 제일 부러웠어요. 집에 안 좋은 일이 생겨도 형제들끼리 의지하면 좋을 것 같았거든요. 학교 때 공부는 잘 못했지만 남들처럼 대학은 가고 싶었죠. 그런데 엄두도 못 냈어요. 엄마 혼자 살겠다고 아등바등 전쟁처럼 사는데 나 혼자 잘살겠다고 대학 간다는 말 못했거든. 그래도 엄만 전문대라도 가라고 성화셨는데 내가 싫다면서 취업 전선에 뛰어들었어. 작은 컨테이너 업체 경리였는데 꽤 성실히 다녔지. 그런데 나중엔 싫증나더라. 매일 아침 차 심부름도 짜증나고, 사장이 아침 안 먹었다고 나더러 라면 끓이라고 할 때도 신경질나고, 이름 놔두고 박 양, 박 양 하는 것도 듣기 싫었어. 순

한 발 가까이 209

양아치같이 생긴 놈들이 수작 걸 때면 진짜 당장이라도 발길질 한 번 하고 싶었어. 그런데 그 쥐꼬리만 한 월급도 아쉬워서 참고 다녔어. 그러다가 어느 날, 빵!"

민영은 슬쩍 웃으며 그를 돌아보았다. 그가 심각한 얼굴로 쳐다보고 있다. 그녀는 다시 시선을 밖으로 돌렸다. 진지하게 들어주는 사람이 있으니 이야기가 술술 나온다.

"오늘 죽는 한이 있어도 하고 싶은 거, 한 번 해보고 죽자는 생각이 불현듯 드는 거야. 그래서 다 집어치웠어. 그동안 모아뒀던 돈으로 학원 등록하고 죽어라 공부했지. 난 머리가 나빠서 진짜 죽어라 해야 전문대라도 간다고 생각했거든. 그런데 그 공부 한번 마음 잡고 해봤더니 잘되더라. 성적 잘 나와서 내친김에 4년제 갈까 했는데 돈 없어서 관뒀어. 대학 등록금, 그거 무시 못하거든. 그래도 목표가 있었으니까 아무 상관 없었어. 내 꿈은 무조건 경찰이었으니까. 그래도 부둣가에 있는 회사에 다녀서 그런지 매일 보는 게 해경이어서 결국 제일 친근하게 느껴지는 해경 시험 준비를 했지. 그래서 순경이 된 거야. 진짜 해경에 합격한 순간 느꼈던 기쁨은 이루 말할 수 없어. 세상을 다 가진 것 같았거든. 우리 엄마 말로는 내가 태어나서 그렇게 미친년처럼 웃고 울고 하는 거 처음 봤대. 쿡쿡쿡."

그때 일이 어제 일처럼 떠오른다. 민영은 엄마를 안고 빙글빙글 돌았었다. 두 번의 미끄러짐 뒤에 찾아온 값진 선물이었다. 그동안 마음고생했던 거며, 돈 때문에 한참을 돌아야 했던 시간들이 전부 상쇄될 만큼 기뻤었다.

"너무 조급해할 것 없어."

옛날 일을 떠올리며 혼자 상념에 젖어 있던 민영은 갑자기 들려오는 나지막한 목소리에 고개를 돌렸다.

"어?"

아뿔사!

민영은 자신이 그에게 반말을 한 걸 그제야 깨달았다.

그러고 보니, 내내 반말했네. 어? 그런데 저 자식, 왜 가만있지?

"조급해하지 말라고. 급할수록 돌아가라잖아. 경장에서 경사 되는 게 어렵지 순경에서 경장 다는 게 뭐가 어려워? 경장 돼서 따라잡으면 돼. 경장 몇 년씩 달고 있는 사람 많잖아."

일리있는 말이다. 그런데 민영은 지금 그의 말에 집중하지 못하고 있었다. 그녀가 내내 반말을 했는데도 그는 별다른 내색이 없다. 게다가 지금 이건 뭔가? 저 인간이 어쩐 일로 날 위로하는 말을 다 하지?

민영은 조심스럽게 그를 살폈다. 그가 눈살을 찌푸리며 묻는다.

"왜?"

"아니, 좀 이상해서."

"뭐가?"

저 봐. 또 반말했는데 아무 말 안 한다. 그럼…….

"나 반말했는데……."

민영은 순간 자신이 매를 벌었다는 것을 깨달았다. 그가 잠시 멍하게 있더니 버럭 소리를 질렀다.

"그러니까! 너 죽고 싶어?"

깨갱. 민영은 즉시 찌그러졌다. 역시, 저놈은 몰랐던 거다. 곰탱이.

"후배 놈이 문서 유출은 안 된답니다. 그래서 제가 대충 들었는데요. 진짜 놀랐어요. 경사님하고 나이가 같던데요? 전혀 그렇게 안 보이던데. 전 저보다는 아랜 줄 알고 막 대했는데…… 은근히 어려워지려고 하네요. 이력은 고등학교 졸업하고 바로 무슨 컨테이너 업체의 관리 부서에서 몇 년 근무하다가 뒤늦게 전문대에 입학했고요, 졸업은 정상적으로 했답니다. 그리고 한 2년 있다가 순경으로 임용된 게 작년이라는군요. 순경치고는 꽤 나이가 많은 거죠. 직장 다니다가 학교도 늦게 졸업했으니 당연하죠. 가족관계는 어머니 한 분뿐이고 집 주소는 인천으로 돼 있다네요…… 그런데 경사님도 장한고등학교 나왔다고 하지 않으셨어요?"

박 순경이 자신과 나이가 같다는 말을 들을 때 잠시 놀란 것 빼고는 세종은 김 경장이 읊어대는 말들을 무심코 듣고 있었다. 그러다가 그의 마지막 물음에 의아했다. 그리고 그다음에 이어지는 김 경장의 말을 듣는 순간, 경악했다.

"후배 말로는 박 순경이 다닌 학교가 장한고등학교라는데요? 졸업은 다른 고등학교에서 했는데 1, 2학년은 장한고에 다녔었답니다. 그럼 경사님과 동창이잖아요? 혹시 기억 안 나세요?"

전혀 안 났다. 아무리 머릿속을 뒤져도 박민영에 대한 기억은 없었다. 한 번도 같은 반이 아니었을 거라는 결론에 도달할 수밖에 없었다. 게다가 자신의 고교 시절을 뒤돌아보면 가까운 몇몇 친구 빼고는 관심도 가지지 않았던 상황을 감안할 때 박민영에 대한 기억이 없는 것은 당연했다. 비단, 친구뿐이었겠는가. 학교 자체에 관심이 없었던 때가 아니었던가.

그래도 혹시나 싶어서 세종은 머리 좋은 세진에게 전화를 걸었다. 한 번 보면 절대 잊어버리는 법이 없는 강세진이니 만약 박민영을 세진이 한 번이라도 본 적이 있다면 분명히 기억해 낼 것이라 생각했다.

'어? 박민영? 글쎄…… 음…… 내가 다시 전화할게.'

그리고 얼마 후에 전화가 걸려왔다. 세진은 졸업 앨범을 뒤져봤지만 박민영이라는 동창은 없다고 했다. 당연했다. 졸업은 장한고에서 하지 않았다고 했으니까.

세종은 그쯤에서 포기할 생각이었다. 같은 고등학교를 다녔다지만 같은 반이 아니었다면 잘 모를 수도 있었다. 어쩌면 박

한 발 가까이 213

민영은 자신을 알지도 모른다고 생각했다. 아니, 확실히 안다는 예감이 들었다. 처음 만났을 때 그녀가 보인 반응을 떠올려 보면 확실하다.

그런데······.

'아, 생각났다.'

전화를 끊을 참이었다. 집에 전화 한 번 안 한다고 투덜거리던 세진의 잔소리가 듣기 싫어서 얼른 전화를 끊을 참이었는데······.

'생각났어! 1학년 때 너랑 같은 반이었잖아! 조용한 박민영! 몰라? 기억 안 나?'

기억 안 난다. 조용한 박민영? 그런 애도 있었나? 나하고 같은 반이었다고?

'어휴, 돌머리! 왜, 굉장히 조용한 애였잖아. 있는 듯 없는 듯해서 니가 잘 기억이 안 나나 보다. 난 옆 반이었어도 기억나. 가끔 그 애가 벤치에 앉아 있는 거 봤거든. 점심시간에 혼자 앉아서 빵 먹는 걸 본 적도 여러 번이야. 2학년 때 전학 갔었지? 아마. 그때 교무실에서 선생님하고 상담하는 것도 봤는데. 아! 그러고 보니, 가정 형편 때문에 선생님하고 상담하는 것도 봤다.'

많이도 기억한다. 같은 반도 아니었다는데 세세한 것까지 기억하는 세진이 새삼 똑똑해 보였다. 하지만 세종은 세진이 그 후로 꽤 많은 정보를 주었음에도 불구하고 아무것도 기억해 내지 못했다. 그렇게 조용했던 아이라면 더더욱 기억할 수가 없었다.
아마 말 한마디 오가지 않았다고 해도 믿을 것이다.

세종은 얼마 전 있었던 세진과의 통화를 떠올리며 민영을 물끄러미 바라보았다. 비가 와서 기온도 많이 내려갔는데 젖은 옷을 입은 채로 졸고 있다. 고개를 까딱거리며 조는 그녀를 보며 세종은 가슴 한쪽이 시큰하게 저려오는 것을 느꼈다.

쪼그려 앉아서 졸고 있는 모습이 애잔하고 안쓰럽다. 그녀의 과거사를 전부 알게 된 마당이라 그런지 그녀의 모습이 더욱 작아 보인다.

끝까지 모른 체할 셈이었다.

며칠 전에 이미 알았지만 그는 아는 체하지 않았다. 그녀가 왜 아는 척하지 않았는지 그 이유가 짐작되기 때문이다. 상대가 기억도 하지 못하는 동창인 것도 무안한데 상대가 자신보다 지위가 높은 상관이니 더욱 꺼려졌을 것이다. 어쩌면 좀 창피하기도 했을 테고.

그래서 세종은 그냥 모른 척하기로 했다. 가끔 꼬박꼬박 존대를 하는 그녀에게 편하게 하라고 말하고 싶기도 했지만 그러면 그녀가 눈치를 챌 것 같아서 관두었다. 그리고 어차피 직장 안에서는 어쩔 수 없는 설정이었다.

휘청.

세종은 재빨리 팔을 뻗었다. 심하게 고개를 흔들던 그녀가 몸까지 흔들었다. 그는 그녀의 어깨를 안아 자신의 품으로 당겼다. 많이 피곤했는지 순순히 기대온다. 무언가 따뜻한 것이 심장을 두드려 댔다. 밖에서 내리는 빗소리의 박자에 맞추어 심장에도 비가 내렸다. 힘차게 뻗은 핏줄들이 심하게 팔딱거린다.

세종은 그녀의 어깨를 잡은 손에 힘을 주었다.

'젠장, 박민영. 너 왜 이렇게 날 신경 쓰이게 하는 거냐.'

민영은 부스스 잠에서 깨어나고 있었다. 그런데 정신이 돌아올수록 여기저기 안 아픈 데가 없었다. 허리도 결리고, 엉덩이도 결린다. 내내 굽히고 있었던 다리는 아예 펴지지가 않았다.

"아으윽."

억지로 다리를 펴자 우두둑 소리가 났다. 그녀는 가늘게 눈을 뜨며 자신이 누워 있는 공간을 살폈다.

에?

민영은 자신이 그 좁은 바위틈에서 누워 있다는 것을 깨닫고 경악했다.

앉아 있기도 버거운 공간에서 어떻게 누웠지?

하지만 그녀는 곧 그 원리를 깨달았다. 누워 있는 게 앉아 있는 것보다 더 편할 수 있었던 이유는 바로 그녀의 하체였다. 그녀의 허리 아래쪽은 바위틈에 있지 않았다. 바깥으로 몸을 반 이상 뺐으니 당연히 눕는 것이 가능했다.

그녀는 그제야 다리가 펴진 이유도, 자신이 누울 수 있었던 상황도 파악했다.

그런데…… 그가 없다. 헉! 이 인간이 나만 두고 벌써 구조대 불러서 혼자 간 거 아냐?

놀라서 몸을 일으키던 민영은 자신이 세종의 티셔츠를 베고 있었던 것을 깨달았다. 딱딱한 땅바닥에 머리를 대고 자면서도 왜 머리가 배기지 않았는지 그 이유도 알 것 같다.

그녀는 엉거주춤 기다시피 밖으로 나왔다. 들어갈 때는 그렇게 힘들더니 나올 땐 그래도 제법 수월하다.

밖은 안개가 이미 걷혀서 환했다. 게다가 그녀가 생각했던 것보다 훨씬 가까운 곳에 해변이 있었다. 물론 헤엄쳐서 가기에는 무리가 있는 거리지만.

민영은 문득 시간이 얼마나 지났을까, 궁금해졌다. 잠깐 존다는 것이 아예 발까지 뻗고 잤으니 시간 개념이 없어져 버렸다. 하늘을 올려다보고 해의 위치를 가늠해 보았다. 어디가 동쪽인지, 서쪽인지 알 수가 없어서 시간을 추측할 수는 없지만 많이 기운 것을 보니까 오후는 훌쩍 넘은 것 같았다.

'그런데 이 인간은 도대체 어디 있는 거야?'

주위를 두리번거리던 그녀는 맞은편 바위 쪽에서 세종의 머리가 불쑥 올라오자 움찔 몸을 굳혔다.

절대 양반은 못 되는 놈이다.

그가 훌쩍 바위를 넘더니 이쪽으로 걸어온다. 민영은 문득 잠자기 전에 그와 나누었던 대화를 떠올렸다. 살짝 창피해진다.

그 누구한테도 자신의 개인적인 이야기를 한 적이 없었는데 왜 하필 강세종에게 그런 말을 했을까? 하물며 1년 가까이 함께 일한 최 경사한테도 한 적이 없는 말을.

괜히 세진이 안부가 궁금해서 말을 섞다 보니 어떻게 그렇게 되고 말았다. 그때는 그게 그렇게 자연스러웠는데 맑은 하늘 아래서 되짚어보니 많이 쪽팔린다.

"다 잤어?"

그가 그녀를 향해 부드럽게 물었다. 민영은 의심스러운 눈초리로 그를 빤히 쳐다보았다.

저게 과연 무슨 뜻일까? 이 와중에 잠까지 자는 나에게 비아냥거리는 걸까? 아니면 알고 보니 내가 불쌍한 여자인 것 같아서 마음 고쳐먹고 잘해주기로 한 뜻에서 저러는 걸까?

부디 후자이길 바란다. 강세종에게 동정을 받고 싶은 마음은 추호도 없지만 해변 생활이 좀 편해진다면 까짓 동정 좀 받으면 어떤가.

"네."

민영은 슬쩍 고개를 끄덕인 후 그의 안색을 살폈다. 혹시 이죽거리는 거였다면 재빨리 대처할 방안을 생각해야 했기에 잔뜩 긴장했다.

"곧 구조대가 도착할 거야."

아, 그새 구조 요청을 했나 보다.

민영은 여전히 개운하지는 않았지만 그런대로 만족하고 그에게 물었다.

"우리 보트는요?"

"못 움직일 것 같다. 바닥이 뭐에 걸렸는지 꼼짝도 하지 않아."

"아, 네에."

민영은 고개를 끄덕인 후 잠시 입을 다물었다. 그러다가 문득 손에 쥐고 있는 티셔츠에 눈길이 갔다.

"참, 이거요."

그를 향해 티셔츠를 내밀었다. 그러고 보니, 그는 바람막이로 쓰던 점퍼만 걸치고 있었다. 열린 지퍼 사이로 구릿빛 가슴이 다 보인다. 역시 생각했던 것만큼, 아니, 생각했던 것보다 훨씬 더 많이 탄탄해 보였다. 예전에 등목을 할 때는 등허리만 집중적으로 봐서 그런지 앞판은 또 새로웠다.

민영은 저도 모르게 침을 꿀꺽 삼켰다. 괜한 헛기침을 하며 시선을 돌렸다. 아직도 기온은 낮은데 열이 확확 달아올랐다. 등판을 볼 때는 이렇게까지 이상한 기분은 들지 않았는데…….

그가 그녀가 내민 티셔츠를 받아 들었다. 그리고 그녀가 보는 앞에서 점퍼를 홱 벗더니 티셔츠를 머리 위로 뒤집어썼다.

아, 다 봤다. 정말 환상적이다. 그 어느 보디빌더 못지않았다. 아니, 과한 근육을 과시하는 보디빌더들보다 훨씬 나았다. 자연광인 태양열에 그을려 건강하다 못해 섹시하기까지 한 피부색은 반들반들, 윤기가 흘렀고 부드럽게 굴곡진 근육은 그가 몸을 움직일 때마다 이완과 수축을 반복하며 울룩불룩 건강미를 과시했다.

정말, 강세종만 아니면 죽기 살기로 한번 덤벼보고 싶은 몸이다. 그런데 강세종이라서 안 된다. 왜냐하면, 그 이유는 강세종이니까. 그녀가 가슴 깊이 묻었던 첫사랑이자 짝사랑이었던 강세종이니까. 다른 누구도 아닌 강세종에게만은 그저 모르는 여자로 남고 싶었다. 아니면 좀 특이한 부하로 남아도 좋다.

민영은 괜한 자격지심에 씁쓸한 미소를 지었다. 13년 전 어느 여름에 있었던 한 장면이 문득 그녀의 머리를 스치고 지나갔다. 그날, 피부 깊숙이 깨달았었다. 강세종과 자신은 속한 세상이 다르다는 것을. 그때의 감정은 꽤 오래갔다. 그를 혼자 좋아했던 기간보다 훨씬 더 오래. 그래서 그녀는 안다. 강세종을 마음에 품으면 더 큰 아픔이 남는다는 것을.

"뭐 해?"

문득 들려오는 목소리에 민영은 상념에서 깨어났다. 그녀는 고개를 저었다.

"아니, 아무것도 아니에요."

그가 잠시 이상한 듯 바라보다가 바위 아래쪽을 가리켰다.

"구조대가 정박할 장소는 저기뿐인 것 같으니까 이동하자."

"네."

그리고 그가 앞장섰다. 그러다가 문득 세종이 그녀를 향해 고개를 돌렸다. 민영은 무슨 일인가 싶어서 그를 쳐다보았다.

"너 말이야."

"예?"

멍하게 묻는 그녀에게 그가 심각하게 눈살을 찌푸렸다.

"너, 혹시 어린놈 좋아하냐?"

"예에?"

무슨 자다가 봉창 두드리냐는 식으로 인상을 썼다. 그러자 그가 신경질적으로 다시 물었다.

"취향이 어린놈이냐고."

"아뇨. 제가 변녀도 아닌데 어린놈을 뭐 하러 좋아해요? 성가시기만 하지."

민영은 대답할 가치도 없다는 식으로 툭툭 내뱉었다. 그런데 그 무성의한 대답을 듣는 순간 그의 얼굴이 마술이라도 부린 듯 부드럽게 펴졌다. 마치 우중충한 먹구름이 가득했던 하늘이 밝아지는 것처럼.

"그건 왜 묻는데요?"

아무 말 없이 돌아서 가던 길을 가는 세종의 뒤통수에 대고 민영이 물었다. 하지만 대꾸가 없다. 그녀는 그의 뒤통수를 향해 입술을 삐죽이며 다시 물었다.

"왜 묻냐니까요?"

그래도 묵묵부답이다. 민영은 계속해서 물었지만 그는 묵묵히 걷기만 했다. 입가에는 만족스러운 미소를 잔뜩 그린 채.

6장 - 열녀문

　잠시 소강상태였던 비가 다시 시작되었다.
　민영과 세종이 타고 표류되었던 작은 고속단정보다도 훨씬 큰 10미터급 고속단정을 타고 온 김 경장과 이재섭은 몇 번이나 돌섬에 정박하려다가 포기하고 두 사람에게 헤엄쳐 오라고 소리쳤다. 그래서 그녀와 세종은 이미 젖은 옷차림으로 몇 미터를 헤엄쳐야 했다.
　해변에 도착했을 때까지는 그런대로 조용했던 하늘이 그들이 도착하자마자 다시 비를 퍼붓기 시작했다.
　민영은 재섭이 건네준 모포를 감싸고 있다가 다시 젖어버렸다.

"빨리 뛰어야겠는데요."

보트를 고정시키고 김 경장이 소리치자 민영도 뛰기 시작했다. 몇 가지 장비를 챙겨오는 이재섭이 제일 뒤에서 오고 있었고 그녀의 바로 뒤에는 세종이 있었다. 민영은 이왕 젖은 몸이라 비를 피할 생각도 없이 뛰었다. 그런데 갑자기 몸에 빗물이 느껴지지 않는다. 그녀는 무슨 일인가 싶어 고개를 들었다.

어!

그녀보다 훨씬 큰 세종이 우비를 우산처럼 펼쳐 들고 비를 막아주고 있었다. 활짝 펼친 우비는 두 사람이 동시에 비를 피할 수 있을 만큼 넉넉했다.

"잡아."

민영은 그가 우비 한쪽을 눈짓으로 가리키자 얼떨결에 손을 뻗어 한 귀퉁이를 잡았다. 그 순간, 다른 손에 따뜻한 온기가 느껴졌다. 깜짝 놀라서 쳐다보는데 심장이 덜컹 내려앉는다.

그녀의 손이 그의 커다란 손에 감싸여 있었다. 민영은 걸음을 멈추었다. 하지만 그가 다시 끌었다. 그녀의 손을 꽉 쥐고 앞으로 계속 전진할 것을 종용했다.

"어, 어……."

손을 빼려고 힘을 주었지만 어림도 없다는 듯 다시 힘이 가해졌다. 그녀는 정말 뭐가 뭔지 모르는 채 멍한 얼굴로 그와 손을 잡고 뛰었다. 우비 하나를 둘이서 덮어쓴 채.

마치 영화 속 연인들처럼.

자동차 안에 어색한 기운이 감돌았다. 경찰서에 들러 최 경사에게 사고 보고를 한 후 민영과 세종은 오늘은 쉬어도 좋다는 허락을 받았다. 그래서 김 경장의 자동차를 타고 숙소로 돌아가는 중이었다.

운전석에 앉은 김 경장과 조수석에 앉은 세종은 차에 탄 이후로 단 한 마디도 하지 않았다. 민영도 마찬가지였다. 뒷좌석을 홀로 차지하고 앉아 비가 내리는 창밖만 응시했다. 무겁게 가라앉은 실내 공기가 무척이나 의식되었지만 그걸 깨뜨릴 엄두도 나지 않았다.

복잡했다. 돌섬에서부터 지금까지 너무 많은 일이 일어난 느낌이다. 해변에서 그가 자신의 손을 잡은 일은 정말이지 아무리 생각해도 답이 나오지 않는다.

왜 그랬을까? 그가 왜 내 손을 잡았지?

돌섬에서 서로에 대한 이야기를 나누고 난 후라 좀 더 가까워진 느낌은 있다. 하지만 그런 식으로 손을 잡을 만큼은 아니었다. 어떤 남자가 여자의 개인사에 대해 좀 알게 되었다고 손까지 잡느냐 말이다.

혹시 또 그런 일이 자연스러운 사람들이 있다 쳐도 그녀에게는 아니었다. 그건 강세종도 마찬가지였다. 둘이 그동안 얼마나 피 터지게 싸웠는데 그깟 개인 이야기를 좀 나눴다고 손까지 잡느냐 말이다. 이건 너무 갑작스러웠다.

민영은 슬쩍 눈길을 돌려 세종의 뒤통수를 바라보았다. 짧은 머리칼이 비에 젖어 윤이 나고 있었다.

이상해진 건 어제부터다.

어제 그녀가 미친 여자처럼 뛰어노는 것을 세종이 본 순간부터 무언가 이상한 기류가 생성되었다. 오토바이를 태워주겠다던 그와 나란히 오토바이를 타고 신나게 달린 것도 그렇고 돌섬에서 나누었던 진지한 한 때도 그렇고…… 해변에서 잡은 손까지.

민영은 입술을 꼭 깨물었다.

혹시?

순간, 그녀는 다시 고개를 핵핵 저었다.

혼자 착각하는 건지도 몰라. 박민영 정신 차려. 괜히 혼자 삽질하다가 창피라도 당하면 어쩔 거야? 기대하지도 마. 생각도 하지 마!

"어, 박 순경, 왜 그래…… 요?"

에?

민영은 자신의 머리를 마구 흔들다가 김 경장이 슬쩍 말을 높이자 놀라서 쳐다보았다. 그러자 그가 백미러를 통해 그녀를 흘깃 보더니 다시 묻는다.

"어디 안 좋아요?"

이젠 대놓고 존대한다. 이상하다. 이거, 왜 이렇게 이상한 것들이 많아!

열녀문

"왜 갑자기 말은 높이고 그래요?"

그 순간, 민영은 보았다. 당황한 김 경장이 세종과 눈짓을 주고받는 걸.

뭐야? 이것들! 지금 니들 뭐 하는 거야!

"뭐예요? 왜 강 경사님 눈치를 봐요?"

민영이 더욱 의심스러운 듯 눈을 치뜨자 김 경장이 할 수 없다는 듯 중얼거렸다.

"사실은 최 경사님께 들었어요."

"뭘요?"

"박 순경이 강 경사님과 동갑이라고……."

헛! 그럼 동창인 것도? 아니, 최 경사님은 내가 장한고 다닌 걸 모르시는데…….

"흠, 흠. 그 얘길 듣고 내 입장이 좀…… 하하, 박 순경보다 내가 나이가 한 살 어리더라고요. 그래서 예전처럼 말을 막 놓기가……."

진정으로 미안해하는 기색이 역력했다. 민영은 아무런 기척도 없는 세종을 흘깃 살핀 후 김 경장을 바라보았다.

"뭘 그런 걸 가지고. 경장님이시잖아요. 전 일개 순경인데……."

"그래도……."

"그게 뭐 경장님 탓인가요? 제가 늦은 탓이죠. 괜찮으니까 그냥 예전처럼 대하세요. 경장님이 그러시면 저까지 어려워져요.

나이 많이 먹은 게 뭐 자랑이라고. 또 이런 일 하루 이틀 겪는 것도 아닌데요 뭘. 이젠 이력이 붙어서 아무렇지도 않아요. 경장님이 절 어렵게 대하시면 다른 사람도 어색해지고 힘들어져요."

그러면서 민영은 세종을 다시 흘낏거렸다. 그는 여전히 돌상처럼 앉아 있다.

"하하, 그래요. 그래. 어쨌든 나도 모르면 몰랐지, 알게 된 마당에 예전처럼 막 대할 수는 없으니까 극존칭은 아니라도 대충 대우는 할게요. 그러니까 박 순경도 마음 쓰지 말아요."

민영은 그저 웃을 수밖에 없었다. 여기서 더 고집을 부리자니 점점 자신만 추해지는 느낌이 들었다. 그리고…… 솔직히 기분이 가히 나쁘지는 않았다. 그녀의 나이를 알고도 무시하는 사람을 하도 많이 봐서 김 경장이 자신을 대우해 주자 꽤 기분이 좋았다.

가만, 그러고 보니 세종도 내가 자기랑 동갑인 걸 안다는 거잖아. 그래서 그랬나? 그래서 어제부터 그렇게 이상하게 굴었나? 그럼 손은? 동갑이라고 손까지 잡을 건 없잖아?

아! 젠장 모르겠다. 더 생각했다가는 머리에 쥐가 날 것 같다!

"아, 진짜!"

민영은 자신의 머리를 벅벅 긁으며 인상을 썼다. 좁은 방을 오락가락하며 이유없는 신경질을 부린 게 벌써 20분째다. 생각하고 싶지 않은데 자꾸만 그쪽으로 머리가 움직일 때는 도대체 뭔 짓을 해야 하는가? 다 잊고 잠을 자고 싶은데 잠도 안 온다. 이렇게 더 있다가는 미칠 것 같았다.

민영은 눈을 부라리며 아무것도 없는 벽을 노려보았다.

강세종!

그 자식 때문에 미치기 일보 직전이었다. 놈이 변했다. 그것도 아주 많이.

"자, 마셔."

"어이, 전협. 아까 내가 냉장고에 넣어뒀던 수박, 박 순경 갖다 줘."

"다른 사람을 대신 보내시죠. 박 순경은 어제도 야간순찰 돌았는데."

"박 순경, 밥 먹으러 가자."

지난 며칠 동안 그가 이상하게 굴었던 흔적들이 마구 떠오른다. 대놓고 괴롭히기라도 한 거라면 차라리 낫다. '나쁜 새끼', '재수없는 놈' 등등의 욕 몇 마디 하고 무시하면 그만이니까. 그런데 이건 욕도 못하겠고, 원망도 못하겠다.

민영은 그가 왜 그러는지 확실히 알 수 없어서 돌 것 같았다. 자꾸만 엉뚱한 생각만 들어서 더 힘이 들었다. 음료수를 가져다 주고, 먹을 걸 챙겨두는 건 예사였다. 또 어쩌다 야간순찰을 연속으로 돌게 되기라도 하면 최 경사한테 대놓고 이의를 제기했다. 그리고 요즘은 거의 매일같이 밥 먹으러 가자고 손을 덥석덥석 잡는다.

서른한 살이나 돼가지고 남자가 손 좀 잡는다고 화를 내자니 나잇값도 못하는 것 같고, 또 그냥 그렇게 끌려 다니자니 속이 터졌다.

그가 왜 그러는지 속 시원히 알면 나을 것이다. 하지만 다짜고짜 변한 그의 행동에 그녀는 그저 속으로 물음표만 그려댔다. 매 순간, '혹시' 하는 마음으로 작은 기대라도 걸까 봐 마음 단속하느라 바빴다.

'대놓고 물어볼까?'

문득 민영은 그런 생각이 들었다.

'너 요즘 나한테 왜 그래? 그리고 왜 툭하면 손은 잡고 그래?' 라고 물으면 뭐라고 대답할까?

'너, 혹시 나 좋아해?'

정말 묻고 싶은 건 이거다. 자꾸만 그런 쪽으로 머리가 굴러간다. 아닐 거라고 생각하면서도 생각이 그쪽으로 뻗친다. 그래서 짜증이 나고 답답했다. 괜히 김칫국을 마시는 거라면, 아니, 이미 김칫국은 마시고 있었다. 그녀의 마음이 벌써 그쪽으로 기울지 않았는가.

"후."

긴 한숨이 터져 나왔다. '아니다, 아니다'고 하면서 그녀는 이미 강세종에게 향하는 마음을 어쩔 수가 없었다. 언제부터였는지도 모르겠다. 그새 미운 정이 든 건지, 아니면 짝사랑했던 상대라서 그 잔금이 남아서인지도…… 어쨌든 그녀는 지금 강세종에게 가는 신경을 막을 수 없었다. 그의 작은 친절에도 기대를 품고 설렌다. '혹시' 했던 마음이 쭉쭉 가지를 쳐서 그녀의 마음까지 가져가 버렸다.

"휴우……."

이번에는 더 긴 한숨이 새어 나왔다. 농담처럼, 14년 전 짝사랑했던 상대를 또 좋아하게 되면 열녀문 세워야겠다고 했더니 이젠 진짜 열녀문 세워야 할 지경으로 치닫고 있었다.

민영은 우두커니 서서 아득하고 처량 맞게 벽만 보고 있다가 갑자기 방문을 박차고 밖으로 뛰쳐나갔다.

답답해서 미칠 것 같아!

철컥.

자전거를 세우고 와이어를 채웠다. 민영은 운동화를 벗고 양말까지 벗은 후 모래사장으로 훌쩍 뛰어들었다. 어두운 밤이라도 해변은 밝았다. 검은 바닷물이 모래사장까지 올라와 하얗게 부서지는 모양을 보며 그녀는 천천히 걷기 시작했다.

달도 밝았다. 장마가 지나간 해수욕장은 다시 예전의 활기를 되찾았다. 멀리 경찰서 불빛이 아련히 보였다. 오늘 야간 당직은 강세종과 전협이었다. 해경과 전경이 2인 1조로 조를 짜서

야간 당직을 선다. 내일은 민영과 이재섭이 당직을 설 차례였다.

민영은 야간 당직표가 나왔을 때 세종의 얼굴을 봤으면 좋았겠다고 생각했다.

"아유, 말도 마세요. 강 경사님 얼굴이 완전 굳어지는데 사무실 기온이 영하로 내려갔다니까요. 뭐가 불만인지 말씀도 안 하시고 목소리를 착 깔더니 당직표 누가 만들었냐고 물으시는데 최 경사님도 쫄아서 선뜻 대답을 못했다니까요. 최 경사님이 왜 그러냐고 하니까 강 경사님이 재섭이 형을 쫘악 노려보는 겁니다. 금방이라도 뭔 일이 일어날 것 같았다니까요. 둘이 서로 노려보는데 불꽃이 파바박 튀었어요. 그런데 얼마 후에 강 경사님이 그냥 아무것도 아니라고 하는데 그게 아무것도 아닌 게 아니더라, 이겁니다."

몇 주간 전협을 겪어본 후 내린 결론은 저 자식 말은 액면 그대로 믿으면 안 된다는 것이었다. 그래서 민영은 전협이 한 말을 모두 믿지는 않았다. 그런데 또 가만히 생각해 보면 전협이 과장되게 말을 하는 경향은 있었지만 없는 일을 만들어내는 스타일은 아니라는 것이다. 그러니 분명 뭔가 분위기는 이상했다는 뜻이다.

"그런데 사실, 그 당직표는 재섭이 형이 만들었거든요. 최 경사님이 재섭이 형한테 경찰하고 전경하고 2인 1조 되게 짜라고 하는 걸 제가 직접 들었어요."

그랬을 것이다. 그랬으니까 재섭과 그녀가 한 조가 되었겠지. 그게 우연의 일치라고는 생각하지 않았다. 뭐가 문제였을까? 민영은 자꾸만 떠오르는 하나의 예상을 더 이상 발전시키지 않으려고 노력했다. 하지만 자꾸 그쪽으로 생각이 간다.

강세종은 재섭과 그녀가 한 조가 된 게 마음에 안 들었던 걸까?

민영은 머리를 휙휙 저었다.

아, 내가 자꾸 왜 이러지? 이러지 말자. 박민영. 너 자꾸 이러면 실수할지도 몰라. 강세종은 아닌데 자꾸 그쪽으로 생각하면 진짜 그렇다고 믿게 된단 말이야. 그러다가 아니면 너, 어쩔 거야!

또 한숨이 푹 나온다. '에잇' 하며 괜히 애꿎은 모래를 푹푹 찼다. 그러다 문득 민영은 어딘가에서 들려오는 고성에 고개를 들었다. 저기 멀리서 여러 명의 사람이 보였다. 대충 보니 세 명은 되어 보인다. 그런데!

"이런 씨!"

민영은 다짜고짜 뛰었다. 뭐라고 고함을 지르던 그들 중 한 명이 주먹을 날리자 순식간에 싸움이 일어났다. 가까이 갈수록 심각한 난타전으로 변하는 것이 한눈에 들어왔다. 그녀는 습관적으로 가슴 언저리를 더듬었다. 하지만 그녀가 찾는 호루라기는 없었다. 근무 중이 아니어서 호루라기는 책상 서랍에 고이 들어 있을 것이다. 지원을 요청할 휴대폰이나 무전기도 없었다.

민영은 아주 잠깐, 자신이 저 무리를 제어할 수 있을지 고민했다. 상대는 척 보기에도 술에 잔뜩 취한 성인 남자들이었다. 그런데 그녀는 혼자다. 그것도 여자다. 태권도에 유도, 합기도까지 섭렵한 그녀지만 이성을 잃은 장정 세 명을 혼자 감당할 수 있을지 자신이 없었다. 그럼에도 불구하고 경찰로서의 사명감이 더 앞섰다.

싸움이 일어났는데 경찰로서 그들을 막는 건 당연한 거 아닌가!

"당장 그만두지 못해요! 지금 당장 그만두지 않으면 모두 경찰서로 연행하겠습니다!"

가장 가까이에 있는 남자의 팔을 잡고 뒤로 홱 꺾었다. 그러자 남자가 죽는소리를 냈다. 민영은 남자를 모래밭으로 홱 밀어버리고 주먹을 휘두르는 다른 남자의 팔을 낚아챘다.

"그만두라고요!"

"이건 또 뭐야!"

그녀가 경찰이라고 소리치려는데 다른 남자가 툭 끼어들었다.

열녀문 233

"새끼야! 너 아까 뭐라고 했어! 뭐? 나더러 사기꾼이라고? 그래, 새끼야. 나, 땅 팔아서 돈 좀 벌었다. 그래서 뭐? 니가 나 땅 팔아서 돈 버는데 보태준 거 있어!"

"이 새끼가 말이면 단 줄 아나? 뭐? 새끼? 개자식아! 내가 너보다 세 살이나 많은데 이게 뻑하면 야, 자, 까네! 엉!"

"야! 나잇값을 해야 대접을 하지! 말끝마다 저 잘났다고 잘난 척하면서 재는데 누가 널 형 대접을 해!"

"뭐야! 이 새끼가 진짜 죽고 싶어!"

"그래! 죽여봐!"

민영은 죽자고 덤비는 두 남자의 사이에 끼어들었다.

"아! 쫌!"

퍽!

"악!"

그 순간, 민영은 아픈 비명을 질렀다. 눈가에 아찔한 고통이 느껴지고 머리가 핑 돌며 눈앞에 별이 반짝반짝 빛나는 것을 느꼈다. 잠시 휘청거리던 그녀는 다시 이를 악물고 남자들을 말리기 시작했다. 주먹이 난무하는 중간에서 이리 채이고 저리 채이면서 싸움을 말리려고 기를 썼다. 그때였다.

삐이익! 삐익!

어두운 해변에 호루라기 소리가 울려 퍼졌다. 그제야 남자들의 주먹질이 눈에 띄게 줄어들었다. 그리고 급기야는 누군가 소리를 지르고 도망을 치기 시작했다.

"경찰이다!"

이 씨! 경찰은 벌써 와 있었거든!

민영은 우르르 도망을 치기 시작하는 남자들을 뒤쫓기 시작했다. 술에 취했든 아니든 어쨌든 폭행죄는 성립된다. 당장 나부터 맞지 않았는가!

삐익! 삐이익!

그녀는 호루라기 소리가 바로 뒤에서 들려오는 것을 들으며 몸을 휙 날려 한 남자를 덮쳤다. 그 순간, 누군가 그녀를 지나쳐 다른 남자를 덮치는 것이 보였다. 고개를 들자 전협이 맨 앞에 달아나던 남자를 덮치고 있었다.

민영은 옆을 보았다. 그 순간, 이글거리는 눈동자와 마주쳤다. 처음 보았다. 이렇듯 화가 난 표정의 세종은.

"너 미쳤어!"

왜? 내가 뭐?

민영은 영문을 알 수 없다는 얼굴로 그를 마주 보았다. 그가 또 소리를 질렀다.

"죽고 싶어 환장했어! 지원을 요청했어야 할 것 아니야! 누구 미치는 꼴 보고 싶어!"

민영은 입을 딱 벌렸다. 그 '누구'가 설마 너?

강세종이 나를 걱정한다고? 미칠 만큼?

"아!"

터진 입술에 약이 발라지자 민영은 아픈 신음 소리를 내었다. 그래 놓고 또 웃었다. 의사가 이상한 여자 보듯 쳐다본다. 그래도 그녀는 계속 웃었다. 자꾸 웃음이 났다. 눈은 맞아서 푸르죽죽하고 터진 입은 두 배로 부풀어 올랐다. 거기다가 언제 맞았는지 턱도 벌써 멍이 들기 시작하고 있었다.

그녀의 모습은 한마디로 가관이었다. 팔 여기저기에 손톱자국이 나 있었고 목에도 긴 줄이 두 개 그어져 있었다. 모르는 사람이 보면 싸움을 말린 게 아니라 싸움을 한 것 같은 꼴이었다.

그녀를 치료하는 의사도 그렇게 의심하는 기색이 역력했다. 하지만 의사는 그녀의 몸 상태보다 정신 상태를 더 의심하는 눈치였다. 자꾸만 히죽거리는 그녀는 누가 보기에도 정상으로 보이지 않았다.

하지만 어쩌랴. 자꾸만 웃음이 나는걸.

'누구 미치는 꼴 보고 싶어!'

머리끝까지 화가 난 얼굴로 소리치던 세종의 얼굴이 머릿속을 떠나지 않는다. 그의 얼굴이 떠오를 때마다 웃음이 났다.

그가 날 걱정했어. 날 미칠 듯이 걱정했어.

벌써 몇 시간째 그 의미를 음미하는 중이었다. 그냥 부하가 걱정되어서 한 말일지도 모르지만 냉정하게 그 당시의 상황을 떠올려 보고 또 떠올려 봐도 부하를 걱정하는 따위의 감정이 아니었다. 그냥 그렇게 확신이 들었다. 그 순간, 그가 그녀를 향해 불같이 화를 내는 그때 그녀는 강한 느낌이 들었다.

어쩌면 강세종도 날 좋아하는지도 모른다고.

"다 됐습니다."

"네."

민영은 터진 입술을 부자연스럽게 움직이며 또 실실 웃었다. 그러자 의사가 무뚝뚝하게 말했다.

"자꾸 웃으면 터진 곳이 벌어집니다."

"네."

대답은 넙죽 해놓고 또 웃었다. 자신이 생각해도 광녀 같다.

"상처, 벌어진다니까요."

"네. 죄소하미다."

터진 입술로 말하려니 발음이 샌다. 의사가 인상을 쓰며 조심스럽게 말했다.

"혹시 머리는 괜찮으세요? 어디 단단한 곳에 부딪쳤다던지…… 혹시 모르니까 CT 한 번 찍어볼까요?"

민영은 손을 내저었다.

"아니요, 괘차아여."

"그래도…….."

"끝났어?"

의사와 민영이 동시에 뒤를 돌아보았다. 언제 왔는지, 세종이 굳은 얼굴로 그녀를 응시하고 서 있었다. 그녀는 침상에서 일어서며 고개를 끄덕였다.

"네. 겨사님."

열녀문 *237*

어눌하게 말하는 그녀의 말투가 마음에 안 들었는지 그의 미간이 찌푸려졌다. 그가 의사를 향해 물었다.

"괜찮습니까? 뭐 주의해야 할 점은 없습니까?"

"다행히 눈 속까지 상하지는 않아서 괜찮습니다. 눈두덩의 멍은 수일 내로 옅어질 테고 상처난 입술도 응급처치를 했으니 약만 잘 바르시면 아물 겁니다."

그리고 의사가 잠시 갈등하는 것이 보였다. 그놈의 CT에 대한 의견을 피력할까 말까 고민하는 태세였다. 민영은 재빨리 인사를 했다.

"가사하미다, 서새임."

얼떨결에 마주 인사를 하는 의사를 외면하고 민영은 재빨리 응급실 밖으로 나갔다. 그러자 세종이 그녀를 뒤쫓아왔다. 그가 그녀의 팔을 잡고 세웠다.

"뭐가 그렇게 급해?"

어, 난 급해. 의사가 내 멀쩡한 머리 사진을 찍자고 덤빌지도 모르거든.

"아니요."

그가 더욱 인상을 썼다. 그러더니.

"밖으로 나가자."

그녀의 팔을 잡고 성큼성큼 앞서 가는 세종을 따라 민영도 잰걸음을 놀렸다.

"무슨 여자가! 앞뒤 가리는 게 없어! 그렇게 겁대가리가 없냐고! 넌 목숨이 두 개야? 교육받을 때 그따위로 받았어? 패싸움이 일어났는데 순경이 겁도 없이 홀로 뛰어들다니! 내가 보다보다 너처럼 생각없는 여자는 본 적이 없다, 본 적이 없어! 패싸움이 벌어진 걸 발견했으면 제일 처음 해야 할 일이 뭐야! 지원 요청을 해야 할 것 아니냐고! 니가 무슨 마징가 제트라고 술 취한 놈을 셋이나 상대하느냔 말이야! 그러다가 흉기라도 들었으면 어쩔 뻔했냐고!"

푸른 힘줄이 툭툭 불거져 나올 만큼 핏대를 세우는 세종을 민영은 입을 헤벌리고 쳐다보았다.

사람이 저렇게 화를 낼 수도 있구나. 저러다 목울대 찢어지는 거 아냐?

퍽!

헉!

민영은 그가 스스로의 성질을 못 이겨 건물 외벽에 주먹을 꽂자 눈을 휘둥그레 떴다. 날 듯이 다가가 그의 팔을 홱 잡아챘다.

"야! 너, 미쳐어? 왜 애꿎은 손한테 화풀이야!"

너무 당황해서 반말이 마구 쏟아졌다. 발음도 안 좋은데 바락바락 잘도 대들었다.

"지금 이따위 손이 문제야!"

"문제지! 문제 아냐? 이거 봐! 빨갛자아!"

"사돈 남 말 하시네!"

"빠리 벼워으로 다시 들어가!"

"됐어!"

"되긴 뭐가 돼! 이 꼬토아!"

팍.

순간, 민영은 차가운 벽에 사납게 밀쳐졌다. 놀라서 눈을 크게 뜨고 그를 바라보았다. 그녀의 어깨를 잡고 벽에 밀친 그가 씩씩거리며 뜨거운 콧김을 뿜어내고 있었다.

민영은 그에 못지않게 눈을 세모꼴로 치뜨며 따지듯이 입을 열었다.

"지금 뭐……."

"너 뭐냐?"

목소리가 음침하고 나직했다. 때는 자정이 가까워지는 깊은 밤이었다. 시내 한복판이지만 시간이 시간인지라 오고 가는 사람은 극히 드물었고 규모가 그리 크지 않은 시골 종합병원의 뒤뜰은 아예 사람 그림자 하나 없었다. 가로등조차 없는 후미진 뒷담을 끼고 두 개의 인영이 겹쳐져 있었다.

민영은 무섭게 쳐다보는 그의 시퍼런 서슬에 눌려 대답을 하지 못했다. 그저 눈을 크게 뜨고 그를 쳐다보는 것이 다였다.

"너 도대체 뭐 하는 여자야?"

이건 또 무슨? 야, 나 박 순경이야. 뭐 하는 여자냐니? 니 눈엔 내가 뭐 하는 여자로 보이는데?

그의 눈이 이글거린다. 당장이라도 불똥이 마구 튀어나올 듯 뜨겁게 이글거렸다.

"일부러 그러는 거야?"

"뭐?"

그녀가 영문을 모르겠다는 얼굴로 멍한 표정을 짓자 그가 잇새로 내뱉듯 다시 물었다.

"순진한 척, 맹한 척, 아무렇지도 않은 얼굴로 왜 이렇게 사람 속을 뒤집느냐고!"

뭐? 순진한 척? 맹한 척? 아니, 내가 언제 사람 속을 뒤집었다고 이 난리야?

민영은 다짜고짜 소리를 질러대는 그에게 맞고함을 지르려고 입을 열었다.

"도대체 무슨 소릴……?"

"네가 신경 쓰인다고! 빌어먹을, 네가 신경 쓰여서 미치겠다고!"

'네가 신경 쓰인다고!'

민영은 헤벌쭉 웃다가 황급히 입술을 오므렸다. 자꾸 상처를 잊어버린다. 그녀는 슬쩍 고개를 돌려 운전대를 잡고 있는 세종을 쳐다보았다. 아직도 화가 풀리지 않았는지 얼굴이 굳어 있었다. 그런 그의 표정을 보면서 최소한 미안한 감정을 가져야 정상인데 그녀는 지금 그런 걸 느낄 상황이 아니었다.

'신경 쓰인다.'

그 말이 무엇을 뜻하는지 길게 고민하지 않았다. 그때, 그 상황과 그의 표정만으로도 답은 나왔으니까.

"그만 봐."

"어?"

민영은 놀란 얼굴로 눈을 크게 떴다.

"그만 보라고. 운전에 집중해야 하니까."

"어? 어."

바보가 된 걸까? 어째 대꾸할 말이 '어' 밖에 없을까?

민영은 그가 시키는 대로 시선을 돌려 창밖을 바라보았다.

가만. 뭐라고? 저 말이 무슨 뜻이지? 내가 보고 있으면 운전에 집중이 안 된다는 뜻?

그녀는 다시 그를 쳐다보려다가 흠칫 동작을 멈추었다.

보지 말랬지. 아, 궁금하다. 같이 있어도 얼굴이 보고 싶다니…… 나, 미친 걸까?

하지만 방법은 있었다. 민영은 창에 비치는 그의 모습을 지그시 응시했다. 운전을 할 때 그는 참 믿음직스럽다. 구름이라도 타고 있는 듯한 지금 상황에서 뭔들 안 멋있어 보이겠냐마는 그래도 듬직하다. 표정은 좀 구리지만 생각의 깊이가 들여다보이는 눈빛은 마음에 든다.

뭘 생각하고 있을까?

민영은 문득 궁금해졌다. 그녀가 신경 쓰인다고 말한 후부터 그는 내내 무언가를 생각하는 중이었다. 차에 타라는 말을 한

후로는 별말이 없었다.

아, 자기 얼굴 보지 말라는 말도 했지.

사실은 그녀도 지금 상황에 대해 고민을 해야 했다. 그런데 고민이 되지 않는다. 짝사랑을 하는 동안 그 시간들이 얼마나 외롭고 서글픈지 알기에 그저 두려워만 했다. 그리고 그녀의 기억 속에 존재하는 세종은 가까이하기엔 너무 먼 존재였었다. 그래서 시작조차 하고 싶지 않았다. 그에게 마음을 줘봤자 돌아오지 않을 것이라고 확신했기 때문에.

하지만 지금은…… 지금은 기대한다. 그 기대감이 허황된 것이 아니라서 설렌다. 이 설렘이 너무나 분명하게 느껴져서 가슴이 뛴다.

'그가 날 신경 쓰고 있어.'

그 사실이 그녀를 행복하게 했다. 그저 골치 아픈 부하직원이 아니라 이성으로, 여자로 그의 신경을 두드리고 있다는 사실이 너무나 행복했다.

스르륵.

숙소 앞에 차가 멈춰 서자 민영은 천천히 그를 돌아보았다. 하지만 세종은 여전히 굳은 채로 앉아 있었다.

그녀는 설렘 반, 기대 반이 섞인 눈으로 그를 응시했다. 뭘 기대하는지도 모르면서 무작정 설레고 있었다. 연애 같은 거 할 줄 모른다. 남자는 더 모른다. 하지만 남자가 여자에게 신경 쓰인다고 말했을 때는 그다음에 무언가가 있을 것이라는 것쯤은 안다. 그래서 민영은 그다음을 생각하고 있었다.

그런데······.

"먼저 들어가."

푸시시. 빵빵하게 부풀어 있던 긴장감이 압력 밥솥에서 김이 빠지듯 푸시시 가라앉고 있었다.

어······ 이건 아니지 않나?

민영은 잔뜩 부풀었던 무언가가 빠지는 듯한 기분이 들었다. 그가 할 대사가 이건가? 그냥 들어가라고?

그는 여전히 돌처럼 굳은 채 앉아 있었다. 하다못해 그녀에게 작은 눈길조차 주지 않았다. 점점 앉은자리가 민망해지고 있었다.

민영은 천천히 입을 열었다.

"어······ 그, 그래요. 그럼······."

그녀는 아직도 떨쳐지지 않는 미련을 잡은 채 문으로 손을 뻗었다.

"박 순경."

순간 나지막한 그의 목소리가 어두운 차 안을 밝혔다. 민영의 얼굴이 순식간에 밝아졌다.

"네?"

그래. 이래야 정상이지. 너, 나 신경 쓰인다며? 내가 걱정돼서 미치겠다며? 그러면 지금 이렇게 날 들여보내는 건 아니지.

그럼, 아니고말고.

"근무 시간 외에는 그냥 말 놔."

어? 아, 그래. 우린 동갑이니까. 너도 이젠 내가 너와 나이가 같은 걸 아니까. 그런데…… 그뿐이야?

"친구…… 처럼 지내도 되고."

친구?

민영의 얼굴이 순식간에 어두워졌다.

친구라니? 이게 웬 봉창이냐?

"친구? 야, 이성 간에 친구가 어딨어? 남자가 여자한테 친구로 지내자고 하는 건 연애하자는 게 아니야, 맹추야. 그건 남자가 여자에게 확실한 선을 그을 때나 써먹는 말이라고. 한마디로 말해서 떨쳐 버리기에는 아깝고, 애인으로 두기에는 꺼림칙한 여자한테 주로 쓰는 말이지."

자칭 연애박사라고 주장하는 황지연이 했던 말이 떠올랐다. 미팅에서 만났던 남자가 세 번째 만남에서 민영에게 성격이 너무 마음에 든다며 친구 하자고 할 때 지연은 '이기적인 놈'이라고 욕을 했다. 친구 사귀려고 미팅 나가는 연놈도 있느냐고 거품을 물며 당장 헤어지라고 흥분했었다.

민영은 멍한 얼굴로 세종의 굳은 옆모습을 응시했다.

이제 모든 것이 분명해진다. 그녀는 헛물을 켠 것이다. 멍청하게 김칫국을 마셔 버린 것이다.

친구. 그래. 친구였다. 그가 보낸 모든 신호가 바로 그 빌어먹을 친구였다.

민영은 입술을 일그러뜨리며 똑똑하게 말했다. 상처난 입술이 다시 터지든지 말든지 또박또박 말했다.

"그럴 수야 있나요. 그래도 경사님이신데. 김 경장님께도 말했지만 저, 나이 많다고 신경 쓰지 마세요. 저도 힘들어지니까. 그냥 지내던 대로 지내죠."

냉기가 뚝뚝 흘러내렸다. 얼음조각처럼 이가 딱딱 부딪칠 만큼 차갑게 말했다. 그리고 있는 힘껏 문을 열어젖혔다.

박 순경? 그래, 강세종이 '박 순경'이라고 부르는 순간 알아챘어야 했는데!

민영은 밖으로 나가 문을 닫기 직전에 그가 들으란 듯이 씹어뱉듯 중얼거렸다.

"친구 좋아하시네!"

민영은 그의 얼굴이 난처하게 굳어지고 다음엔 일그러지는 건 보지 못했다. 그냥 그대로 자동차 밖으로 나가서 뒤도 돌아보지 않고 대문 안으로 들어가 버렸다.

한심한 박민영! 접시 물에 코 박고 죽어라!

달칵.

도저히 잠이 오지 않아 일찌감치 일어나 출근 준비를 마친 민영은 조용히 방문을 열고 나섰다. 바로 옆방에 잠들어 있을 전경들을 깨우지 않기 위해 조심히 문을 닫던 민영은 순간 적막한 복도에 울리는 인기척에 흠칫 뒤를 돌아보았다.

아!

아직 아침 해도 완전히 떠오르지 않은 어스름한 새벽녘이었다. 어딘가에서 희미한 새소리가 맑게 들려오는 걸 보면 오늘 하루는 꽤 더울 것 같은 예감마저 들었다.

조용하기만 하던 복도에 어색한 기류가 흘렀다. 이제 막 씻었는지 수건으로 짧은 머리를 털며 나오던 세종을 발견한 순간 민영은 그 자리에서 얼어버렸다. 한동안 두 사람은 서로의 깜짝 등장에 놀라 어설프게 서 있었다. 그러다가…….

"어디 가려고?"

굳은 목소리로 그가 먼저 물었다. 민영은 퍼뜩 정신을 차리며 시선을 외면했다.

"일찍 나가보려고요."

"어딜? 경찰서?"

"네."

세종의 얼굴이 조심스럽게 일그러졌다.

"이른 아침부터……."

"어제 일지 정리를 못했어요."

"그건 나중에 해도 되잖아. 뭐 급한 일이라고……."

"먼저 나가보겠습니다."

민영은 세종의 이어지는 말을 싹둑 잘라 버리고 무뚝뚝하게 말하고 그를 지나쳤다.

"박민영."

하지만 갑자기 들려오는 그의 목소리에 씩씩하게 걷던 걸음을 일시에 멈추어 버렸다. 그녀는 깊게 심호흡을 한 후 뒤를 돌아보았다.

어젯밤과 마찬가지로 돌처럼 굳은 그의 얼굴이 보였다.

"얘기 좀 하자."

민영은 살며시 주먹을 움켜쥐었다. 흔들리고 싶지 않았다. 두 번 다시는 저 자식에게 흔들리고 싶지 않았다.

"공적인 얘깁니까?"

그의 짙은 눈썹이 천천히 일그러졌다.

"아니."

"그럼, 전 경사님과 할 말 없습니다."

그리고 민영은 돌아섰다. 등에 꽂히는 그의 따가운 시선을 의식하지 않으려 기를 쓰며 걸었다. 복도를 벗어나 현관을 나설 때까지 꼿꼿한 자세를 절대 풀지 않았다. 그가 턱을 경직시키며 노려보는 것도 알지 못했다. 입술을 움직이며 당장이라도 그녀를 부를 듯 달싹거리는 것도 보지 못했다. 박민영은 오직, 다시는 강세종 앞에서 자존심을 잃지 않겠다는 의지를 앞세우며 앞으로 전진, 전진했다.

탁.

현관문을 닫고 마당으로 나서는 순간, 민영은 비틀, 흔들렸다. 그제야 참았던 긴 숨을 내쉬었다.

어젯밤 내내 고민을 한 끝에 내린 결론은 하나였다.

'열녀문도 둘이 뭔 일이라도 있었을 때 세울 수 있다.'

혼자 좋아하고 혼자 짝사랑해서는 열녀문 같은 것도 세울 수 없다는 결론이었다. 짝사랑은 혼자만의 삽질이다. 상대는 아무렇지도 않은데 혼자만 좋아하는 게 아무리 지극 정성인들 누가 열녀문 따위를 세워주겠는가. 고로! 그녀는 하등의 쓸데없는 짓거리를 하고 있는 셈이었다. 아무짝에도 쓸모없고 마음만 고된 그런 짓을!

'백해무익!'

짝사랑은 바로 그런 것이다. 그래서 그만두기로 했다. 오늘부터, 새 마음 새 뜻으로 강세종에 대한 마음은 다 떨쳐 버리고 이곳에 온 목적을 달성하는 것이다. 열심히 임무에 충실하고 성실하게 임한다면 특진인들 자신을 비켜갈 리가 없다. 지금까지 살면서 노력해서 얻지 못하는 건 아무것도 없었으니까.

사랑 빼고!

"이제 며칠 후면 해변의 축제가 시작되니까 다들 좀 긴장하고, 아 물론 평소에도 늘 긴장하겠지만 그래도 조금 더 타이트하게 움직이자고. 축제라고 한껏 들떠서 술 마시고 막 나가는 시민들 안전에 각별히 신경을 써야 하니까. 시장님께서 특별히

당부하시는 말씀도 내렸고 경찰서장님 이하 경찰본부에서도 예의주시하고 있으니까 모두들 주의하자. 알았나?"

"예써!"

전경들의 활기찬 대답이 사무실 공간을 가득 메우자 최 경사는 '하하' 웃으며 힘이 넘치는 젊은이들을 둘러보았다.

"좋아. 제군들, 힘내라고 오늘 저녁은 내가 쏜다. 차로 한 30분 정도만 가면 스테미너 음식 잘하는 식당이 있는데 갈 사람?"

"저요!"

김동운 경장이 제일 먼저 손을 번쩍 들어 올렸다. 전경들이 그 빠른 속도에 놀라 눈을 휘둥그레 떴다.

진지한이 김 경장을 향해 조심스럽게 물었다.

"김 경장님은 드셔보셨어요?"

그러자 김 경장이 당연하다는 듯 고개를 크게 끄덕였다.

"물론."

"어떤 건데요?"

전협이 황급히 물었다.

"보신탕."

"예에?"

뭘 그런 걸 가지고 무슨 대단한 음식이라도 되는 듯 그러냐는 식으로 전경들이 실망한 얼굴을 하자 김 경장이 씨익 웃었다.

"뭘 모르는군, 짜식들. 그냥 보신탕이면 내가 이러겠냐? 여기

계신 최순황 경사님 사모께서 직접 잡아서 요리하는 것은 물론이요, 그 집의 오랜 전통과 역사가 깃든 술! 그 술이 또 뭐냐 하면……."

"최 경사님네 사모님께서 식당 하세요?"

놀라서 묻는 진지한에게 김 경장이 고개를 끄덕였다. 그리고 갑자기 목소리를 확 낮추었다. 그러자 전경들이 그 낮은 목소리를 듣기 위해 자동으로 김 경장을 향해 허리를 숙였다.

"산을 마구 돌아다니는 생 노루를 숙련된 사람의 손으로 잡아 그 붉은 피를 받아내어 담근 술, 날카롭고 윤기나는 사슴뿔을 오랜 세월 묵힌 산삼주와 환상적인 배합으로 혼합하여 담근 술, 산을 뒤흔들 만큼 뛰어난 정력을 자랑하는 곰의 거시기와 몇백 년을 살았는지 알 수 없는 늙은 지네와 결합하여 담근 술, 그 밖에도 제군들이 절대 상상할 수 없는 그런 술이 마련되어 있지. 사모님께서 그 모든 것을 오직 남편을 위해 일 년 삼백육십오 일 정성을 들여 담근 술이라고 하더군."

전경들의 뜨악한 시선이 최 경사를 향했다. 마른 듯 약해 보이는 최 경사의 어디에서도 그런 약발의 흔적은 보이지 않았다. 하지만 보이지 않는 저 몸속에서 흐르고 있을 피의 소용돌이는……?

"저…… 경사님, 혹시 어디서 그 약발이 나타나시는지……?"

진지한이 정말로 궁금하다는 듯 물었다. 최 경사가 머쓱한 듯 웃으며 대답했다.

"약발은 무슨. 그냥 마누라가 해주니까 그 정성을 생각해서 먹어주는 거지. 음, 그래도 굳이 말해보라면…… 밤일?"

허거걱.

전경들의 눈이 갑자기 밤하늘의 별처럼 반짝반짝 윤이 났다.

"바, 밤일이라 하심은……?"

"인마! 뭘 그런 걸 묻고 그래? 척하면 딱이지! 밤일 몰라? 부부가 밤에 뭔 일을 하겠어?"

김 경사가 진지한의 이마를 콩 쥐어박으며 핀잔을 주었다. 남자들의 음흉한 대화를 들으며 인상을 쓰던 민영이 더 이상 참지 못하고 자리에서 벌떡 일어섰다.

"회의 시간에 꼭 그런 말씀들을 하셔야겠어요? 이거, 제가 조금만 고깝게 생각하면 성희롱 죄에 들어가는 거 아시죠? 앞으로 조심들 해주세요."

차갑게 말하고 뒤돌아서는 민영을 보며 최 경사가 중얼거렸다.

"쟤, 오늘 왜 저래? 원래는 지가 더 밝히면서."

"예?"

이재섭이 무슨 뜻이냐는 듯 묻자 최 경사가 하하 웃었다.

"아, 박 순경 말이야. 박 순경도 우리 집사람이 만든 보신탕하고 술 먹어봤거든. 아주 좋아서 죽던데?"

"박 순경님이 보신탕도 드세요? 그 정력에 좋다는 술도?"

"그러엄. 얼마나 잘 먹는데! 아주 게 눈 감추듯이 먹는다니까.

오죽하면 우리 집사람이 박 순경은 좀 자제시키라고 하겠어? 시집도 안 간 처자가 스테미너만 키우면 어따 써먹느냐고."

푹.

모두들 숨죽여 웃기 시작했다. 하긴, 쓸데도 없는 스테미너는 키워서 뭐 하냐고 저희들끼리 쑥덕거리면서 키득거렸다.

"그럼, 오늘 우리 집 가는 사람은 김 경장밖에 없는 거지?"

그 순간, 갑자기 손 하나가 불쑥 솟아올랐다. 모두의 눈길이 진지한에게 향했다. 진지한이 쑥스럽게 웃으며 손을 더욱 곧게 폈다. 그러자 뒤를 이어 전협이 들고 또 그 뒤로 이재섭도 손을 들었다. 그리고……

"어, 조용언. 너도 가려고?"

조용히, 있는 듯 없는 듯 살포시 올라오는 손 하나를 보며 김 경장이 의외라는 듯 물었다. 선비같이 생긴 놈이 웬 스테미너 음식?

"저도 남자인지라……."

"크, 크하하하하. 그래. 너도 남자지. 하하하하."

크게 웃음을 터뜨리던 김 경장이 문득 옆으로 고개를 돌렸다.

"경사님, 가실 거죠?"

아까부터 말 한마디 없이 앉아 있는 세종을 향해 김 경장이 물었다.

"됐어. 난 안 가."

들고 있던 수첩을 탁 접고 자리에서 일어선 그가 곧장 사무실을 나가자 김 경장이 어색하게 웃었다.

"하하, 아무래도 힘쓸 일이 없는 총각이다 보니……."

그러다 문득 그곳에 앉은 남자들 중 최 경사만 빼고 모두 결혼 안 한 총각이라는 사실이 떠올랐다.

최 경사가 앞에 있는 좌중을 둘러보았다.

"그런데 니들은 어디 쓸데나 있냐?"

그러자 앉아 있는 남자들의 얼굴에 음흉한 웃음들이 하나둘씩 떠올랐다가 사라졌다.

"어라? 이놈들, 쓸데가 있긴 있나 보구먼! 푸하하하하."

"어! 어! 누가 좀 도와주세요! 저기, 우리 아기! 우리 아기!"

피서객들로 가득 찬 해변에 다급한 구조 요청이 울려 퍼졌다. 공포에 질린 어머니의 목소리가 비명처럼 터져 나오고 여기저기서 안타까운 목소리가 뒤를 잇고 있었다. 저 멀리서 소방서에서 운영하는 119 수상안전대원이 뛰어오고 반대쪽에서는 민자대(민간자율구조대) 소속 안전대원이 호루라기를 삑삑거리며 달려오고 있었다.

민영은 근무 교대를 위해 해변 밖으로 나가는 중이었다. 그러다가 일대 혼란이 일어난 장소가 그녀와 가까운 곳이라는 걸 알고 무작정 뛰었다. 그 순간만큼은 특진이니 공(功)이니, 그런 건 생각하지 않았다. 아이가 물에 빠질지도 모른다는 사실만을 떠올리며 위급 상황에 대처하기 위해 몸이 자동으로 움직였다.

사람들을 헤치고 물로 뛰어든 그녀는 있는 힘껏 헤엄을 치기 시작했다. 얼마 뒤 그녀를 뒤이어 물로 뛰어드는 안전요원들이 보였다. 하지만 그들은 너무 멀리 떨어져 있었다. 민영은 앞뒤 생각없이 무조건 아이를 향해 나아갔다.

물놀이용으로 만들어진 보트에 타고 울고 있는 아이에게 제일 먼저 도착한 민영은 보트의 한 귀퉁이를 잡고 아이를 달랬다.

"괜찮아, 아가야. 괜찮아, 언니가 구해줄게. 엄마한테 가자. 움직이지 말고. 알았지?"

네 살이나 다섯 살쯤 되어 보이는 여자아이였다. 얼마나 놀랐는지 몸까지 떨면서 울고 있었다. 너무나 안쓰러워 가슴이 뜨끔거렸다.

민영은 아이를 향해 생긋 웃어 보였다.

"우리 뱃놀이할까? 이름이 뭐야?"

"수진이…… 왕수진……."

"우와, 이름도 예쁘네. 수진아, 언니 봐. 언니가 지금 보트 끌지? 재밌지 않아?"

민영은 보트를 끌고 헤엄을 쳤다. 그러자 아이가 울음을 차츰 그치고 민영을 멀뚱멀뚱 쳐다보았다.

"봐, 재밌지? 이렇게 엄마한테까지 갈 거니까 움직이지 말고 있어. 알았지?"

그때였다. 뒤늦게 도착한 수상안전요원이 갑자기 보트를 붙잡았다. 같은 목적을 가진 동료를 만난 반가움에 미소를 함빡 짓던 민영은 상대에게서 이유 모를 적대감이 느껴지자 인상을 썼다.

"여기서부턴 우리가 하죠."

뒤이어 나타난 안전요원이 그녀를 밀쳤다. 얼떨결에 보트에서 멀어진 민영은 이제 험악하게 인상을 쓰며 따졌다.

"뭐 하시는 겁니까?"

보트를 끌며 헤엄을 치려던 수상안전요원이 그녀를 돌아보며 아래위로 흘긴다.

"여기서 싸우지 맙시다. 애가 겁내고 있는 거, 안 보입니까?"

하! 기가 막힌다. 내가 하고 싶은 말이었다.

민영은 어이가 없어서 멀뚱히 그들을 지켜보았다. 그러자 아련하게 한마디가 들려온다.

"특진에 눈이 멀어서 물불을 안 가리는 것도 분수가 있지. 아주, 해수욕장을 제집 안방처럼 누비는구만!"

뭐? 뭐라고?

정말로 황당한 듯 민영은 그대로 그 망망한 바다에 떠 있었다. 보트 위에서 눈물이 그렁그렁한 채 쳐다보는 아이를 보며.

아이가 엄마에게 전해지고 연신 고맙다는 인사를 받으며 안전요원들이 자리를 뜨고 있었다. 그들이 인적이 드문 도로 쪽으로 갈 때까지 기다렸다가 민영은 황급히 다가가 묻고 싶었던 것을 따져 물었다.

"이야기 좀 하시죠. 아까 하신 말씀의 저의가 뭐죠?"

그러자 안전요원 중 하나가 인상을 팍 쓰더니 소리쳤다.

"해경은 구역 구분도 못합니까! 왜 뻑하면 우리 구역을 침범하냐고요! 분초를 다투는 위급 상황도 아니고, 우리가 분명히 호각 불면서 출동했는데 그쪽에서 끼어들면 우리 대원들은 대처를 해야 하는지, 말아야 하는지 분간이 안 간단 말입니다! 구역 구분을 했으면 그 구역 안에서 영웅 노릇을 하든지 말든지 할 것이지, 왜 다른 구역까지 침범해서 대열을 흩뜨리느냐 이 말입니다."

민영은 갑자기 화르륵 화가 치밀어 올랐다.

"그게 도대체 무슨 말씀이세요! 영웅 노릇이라뇨! 누가 영웅 노릇 따위를 한다고 그러세요? 제가 교대를 하려고 해변을 나가다가 마침 아이 엄마의 비명 소리를 들었고 댁들이 조금 떨어진 곳에 있기에 먼저 달려간 거 아닙니까. 그리고 애를 태운 보트가 바다 멀리 떠가는데 그게 왜 위급 상황이 아니에요!"

"애가 바다에 빠지기를 했어요?"

"뭐라고요!"

민영은 머리끝까지 화가 나서 고함을 질렀다. 아니, 네 살짜리 애가 겁에 질려서 떨고 있는 걸 저 인간들은 보지도 못했나? 그게 위급 상황이지, 뭐가 위급 상황이야!

"우리가 전속력으로 출동 중이었고 아이는 그때까지 보트에서 안전했다 이겁니다. 그럼 우리 쪽 구역에서 일어난 사건이니까 우리가 해결하게 됐어야 하는 거 아닙니까!"

이건 해도 해도 너무한다. 아무리 소방서와 해경이 해변에서 약간의 경쟁 의식을 가지고는 있다지만 아이가 위험한 상황에서 이 무슨 돼먹지 못한 경쟁이냔 말이다! 긴급신고 번호 '119'가 홍보가 아주 잘되어 있어서 시민들은 무조건 위급 상황에서 '119'로 신고를 한다. 하지만 해난에 대한 해결은 '119'에 신고를 해도 다시 해경으로 접수가 되었다. 그런데 시민들은 그걸 잘 몰랐다. 그래서 해경에서도 얼마 전부터 '122'라는 해난긴급신고번호를 홍보하고 있었고 해수욕장에 해경소속 안전요원을 대거 투입했다. 그 결과, 해수욕장 안전요원들끼리 보이지 않는 경쟁 의식이 생겨난 것이다.

바다와 관련된 안전에 대해서는 해경이 전면에 나서고자 했고, 기존에 활약을 하고 있었던 소방서 119대원들도 자신들의 입지를 굳히고자 은근한 경쟁이 생겨 버린 것이다.

그래도 그렇지. 위험에 처한 시민의 안전이 먼저지, 그깟 경쟁이 뭐가 대수냔 말이다.

민영은 안 그래도 기분이 우울한데 마침 잘됐다며 목소리를 한껏 높일 준비를 하며 입을 열려던 참이었다. 그런데…….

"들어보니까 이번 여름해경에 파견 온 어느 여순경이 특진에 눈이 멀어 공로를 세우는 데만 눈이 멀어서 앞뒤 가리는 거 없이 날뛰는 모양이던데 그건 자기 사정이고 사람 목숨이 달린 이곳에서 개인의 욕심만 채워서 되겠습니까? 안 그렇습니까?"

민영은 입을 딱 벌렸다. 소문이 이렇게까지 났을 줄은 몰랐다. 하, 세상이 무섭다. 강세종에게 말 한 번 실수한 일이 이렇게까지…….

"심정은 이해하지만 많은 사람들이 협조하는 곳에서 너무 개인 플레이는 하지 말잔 말입니다."

그러더니 그녀를 두고 멀어져 갔다. 민영은 얼이 빠진 채 그대로 서 있었다. 강세종일 거라고는 생각하지 않는다. 그를 안다. 강세종은 그렇게 입이 싼 놈은 아니니까. 그렇다면 전경들 중 하나일 것이다. 그녀가 강세종에게 주접을 떨 때 그 자리에는 진지한도 있었다. 진지한은 처음 이름을 들었을 때 느낀 것처럼 그렇게 진지한 놈은 아니었다. 진지한으로 인해 전경들 몇이 그녀의 사심(私心)을 알고 있다는 것도 알고 있었다. 그런데 이 정도일 줄은 몰랐다.

남자 새끼들이 입이 무겁다는 건 순 거짓말이다!

민영은 허허로운 웃음을 웃었다. 누구를 탓하랴. 다 제가 못나서 그런 걸. 말실수를 한 건 자신이지 않은가. 저들의 말이 틀린 것도 없다. 해변으로 오는 날부터 지금까지 그저 '특진'을 향해 달려든 사람은 자신이니까.

"그래도 이번엔 아닌데……."

하지만 누구에게도 들리지 않는 중얼거림이었다. 처음부터 음흉한 욕심을 앞세워서 일을 하니 이런 꼴을 당하는 것이다.

"열심히 해. 성실하게 묵묵히 최선을 다하면 그 대가는 자연히 따라오는 법이야."

갑자기 처음 그녀가 순경으로 임용되던 날에 엄마가 하던 말씀이 떠올랐다. 잊고 살았다. 처음 파출소에 출근하던 날 다짐했던 순수한 다짐을 잊어버리고 욕심만 과했다.

씁쓸하다. 사람이 욕심을 부리면 끝이 없다더니, 일에서나 개인사에서나 모든 게 어그러지고 있지 않은가.

"박 순경님, 여기 계셨네요?"

어깨에 힘이 빠져 멍하니 서 있는 그녀의 귀에 경쾌한 남자의 목소리가 울렸다. 민영은 고개를 들고 목소리의 주인공을 올려다보았다.

이재섭.

뭉클. 갑자기 서러움이 밀려든다. 지금 이 상황에서 그래도 나를 좋다고 하는 놈은 이놈뿐이다. 내가 좋아하는 놈은 친구나 하자고 그러고, 동료라고 생각했던 사람들에게는 승진에만 눈이 먼 이기주의자 취급이나 당하는 마당에 그래도 이놈만큼은 자신의 편이 돼줄 것 같아서 가슴이 뭉클해졌다.

"왜 여기서 이러고 계세요? 점심 드셨어요? 저, 지금 밥 먹으러 갈 건데 같이 가실래요?"

솔직히 마음은 가고 싶었다. 아쉬운 대로 이 어린놈한테라도 위로라는 걸 좀 받고 싶었다. 그런데 그러면 안 될 것 같았다. 정말인지 아닌지는 모르겠지만 혹시, 만에 하나 나에 대한 이 녀석의 마음이 진실이라면 괜한 기대를 가지게 해서는 안 된다는 생각이었다. 자신도 괜한 기대를 걸었다가 좌절한 경험이 있지 않은가. 바로 어젯밤에.

"아니, 난……."

순간, 해변에서 또 소란이 일어났다. 오늘 참 시끄럽다. 이놈의 해수욕장!

"어쩌죠, 박 순경님?"

민영도 어쩌지 못해 순간적으로 갈등하고 있었다. 너무 멀다. 여기서 수영을 해서 가더라도 중간에 힘이 빠질 것이다. 그러면 저 여자를 구하기는커녕, 도리어 일만 커진다.

"본부에 연락해. 122에도 연락하고, 무전도 쳐."

민영은 재섭에게 다짜고짜 명령하고 미친 듯이 주변을 두리번거렸다. 빌어먹게도 지금같이 다급한 상황에 안전요원도 보이지 않고, 바다에는 순찰정 하나도 떠 있지 않았다. 민영은 다시 쌍안경을 눈에 대었다.

안전 경계선을 훌쩍 넘어 파도에 휩쓸려 가는 윈드서핑이 보였다. 하지만 거기에는 정상적으로 서 있어야 할 사람이 없었다. 다만 보드에 가까스로 매달려 있는 여자가 하나 보일 뿐이었다. 렌즈를 통해 여자의 공포 어린 얼굴이 고스란히 보였다.

민영은 옆에서 재섭이 휴대폰으로 통화를 하는 것을 지켜보았다. 그러다 더 이상 참지 못하고 바다로 뛰어들었다. 가는 도중에 힘이 빠지는 한이 있더라도 가까이 가야 할 것 같았다. 그러지 않고는 도저히 견딜 수 없었다. 뒤에서 재섭이 '박 순경님!' 하고 소리치는 것을 들었지만 귓등으로 흘렸다.

최대한 빠른 속도로 팔을 저었다. 벌써 힘이 빠진다. 아까 아이를 구하려고 무리를 한 직후라 그런지 더 힘이 없다.

그때였다.

민영은 갑자기 자신의 옆을 스치며 지나가는 강력한 물살을 느꼈다.

"해변으로 돌아가!"

힘있는 목소리가 들린다 싶은 순간, 민영은 입을 딱 벌렸다.

강세종.

그였다. 어디서 났는지, 그가 서핑보드를 타고 재빨리 파도를 타고 있었다. 다가오는 파도를 타고 넘으며 앞으로 전진하고 있었다. 빨랐다. 자세히 보니 모터가 달려 있었다. 보드의 뒤에 달린 모터가 빠르게 돌아가며 앞으로 전진하고 있었고 세종이 발을 움직여 방향을 조정하고 있었다.

동력을 이용한 서핑보드가 나왔다고 하더니 언제 또 저런 걸 구해왔나, 감탄이 절로 나온다. 아니, 감탄은 보드 때문이라기보다는 세종의 움직임 때문이었다. 무릎을 살짝 굽힌 채 파도를 가르는 모습은 정말이지 환상이었다. 반짝이는 햇살에 비친 모습이 마치…… 한 마리의 멋진 숭어 같다고나 할까?

몸체를 살짝 휘어 튀어 오르는 은빛 숭어를 보는 것 같았다. 아, 물론 숭어보다 멋있다.

그녀가 물에 떠서 멍청하게 있는 사이, 그는 보드를 타고 문제의 윈드서핑으로 접근했다. 그가 물로 뛰어들어 보드를 잡은 채 여자의 의식을 체크하고 있었다. 민영은 그가 여자에게 접근하는 걸 본 후 곧장 몸을 틀었다. 갑자기 추위가 엄습해 왔다. 왠지 모를 좌절감과 열등감이 밀려들었다.

해변으로 나온 민영은 곧바로 다가온 재섭이 걱정스럽게 쳐다보자 살며시 웃었다.

"역시 기동대 출신다워. 강 경사 말이야. 경사는 그냥 다는 게 아니라니까. 나처럼 대책없이 헤엄부터 치는 것보다 저렇게 제대로 된 방법으로 구조에 나서잖아."

풀 죽은 민영의 목소리에 재섭이 인상을 썼다.

"운이 좋았겠죠. 우리도 저런 게 가까이 있었으면 저걸 이용 못했겠어요? 강 경사님이 운 좋게 저런 걸 가진 사람을 발견했나 보죠."

민영은 피식 웃으며 재섭의 어깨를 힘없이 쳤다.

"인마, 난 저런 거 탈 줄 몰라."

그때, 박수 소리가 들려왔다. 사람들이 사고 지점을 향해 환호를 보내고 있었다. 민영도 뒤돌아서서 쌍안경을 천천히 들어 올렸다. 재섭의 신고가 접수되어서인지 122해양경찰이라고 적힌 순찰정이 도착해 있었고 그들에 의해 윈드서핑을 타던 여자가 구조되고 있었다. 그 뒤로 세종도 쾌속정에 올라타는 것이 보였다. 그런데…….

가만 보니, 여자 얼굴이 익숙하다. 어디서 봤지?

고민하며 눈살을 찌푸리던 민영은 여자가 기침을 하며 얼굴을 이쪽으로 향하자 '아!' 하고 기억해 냈다.

그 여자다. 왕가슴! 술병 들고 바다로 들어가려다가 세종에게 잡혀서 끌려 나왔던 그 여자! 아니지, 어깨에 매달려 나왔지. 뭐야? 저 여잔. 도대체 무슨 인연이기에 두 번씩이나 강세종에게 구조되는 거야!

괜한 신경질이 난다. 여자가 힘없이 세종에게 기대는 걸 보자 더 짜증이 일었다. 터질 듯 풍만한 가슴을 내밀어 아예 세종의 가슴에 문질러 대고 있는 걸 보는 순간 머리끝까지 화가 치솟았다.

'저 여자가 진짜!'

그런 여자를 가만히 안고 있는 세종에게 더 화가 난다!

나쁜 자식! 비열한 놈!

7장 - 해변의 축제

"하! 그 여자, 참 끈질기네."

사무실 문을 열고 들어서던 전협이 밖을 흘끔거리며 고개를 설레설레 흔들었다. 그러자 최 경사가 그를 향해 눈을 동그랗게 떴다.

"여자? 무슨 여자?"

"저기 밖에서 지금 강 경사님 붙잡고 실랑이하고 있는 여자 말입니다."

'강 경사'라는 말이 들리는 순간 그때까지 키보드 자판과 씨름하며 낱말 조합에 집중하고 있던 민영이 고개를 번쩍 들었다.

하루 일과를 마치고 사람들이 전부 사무실에 집결해 있는 시간이라 강세종 빼고는 모두 전협을 쳐다보고 있었다. 모든 시선이 자신을 향해 집중되자 신이 난 전협이 묻지도 않은 것까지 떠들기 시작했다.

"오후에 윈드서핑 타다가 파도에 휩쓸려서 표류될 뻔했던 여자 있잖습니까? 강 경사님이 엄청난 기지를 발휘해서 바람같이 구조해 준 그 여자 말입니다."

전협은 강세종의 추종자다. 첫날, 당당히 밝혔다시피 세종을 자신이 닮고 싶은 모델로 낙점 찍은 후, 철철 흐르는 존경심을 굳이 숨기려고도 하지 않고 저렇게 표를 냈다. 오늘 오후에 있었던 일은 안 그래도 강세종을 동경하고 흠모하는 전협의 불같은 마음에 기름을 부은 격이었다.

이제 강세종은 전협에게 있어, 그 어떤 영웅보다 뛰어난 존재였다.

"세상에! 보셨어요? 전 봤어요. 강 경사님이 그때, 지나가던 사람한테서 보드를 빌릴 때 제가 옆에 있었거든요. 전 강 경사님이 보드는 왜 빌리시나, 했다니까요. 전 보지도 못했는데 강 경사님의 그 날카로운 눈은 그 보드가 보통 보드가 아닌 걸 발견하신 거죠. 보드를 빌리자마자 바다에 뛰어드셔서 날 듯이 파도를 타시는데……."

도저히 더 이상 말을 이을 수 없다는 듯 전협은 몸을 부르르 떨었다. 그때의 감동이 다시 밀려와서 울컥하는 것이 그 자리에 있는 모든 사람들의 눈에도 보였다.

"전 이 세상을 살면서 그렇게 멋있는 광경은 본 적이 없습니다. 그게 과연 인간일까요? 어쩌면 신이 내린 사람이 아닐까요? 하늘도 강 경사님이 나아가는 길에 찬란한 광명을 비추는 것 같았습니다."

중증이다. 이젠 아예 울먹인다. 사이비 종교 집단에 빠져서 정신을 잃은 열렬한 신도 같았다. 전협은 이미 강세종을 신격화하고 있었다.

"그래서? 아, 밖에 있는 여자가 무슨 여자냐고 물었더니 뭔 헛소리야?"

전협의 새삼스러울 것 없는 강세종 추종 언변에 반감을 가지고 있던 이재섭이 무뚝뚝하게 물었다. 그러자 전협이 '아! 맞다' 하는 얼굴로 다시 평상심을 찾고 밖의 정황을 설명하기 시작했다.

"바로 그 여자 말입니다. 오늘 오후에 강 경사님이 구해줬던 그 여자가 알고 봤더니 얼마 전에 술 취해서 바다로 뛰어들려다가 역시 강 경사님께 제지당하셔서 목숨을 부지했던 그 여자와 동일 인물이었다, 이겁니다."

뭐, 목숨 부지라는 표현은 좀 과한 거지만 어쨌든 민영은 자신의 기억이 맞았음을 다시 확인했다.

"그런데 그 여자가 저녁때부터 강 경사님께 목숨을 구해준 은혜를 갚고 싶다고 꼭 저녁식사를 대접하겠다고 하는 겁니다. 강 경사님은 처음엔 됐다면서 무뚝뚝하게 거절했는데 여자가 집요하게 구니까 나중엔 성질을 내더라고요."

그 순간, 남자들의 입술이 경악으로 벌어졌다. 이재섭만 빼고.

남자들의 얼굴에는 '왜에?' 하는 물음표가 가득했다.

'아니, 그 글래머를 왜 마다해? 몸매 좋지, 얼굴 예쁘지, 가슴도 죽여주지. 두 번이나 목숨을 구해준 게 보통 인연이야? 그런 여자하고 음료수 한 잔이라도 마실 기회가 있다면 넙죽 엎드려야지. 강세종, 너는 진정 굴러들어 온 복도 못 챙겨먹는단 말이냐!'

공무원이라는 표면상의 이유로 인해 직접적으로 말은 못해도 속으로 그런 의문들을 품고 있는 것이 분명했다.

"그래서?"

저기 한쪽에서 전협에게 그 뒤를 이야기하라는 은근한 압력이 들어왔다. 그 목소리에는 진정 강세종이 부럽다는 강력한 메시지가 담겨 있었다.

"그게 다예요. 강 경사님은 계속 자신의 할 일을 한 것뿐이니까 더 이상의 호의는 거절한다고 버티고 여자는 그러지 말고 같이 가자고 조르는 거죠. 무지 집요해요. 그런데 여자가 하는 폼이 완전 유혹적이라니까요. 옷은 가슴이 훤히 비치는 탑에 숏팬츠까지 입고 와서는……."

우당탕, 쿵쾅!

민영은 진정 놀랐다. 정말이지 눈을 한 번 슬쩍 감았다가 뜬 순간에 사무실에는 일대 혼란이 일어났다. 의자에 앉아서 전협의 말에 귀를 기울이고 있던 모든 '놈'들이 사무실 창가로 앞 다투어 몰려들었다. 게다가…….

"최 경사님, 직위와 나이를 생각하셔서 자중 좀 하시지요."

"네, 이놈! 남자의 본능 앞에서 직위와 나이가 웬 말이냐! 저리 비켜라."

"각종 스테미너 음식을 만들어놓고 기다리시는 사모님을 생각하셔야죠."

"난 언제나 현재에 충실한 사람이니라! 썩 비켜라!"

"아! 아, 내 발!"

심히 가관이었다. 밖이 조금이라도 더 잘 보이는 창가 앞에서 남자들이 사투를 벌이고 있었다. 방금까지 밖에 있다가 들어온 전협도 덩달아 그들의 틈에 끼었다.

창밖을 보는 남자들의 입에서 연신 감탄의 소리가 흘러나왔다.

"저거, 옷 입은 거냐?"

"상의가 길어서 팬티, 아니, 팬츠가 안 보이는 겁니다."

"상의는 입은 거, 맞냐? 내 눈엔 상의도 안 입은 것 같다."

"살색이라서 안 입은 것처럼 보이는 겁니다. 저기 검은색 속옷의 선이 그대로 보이는 걸 봐서 분명 상의는 입은 것으로 사료되옵니다."

남자들의 목울대가 춤을 추었다. 연신 침을 삼키는 폼이 솟아오르는 야수의 본능을 차마 밖으로 끄집어낼 수 없어 억지로 삼키는 것으로 보였다.

민영은 그런 그들을 한심한 듯 쳐다보다가 슬며시 창 쪽을 흘깃거렸다.

도대체 어떻기에……?

궁금해서 도저히 참을 수 없다고 결론 내린 그녀는 의자를 끌어다가 남자들이 옹기종기 모여 있는 뒤에서 우뚝 솟아올랐다. 그러자 아래에만 몰려 있는 남자들과 달리 상대적으로 허술하게 비어 있는 창 위쪽을 통해 밖이 확연히 보였다.

민영의 입이 저절로 벌어졌다.

제일 처음 눈에 들어온 것은 예의 그 터질 듯 솟아오른 가슴이었다. 이건 뭐, 남자들이 상의를 입었나 안 입었나, 토의를 할 만도 했다. 목선이 어찌나 깊게 파졌는지 아예 배꼽까지 내려올 판이었다. 브래지어는 도대체 어떻게 생긴 디자인인지 저 큰 가슴을 감춰주기는커녕 가슴 골이 한참 드러나도 레이스 하나가 보이지 않았다.

게다가 입고 있는 탑에 가려진 팬츠는 보이지도 않았다. 누구 말대로 안 입은 것 같았다. 그냥 언뜻 보기엔 티셔츠 하나만 입고 돌아다니는 걸로 보였다.

각선미는 끝내줬다. 날씬하게 쭉 뻗은 허벅지가 건강한 갈색 빛을 발하며 아래로, 아래로 향하고 있었다. 기럭지까지 길어주시니 여간 섹시한 것이 아니다. 여자인 그녀가 보기에도 침이 꿀꺽 넘어갈 정도였다.

그런데 그가 보이지 않는다. 전협의 말대로라면 여자와 함께 있어야 할 강세종이 없었다. 여자가 이쪽을 향해 눈살을 찌푸리는 것만…… 헉!

순간, 여자가 왜 이쪽을 보고 있는지 깨달은 민영은 재빨리 의자에서 내려오기 위해 시선을 돌렸다. 그런데…….

달칵.

우당탕! 꽈당! 쾅!

난리도 이런 난리는 없을 것이다. 여자의 몸에만 정신이 팔려 있던 남자들도 세종이 안 보인다는 사실을 민영과 거의 같은 순간에 깨달았다. 그리고 그들 또한 민영처럼 재빨리 자신의 자리로 돌아가기 위해 몸을 돌렸고 그 순간, 민영도 의자에서 내려오려고 하던 차였다.

그 모든 것이 한순간에 일어난 일이었다. 사무실 문이 열리고 세종이 들어서는 순간, 우르르 떼거지로 움직이는 남자들에 의해 민영이 올라서 있던 의자가 흔들렸고 그 덕에 민영은 아래로 추락했다. 빛의 속도로 달려오는 세종을 보지도 못한 채.

"으악!"

팔을 휘저으며 볼썽사납게 허우적거리며 중심을 잡으려 했지만 이미 때는 늦었다. 그 순간, 민영은 바닥으로 '쿵' 소리를 내며 떨어졌다.

어? 그런데 생각보다 충격이 덜하다.

민영은 어질거리는 머리를 어루만지며 자신이 어디에 있는지 둘러보았다.

"헉!"

민영은 자신이 이재섭을 깔고 앉은 걸 알고 거친 숨을 들이켰다. 그때 머리 위에서 음침하고 낮은 목소리가 울렸다.

"사무실이 너희 집 안방인가?"

민영은 험악한 인상을 쓰며 서 있는 그를 올려다보았다. 비틀린 입가가 잔뜩 심술을 머금고 있었다.

왜 자기가 신경질이야?

"지금 뭣들 하는 거야! 사무실이 놀이터야!"

버럭 소리를 지르는 세종의 포스에 눌려 남자들은 재빠르게 자신의 자리로 돌아갔다. 최 경사가 흠흠, 헛기침을 하며 그들을 외면하자 민영도 엉거주춤, 자리에서 일어섰다.

"괜찮아요?"

재섭이 묻자 민영은 고개를 끄덕였다.

"어, 고마워. 너 아니었으면 뼈까지 부러질 뻔했다."

그녀는 일부러 쾌활하게 말했다. 멍이 채 빠지지 않은 푸르스름한 눈가와 상처의 흔적이 아직 남아 있는 입술에, 딱지가 앉은 목의 손톱자국까지. 여기에다가 뼈까지 부러지면 정말 볼만하겠다는 생각이 들었다.

민영은 자신이 생각해도 우습다며 히죽거렸다. 애써 저 밖의 여자에 대해서는 생각하고 싶지 않았다. 강세종이 겉으로는 여자의 성의를 사양하는 척하지만 속으로는 마음이 동하고 있을지도 모른다는 상상도 하고 싶지 않았다. 남자라면 누구나 혹할 미모를 지닌 여자라는 것도 기억하고 싶지 않았다.

그래서 일부러 아닌 척, 신경 쓰지 않는 척 크게 웃었다.

"하하하하! 진짜 웃길 것 같다. 그치? 이 몰골에 뼈까지 부러져 봐, 어디 봐줄 수나 있겠어? 깔깔깔깔."

미친 것처럼 웃어젖히는 민영을 보며 사람들은 진정으로 감탄했다. 화가 있는 대로 나서 붉으락푸르락하는 세종의 앞에서 저렇듯 과하게 웃을 수 있는 여자는 과연 박민영 순경 말고 누가 있을 것인가.

사무실에는 전에 없는 냉기에 이어 남극의 펭귄들이 날아다니는 것 같았다. 분명 웃을 타이밍은 아닌데 과격하게 웃고 있는 민영과 그 모습을 지켜보고 있는 세종의 분노에 가득 찬 눈빛.

그리고…… 쾅!

세종이 밖으로 나가 버렸다. 사무실 지붕마저 날릴 만큼 문을 세차게 닫고.

"어! 강 경사, 어디 가?"

최 경사가 뒤늦게 불렀지만 세종은 이미 밖으로 나간 뒤였다.

"뭐야? 오늘 일지 보고 안 하는 거야? 인명 구조한 실적 보고 해야 되는데……."

최 경사의 중얼거림을 귓등으로 흘리며 민영은 의자를 바로

해변의 축제 273

세우려고 몸을 숙였다. 그때, 창밖의 정경이 눈에 들어왔다. 세종이 경찰서 밖으로 나가자 기다렸다는 듯 왕가슴이 따라붙었다. 둘은 다정하게 해변 쪽으로 가기 시작했다. 적어도 그녀의 눈에는 '다정'하게 보였다. 그것도 아주 많이.

똑똑.
후다닥.
민영은 방문을 작게 두드리는 노크 소리에 놀라 재빨리 창틀에서 멀어졌다. 밤이 깊어가는 지금까지 강세종이 돌아오지 않고 있었다. 저녁 내내 바깥 인기척에 귀를 세우던 그녀는 이젠 아예 방 창가에 들러붙어서 그가 오나, 안 오나 살피고 있었다.
"누, 누구?"
도둑이 제 발 저린다고, 민영의 목소리가 딱 그 짝이었다. 방에서 뭘 하든 누가 안다고 더듬기는 왜 더듬어.
"저, 재섭인데요. 잠깐 나와보세요, 박 순경님."
응? 이재섭? 쟤가 이 밤중에 왜……?
민영은 일어서서 방문을 열었다. 재섭이 희미하게 웃고 있었다.
"무슨 일이야?"
혹시 비상 상황이라도 벌어졌나 싶어서 그녀는 복도를 두리번거렸다. 하지만 복도는 조용했다. 그도 그럴 것이 이미 11시가 넘은 시각이라 모두 잠이 들었을 것이다.

그런데 얘는 왜 이러고 있지?

민영은 재섭을 빤히 쳐다보았다. 그런데 가만히 보니까 좀 머뭇거리는 것도 같다. 자칭, 이 시대 최고의 킹카께서 웬 머뭇거림?

"저, 이 앞에 있는 실내포장마차 가서 간단하게 한잔할 건데 같이 가실래요?"

그러면서 재섭의 광대뼈가 슬쩍 붉어졌다. 그가 변명처럼 덧붙인다.

"아니, 저 혼자 가려고 나가다가 박 순경님 방에 불이 켜져 있어서요. 혹시 저처럼 잠이 안 오시나 해서……."

말까지 줄였다. 평소 그렇게 충만해 있던 자신감은 오늘 밤엔 해변의 모래사장에 두고 온 모양이다. 민영은 재섭의 그런 모습이 조금 인간적으로 느껴졌다. 평소의 잘난 척하는 모습보다 훨씬 나았다. 마치, 그토록 있었으면 바라고 원했던 남동생처럼 느껴지기까지 했다.

민영은 잠시 망설였다.

괜한 기대감 같은 거 주지 말자고 생각했는데…… 한 번쯤은 괜찮지 않을까? 이대로 방에 있어봤자 강세종이 들어올 때까지 창밖만 쳐다볼 게 뻔하고 또 그 자식이 들어온다 해도 온갖 상상을 하며 날밤을 샐 것이 분명하다.

차라리 술이나 마시는 것이 훨씬 이로울 것이라는 생각이 들었다. 비록, 그 상대가 이재섭이라는 것이 좀 마음에 걸리긴 했지만 이참에 차라리 '난 널 남동생같이 생각해. 그 외, 다른 감정은 쥐똥만큼도 없어!' 라고 쐐기를 박아도 될 것이다.

다소 긴장한 듯 서 있는 재섭을 향해 민영은 미소를 지었다.

"잘됐네. 나도 술 땡겼는데. 니가 사는 거지?"

순간, 재섭의 얼굴이 눈에 띄게 환해졌다.

"그럼요. 제가 사는 겁니다."

역시 어린놈이라 감정 변화도 빠르다. 제법 귀엽기까지 하다.

"야! 이재섭! 나, 너 무지 재수없게 생각한 거, 알아? 몰라?"

"압니다."

"알아? 크크크크. 원래 잘난 놈이 잘난 체하면 더 재수없는 거야. 못난 놈이 잘난 체하면 흥, 하고 콧방귀 한 번 뀌면 되는 거거든. 그런데 잘난 놈이 잘난 척하면 뭐라 그래? 할 말이 없잖아. 그래서 더 재수가 없는 거야. 왜! 왜냐하면 말이지……."

"박 순경님, 그만 드시는 게……."

다시 자기 잔에 술을 따르는 민영을 재섭이 말리자 그녀는 팔을 휘저었다.

"이래 봬도 술고래야. 왜 이래? 야, 내가 재미있는 이야기 하나 해줄까?"

"이야기요?"

"어, 이야기. 나무하고 식혜하고 연달아 빠르게 말해봐."

"나무, 식혜."

"에이, 더 빠르게."

"나무식혜."

"더! 더 빠르게!"

"나무식…… 해."

"깔깔깔깔깔. 야, 이재섭. 너 무식하냐? 몰랐네. 큭큭큭큭. 무식하단 말이쥐?"

유치의 극치를 달리는 농담에 재섭은 어정쩡하게 웃었다. 하지만 민영은 그 표정이 더 우습다는 듯 깔깔 넘어갔다. 재섭은 그런 민영이 이상하다는 듯 쳐다보다가 주인 아주머니를 불렀다.

"여기 얼맙니까?"

"어, 삼만 이천 원. 아가씨가 많이 취한 것 같네."

"예. 좀 취했습니다."

재섭은 주머니에서 지갑을 꺼내 주인 아주머니에게 돈을 내밀었다. 그리고 민영의 옆으로 다가가 불렀다.

"박 순경님, 그만 하시고 숙소로 돌아가시죠."

"응?"

게슴츠레하게 뜬 눈으로 재섭을 바라보던 민영이 활짝 웃으며 고개를 끄덕였다.

"그래, 가자. 우리 펜션. 망망한 하늘정원 펜션. 이재섭, 이거 비밀인데 말이야. 우리 숙소, 그거 펜션 아니다. 그거 원래는 민박이거든. 그런데 해경에서 경비 아끼려고 우릴 속인 거야. 그러니까……."

쉴 새 없이 중얼거리는 민영에게 건성으로 대꾸를 하며 재섭은 그녀를 부축해 일으켰다. 괜찮다고 말하면서도 비틀거리는 그녀를 붙잡다가 또 '내 몸에 손대지 마' 하는 엄포에 뒤로 물러서기를 여러 번 한 끝에 드디어 숙소 앞 골목으로 들어섰다.

"야! 이재섭."

"예. 박 순경님."

"너, 나 좋다고 했지?"

"……예."

"얼만큼 좋아? 하늘만큼? 땅만큼?"

"글쎄요…… 그런 거 생각 안 해봤는데요."

"에이, 그런 게 어딨어? 좋으면 얼마나 좋은 건지 알아야지. 나는 있지. 하늘과 땅만큼 좋다. 저기 밤하늘에 반짝이는 별의 수만큼 그 자식이 좋아. 여름 밤 내리는 소나기만큼 그놈이 좋아."

재섭은 민영의 말이 새삼스러울 것도 없다는 듯이 묵묵히 들으며 걸었다. 술을 마시는 내내 그 자식이 어떻고, 그놈이 어떻다며 한 남자에 대해서만 입이 닳도록 말하고 있었다. 그래서 짐작했다. 박민영의 마음속에 누군가 있다는 것을.

"내가 재밌는 이야기 하나 해줄까?"

재섭은 민영이 또 무슨 유치한 이야기를 하려고 저러나? 하는 표정으로 쳐다보았다. 하지만 이번에는 제법 진지한 얼굴로 말을 한다.

"옛날에, 아주 옛날에 한 소녀가 살았거든. 아빠도 일찍 돌아가시고 엄마하고만 둘이 살았거든. 그런데 그런 소녀의 눈에 어느 날, 웬 소년이 들어온 거야. 그냥 들어왔어. 그 자식이 생날라리라고 생각했는데 어느 날 보니까 아니더라고. 개양아친 줄 알았는데 아니었어. 약한 친구를 위해서 싸워줄 줄도 알고, 정의를 위해 나설 줄도 아는 그런 놈이었어. 그뿐인 줄 알아? 자기 실수를 남 탓으로 돌리지도 않아. 아니, 자기 실수도 아니었어. 그냥, 그 골목이 좀 좁았거든. 붕어빵 기계를 실은 리어카가 지나가기엔 많이 좁았어. 진짜야. 아주 좁았어."

민영은 까만 밤하늘을 올려다보며 중얼거렸다. 그리고 그 검은 도화지 위에 아련한 옛 추억을 천천히 그려 나갔다.

'좀 지나갑시다.'

민영은 뒤에서 들려오는 목소리에 고개를 돌렸다. 하지만 리어카에 실린 붕어빵 기계에 막혀 뒤가 잘 보이지 않았다. 그래서 목소리만 크게 높여서 대꾸했다.

'죄송합니다, 빨리 갈게요.'

말은 그랬지만 빨리 가는 게 쉽지 않았다. 감기 몸살이라고 그냥 집에서 쉬라는데도 부득불 장사를 나간 엄마를 등 떠밀어 집으로 보내고 붕어빵 기계는 그녀 차지가 되었다. 아빠를 일찍 여의고 붕어빵 장사를 하는 엄마로 인해 그녀는 늘 주눅 들어 살던 꽃다운 17세 소녀였다. 사람들 앞에 잘 나서지도 못했고

늘 구석자리만 선호하는 내성적이고 소극적인 아이였다.

그런 그녀가 붕어빵 기계를 실은 리어카를 끌고 가는 건 정말 발가벗고 거리를 행진하는 것과 같은 창피였다. 그래도 기계를 두고 갈 수 없기에 그녀는 결국 리어카를 끌고 집으로 향하고 있었다. 시장을 벗어나 대로변을 피한다는 것이 그만, 너무 좁은 골목길로 들어섰다. 인적이 없어서 최선의 선택으로 보였는데 리어카 때문에 사람이 지날 수가 없게 되어버릴 줄은 몰랐다.

민영은 얼굴이 새빨개진 채 서둘러 리어카를 끌었다. 하지만 그 무게가 서두른다고 해서 끌어질 무게는 아니었다. 그런데 갑자기 리어카가 빨라졌다. 놀란 그녀는 고개를 쑥 빼고 뒤를 돌아보았다. 그 순간, 리어카 너머로 남자의 얼굴이 툭 튀어나왔다.

헉!

상대의 키가 워낙 커서 그녀가 굳이 고개를 빼지 않아도 리어카 너머로 얼굴이 보였다. 남자의 얼굴을 확인하는 순간, 민영은 어깨를 푹 움츠렸다.

강세종!

그녀가 학교에서 관심을 가지는 유일한 남학생이었다. 으슥한 학교 담장 아래에서 약한 남자아이의 삥을 뜯는 양아치들을 때려눕히는 것을 본 후로 그를 눈에 들였다. 그 후로 이상하게 강세종이 정의의 사도가 되어 활약할 때면 그 자리에 그녀가 항상 있었다.

　마치, 운명의 여신이 '박민영, 넌 강세종을 좋아할 수밖에 없는 운명이야' 하고 말하듯이.

　운명의 장난이든, 뭐든 어쨌든 민영은 그 이후로 강세종을 가슴에 담았고 안타까운 짝사랑의 열병을 앓고 있었다.

　'빌어먹을.'

　욕설이 나온다. 하필 그에게 이런 모습을 들키다니. 죽고 싶었다. 이대로 리어카를 두고 멀리 달아나고 싶었다. 우리 두 모녀의 밥줄인 붕어빵 기계 따위 길바닥에 팽개치고 그가 알아차리기 전에 도망가고 싶었다.

　'앞에서 운전 잘해요. 세게 밉니다.'

　그가 소리쳤다. 아마 무슨 급한 일이 있는지 일부러 그녀를 골목길에서 빨리 빼내고 싶어하는 눈치가 역력했다. 잘하면 이대로 휙 대로변으로 나가서 곧장 뒤도 돌아보지 않고 내빼면 그에게 안 들킬 수도 있겠다 싶었다.

　그래서 무리했다. 민영은 사력을 다해 리어카를 끌었고 그러자 뒤에서 미는 힘도 강해졌다. 그러다 보니 리어카는 예상치 못한 속도를 냈다. 민영은 내리막길이 시작되는지도 모르고 달렸다. 그러다가…….

　쾅!

　민영이 '어어' 하는 순간, 이미 리어카는 기울었고 붕어빵 기계가 땅으로 떨어지고 말았다. 산산조각은 아니라도 저만치 굴러간 붕어빵 기계는 더 이상 쓸 수 없을 만큼 망가지고 말았다.

"그랬는데…… 사실은 그 사고는 알고 보면 내 탓이었거든. 그런데 그 자식이 자기 탓이라는 거야. 그러더니 내 연락처를 자꾸 묻는 거야. 우린 그때 같은 반이었지만 내가 얼굴 팔릴까 봐 엄마 모자를 쓰고 수건까지 뒤집어쓰고 있어서 그놈이 내 얼굴을 못 알아봤거든. 그 자식이 내 연락처를 달라고 계속 그래서 난 거짓 연락처를 줘버렸어. 그날 나, 엄마한테 무지 맞았는데 그때만큼 엄마가 원망스럽고 내 형편이 증오스러운 적이 없었다니까. 그런데 더 화가 나는 건 뭐였는지 알아? 며칠 후에 그 자식이 우리 엄마가 일하는 곳에 찾아와서는 며칠 전 붕어빵 기계 망가뜨린 적 없냐고 묻더래. 엄마는 우리 딸이 그랬다고 하니까 그 빌어먹을 자식이 기계는 자기가 망가뜨린 거라면서 돈을 주더라는 거야. 엄마가 그럴 리가 없다고 그랬는데도 그놈이 상황 설명을 하면서 자기가 그랬다고 우기더래. 딸이 연락처를 잘못 줘서 며칠 동안 동네를 이 잡듯이 뒤지고 다녔대. 그 넓은 동네를 말이야. 나쁜 돈 아니고 부모님께 말씀드려서 받아온 돈이니까 걱정 마시라고까지 하고 갔단다. 그 나쁜 놈이 말이야. 으허허헝."

갑자기 민영은 자리에 주저앉아 울음을 터뜨렸다. 재섭은 그런 그녀를 내려다보며 우두커니 서 있었다. 어린아이처럼 퍼질러 앉아 울먹이며 말을 하는 그녀를 가만히 응시했다.

"나쁜 놈! 죽일 놈! 왜 그렇게 멋져 가지고…… 난 겨우 열일곱 살이었다고! 어떤 열일곱 살 여자애가 그런 놈을 안 좋아하겠냐고! 그 자식이 내 속을 뒤집으려고 작정을 한 거였지. 지금도 그래! 사람 마음은 잔뜩 흔들어놓고 친구 하잔다! 나쁜 새끼! 왕가슴이나 좋아하는 속물! 걷다가 엎어져서 콧구멍에 벌레나 들어가 버려라!"

정말 웃고 싶었다. 그녀의 말도 안 되는 주정에 웃고 싶었는데 재섭은 웃지 못했다. 역사가 이렇게 깊을 줄은 몰랐다. 처음, 술집에서 술을 마실 때부터 그녀가 마음을 준 상대가 강세종임을 알아차렸다. 어떻게 모르겠는가? 이 자식, 저 자식 하면서 내내 오늘 있었던 구조 사건을 들먹이는데, 눈치를 못 챘다면 그게 더 이상한 일일 것이다.

그런데 그 마음이 이번 여름 한철에 이루어진 마음이 아니란다. 열일곱 살 때부터 시작된 연정이란다. 갑자기 재섭의 가슴이 싸해졌다. 민영을 좋아한다고는 했지만 심각하지는 않았다. 그냥 귀엽고 새로워서 흥미를 가진 것이 다였다. 그런데 점점 그녀가 좋아졌다. 정말로 진심으로 그녀가 좋아졌다. 지금껏 스쳐 지나며 사귀었던 여자들과는 달랐다. 그런데…… 시작도 하기 전에 엄청난 벽에 부딪쳤다. 예전 같으면 아무리 두껍고 높은 벽이라도 부수고 넘어서라도 가까이 다가갔을 텐데 지금은 그러고 싶지 않았다.

"그런데 있지…… 걔, 그 자식 말이야. 되게 멀어."

재섭은 이건 또 무슨 소린가? 하는 얼굴로 민영을 내려다보았다.

"나하고는 억만 광년쯤 떨어져 있는 별세계 사람 같아. 그 자식한테는 나한테 없는 아빠도 있고, 누나도 있어. 흠잡을 데라고는 하나도 없는 가족들 틈에서 환하게 웃는 걸 본 적이 있는데…… 너무 멀더라…… 나하고는 너무 멀더라……."

재섭의 눈이 측은지심으로 어두워졌다.

팩팩거리고 왕왕거리더니 속은 여려 터져 가지고! 이거, 순 맹탕 아니야?

"괜찮아요?"

재섭은 그녀에게 들리지 않도록 툴툴거리며 쪼그리고 앉았다.

우리 모두 지구에 사는데 억만 광년은 무슨! 사람이 다 거기서 거기지! 그 자식은 뭐, 외계인이야?

짠하다. 일곱 살이나 많은 여자를 이렇게 보듬어주고 싶기는 또 처음이었다. 하지만 재섭은 애써 마음을 접었다. 자신의 마음이 좀 아프더라도, 또 자신의 빛나는 카사노바 이력에 한 줄, 붉은 줄을 긋는 한이 있어도 민영이 행복해졌으면 싶었다. 역사가 그렇게 깊은 강세종과 잘됐으면 좋겠다는 바람이 일었다.

'이재섭, 마음이 바다다. 바다.'

재섭은 스스로의 넓은 마음에 혀를 내두르며 민영을 일으켰다.

"알았어요, 알았다고요. 이제 그만 하세요. 제가 포기합니다. 포기해요. 그러니까 잘해보세요. 제가 보기에는 그 자식도 분명히 박 순경님한테 마음 있어요. 안 그러면 왜 날 볼 때마다 레이저를 마구 쏘아대겠습니까? 자기가 볼 때도 제가 너무 멋지니까 견제하느라 그런 거 아니겠습니까?"

민영은 '뭐래?' 하는 얼굴로 쳐다본다. 재섭은 그러거나 말거나 그녀를 부축해 숙소를 향해 걸었다.

뚜벅.

자꾸만 쓰러지려는 민영을 끌고 숙소에 거의 다다랐을 즈음 재섭은 걸음을 멈추었다. 저 앞에 불안하고 화난 걸음으로 오락가락하는 인영이 누군지 확인하지 않아도 쉽게 짐작이 되었다.

거칠게 머리를 쓸다가 이쪽을 향하던 눈길이 흠칫 멈추었다. 그러더니, 곧 자신의 영역에 침입한 경쟁자를 해치울 것처럼 쏜살같이 달려온다. 한 마리 수사자 같았다.

갈기만 있으면 딱인데…….

거친 호흡을 터뜨리며 강세종이 그들 앞에 우뚝 섰다. 해롱거리는 민영을 향했던 눈길이 재섭을 향할 때는 당장이라도 살인을 저지를 듯 이글이글 타올랐다.

재섭은 아무렇지도 않은 듯 잡고 있던 민영의 어깨를 그에게 밀었다. 그가 얼떨결에 민영을 부축했다.

"무거워 죽는 줄 알았습니다. 웬 여자가 이렇게 술을 잘 마시는지…… 어휴, 감당이 안 돼요, 감당이. 술 값 좀 드시겠습니다, 강 경사님."

세종이 무슨 말이냐는 듯 인상을 썼지만 재섭은 이제 자신이 할 일이 없다는 듯 그들을 지나쳐 숙소 대문을 향해 걷기 시작했다. 그러다 문득 걸음을 멈추고 세종을 돌아보았다.

"그런데, 강 경사님."

'뭐야?' 하는 얼굴로 세종이 쳐다보자 재섭이 씨익 웃었다.

"혹시 고등학교 때 생날라리, 개양아치처럼 하고 다니셨어요?"

"뭐?"

세종이 당장이라도 한판 붙자는 듯 한 발 다가서자 재섭은 재빨리 뒷걸음질쳤다.

"아, 제가 한 말 아닙니다. 어떤 술 취한 여자가 그렇게 기억을 하고 있더라고요. 생양아치에 개날라린 줄 알았는데 아니더라고요. 전 그냥 들은 걸 확인한 것뿐이라고요. 그럼, 저 먼저 들어갑니다."

재빨리 대문 안으로 들어가는 재섭의 뒷모습을 보다가 세종은 슬며시 눈길을 내려 민영을 보았다. 아예, 길바닥에서 주무시기라도 할 것처럼 점점 땅으로 기운다. 세종은 허리를 굽혀 민영을 업었다. 아예, 편안한 침대에 누운 것처럼 기대왔다.

"기집애가 아무 남자하고나 밤늦게까지 술이나 마시고······ 니가 겁이 없는 건 애저녁에 알아챘지만 이 정도일 줄은 몰랐다."

중얼거리던 세종은 갑자기 화가 난다는 듯 곤히 잠든 민영을 슬쩍 흔들었다.

"으음……."

세종은 보이지도 않는 등 뒤를 흘기며 툭 내쏘았다.

"너, 한 번만 더 저 자식하고 둘이 싸돌아다니는 거 내 눈에 띄면 나도 못 참아! 니가 싫다고 해도 죽기 살기로 덤빌 거야! 알았어?"

가로등에 비친 세종의 얼굴은 비참하게 일그러져 있었다. 그리고 그 등에 업혀 세상모르고 잠이 든 민영의 얼굴 또한 가히 편치는 않았다.

휘이이잉…… 파곽!
피유이이이이잉…… 파팡!
치이이이익…… 폭!

크고 작은 불꽃들이 밤하늘을 수놓았다. 불꽃을 수놓고 장렬히 사라져 가는 잔해들이 검은 바닷속으로 사라지며 장관을 이루고 있었다.

바야흐로, 여름바다는 화려한 축제의 서막을 열었다.

각 시, 군 별로 단체장들이 해변의 축제에 참석해 근엄하고 지루한 축하 연설을 늘어놓고 내려가자 사회자는 기다렸다는 듯이 해변의 축제 개막을 선언했고 뒤이어 폭죽의 향연이 시작되었다.

무대 위의 관현악단이 웅장한 연주를 시작함과 동시에 바다에서 무지갯빛 분수가 솟아올랐다. 푸르고 붉은 조명을 받아 힘있게 솟아오르는 분수는 정말 망망해수욕장이 자랑하는 야심작이라고 인정할 만했다.

무대 위도 장관이었다. 각종 색깔의 레이저 쇼가 웅대한 워터 스크린과 함께 어우러져 그야말로 화려함의 극치를 연출하고 있었다. 여기저기서 감탄 어린 환호성이 터져 나오고 본격적으로 축제가 시작되었다.

그러나! 해변에 있는 시민들이 모두 해변의 축제를 즐기며 웃고 떠들어도 절대 축제를 즐길 수 없는 사람들이 있었으니, 그들이 바로 해수욕장의 안전을 책임지는 안전요원들이다.

축제의 흥에 못 이겨 바다로 뛰어들려는 사람을 진정시키고, 사람들에게 치여 휘청거리는 아이와 엄마를 안전하게 보호하는 등, 혹시나 일어날 안전사고에 대비해 그들은 한시도 긴장을 풀 수가 없었다.

삐이익!

"거기, 저쪽으로 가세요! 이쪽으로는 오시면 안 됩니다!"

삐익! 삐익!

"쓰레기는 봉지에 버리세요!"

삐이이이이익!

"입수 금지! 수상 레저 금지! 노상방뇨 금지! 누드 쌩쇼 금지! 질서 유지!"

시끄러운 호각 소리와 고함 소리가 난무했다. 아름다운 음악과 쇼가 열리는 무대가 그 열기로 점점 뜨거워질수록 뒤편은 그에 못지않게 아수라장이 되어가고 있었다.

 시간이 지날수록 술에 취한 사람들이 늘어가고 아무 곳에서나 옷을 벗고 춤을 추는 사람들, 방금 전까지는 분명 모르는 사람이었던 옆 사람과 은근한 추파를 주고받고 으슥한 바위 뒤로 사라지는 사람들. 그 정도쯤이면 봐줄 만하다. 적어도 그런 행동들은 주위 사람의 눈살을 찌푸리게 하는 추태지만 목숨을 거는 행위는 아니니까.

 안전요원들이 가장 촉각을 곤두세우는 것은 술 취한 사람들이 스스로의 흥에 못 이겨 죽자고 바다로 뛰어드는 것이다. 그래서 그 어느 때보다 안전요원들의 신경이 곤두서 있었다. 그리고 그 어떤 때보다 그들은 피곤했다. 바다도 피곤하고 해변도 피곤하고, 여름 해수욕장의 하늘도 피곤한 그런 날이었다.

 쇼가 끝난 후에는 마치 전쟁이라도 한판 벌어졌던 듯 해수욕장은 폐허가 되어 있었다.

 "우와! 징하네! 징해!"

 누군가 혀를 내두르며 중얼거리는 소리가 들렸다. 사람들이 휩쓸고 지나간 자리는 거의 쓰레기장 수준이었다. 물론 그들 중에는 자기가 먹고 남은 쓰레기를 운영위원회에서 나누어 준 검은 봉지에 살뜰히 담아간 사람도 있겠지만 안 그런 사람이 더 많았다.

"도대체 나눠 준 봉지는 어디다가 쓴 거야?"

민영은 인상을 쓰며 씨근덕거렸다.

그것도 다 나랏돈으로 산 건데! 이래서 우리나라는 아직 고품격 시민의 대열에 못 오르는 거야! 붉은 악마들이 지나간 자리에 과자 봉지 하나 안 남은 거, 보지도 못했나!

열렬한 축구 팬이자 자신 스스로가 보이지 않는 붉은 악마라 자칭하는 민영은 실망스러운 시민 의식에 고개를 저었다.

"하여튼 꼭 하라는 대로 안 하는 놈들이 있어! 지들 안방을 이렇게 해놓으면 좋겠어? 엉! 지들이 먹고 난 거, 다 치우고 가면 우리가 이렇게 고생할 것도 없잖아. 우리도 사람인데! 안 쉬고 싶겠냐고! 내, 반드시 내년에는 시청이고 구청이고 모조리 찾아가서 민원을 넣을 테다! 해수욕장 축제, 절대 하지 말자고! 빌어먹을!"

요 근래 들어 기분이 저기압을 달리고 있는 민영의 입에서는 연신 욕설이 튀어나왔다.

"쯧쯧, 니가 민원 넣는다고 축제가 안 열리겠냐?"

헉!

자루에 쓰레기를 담으며 연신 투덜거리던 민영은 갑자기 '얼음' 처럼 얼어버렸다.

이게 무슨 사악한 목소리인가? 어디선가 음흉하고 음침한 기운이…… 헉!

민영은 천천히 뒤를 돌아보다가 '허거걱!' 하며 뒤로 물러섰다. 그러자 '뭘 그렇게 놀래?' 하는 얼굴로 황지연이 서 있었다.
"너, 너, 너는······?"
"야. 무슨 대단한 축제라기에 구경 왔더니 뭐 별로네."
구경 왔단다. 누구는 축제라고 죽어라 뺑뺑이 도느라고 피똥을 싸는데 저년은 세월 편하게 구경하러 왔단다. 입고 있는 옷 꼬라지도 완전 해변의 날라리 패션이다.
"넌 경찰이잖아."
민영은 어이가 없는 얼굴로 황지연의 직위와 임무를 상기시켜 주었다.
"누가 뭐래? 경찰은 피서 오지 말란 법 있냐? 나, 휴가야."
허억! 휴가! 휴우우우가!
이런, 우라질! 같은 해경인데 누구는 해수욕장으로 휴가 오고 누구는 발바닥에 물집 잡히도록 뺑이를 돈다! 뭐가 이렇게 불공평해!
"아, 축제도 기대했던 것보다 별로고 여기 온 목적 달성이나 해야겠다."
뭐시라? 목적 달성? 그것이 뭔데?
갑자기 지연이 눈을 가늘게 좁히며 속삭였다.
"야, 그 남자 어때?"
남자?
민영이 못마땅한 듯 인상을 쓰며 쳐다보자 지연이 입술을 이죽거렸다.

내 장담하건대 황지연 입술은 자연산 아니다. 어떻게 인간의 입술이 저렇게 빨갛고 도톰할 수가 있단 말인가. 화장을 한 것 같지도 않은데!

"으이구, 여기 와서도 아직 형광등의 자질을 버리지 못했냐? 왜, 있잖아. 그 기동대."

응? 기동대? 아!

민영은 이제 아주 경계하는 표정을 지으며 두 발자국 더 물러섰다.

"강 경사는 왜?"

"강 경사, 그래. 그 강세종 경사. 너, 그 사람하고 친해? 같은 사무실에서 일하니까 친해졌겠다. 어때? 그 남자, 사진에서처럼 잘생겼어? 인터넷이라는 이면에서 드러나지 않는 음모의 결과물은 아니야?"

음모 맞다고 하고 싶었다. 뽀샵으로 완전 사기 친 사진이었다고 하고 싶었다. 아니, 알고 봤더니 완벽한 합성이었다고 말하고 싶었다. 지금 이 순간, 황지연과 강세종을 만나지 않게 할 수만 있다면 뭐든지 할 용의가 있었다.

물론 그럴 리가 없겠지만 혹여, 만에 하나, 천에 하나 황지연이 강세종을 기억한다면? 안 돼! 절대 안 돼!

박민영이 강세종을 짝사랑했던 사실을 알고 있는 유일한 존재가 바로 황지연이다. 비록 지연은 강세종과 같은 학교를 다닌 적도 없었고 같은 반은 더더욱 아니었지만 인천의 명물, 강세종에 대해 그녀보다 더 자세히 알고 있었다. 그리고 민영은 엄마 친구의 딸인 황지연에게 강세종을 좋아한다는 '일급 시크릿'을 제 입으로 불어버리는 씻지 못할 실수를 저지르고 말았다.

'있지, 나…… 사실은 과외해 주는 오빠 좋아해. 흑흑.'

그 음흉하고 간사스러운 술수에 넘어가지 말았어야 했다.

'넌 누구 좋아하는 남자, 없어?'

그 간특하고 요사스러운 눈망울에 속지 말았어야 했다. 하지만 민영은 백 년 묵은 여우도 울고 갈 황지연의 꼬리에 말려들고 말았다.

'사실은…… 나도…….'

'진짜? 누구? 나도 말해줬으니까 너도 말해줘야지. 안 그러면 나만 쪽팔리잖아. 그리고 우리가 쌓고 있는 이 황금 같은 우정에 금이 가지 않겠니?'

황금이랄 것도 없고 우정을 쌓고 있는지도 확신할 수 없었지만 민영은 그 당시에 지연이 자신의 마음을 고백해 줘서 고마웠다. 어쨌든 지연으로 인해 민영은 소심하고 내성적인 성격을 극복할 수 있었으니까.

그래서 고백했다.

'전에 다니던 고등학교 때 같은 반이었었던 강…… 세종. 그런데 이젠 아니야. 진짜야!'

발뺌해도 이미 늦은 후였다. 황지연은 그 강세종이 인천의 명물과 동일인임을 알고…….

'강세종? 장한고교의 킹카? 어머! 애, 황당하다! 깔깔깔깔깔. 너, 너무 먼 사람을 짝사랑하는 거 아냐? 하긴, 짝사랑인데 어때? 더 멀리 있는 연예인도 짝사랑하는 마당에.'

살짝 빈정이 상하기는 했지만 민영은 자신의 비밀을 지연에게 털어놓고 한동안은 속이 시원했다. 자신의 고민을 누군가와 의논할 수 있다는 사실만으로도 큰 짐을 나누어진 것 같은 느낌…… 비록, 그 시원함은 얼마 못 가서 지연이 혹시 누군가에게 발설할까 봐 속을 태우는 무게감으로 변질되긴 했지만.

민영은 살피듯 지연을 조심스럽게 쳐다보았다. 인터넷 사진을 보고도 눈치를 못 챈 둔탱이다. 지금 자기 입으로 이름까지 말해놓고도 아직 모른다. 그렇다면 실물을 본다고 해서 기억해내리라는 보장은 없었다. 하지만 켜진 불도 다시 보라고 하지 않았던가.

'켜진' 이라는 부분에서 민영이 살짝 고개를 갸웃했다.

'켜진' 맞나? '꺼진' 이었나? 어쨌든! 꺼졌든 켜졌든 다시 보는 건 맞잖아. 그러니까 애초에 불씨를 안 만들면 돼!

민영은 부들부들 떨리는 손을 감추며 지연에게 웃어 보였다. 자연스럽게, 최대한 부드럽게.

"글쎄, 첨단 그래픽의 힘을 아주 빌리지 않았다고는 말할 수 없어."

"빌리지 않았다고는 할 수 없다고? 그럼 사진하고 비슷하기는 하단 말이지?"

"응? 아, 아니. 그게……."

아 씨! 쉽게 넘어갈 분위기가 아니다.

"사실은 니가 실망할까 봐 말 안 하려고 했는데 진짜 못 봐주겠더라! 아니, 인간이 어쩜 그렇게 비정상적으로 생겼니! 글쎄, 몸은 우락부락, 아니! 우락부락 빵빵한 근육질이면 내가 이렇게 흥분 안 해. 어디서 근육 주사를 맞았는지 정말 부자연스러움의 극치야. 분명 면허도 없는 사이비 의사한테 시술받았을 거야."

"그 정도야? 그럼 얼굴은? 얼굴은 어때? 사진 보니까 얼굴 무지 잘생겼던데."

민영은 손사래를 쳤다.

"아이고, 몸이 그런데 얼굴은 어떻겠니? 완전 쭈그렁이야."

"쭈그러엉?"

"그래, 쭈그렁. 피부는 아무 대책 없이 태양에 그을려서 얼룩덜룩, 완전 시골 양아치 같아. 거기에 나이보다 더 많은 주름과 수많은 점. 야, 나 솔직히 그렇게 점 많은 사람 보지를 못했다. 아니, 사람 얼굴이 어떻게 반이 점이냐?"

"말도 안 돼! 어떻게 그런 얼굴이 그렇게 변해? 아무리 인터넷이라지만……."

"그게 바로! 첨단 그래픽의 힘이지! 너, 뽀샵의 힘을 무시하면 안 돼. 그 막강한 프로그램은 나 같은 얼굴도 국민 요정처럼 만들 수 있는 그런 울트라 파워를 지녔어."

이상하다. 그녀가 열변을 토하며 침을 튀기는데 상대가 별 반응이 없었다. 민영은 지연의 얼굴을 살폈다.

그런데 얘가 어딜 보고 있는 거야?

민영은 지연의 눈길이 다른 곳을 향해 있자 인상을 팍 찡그리며 툴툴거렸다.

"그러니까 괜한 시간 낭비하지 말고 그냥 니가 있던 자리로 돌아……."

"어머! 저 남자! 저기 있는 저 남자 아냐? 어쩜! 사진이랑 똑같이 생겼다아!"

민영의 고개가 홱 돌아갔다. 너무 세게 돌려서 한 바퀴 돌 뻔했다.

"헉!"

강세종이다!

민영은 재빨리 고개를 제 위치로 돌려놓고 지연을 강제로 끌었다.

"가자."

"어! 야, 야! 왜 이래? 어어어……."

지연이 민영에게 끌려가지 않으려 발뒤꿈치에 힘을 주었지만 어림도 없는 일이었다. 지연의 먹는 양보다 족히 두 배는 더 먹는 민영에게 당할 재간이 없었다. 그런데 악의 세력은 언제나 졸들을 몰고 다닌다. 가령, 김동운 경장처럼.

"박 순경, 박 순겨엉!"

지연을 끌고 가는 민영의 속도보다 세 배는 더 빠르게 김 경장이 쫓아왔다.

"박 순경, 어디…… 어."

민영은 한숨을 푹 쉬며 김 경장을 돌아보았다. 아, 귀찮게 됐다.

어떻게 김 경장을 쫓아버릴까 고민하며 고개를 들던 그녀는 문득 인상을 썼다.

이것들 봐라?

김 경장은 더 이상 민영을 보고 있지 않았다. 지연도 더 이상 강세종에게 신경을 쓰지 않고 있었다.

오오! 그 말로만 듣던 첫눈에 뿅 간다는 '눈 맞음'을 여기서 볼 줄이야.

둘은 정신없이 서로를 응시하고 있었다. 민영이 몇 번 헛기침을 했지만 두 사람의 눈길은 떨어질 줄을 몰랐다. 그러다…….

"뭐 해? 김 경장, 안 갈 거야?"

기다리다 못해 다가오는 강세종을 확인하고서야 민영은 그들의 사이로 끼어들며 엉켜 있는 눈길을 강제로 떼어냈다.

"저기, 지연아. 진짜 미안한데, 내가 지금 무지 바빠. 그러니까 우리 나중에 만나서……."

"아뇨! 아니요. 박 순경, 괜찮아. 괜찮아."

민영은 어이가 없어서 김 경장을 멀뚱히 쳐다보았다. 무언가에 쫓기는 사람처럼 허벌떡 끼어든 김 경장은 마치 이대로는 지

해변의 축제 297

연을 보낼 수 없다는 듯 확고한 의지를 가지고 자신의 의견을 피력하기 시작했다.

"지연 씨라고 했죠? 저는 김동운 경장입니다."

"어머! 저도 경장인데……."

저런 여우 같은 년! 저 간사스러운 목소리 좀 봐라. 우와, 어쩜 사람 목소리가 저렇게 자유자재로 변신을 하냐?

"예에? 아니, 럴수, 럴수, 이럴 수가! 이게 무슨 운명의 장난이란 말입니까! 이 사람 많은 해수욕장에서 하필이면 같은 경장으로 만나다니!"

운명의 장난은 무슨! 우리나라에 경장이 몇인데! 해경만 통틀어도 경장이 제일 많겠다!

"이건 운명입니다. 제가 박 순경에게 저녁이나 먹자고 권하려던 참이었는데 마침 저와 같은 경장이신 지연 씨가 계셨으니 이건 바로 우리 모두가 함께 저녁을 먹어야 한다는 하늘의 계시가 아니겠습니까?"

"어머, 듣고 보니 그런 것도 같은……."

지랄하네. 그런 것 같기는 뭐가 그런 것 같아? 아주 둘이 죽이 착착 맞는구만!

"야! 김 경장!"

이젠 버럭 소리를 지르는 세종을 향해 김 경장이 한 손을 번쩍 들어 보이더니 다시 지연을 향해 말했다. 이미 그의 의식 속에는 민영이 사라진 지 오랜 것 같았다.

"가실 거죠, 지연 씨? 우리 경사님께서 성질이 좀 급하셔서 기다리는 걸 못 참으시거든요. 아마, 지금 당장 안 움직이면 저를 산 채로 찜 쪄 드시려고 할 겁니다."

"어머머! 그럼 안 되죠. 어서 가요."

허거걱! 이것들이 미쳤나! 누구 맘대로!

민영은 걸음을 옮기는 지연의 팔을 확 낚아채었다.

"야! 넌 어딜 가? 그냥 나랑 같이 가. 내가 밥 사줄게."

"아니, 이게 무슨. 박 순경, 어서 그 손 놔."

어쭈? 김 경장. 좀 세게 나온다. 언제는 나이도 한 살 많으니까 대우해 준다고 하더니, 여자 앞에서는 나이고 뭐고 없나 보지?

그리고 이 인간, 나한테 한마디 의논도 없이 자기 맘대로 결론을 내버렸다.

"강 경사님, 박 순경도 같이 밥 먹겠답니다. 친구도 같이요!"

이런! 빌어먹을!

8장 — 사랑과 우정 사이는 종이 한 장 차이

지글지글, 뽀글뽀글.

불판 위에서 입을 딱 벌리고 맛있게 익고 있는 조개들이 민영의 식욕을 마구 자극했다. 하지만 민영은 본능보다 이성의 외침에 더 신경을 쓰느라 선뜻 젓가락질을 못하고 있었다. 마치 당연히 그래야 한다는 듯 김 경장은 황지연과 나란히 앉았고 덕분에 민영은 세종과 나란히 앉아야 했다. 차라리 김 경장과 민영이 함께 앉았다면 나았을 것이다. 그러면 지연이 세종을 정면에서 보는 일만은 피할 수 있었을 테니까.

"그런데 경사님, 어쩜 인터넷에 올라온 사진이랑 똑같으시네요."

지연이 감탄한다는 듯 말하며 민영을 흘겨보았다. 거짓말을 잔뜩 늘어놓은 민영에게 '이게 어떻게 된 일이냐!'고 따지는 듯한 눈빛이었다. 민영은 슬그머니 시선을 피하며 김 경장을 쳐다보았다. 하지만 소용없었다. 김 경장의 눈은 이미 황지연의 옆모습을 훔쳐보느라고 정신이 없었다. 벌써 영혼마저 빼앗긴 듯 정신줄을 놓은 모습이었다.

세종이 무뚝뚝한 시선으로 지연을 쳐다보자,

"폭풍우 속에서 좌초된 선박에서 선원을 구했다는 뉴스 봤어요."

그러자 세종의 얼굴이 살짝 구겨졌다. 세종의 얼굴이 불편한 듯 일그러지자 지연이 당황했다. 도움을 요청하듯 민영을 보았지만 민영 또한 도와줄 형편이 아니었다.

뭘 알아야 도와주지. 그런데 저 인간, 뭐가 기분 나쁜 거지?

그때, 김 경장이 툭 끼어들었다.

"하하, 그 얘기는 그만 하시죠. 우리 경사님은 자기를 영웅으로 추대하고 과장되게 이야기를 부풀리는 거 별로 안 좋아하십니다."

"어머, 그러시구나. 역시 벼는 익으면 고개를 숙인다더니. 경사님, 너무 멋있어요. 저희 파출소에 근무하는 여경들이 전부 경사님 팬이에요. 한 명만 빼고."

지연의 눈이 다시 민영을 향했다. 민영도 이번에는 시선을 피하지 않았다. '뭐?' 하는 얼굴로 무심히 쳐다보았다. 그런데…….

"저기요, 경사님. 혹시 저하고 어디서 만나신 적 있으세요?"

헉!

민영은 지연의 돌발 질문에 화들짝 놀라 황급히 사태 진정을 하려고 입을 열었다. 그런데 이게 웬일? 김 경장이 더 빨랐다.

"지연 씨, 그게 무슨 말씀이십니까? 강 경사님과 만나신 적이 있다뇨? 우리 경사님은 여기에 오기 전까지 배에서만 생활하다시피 한 바다 사나이십니다. 절대 두 분이 만나셨을 리가 없습니다. 전 제가 지연 씨를 어딘가에서 본 것 같습니다만."

"네?"

지연이 예의 그 나약한 척, 순진한 척한 표정을 인위적으로 만들어 김 경장을 바라보았다. 그러자 김 경장은 당장이라도 숨이 멎을 듯 얼굴이 벌겋게 달아올랐다.

"혹시 전에 모델 활동하셨어요?"

"어머, 그게 무슨 말씀이세요? 호호호호! 모델이라니요."

"아니면 혹시 탤런트나 영화배우 하신 경력이 있는 건 아닌가요? 그것도 아니면 잠시 CF계를 섭렵하며 뭇 남성들의 가슴을 난도질했던 경험은? 분명, 그 미모는 평범한 것이 아닙니다. 절대!"

"어머머머머. 김 경장님, 너무 재밌으시다아~"

저런 쳐 죽일 콧소리 같으니라고! 아주 생쇼를 하고 있다, 생쇼를! 가만히 보자 하니까 둘이서 아주 닭 껍질을 자근자근 씹어 먹는 짓을 하고 있었다.

민영은 슬쩍 곁눈질을 해 세종을 쳐다보았다. 하지만 세종은 두 사람의 닭살 행각에 별로 반응하지 않았다. 반응은커녕 전혀 관심이 없다는 듯 소주만 들이켜고 있었다.

솔직히 민영도 저들의 행각에 반응하고 싶은 생각이 없었다. 할 수만 있다면 세종처럼 저들을 완전히 무시하고 술이나 마시고 싶었다.

우울하다. 누구는 만난 지 5초 만에 한 남자를 자신을 향한 맹신자로 만들어놓는데 누구는 14년 전에 했던 삽질을 아직도 하고 있다니…….

벌컥.

민영은 생각할수록 비참한 생각이 들어서 소주잔을 연달아 들이켰다.

밤이 깊어가고 있었다. 이제 겨우 축제의 첫날이었다. 남은 날들을 무사히 살아내려면 오늘 밤 너무 마시는 건 안 된다. 그런데 자꾸만 술만 마시고 싶었다. 정신이 몽롱해질 만큼 마셔서 전부 잊고 잠만 자고 싶었다. 아니, 진짜 원하는 건 이대로 잠이 들어서 깨어났을 때는 여름이 끝나 있으면 싶었다. 이 모든 속앓이가 여름이 시작되고부터니까 여름만 끝나면 다시 예전처럼 돌아갈 수 있을 것 같았다.

그래서…… 민영은 어서 이 지긋지긋한 여름이 끝나기를 바랐다. 간절히…….

"우리, 2차 가요오!"

"그래요, 갑시다. 2차."

술집을 나오자마자 지연이 2차를 가자고 했다. 그러자 김 경장이 당장 동의하고 나섰다.

"2차! 2차! 2차!"

둘이서 세트로 합창을 한다.

민영은 어이없는 눈길로 그들을 쳐다보았다.

도대체 어떻게 생겨먹은 인간들이 만난 지 몇 시간도 안 돼서 평생 알고 지내온 사람들처럼 행동할 수 있을까? 첫눈에 뿅 가면 다 저런가? 그래도 다행이다. 저 둔탱이 황지연이 강세종을 기억 못해내고 있다.

"경사님, 2차 가실 거죠? 박 순경, 2차 갑시다."

"글쎄요, 전……."

띠리리, 띠리리, 띠리리, 띠리리, 띠리리리리리.

경쾌한 음악 소리가 울리자 민영은 재빨리 호주머니에서 휴대폰을 꺼내 들었다.

혹시 비상인가? 했지만 모르는 번호였다.

민영은 눈빛으로 양해를 구하고 휴대폰을 귓가로 가져갔다.

"네. 여보세요? 어머, 오빠."

순간, 세 사람의 눈길이 민영의 등에 꽂혔다. 그중 하나의 눈길은 아예 등판을 뚫을 듯 사나웠다.

"예? 여길요? 어머! 지금 어디신데요? 제가 바로 갈게요. 네. 네."

아주 의외의 사람이 찾아온 듯 민영은 당황하고 있었다.

"누굴까요?"

김 경장이 지연에게 묻자 세종의 눈길도 지연을 향했다. 하지만 지연은 고개를 저었다.

"저야 모르죠. 쟤가 오빠라고 부를 만한 사람은 없는데, 형제도 없고…… 여기 와서 누굴 사겼나?"

'누굴 사겼나?' 하는 대목에서 강세종의 얼굴이 바윗덩어리처럼 굳어졌다. 그 순간, 민영이 전화를 끊고 세 사람을 쳐다보았다. 아니, 정확히 말하면 지연을 쳐다보았다.

"나, 지금 가봐야겠어. 지연이 너, 어쩔 거야?"

"왜? 누군데?"

"알 거 없고 넌 어쩔 거냐고?"

"나? 나도 가야지."

그러면서 김 경장을 슬쩍 쳐다본다. 이것들이 가만 보니까 이렇게 헤어지고 싶지 않은 기색이 역력했다.

민영은 그런 지연을 보며 걱정을 접었다.

다 큰 성인인데 자기가 알아서 하겠지. 하긴, 나보다 똑똑한 친군데 뭐.

"그래, 그럼. 놀다가 나중에 전화해. 잘 데 없으면 내 방에서 재워줄 테니까."

"야! 내가 잘 데가 왜 없어? 저기 콘도에 방도 잡아뒀는데!"
"그래? 잘됐네. 그럼 나 먼저 갈게."
그리고 민영은 홱 뒤돌아섰다. 그때였다.
"가긴 어딜 가!"
세종이 갑자기 민영의 팔을 잡았다. 그 갑작스러운 행동에 세 사람의 눈이 경악으로 커졌다. 민영은 황당하다는 듯 세종을 돌아보았다.
"왜요? 왜 그러는데요?"
잠시 머뭇거리던 세종이 버럭 소리를 질렀다.
"지금 시간이 몇 신데! 내일 출근 안 할 거야! 지금 가서 언제 오려고? 밖에서 자고 오겠다는 것밖에 더 돼?"
"자고 오면 안 돼요?"
이제 민영은 화가 났다.
자기가 무슨 상관이야? 엉! 내가 자고 오든, 뭘 하든 지가 무슨 상관이냐고! 니가 내 애인이라도 되냐 말이야!
"아무렇게나 외박하고 이탈하라고 숙소가 정해진 줄 알아? 여긴 니가 근무하는 곳이야!"
"근무 시간 끝났잖아요!"
"누가 그래? 근무 시간이 끝났다고. 축제 기간 동안 24시간 경계태세 갖추라는 지침 못 봤어?"
민영은 화가 머리끝까지 나서 자신의 팔을 잡고 있는 그의 손을 홱 털어버렸다.

"경계태세 갖추고 있을게요! 무슨 일 있으면 전화하면 될 것 아니에요! 그럼 온다고요! 뭔 짓을 하고 있든 올 테니까 걱정하지 말라고요! 됐어요?"

그리고 민영은 홱 몸을 돌려 달려갔다.

강세종, 이 나쁜 놈! 눈에 주먹만 한 다래끼나 나버려랏!

'뭔 짓을 하고 있든……'

세종은 민영의 그 말을 정확히 일흔두 번째 곱씹고 있었다.

그게 무슨 뜻일까?

'뭔 짓'에 해당하는 수많은 경우의 수를 떠올리며 머리에 쥐가 나도록 상상하고 유추했다. 하지만 어떤 무지막지한 가짓수의 장면을 상상해도 결국에는 하나의 장면만 머릿속을 부유한다.

그것은 절대로, 결코 생각조차 하고 싶지 않은 장면이었다. 하지만 그의 뇌는 고장이라도 난 것인지 한 가지 장면을 재방송이라도 하듯 되풀이하고 또 되풀이했다. 박민영이 그 망할 '오빠'라는 새끼에게 입술을 맡기는 장면, 껍질을 발기발기 발라서 저 모래사장에 묻어버리고 싶은 놈과 엉켜 있는 끔찍한 장면.

상상을 너무 깊게 하면 정말 그런 일이 일어나고 있다고 믿어버린다.

돌 것 같았다. 도저히 참을 수가 없어서 미친 소처럼 숙소를 뛰쳐나가 경찰서까지, 아니, 경찰서 앞 해변을 구석구석 뒤집었다. 그것도 모자라 그 여자가 갈 만한 곳은 다 헤집고 다녔다.

그런데 박민영은 마치 이곳 해수욕장을 떠나기라도 한 것처럼 흔적도 없이 사라졌다.

해변을 살피다가 진한 키스를 나누고 있던 김 경장과 민영의 친구와도 마주쳤는데 박민영만은 코빼기도 보이지 않았다.

"경사님, 초보 티 납니다."
"뭐?"
"발만 구르지 마시고 대시를 하세요, 대시를."
"했어!"
"언제요?"
"알 것 없어."
"혹시 미적지근하게, 은근하게, 경사님만 아는 신호를 보내놓고 대시했다고 하시는 거, 아닙니까?"
"……."
"직접적으로, 명확하게, 나 너 좋다. 사겨보자. 저돌적으로 덤벼서 박 순경의 혼을 쏙 빼보셨습니까?"
"……."
"여자는 말입니다. 좋다고 직접적으로 말 안 해주면 모릅니다. 내내 붙어 있고, 눈빛을 그윽하게 보내도 모릅니다. 단순합니다. 복잡합니다. 알수록 모르겠고, 이해할수록 골치 아픈 것이 바로 여자라는 존잽니다. 그러니까, 경사님의 그 단순한 사고에서 벗어나십시오. 제가 보기엔, 지금 경사님께선 밥은 다 됐는데 뜸을 너무 길게 들이고 계신 겁니다. 그러다 잘못되면 죽 됩니다."

죽 된단다. 그러니까 김 경장의 말을 해석해 보면 박민영 또한 그를 싫어하지 않는다는 말이었다.

세종은 일흔두 번째 상상하던 '뭔 짓을 하고 있든'을 곱씹는 것을 잠시 멈추고 '밥은 다 됐는데'라는 문구를 씹기 시작했다.

자신이 이토록 아둔하고 멍청하게 느껴지기는 처음이다. 부하에게서 연애 코치나 받을 정도로 허술하리라곤 생각지도 못했다. 그동안 연애나 여자에 대해 관심조차 가지지 않고 살아온 결과가 이런 것이었다니.

제기랄! 그런데 이 여잔 도대체 어디 있는 거야!

타박, 타박…… 타박, 타박…….

푸르스름한 새벽빛이 내리는 시골길에 느린 발소리가 잔잔하게 울리고 있었다. 목적지도 없고, 바쁜 일도 없다는 듯 걸음의 속도는 한없이 느리고 느긋했다.

툭.

민영은 갑자기 아래에서 들려오는 투박한 소리에 걸음을 멈추고 시선을 내렸다. 지금까지 발이 아픈 줄도 모르고 걸었는데 걸음을 멈추는 순간, 욱신거림이 느껴졌다.

아, 젠장.

그녀는 신고 있던 운동화의 밑창이 갈라진 것을 확인하고 인상을 썼다. 밑창이 아예 운동화에서 3분의 1이 분리되어 있었다.

그럴 만했다. 비싼 돈 주고 산 운동화라고 5년 내내 밤낮으로 주구장창 신고 다닌 것도 모자라 오늘은 아예 그 끝을 보려는 듯 온 동네를 싸돌아다니지 않았는가. 지금까지 버틴 것만도 용했다.

민영은 허리를 굽혀 망가진 운동화를 벗었다. 숙소까지 얼마 남지 않았으니 한쪽 발은 벗고 걸어도 되지 싶었다.

이제 곧 해가 떠오를 듯 주위가 벌써 환해지기 시작했다. 민영은 신발 한 짝을 손에 들고 절뚝거리며 걸었다. 저기 앞에 보이는 숙소 대문을 보며 멍하게 걸음을 옮겼다. 그런데.

민영은 갑자기 어딘가에서 불쑥 튀어나온 사람의 그림자에 움찔 걸음을 멈추었다. 그녀의 눈이 화등잔만 하게 커졌다.

강세종?

아직 완전히 해가 나오지 않은 상태라 가로등은 희미하게 켜져 있었고 그가 그 가로등 빛 아래서 천천히 모습을 드러내고 있었다. 그리고 그 모습이 점점 그녀에게 가까워지자 민영의 얼굴 또한 굳어지기 시작했다.

평소의 강세종이 아니었다.

밤새 뭘 하고 놀았는지 얼굴 꼴이 말이 아니었다. 초췌해 보이기까지 할 정도로 하룻밤 새에 야위어져 있었다. 턱의 수염도 벌써 까뭇까뭇하게 나와 있었고 옷 또한 다 구겨져서 볼 수가 없었다.

민영은 자신에게 다가오는 세종을 보며 입술을 꽉 깨물었다. 갑자기 서러움이 밀려든다. 지난밤 내내 다독이고 다독였던 서러움과 외로움이 쓰나미처럼 밀려들었다. 강세종과는 아무런 상관도 없는 일인데 왜 그를 보자마자 이렇듯 감정이 복받치는지 알 수가 없었다. 하지만 그녀는 참고 참았던 눈물을 그의 앞에서 보이지 않기 위해 손바닥에 손톱자국이 나도록 주먹을 꽉 움켜쥐었다.

그가 멈춰 섰다. 그녀를 노려보는 그의 눈이 불그스름하다. 그를 올려다보는 그녀의 눈 또한 붉었다. 한동안 위험한 침묵이 지속되었다. 어딘가에서 아침을 알리는 닭 울음소리가 들리고 세종의 머리 위로 찬란한 태양빛이 솟아오르고 있었다.

"지금까지 어디서…… 뭐 했어?"

목소리가 너무 낮고 음울해서 자칫 알아듣지 못할 뻔했다. 하지만 민영은 그와 아주 가까이 붙어 있었다. 그래서 그의 말을 정확히 알아들었다.

"알 것 없잖아."

그녀의 목소리도 갈라져 나왔다. 꽉 잠긴 목소리를 억지로 내려니 탁하고 쉰 소리만 나온다.

"남자…… 있었어?"

민영은 입술을 앙다물었다. 말하지 않을 것이다.

그가 무슨 상관인가? 내가 남자가 있든 없든!

그녀는 그의 말을 무시하고 그를 지나쳐 가려고 한 발을 떼었다. 그 순간, 팔에 엄청난 힘이 느껴졌다.

"아!"

그가 그녀의 팔을 사납게 움켜잡고 있었다.

"대답해!"

"니가 무슨 상관이야!"

"상관있으니까 대답해!"

"무슨 상관? 도대체! 내가 뭘 하고 왔든 말든, 남자가 있든 말든 너하고 무슨 상관이냐고!"

"왜 상관이 없어! 내가 널 좋아하는데! 내가 널 미치게 좋아하는데 왜 상관이 없어!"

순간, 민영은 입을 딱 벌렸다.

"뭐?"

멍하게 묻는 그녀의 얼굴로 그가 사납게 얼굴을 들이댔다.

"못 들었어? 내가 널 좋아한다고! 돌아버리게 좋아한단 말이야! 빌어먹을!"

그러더니 제 성질에 못 이겨 그녀에게서 홱 멀어지더니 한 마리 짐승처럼 오락가락하기 시작했다. 민영은 그런 세종을 보며 황당한 표정을 감추지 못했다.

내가 형광등이긴 한가 보다. 왜 느낌이 안 오지? 왜 아무것도 모르겠지?

"가, 강…… 세종……."

갑자기 그가 우뚝 멈춰 서더니 그녀를 향해 척척, 걸어왔다.

"자, 이제 말해! 그 자식하고 어디서 뭘 하다가 이제 왔는지! 밤새 그 새끼하고 뭘 했는지! 그 자식 지금 어디 있는지 전부 말하라고!"

민영은 멍한 얼굴로 그를 보았다.

"어, 어디 있는지 알면 뭐 하려고?"

순간, 그의 얼굴에 잔인한 미소가 스쳤다. 그리고……

"할 일이 있지."

무섭다. 패주겠다거나 묻어버리겠다는 등의 거친 말보다 '할 일'이 있다는 그 말이 더 무서웠다. 그 말을 내뱉는 그의 표정은 섬뜩할 정도였다. 그 '할 일'을 하는 상상만으로도 못 견디게 즐겁다는 듯 그의 얼굴은 잔인한 미소를 짓고 있었다.

"왜라고 한 번만 더 물으면 너도 가만 안 둘 거야! 그러니까 묻는 말에나 대답해! 밤새 그 자식하고 뭘 했는지!"

갑자기 실실 웃음이 난다. 민영은 점점 자신의 굳은 의식이 풀리고 있다는 것을 느꼈다.

"내가 널 미치게 좋아하는데."
"내가 널 좋아한다고! 돌아버리게 좋아한단 말이야!"

아, '미치게'라는 단어와 '돌아버리게'라는 단어가 이렇게 감미로운 단언지 처음 알았다. 이렇게 로맨틱하고 달콤한 단어라는 것을 이제야 깨달았다.

민영은 다시 울음이 쏟아져 나올 것 같아 입술을 깨물었다. 아니, 웃음과 울음이 동시에 튀어나올 것 같았다. 기뻐서 웃고 싶고, 행복해서 울고 싶었다. 웃고 울고 싶은 감정이 동시에 느껴질 수도 있다는 것도 지금에서야 깨달았다.

그녀가 잠자코 있자 그가 갑자기 뒷걸음질쳤다. 짧은 머리를 마구 헝클어뜨리며 미친놈처럼 허허거렸다.

"그래, 좋아. 내가 흥분했다. 미안하다. 한 가지만 대답해."

세종이 민영을 뚫어지게 응시했다. 복잡해 보인다. 그녀 못지 않게 커다란 혼란에 빠진 그의 눈이 보였다.

"내가 그렇게 싫어?"

뭐? 니가 싫으냐고? 이건 또 무슨 봉창 두드리는 소리냐?

민영은 너무 놀라 대답도 못하고 고개만 저었다. 그러자 그의 얼굴이 조금은 위로를 받았다는 듯 희미하게 펴졌다.

"싫지는 않아? 그래, 그럼 하나만 더 묻자."

"뭐, 뭘?"

그가 다시 긴장하며 그녀를 쳐다보았다.

"그 자식하고 사귀는 사이야?"

"누구? 아!"

민영은 이제야 전후 상황이 전부 이해가 됐다는 듯 희미하게 미소를 지었다. 그리고 조금씩 자신의 입장을 정리하기 시작했다.

그러니까 강세종은 지금 내가 남자와 밤을 새운 거라고 생각하고 있다는 것이다. 그리고 그 남자와 내가 깊은 사이라고 생각하고 있다. 고로! 난 지금 아주 유리한 상황에 직면해 있다!

민영은 드디어 완벽한 이해를 끝내고 느긋하게 입을 열었다. 바보처럼 실실거리며.

"여기서 나 기다렸어?"

그녀가 묻자 그가 험악하게 인상을 썼다. 절대 인정하고 싶지 않은 듯 굳은 표정이지만 그렇다고 아니라고 부인하지도 않는다.

민영은 비실비실 새어 나오는 미소를 꽉 깨물며 다시 물었다.

"밤새?"

"……."

대답을 안 하는 걸 보니 밤새 여기서 기다렸나 보다. 그러니까 저 처참한 몰골은 밤을 새워 놀아서 나온 결과물이 아니라 밤새 밖에서 날 기다리면서 속 끓인 흔적이란 말이지?

"김 경장하고 지연인?"

그가 다시 험악하게 얼굴을 구기자 민영이 황급히 말했다.

"아, 물론 그 사람들은 성인이니까 알아서들 했겠지. 그냥 물어본 거야."

갑자기 그가 한 걸음 다가섰다.

"너, 지금 뭐 하는 거야?"

"응?"

민영은 그가 다가서자 움찔거리며 반 발자국 뒤로 물러섰다. 한 발 물러설 수도 있었지만 그 정도 선에서 멈추었다.

어떻게 가까워진 거린데 또 멀어질 수는 없지.

"그래. 지금 날 놀리는 거야?"
"아니! 절대 아냐!"
민영은 손사래를 치고 고개를 홱홱 저었다.
"그럼 뭐야?"
"나도 너 좋아해!"

드디어 소리 질렀다. 아까부터 목안에서 근질거리며 꿈틀대던 말을 속 시원하게 풀었다. 그러자 그가 마치 얼음처럼 굳어 버렸다. 마치 동화 속의 마녀가 나타나서 '꼼짝 마!'라고 주문을 건 것처럼 그렇게 손끝 하나 움직이지 않았다.

시간이 정지된 듯 두 사람은 그렇게 서로를 응시했다. 소리를 질러놓고 살짝 얼굴을 붉히는 민영과 충격을 받아 얼어버린 강세종이 서로를 뚫어지게 쳐다보았다.

어디선가 교회의 종소리가 울렸다.

댕, 댕, 댕, 댕, 대앵.

모 광고의 카피처럼 '믿음 주고 신뢰받는 교회가 다섯 시를 알려 드립니다'라고 하는 것 같았다. 그리고 침묵의 마법은 깨졌다.

"날 좋아한다고?"

낮고 허스키한 목소리가 그녀를 향했다. 민영은 천천히 고개를 끄덕였다.

"그런데 왜…… 왜 그동안……."

그동안?

민영은 인상을 쓰며 그를 올려다보았다.

"그건 내가 묻고 싶은 말이야. 왜 그동안 아닌 척했어?"

"뭐? 내가 언제?"

그도 눈살을 찌푸렸다.

"그랬잖아. 친구가 어쩌고 하면서 우리 사이에 금을 그은 건 너였어."

세종은 무슨 말을 하냐는 눈빛으로 어이없는 표정을 지었다.

"그게 그거지! 내가 할 일 없이 아무 여자한테나 친구 하자고 하겠어! 그것도 못 알아들어?"

순간, 민영은 욱했다!

"그걸 누가 알아들어? 자기 혼자 생각하고 내뱉은 말을 내가 무슨 수로 알아듣느냔 말이야!"

"넌 사랑과 우정 사이는 종이 한 장 차이란 말도 모른단 말이야!"

엉? 그런 말도 있었나?

민영은 잠시 주춤하며 고개를 갸웃하다가 다시 대들었다.

"사랑과 우정 사이에 종이가 있는지, 바다가 있는지 내가 어떻게 알아!"

"내가 널 신경 쓴다고 했을 때 어디 있었어! 남자가 여자한테 신경 쓰인다고 하면 다 끝난 거지. 그걸 모른다는 게 말이 돼?"

봤다. 민영의 눈이 커졌다. 말끝에 '이 맹꽁아!' 하고 입 모양을 만드는 걸 그녀는 분명히 보았다.

"방금 맹꽁이라고 했지?"

그가 무슨 말이냐는 듯 인상을 썼다.

"누가?"

"너! 너 말이야."

민영은 발을 탕탕 굴렀다.

"내가? 내가 언제?"

"방금! 방금 그랬잖아! 말이 돼? 하고 나서 끝에 맹꽁아! 그랬잖아!"

"안 그랬다니까."

어어. 그가 갑자기 능글거린다. 했다! 분명히 했어!

"했지? 했지! 했잖아! 소리는 내지 않았지만 분명히 입 모양이 그랬어. 입을 이렇게 하고…… 읍!"

으헉!

민영은 갑자기 숨을 멈추었다. 눈앞에 보이는 현실에 숨을 쉬는 것조차 잊었다.

그녀는 자신의 입술에 닿는 따뜻한 온기를 느끼며 가까스로 서 있었다. 커다랗게 눈을 뜨고 그를 보았다. 하지만 그는 눈을 감은 채였다. 살포시 감은 눈 끝으로 잔잔한 주름이 보였다. 그리고…….

기습적으로 그녀의 입술을 덮친 그는 진정 야수였다. 그의 입술이 천천히 움직이자 민영도 스르르 눈을 감았다. 그러자 기다렸다는 듯이 그의 팔이 그녀의 허리를 감아 당겼다. 그의 품으로 쏘옥 빨려 들어가며 민영도 그의 목에 팔을 감았다.

직선으로 부딪쳤던 입술은 천천히 비틀려 비스듬한 각도를 이루었고 그들은 누가 먼저랄 것도 없이 입술을 열었다. 그 틈으로 그의 혀가 저돌적으로 침투해 왔다. 그녀는 놀라서 뒤로 물러섰다. 그러자 그의 혀가 더 깊숙이 파고들며 그녀의 혀를 감아올렸다.

민영은 저도 모르게 그의 우람한 팔을 움켜쥐었다. 점점 숨이 막혀온다. 살려는 본능적인 감각에 의해 그녀는 고개를 뒤로 젖혔다. 그러자 그의 입술도 따라왔다. 그녀의 얼굴을 붙잡고 입술과 턱을 오가며 뜨거운 키스를 퍼부었다. 정신을 차릴 수가 없었다. 황홀하고 짜릿한 감각에 손가락 하나 까닥할 수가 없었다.

조용한 새벽을 가르고 할짝거리는 소음과 '으으음' 하는 신음 소리가 울려 퍼졌다. 그리고 그 은밀한 음향이 차츰 잦아들고 있었다.

"하아."

그의 입술이 그녀를 놓아주었을 때에야 비로소 민영은 긴 숨을 내쉬었다. 뜨거운 호흡이 뒤섞였다. 열이 오른 이마를 마주한 채 두 사람은 그렇게 부족한 산소를 마음껏 들이켰다. 서로의 숨결도 함께.

"같은 동네에 살던 오빠야."

한동안 키스의 환락에서 빠져나오지 못하던 민영은 세종이 또다시 '그놈'이라는 말을 꺼내는 순간 현실로 돌아왔다.

'이제 그놈에 대해서 대답해.'

키스를 끝낸 후 어색함을 이기지 못해 민영이 얼굴을 붉히고 있을 때 세종은 반드시 풀어야 할 숙제를 처리하자는 듯 그녀를 닦달했다. 아무래도 둘 사이에 그 일을 풀지 않고는 절대로 넘어가지 않겠다는 듯 집요했다.

그래서 민영은 대답했다. 하지만 전혀 의미가 없는 존재라는 뉘앙스를 마구 표현해 주었다. 솔직히 이 시점에서 그 이야기를 꺼내고 싶지는 않았지만 그가 어젯밤 그녀가 만났던 남자에 대해 그렇게 궁금해한다면 못할 이야기도 아니었다.

"어떤 오빠? 오빠의 종류가 한둘이야?"

다시 목소리 톤이 거칠어진다. 그녀가 그 '오빠'와 밤새 함께 있었다고 생각하는 모양이었다.

"그냥 말 그대로 순수하게 동네 오빠야. 그리고 그 오빠하고는 잠깐 만나서 차 한 잔 마시고 헤어졌어."

"그럼 지금까지 어디서 뭐 했어?"

또 집요하다. 민영은 세종을 가만히 응시했다.

아무래도 저 남자와 사귀는 거, 쉽지는 않을 것 같다. 질투가 거의 대마왕 수준이다.

하지만 그래도 좋았다. 누군가 자신에게 저렇게 관심을 가져 주고 생각해 준다는 건 정말로 충만된 기분이었다. 자신의 존재가 아주 중요하고 의미있어진 느낌이었다.

민영은 그에게서 시선을 돌려 푸르스름한 논을 쳐다보았다.

무릎 언저리까지 자란 벼가 바람이 불 때마다 푸른 물결을 이룬다. 평화롭고 아늑한 밤기운이 그녀의 마음까지 어루만지고 있었다.

숙소 대문 앞에서 진한 키스를 나눈 그들은 누가 먼저랄 것 없이 손을 잡고 걸었다. 약속을 한 것도 아닌데 두 사람은 한 방향을 향해 걸었다. 정확히 숙소에서 멀어지는 방향으로.

하지만 얼마 가지 않아 그녀의 한쪽 발이 맨발인 것을 알고 그가 허리를 굽혔다.

"업혀."
"괜찮아."
"어허. 업히라니까. 새삼스럽게 뭘 빼? 이번이 처음도 아니면서."
"응?"

무슨 말이냐고 물으려다가 그만두고 그의 등에 순순히 업혔다. 아무려면 어떤가. 그의 등에 업혀서 가는 시골길은 너무나 운치있었다. 말은 하지 않았지만 이렇게 서로의 마음을 확인한 마당에 각자의 방으로 들어가고 싶지 않은 마음은 같았다. 그래서 조금이라도 더 함께 있고 싶은 생각에 숙소를 빙 돌아 수확이 끝나서 인적이 없는 논두렁에 나란히 앉았다.

"이리저리 배회했어. 시내에서 좀 싸돌아다니다가 해변으로 가서 거닐기도 하고, 전망대에 올라가서 시간을 보내기도 하고……."

"혼자서?"

그가 그녀의 옆모습을 뚫어지게 응시했다. 민영은 쓸쓸한 미소를 지었다.

"어."

"왜?"

그녀는 잠시 말을 잇지 못했다. 세종은 그런 그녀의 심각한 기분을 눈치 채고 묵묵히 기다려 주었다. 그리고 얼마 후.

"그 오빠가 나한테 의논을 하러 왔더라."

"의논?"

민영은 고개를 끄덕였다.

"응. 의논. 그 오빠네 아버지하고 우리 엄마하고 합치는 거에 대해서."

순간, 세종의 얼굴이 굳어졌다.

"우리 엄마, 나 중학교 때 아빠 돌아가시고부터 지금까지 혼자 사셨거든. 주변에서 재혼하라는 권유도 많이 들어왔었는데 내가 좀 클 때까지는 재혼 생각 못한다고 다 거절하셨어. 어릴 땐 나도 엄마가 재혼 안 하셨으면 하고 바랐어. 그런데 내가 순경이 돼서 엄마랑 떨어져서 살게 되니까 생각이 달라졌어. 나는 젊고 할 일도 많으니까 이렇게 살면 되는데 우리 엄만 이제 누구랑 사나…… 하는 생각이 들더라고. 그래서 이제라도 우리 엄마 좋다는 아저씨 한 분 계시면 좋겠다고 생각했거든…… 그냥 막연히 생각만 했는데……."

매앰, 매앰, 맴…….

매미가 시끄럽게 울었다. 미리 짜놓기라도 한 듯 일시에 멈추었다가 한꺼번에 울어 젖혔다.

그들은 한동안 그렇게 정신이 멍할 만큼 크게 우는 매미 소리에 귀를 기울였다.

"섭섭한 건가?"

세종이 무뚝뚝하지만 조심스럽게 묻는다. 대충 짐작이 가는 모양이었다. 그녀가 어제 만나고 온 오빠의 아버지와 엄마…….

민영은 고개를 젓다가 다시 고개를 끄덕였다. 그러다가 '픽' 웃었다.

"사실은 잘 모르겠어. 머리로 생각할 때는 무지 기뻐야 하는데 이상하게 가슴 한쪽이 싸해. 그 아저씨, 나도 알거든. 우리 동네에서 제일 유명한 인테리어 가게 주인이야. 그 할아버지 때부터 그 동네에 살아서 모르는 사람이 없어. 시장 번영회 회장으로 있을 때 우리 엄마가 장사 자리 잡는 거 많이 도와주셨어. 날 보실 때마다 딸 삼자, 그러시면서 예뻐하셨는데…… 그 아저씬 아들만 둘이거든. 그때는 아줌마도 계셨는데 몇 년 전에 자궁암으로 돌아가셨어. 그래서 두 분이 가까워지셨대. 혼자된 건 우리 엄마가 선배니까 아저씨를 많이 위로해 줬나 봐. 좋은 분이야. 우리 엄마하고 남은 여생 보내실 분으로는 최곤 거 같아. 더 바랄 수 없을 만큼."

그런데 아무리 그렇게 생각하고 마음을 다잡아도 가슴에 난 구멍은 메워지지 않았다. 오랜 세월 엄마하고만 둘이 서로 의지하면서 살아서 그런가 보다. 어렵게 살아야 하는 가정 형편이 싫어서 엄마한테 모질게 투정도 부렸었다. 철이 없어서 붕어빵 장사를 하는 엄마를 부끄러워한 적도 있었다.

그래도 나에겐 엄마뿐이었고 엄마한테도 나뿐일 거라고 생각했는데…….

"익숙해질 거야."

문득 들려오는 나지막한 목소리에 민영은 고개를 돌려 그를 쳐다보았다. 세종이 다소 어색하게 웃어 보였다.

"뭐든 처음엔 어색하고 힘든 거야. 어머니께 다른 분이 생긴 게 허전한 것도 처음이라서 그런 걸 거야. 어머니께도 다른 삶이 있다는 걸 인정하면 익숙해져서 자연스러워지는 거야. 자연스러워지면 언젠지도 모르게 받아들여지는 거고."

민영은 밉지 않게 그를 흘겨보았다.

"어떻게 알아? 그런 경험도 없으면서."

순간, 그녀는 혹시? 하는 얼굴로 그를 쳐다보았다. 그러자 세종이 민영의 이마를 손가락으로 툭 튕기며 고개를 저었다.

"아니, 우리 부모님은 아직 건재하시지. 아주, 많이."

민영은 웃으면서 고개를 끄덕였다.

그래, 그럴 것이다. 먼발치에서 그의 부모님을 본 적이 있었다. 어머니는 무척이나 쾌활하고 밝은 분이셨고 그의 아버지는 자상하고 유머러스한 분이셨다. 장을 보러 나오실 때마다 두 분이 연신 웃고 장난을 치던 장면이 아직도 선했다.

많이 부러웠었다. 그래서 엄마한테 더 미안하다. 그녀가 부러워하던 것을 엄마는 알고 계셨을 테니까. 그래서 아주 많이 미안하다.

지금이라도 말해주고 싶었다.

'엄마, 나 그래도 엄마가 있어서 행복했어.'

훌쩍.

"울어?"

놀란 목소리가 묻는다. 민영은 자신도 모르게 흘러내린 눈물을 주먹으로 쓱 닦았다.

"아니."

"우네."

"아니라니까."

"그럼 눈에 그렁그렁한 건 뭐야?"

민영은 사납게 눈을 치떴다.

"아 쫌! 그냥 넘어가면 안……!"

그가 갑자기 그녀의 어깨를 잡고 홱 잡아당겼다. 민영은 너무 순간적이라 아무 반항도 못해보고 그의 품에 기댔다.

"울어. 한 번씩 울어줘야 돼. 그럼 현실이 더 잘 받아들여지니까."

단단한 그의 가슴에 머리를 기대자 민영은 현 상황에 맞지 않게 가슴이 뛰었다. 심장이 벌렁거리고 침이 마른다. 조금 전 키스와는 또 다른 떨림이었다.

 민영은 억지로 웃으며 최대한 자연스럽게 말했다.

 "뭘 안다는 듯이 말하네?"

 "알지."

 "어떻게?"

 그녀의 눈이 동그래졌다.

 "너하고 같은 경험은 아니지만 나도 절대 바꿀 수 없는 현실에 울고 싶은 적이 있었거든."

 "정말?"

 "그래."

 민영은 놀라서 몸을 홱 세웠다.

 "무슨 일인데?"

 그가 그녀를 보며 씨익 웃는다.

 "왜? 같은 일 겪은 동족 의식을 좀 가지면 기분이 나아질 것 같아?"

 "어."

 "심보하고는."

 말은 그렇게 해도 그의 얼굴에는 미소가 걸려 있었다. 정말 그런 일이 있었다 해도 지금은 아무렇지 않은 모양이다.

 "내가 그랬지? 나한테 쌍둥이 누나 하나 있다고."

 세진이?

 "어."

"좀 똑똑하다고 했었지."

많이 똑똑하다니까.

"어."

"사실은 많이 똑똑해. 아주 많이."

이제야 진실을 말하네.

"그런데? 똑똑한 누나가 왜?"

"자격지심이었어."

"어?"

민영은 다시 놀랐다. 강세종이 자격지심이라니. 그도 그런 것을 느끼는 사람이었나? 겉으로 보기엔 전혀 그런 걸로 속앓이 할 남자로 보이지 않았다. 사고를 치고 놀기만 했어도 언제나 자신만만하고 당당했던 그였는데.

"잘난 누나를 둔 덕분에 난 뭘 해도 타박을 받았지. 뭐, 흔한 레퍼토리야. 잘난 형 밑에서 늘 비교당하며 살아야 하는 못난 아우. 내 경우는 그 사실에 크게 불만이 없었다는 거지. 난 세진이가 더 불쌍했거든. 저렇게 어른들의 기대를 한 몸에 받고 늘 공부만 하면 얼마나 피곤할까? 난 엄두도 못낼 일을 세진인 자연스럽게 해냈지. 처음엔 나도 세진인 세진이고 난 나라고 생각했어. 부모님도 늘 그 사실을 주지시켜 주셨고. 우리 부모님은 '차별', '비교'라는 단어를 제일 싫어하시거든. 문제는 주변 사람들이었어. 특히 학교 선생님들. 내가 작은 실수만 해도 세진이와 비교하는 걸 서슴지 않으셨으니까. 솔직히 그분들 때문에

스트레스를 받긴 했지. 그래서……."

그가 그녀를 보며 의미심장하게 웃었다. 민영은 '왜?' 하는 얼굴로 마주 보았다.

"그래서 일부러 생양아치 내지는 개날라리처럼 해 다니기도 했고."

헉! 저 자식, 혹시 나 혼자 욕하는 거 들은 거 아닐까? 내가 처음에 저를 생각했던 그대로 말하네.

"어떤 동창이 그러더라고. 그 애가 말하길 내가 고교 때 생양아치, 개날라리처럼 하고 다녔다고."

동창? 헉! 설마…… 아, 아니지. 세종은 아직 나와 동창이었다는 사실을 모른다. 그렇다면 누군가 나와 똑같이 생각을 했었던 사람이 있었다는 건가?

민영은 조심스럽게 물었다.

"동창을 만났어?"

"음. 최근에."

"그래? 여자? 남자?"

"그건 알아서 뭐 하게?"

"아니, 그냥…… 그래서? 그래서 그렇게 일부러 막 나갔어?"

말을 돌리는 것이 상책이라는 판단이 들자 민영은 일부러 억지웃음을 지었다. 그러자 그가 다 안다는 듯 웃는다.

알긴 뭘 알아? 넌 아무것도 모르거든?

"그게 끝이야. 비교당하고 차별당하는 거, 처음엔 받아들이기 싫었는데 그분들 입장에서 생각해 보면 그럴 수 있겠다고 생각했지. 같은 부모에게서 나온, 그것도 겨우 3분 차이로 나온 쌍둥이가 달라도 너무 다르니까 혼란스러웠겠지. 그래서 내 나름대로 그분들을 이해하고 그분들의 불합리한 언행도 받아들였지."

"생각보다 이해심도 깊네?"

"당연. 겪어보면 나의 멋진 면을 더 많이 보게 될 거야."

하! 잘난 척은.

민영은 문득 물었다.

"그렇게 되기까지 얼마나 걸렸는데?"

"뭐?"

"그렇게 그분들을 이해한 게 언제였냐고?"

잠시 당황하던 그가 쿡쿡거리며 웃었다.

"군대 가서."

"뭐어!"

민영은 어이가 없다는 듯 콧방귀를 뀌며 그의 어깨를 탁 쳤다. 그러자 그가 황당한 표정을 짓는다.

"난 또 고교 때 그렇게 잠시 방황하다가 제자리를 찾은 줄 알았더니…… 그럼 고등학교 다니는 내내 선생님들 진을 뺐단 말이야?"

"내가 진을 뺐는지 어쨌는지 니가 어떻게 알아?"

"그, 그야……."

괜한 말실수를 한 것 같아서 민영이 쩔쩔매는데 그가 갑자기 그녀에게 쑤욱 얼굴을 드밀었다.
"왜, 왜?"
"너, 하늘 같은 상관의 어깨를 치고도 무사할 줄 알았어?"
"뭐?"
"감히 순경 주제에 경사의 어깨를 치다니…… 그에 합당한 처벌을 받아야지."
"무, 무슨……."
그의 얼굴이 너무 가깝게 다가와서 민영은 정신을 차릴 수가 없었다. 심장이 사정없이 방망이질 치고 있었다. 저도 모르게 올라간 손은 그의 어깨에 벌써 자리를 잡고 있었다.
쪽.
순식간에 닿았다가 멀어졌다. 민영은 자신의 입술에 번개처럼 닿았다가 멀어진 그의 입술을 멍하니 바라보았다.
"아직 시작도 안 했어."
그녀가 얼굴을 붉히며 고개를 외면하려 하자 그가 손으로 얼굴을 붙잡았다. 민영은 그런 그의 행동에 놀라 다시 눈을 크게 떴다. 그러자 다시 입술이 다가왔다. 이번에는 번개 같은 키스가 아니었다. 살며시 닿은 입술의 온기를 충분히 느낄 수 있을 만큼 따뜻하고 뜨거웠다.
민영은 쭈뼛거리며 고개를 젖혔다. 그러자 그가 못마땅한 듯 쳐다본다.
"하나 물어볼 게 있는데……."

민영은 마구 방망이질 치는 심장을 겨우 진정시키며 살짝 떨리는 목소리로 물었다.

"뭔데?"

그의 호흡이 거칠다. 거의 맞닿아 있는 입술 덕에 숨결이 온전히 느껴졌다.

"그 왕가슴하고 뭐 했어?"

"뭐?"

그가 인상을 썼다. 민영은 다시 물었다.

"윈드서핑하던 여자 말이야. 얼마 전에 바다에서 구해준 그 여자."

"아아."

이번에는 민영이 인상을 썼다.

"아아? 그게 무슨 뜻이야?"

그가 씨익 웃었다.

"질투하는 건가?"

"너만큼은 아니야."

"내가?"

"아까 날 기다리던 니 모습을 기억한다면 이렇게 오리발은 못 내밀지."

그러자 그가 헛기침을 한 번 하더니 말머리를 돌렸다.

"그 여자가 왜?"

"그 여자하고 같이 가서 밤늦게 들어온 날 있잖아."

"내가?"

"그래. 그 여자 구해준 날, 둘이 같이 가는 걸 내 눈으로 분명히……."

"그래서 이재섭, 그 자식하고 술 마셨던 건가?"

어?

민영이 눈을 동그랗게 뜨자 그가 다시 생각해도 분하다는 듯 이죽거렸다.

"어린놈하고 술 마시고 노니까 좋았어?"

"싫지는 않았지. 그런데 그 여자하고 뭐 했냐고 물었는데 불똥이 왜 그리 튀어?"

"그 여자하고 아무것도 한 것 없어. 싫지는 않았다고? 그럼 또 둘이 밤에 나가서 술 마시겠다는 건가?"

"못 마실 이유는 없지. 그럼 그날 왜 그렇게 늦게 들어왔어?"

"난 혼자 술 마셨어. 누구처럼 어린놈하고 안 마시고."

못마땅한 표정을 지은 채 그가 그녀를 노려보았다.

귀엽다. 갑자기 울룩불룩 빵빵한 강세종이 미치게 귀여워 보인다. 민영은 저도 모르게 그의 입술에 '쪽' 소리가 나도록 키스했다. 그가 잠시 멍한 표정을 짓더니 와락 덤벼들었다. 그리고 그들은 조용한 논두렁에서 은밀하고 농도 짙은 딥키스를 마음껏 즐겼다.

입술이 부르트도록.

9장 - 꼼짝 마! 나, 사랑에 빠진 경찰이야!

 "자칫, 상대가 휘두르는 유혹의 기술에 너무 깊이 몰입해서는 안 돼. 그러면 주도권을 쉽게 빼앗기거든. 감정적으로 접근해 오는 남자의 야성에 너무 친밀감을 가져서도 안 되고, 너무 깊게 빠져들어서도 안 돼. 늘 이만큼의 거리를 두고, 아주 놓지도 말고 급하게 당겨서도 안 돼. 딱 요만큼만. 알겠니?"

 자만심 가득한 미소를 지으며 묻는 지연에게 민영은 멍한 표정만 되돌렸다.

 유혹의 기술? 주도권? 남자의 야성? 이만큼의 거리? 딱 요만큼? 그게 얼만큼인데?

 자칭, 연애박사라는 황지연의 말이 계속될수록 민영의 머릿속에는 물음표만 늘어갔다. 지연이 검지와 엄지손가락 사이를 살짝 띄고 '요만큼'이라고 하는 것은 아예 감조차 잡을 수가 없었다.

"모르겠어?"

인상을 쓴다. 답답하다는 표정이 역력했다. 민영은 슬며시 고개를 저었다.

지난밤은 두 여자에게 참으로 역사적인 날이었다. 박민영은 14년의 세월을 너머 첫사랑의 상대와 연인 관계가 되는 쾌거를 이루었고 황지연은 그날 만난 남자와 그날, 역사적인 밤을 보낸 날이었다.

너무나 비교되는 두 사람이었다. 누구는 14년 만에 지난날 가슴 아팠던 외사랑에 종지부를 찍었는데 누구는 처음 만난 남자와 단 하룻밤 만에 깊은 사이로 발전했다니. 가만 생각해 보면 박민영, 참 능력없다. 밤새 밤일에 몰두하느라 삭신이 쑤신다는 지연과 달리 자신은 기껏 키스 좀 진하게 했다고 입술이 부르튼 게 다라니…….

밤을 지새운 두 연인의 후유증의 차이가 너무나 극명했다.

박민영은 궁금해 참을 수가 없었다. 점심 식사 후에 해수욕장을 뜬다며 찾아온 황지연을 붙잡고 물을 수밖에 없었다. 비싼 회까지 사 먹이면서도 돈이 아깝지 않았다. 한눈에 남자를 사로잡은 비법을 전수받을 수만 있다면 그깟 회가 문제겠는가! 한 달 내내 점심을 사줘도 시원찮을 판이었다.

아무리 설명을 해줘도 민영이 심도 깊은 연애의 기술을 이해하지 못하자 지연은 급기야 짜증을 내기 시작했다.

"아, 진짜! 몰라도 너무 모르네. 너같이 말귀 못 알아먹는 여자는 처음이다, 처음! 가르칠 맛이 안 난다. 맛이 안 나. 넌 책도 한 권 안 사봤니?"

"책?"

"그래, 이 둔녀야. 요즘 같은 세상에서 제대로 된 연애를 하려면 연애 관련 서적 몇 권은 섭렵해야지."

"요즘 세상이 어떤 세상인데?"

그러자 지연이 당연하다는 듯 말했다.

"남자고 여자고 전부 프로인 세상. 프로만이 만족스러운 연애를 할 수 있는 세상."

민영의 눈이 더 커졌다. 이젠 정말 멍해 보인다. 지연이 한숨을 푹 내쉬며 차근차근 설명을 시작했다.

"여자들은 착각하는 게 하나 있어. 자긴 아마추어 축에도 못 끼면서 프로인 남자한테는 쉽게 빠져. 왜? 프로인 남자는 아마추어 이하, 순진한 여자들을 손가락 하나로 움직이거든. 그런 여자들은 대개 아주 쉽게 넘어가지. 작은 친절과 미미한 매너, 약간의 잘난 척과 조금의 씀씀이만 보여주면 반나절도 안 돼서 넘어갈걸? 스스로를 악의 세계에 밀어 넣는 결과가 되는 거야. 그렇다면 그렇게 무식하게 빠져들지 않을 방법은 뭘까? 바로 적을 아는 것이지. 아는 것이 힘이라는 말은 이럴 때 써먹는 거야.

남자를 알아야 연애를 주도적으로 할 수 있어. 모든 여자는 그가 나에게 성심성의를 다하기를 원해. 한순간도 내 생각을 안 하는 순간이 없기를 바라지. 그가 나 때문에 애를 태우고 시간을 죽이기를 바라지. 내 앞에서 그는 사랑에 빠진 에로스이길 원해. 나로 인해 이성을 잃고 나로 인해 목숨조차 버릴 수 있는 그런 남자에게 여자는 깊이, 깊이 빠져드는 거야."

민영의 입이 점점 벌어졌다. 황지연이 대단해 보였다. 살짝 존경스러워지려고까지 한다. 남녀 연애 심리학이라는 과목이 있다면 단연 황지연이 교수로 초빙이 되어도 무방할 것 같았다.

지연은 목이 타는지 물을 조금 마셨다. 물을 마시는 그 미미한 모습까지 우아해 보인다.

"하지만 남자를 그렇게 만들기가 쉬울까? 천만에! 만만에 콩떡이지. 요즘 남자들이 얼마나 영악한데 자기의 귀중한 목숨을 여자 때문에 바치겠냐? 주머니에 든 돈 한 푼을 쓸 때도 이 여자가 나의 희로애락과 관련하여 과연 투자할 가치가 있는가를 먼저 따지는 세상인데."

아, 무섭다. 세상이 이렇게 무서웠다니.

민영은 진정 이토록 무서운 연애의 세상에 멋모르고 뛰어든 자신의 무지함을 질책했다.

연애가 이렇게 어려운 건 줄 알았다면 좀 생각해 보고 대답할 걸…….

남들 눈을 피해 숙소로 들어간 후에도 두 사람은 잡은 손을 놓지 못했다. 그녀의 방 앞에서도 여전히 손을 놓지 못하고 머뭇거리던 그가 아쉬운 듯 살짝 껴안으며 물었었다.

"우리 이제 연애하는 거지?"
"당연하지."

거리낌없이 좋다고 대답했다. 황지연 말대로라면 밀고 당기기는커녕, 아예 '날 잡아 잡쉬!' 하고 몸 전체를 들이미는 꼴이었다.
"남자를 애태운 만큼, 이 여자가 아직은 내 것이 아니라는 불안감에 안절부절못하는 만큼 남자는 점점 나의 손아귀에 들어오게 되는 거야."
여기서 한 가지가 궁금해진다. 민영은 지연을 바라보며 의심쩍다는 듯 물었다.
"넌 왜 벌써 김 경장한테 넘어갔어?"
"내가? 내가 언제?"
지연이 어이없다는 듯 황당하게 물었다. 도대체 무슨 근거로 그따위 망발을 내뱉느냐며 몹시 언짢은 기색이었다.
민영은 입술을 삐죽이며 이죽거렸다.
"어젯밤에 김 경장하고 같이 지냈다며? 모텔에서."
'그럼 이야기는 끝난 거지' 하는 표정을 짓자 지연이 성질을 버럭 내었다.

"그거하고 그거하고 무슨 상관이야!"

이번에는 민영이 화들짝 놀랐다.

"상관이 없어? 남자하고 같이 잤는데?"

놀라서 묻느라 미처 목소리 톤 조절을 못했다. 식당에 앉아 있던 사람들의 시선이 모두 그녀들을 향했다. 민영은 그제야 자신의 실수를 깨닫고 목소리를 죽였다.

"김 경장하고 같이 잤다며? 그럼 다 끝난 거 아냐?"

"끝나긴 뭐가 끝나? 아직 시작도 안 했구만."

"시작도 안 했어?"

"그래. 꼭 남녀간의 잠자리 문제로 시작과 끝을 결부시키는 무지한 것들이 있지. 가령, 너 같은 여자. 어째서 자칭 순진하고 깨끗하다고 생각하는 여자들은 모든 문제를 남녀간의 잠자리 문제와 결부시키니? 연애에 잠자리가 다야? 연애에 해당하는 의미가 얼마나 포괄적으로 많은데 그깟 잠자리 문제에만 온 신경을 집중하느냐 말이지. 같이 좀 자면 어때? 그건 두 사람의 단순한 육체적 끌림의 문제일 뿐이야. 그 순간의 감정에 충실한 거지. 물론, 그게 때론 중요하게 작용할 수도 있어. 가령, 남자가 여자와 섹스를 나누기 위해 모든 신경을 집중하고 있다면, 그 하나에만 목적을 가진 남자라면 절대 같이 자면 안 되지. 하지만 그런 남자는 주로 머리가 텅 비어버린 남자이거나, 자신의 이력을 자랑하는 돈 주앙일 뿐이야. 진정한 연애고수는 여자의 몸과 마음 전부를 자신의 것으로 가지지 못한다면 만족하지 못해. 잠은 잤지만 아직 내 여자라는 확신이 들지 않는다면 남자는 여전히 여자를 미칠 듯 원하지. 특히 여자의 잠자리 기술이 더 좋았다면 남자는……."

지연은 은근히 말을 줄였다. 나머지는 '니가 상상해라'라는 의도가 명확했다.

민영은 상상했다. 그리고 얼굴을 붉혔다. 지연이 한심한 듯 바라보며 '뭘 그렇게 리얼하게 상상하냐?'는 표정을 짓는다. 그래서 더더욱 얼굴이 붉어졌다.

아, 난 상상을 너무 깊이 하는 것이 문제다.

"그런데 넌 나의 이 심오하고 깊은 연애의 기술을 배워서 어디다 써먹을 거냐?"

그 말속에는 여러 가지 의미가 포함되어 있었다.

'과연 너에게 이런 기술을 써먹을 기회나 오겠니?'

'과연 니가 나의 기술을 이해나 하겠니?'

'결정적으로 프로페셔널한 남자가 너한테 접근이나 하겠니?'

나에게도 그 기술을 써먹을 기회가 온 것 같다.

물론 난 니 심오한 기술을 반도 이해 못했다.

프로페셔널한 남자인지는 잘 모르겠지만 남자는 있다.

고로! 난 지금 연애의 기술이 그 어느 때보다 필요한 시점이다.

민영은 손사래를 팍팍 저으며 강하게 말했다.

"그런 복잡한 거 말고 좀 간단하게 안 돼? 그러니까 뭐야? 니

말의 요지는……."

"요지라니! 그 복잡하고 심오한 세계를 몇 마디 말로 정리하란 말이니?"

지연은 몹시 모욕적이라는 듯 분해했다. 민영은 어이가 없었다.

연애의 기술, 그게 뭐 대단한 거라고…….

"그렇겠지. 그럼 이렇게 물어볼게. 여기, 순진한 남녀 한 쌍이 있어."

민영은 지연의 이해를 돕기 위해 숟가락과 젓가락을 나란히 놓았다. 그리고 자신이 말하고자 하는 바를 피력하기 시작했다.

"여기 이 여자는 연애에 대해서는 젬병이야. 선이나 소개팅, 미팅 같은 건 몇 번 해봤는데 연애라고 할 만큼 진도를 나간 적은 없어. 그저 남자하고 밥 몇 번 먹고 영화 한두 번 본 게 다야. 물론 직장 생활에서는 남자들을 많이 상대하지만 그건 이성으로서가 아니니까. 어쨌든 니가 연애라고 아는 그 연애의 '연' 자도 모르는 여자야."

민영이 숟가락을 가리키며 설명하자 지연은 그 숟가락이 마치 그 여자인 것처럼 한심하게 노려보았다. 그리고 아주 정확하게 집어 한마디 했다.

"꼭 너 같네."

무서운 년. 황지연은 연애나 남자에 대해서는 신기가 있는 것이 분명하다.

"그리고 이 남자는 어…… 연애 경험은 별로 없는 것 같아. 직선적이고 거리낌이 없는 성격인데 여자의 마음은 잘 몰라."

"바람둥이는 아니네."

민영의 얼굴에 화색이 돌았다.

"그지? 니가 생각해도 그렇지?"

그러자 지연이 의심스러운 듯 눈을 가늘게 좁혔다.

"니가 왜 그렇게 좋아해? 그리고 바람둥이가 아니면 다 좋은 줄 알아? 여자가 그렇게 맹한데 남자라도 좀 프로여야지 연애가 쉽지. 둘 다 맹하면 그 연애가 잘도 되겠다."

환해졌던 민영의 얼굴에 먹구름이 끼었다.

"그래?"

"그래. 둘 다 연애에 초보라면 그 연애는 오래 못 가. 운전 초보를 생각해 봐. 처음 도로에 차를 끌고 나가면 겁나고 두렵지. 그러다가 상황 판단 잘못해서 남의 차 박기도 하고 긁기도 하지. 나한테 뭐라 그러는 것도 아닌데 괜히 다른 차가 내는 경적에 혼비백산하고…… 그거랑 같은 거야. 둘 다 서투니까 실수하고 박고 서로를 상처 내는 거야. 또 누가 한마디 거들면 그런가 싶어서 흔들리고. 그러다가 결국에는 씻지 못할 상처를 간직한 채 바이바이 하는 거지. 첫사랑이 그래서 안 이뤄진다잖아."

민영은 입을 헤벌리고 경청했다. 구구절절 옳은 말인 것 같았다. 어쩜 예를 들어도 저렇게 딱 맞게 들까, 실로 감탄스러웠다.

당장 자신을 봐도 그렇지 않은가. 겨우 몇 시간 전에 강세종과 연애라는 걸 하기 시작했는데 이렇게 앉아서 연애의 기술에 대한 강의를 듣고 있다. 그러면서 마구 흔들린다. 귀가 무지막지한 팔랑 귀다.

"너, 연애해?"

헛!

무심코 매운탕을 한 숟가락 떠먹다가 사레가 걸렸다.

"콜록! 콜록, 콜록."

그러자 지연이 물 컵을 내밀었다. 그리고 확인 사살.

"진짠가 보네. 상대는 누구야? 물론 해변에서 근무하는 안전요원이겠지. 그런데 니 나이에 맞는 사람은 별로 없던데…… 김 경장은 아니고. 그럼……."

지연의 눈이 좁아졌다. 당장이라도 '강세종 경사?' 라고 소리칠 것 같았다.

두근, 두근 두근 두근.

"설마, 너 지역 주민들 중에서 어수룩한 아저씨 한 명 꼬셨니?"

민영은 얼어 있던 얼굴을 팍 찡그렸다.

"뭐?"

"그렇잖아. 그렇지 않고서야 니가 누구랑 연애를 해? 만약 그렇다면 접어라. 겨우 2개월 머물다 갈 철새면서 순진한 시골 아저씨 가슴에 불을 질러서야 되겠니? 니가 여기서 뿌리를 내리겠다면 모르지만."

"아니거든!"

민영은 침까지 튀기며 버럭 소리를 질렀다.

"아! 더러워! 얘가 어디다 침을 뱉고 난리야! 아 씨, 옷에 다 튀었네."

살짝 미안해졌다. 보기에도 꽤 고급스러운 블라우스인데…… 설마 물어달라고는 안 하겠지?

"나, 갈래. 그래도 고생한다고 위로 차원에서 내가 밥값 내려고 했는데 안 되겠다. 난 그 돈으로 세탁이나 해야겠다."

치사한 년.

"아, 참. 하나 물어볼 게 있었는데……."

민영은 그러거나 말거나 아까운 음식들을 자신의 입안으로 정리하기 시작했다.

아까운 음식을 남겨서야 쓰나…… 살면서 지은 죄가 얼마나 많은데, 음식 남기는 죄는 짓지 말자.

"그 강 경사라는 사람 말이야. 어디서 본 것 같지 않아? 생각해 보니까 이름도 낯이 익어. 혹시 그 사람 집이 어딘지 알아? 살던 동네라든지. 아니면 졸업한 학교라도. 대학은 해양경찰대학 졸업했댔으니까 나하고는 상관없고 그럼……."

"야! 보기는 뭘 봐! 그리고 똑같은 이름이 한둘이야? 괜히 또 남자한테 집적거리려고 작업계획 세우는 거 아니야? 그냥 김 경장 하나로 끝내시지?"

민영이 이번에는 정말로 정색을 하며 흥분을 하자 지연도 살짝 꼬리를 내렸다.

"그런가?"

"그래! 너, 버스 시간 안 됐니? 이러다 오늘 하루 더 묵겠다."

"음, 한 시간 정도 여유있어."

민영은 재빨리 자리에서 일어나 지연의 가방을 대신 챙겼다.

"한 시간이 여유있는 거냐? 미리 가서 버스를 기다려야지. 놓치면 어쩌려고. 가자. 내가 버스 정류장까지 데려다 줄게."

하지만 지연은 민영의 손에 든 가방을 홱 빼앗아갔다.

"됐어. 근무나 하셔. 내가 왜 니 배웅을 받니? 동운 씨가 버스 정류장까지 함께 가기로 했어."

"김 경장? 근무는 어쩌고? 오늘 강 경사하고 순찰정 근무 설 텐데?"

지연이 어깨를 으쓱했다.

"나야 모르지. 아까 연락 왔어. 조금 있다가 온다고 기다리라던데?"

그때였다. 갑자기 민영의 휴대폰이 울리기 시작했다. 휴대폰을 꺼내 든 그녀는 갑자기 볼을 살짝 붉혔다.

그다.

"네, 박민영 순경입니……."

[박민영.]

순간, 민영은 지연을 슬쩍 쳐다보았다. 지연의 눈이 가자미처럼 올라간다. 민영은 탁자 위의 계산서를 가지고 계산대로 향했다. 지연에게서 등을 보인 채.

"네. 말씀하십시오."

[누가 있어?]

"네."

[지금 이리로 와.]

"네?"

민영은 깜짝 놀라서 물었다.

"삼만 팔천 원입니다."

계산대 앞의 직원이 대신 대답한다. 민영은 그쪽보고 한 말이 아니라는 듯 손을 젓고 지갑에서 카드를 꺼내 내밀었다.

[김 경장이 급한 일이 있다고 해서 박 순경이 대신 근무 좀 서야겠어.]

"아, 네에……."

[나하고 같이.]

그의 목소리가 갑자기 은밀해졌다. 민영은 침을 꿀꺽 삼키며 카드와 영수증을 받았다. 그리고 지연이 기다리고 있는 식당 밖으로 천천히 걸음을 옮겼다.

[듣고 있어?]

"어? 어……."

[언제 올 거야?]

그녀는 지연의 눈치를 보며 조용히 대답했다.

"지금."

[오케이.]

민영은 폴더를 닫고 싱글거리는 지연을 쳐다보았다.

"시골 애인?"

절대 시골 아저씨 꼬신 거 아니라고 말하고 싶었지만 민영은 가까스로 참아냈다. 연애 상대가 강세종이라고 밝히면 일만 더 복잡해진다. 그녀가 강세종과 사귄다는 걸 알면 황지연은 곧바로 그 강세종에 대한 심도 깊은 조사에 착수할 것이고 그렇게 되면 강세종이 바로 그 장한고교의 킹카라는 것을 알아내는 데 하루도 안 걸릴 것이다.

그리고 14년 전 박민영의 짝사랑 상대였던 것도 알게 되겠지. 그 사실을 알게 된 후 반응할 황지연의 행동이 심히 두렵다. 기네스북에 올려야 할 만큼 긴 짝사랑이라며 호들갑을 떨 것이고 급기야는 강세종에게 알린다는 협박을 들먹이며 민영의 약점으로 이용할지도 모르는 일이었다.

14년 동안 짝사랑한 것도 아니고, 약점도 아니지만 민영은 그 사실을 세종이 아는 게 내키지 않았다. 고교 시절은 그녀의 기억에서 지워 버리고픈 추억들이었고 그 추억 속에는 강세종을 대상으로 앓았던 열병도 포함된다. 자격지심이 난무했던 그 시절을 세종이 앎으로써 그때의 비참함을 떠올리고 싶지 않았다.

그냥 이대로, 처음 시작하는 것처럼 이렇게 새롭게 가고 싶었다. 어차피 여기선 같은 일을 하는 동료니까. 비록, 직급의 차는 좀 있지만.

민영은 대충 고개를 주억거리며 지연이 그렇게 알도록 내버려 두었다.

"거봐. 그럴 줄 알았지. 어쨌든 수고하고 나중에 파출소에서 만나자. 최 경사님께 안부 전해줘."

아, 그러고 보니 여기까지 와놓고 최 경사님도 안 보고 간다. 저런 싸가지없는 년!

민영은 엉덩이를 흔들며 멀어져 가는 지연을 향해 오만 가지 인상을 썼다. 그러다 문득 생각났다는 듯 재빨리 뒤돌아 뛰기 시작했다.

강세종이 기다리고 있는 순찰정을 향해.

"저쪽에 앉아 있어."

키를 잡은 채 물살을 가로지르던 민영은 세종이 슬쩍 옆으로 밀고 들어오자 놀랐다.

"어? 아! 아니, 네?"

반말했다가 존대했다가 하려니 헷갈린다. 오늘 새벽에는 작정하고 말을 놓았는데 지금은 근무하는 중이라 그럴 수 없었다. 어쨌든 공과 사는 구별해야 하니까.

"저기 가서 좀 쉬라고."

나? 뭘 했다고? 뭘 했다고 쉬어?

민영은 그가 키를 잡고 눈짓으로 뒷좌석을 가리키자 황당한 표정을 지었다. 그러자 그가 조금 어색한 듯 중얼거렸다.

꼼짝 마! 나, 사랑에 빠진 경찰이야! 347

"나하고 있을 땐 좀 쉬어도 돼."

그러면서 귓불을 살짝 붉힌다. 또 헛기침까지 한다.

아하!

순간, 민영의 얼굴에 홍조가 피었다. 그가 그녀를 대놓고 챙기고 있었다. 표현에 익숙하지 않아 많이 어색해하기는 하지만 어쨌든 그는 지금 그녀에게 애정 표현을 하고 있는 것이 분명했다.

자기랑 있을 땐 쉬어도 된다니…… 아, 부끄럽다.

민영은 살포시 웃음을 머금고 그를 바라보았다.

그래도 그럴 수는 없지. 근무할 땐 그래도 내가 졸인데 쉴 수야 있나.

그녀는 화사한 미소를 지은 채 그에게 한 걸음 다가섰다.

"남자가 주는 건 좀 받을 줄도 알아야지. 무조건 거절하는 여자는 피곤해. 자꾸 거절하면 남자도 더 이상 챙겨주고 싶어지지 않는단 말이지. 받을 건 당당히 받을 줄도 알아야 해."

황지연이 주장하던 수많은 연애 기술 중 한 가지가 그녀의 뇌를 스쳤다.

무조건 거절하는 여자는 피곤하다고?

잠시 고민에 빠져 있던 민영은 그가 시키는 대로 뒷좌석에 멀뚱히 앉았다. 그러자 그가 흘긋 뒤를 돌아보았다. 말 잘 듣는 강

아지를 쳐다보듯 흡족한 표정이었다. 하지만 민영은 편하지가 않았다. 근무지에서 일 안 하고 앉아 있어본 적은 없었다. 그것도 상관을 부려먹으면서.

'에잇! 도저히 못하겠다.'

민영은 얼른 그의 옆으로 다가가서 나란히 섰다.

"제가 할게요. 경사님이 쉬세요."

그가 갑자기 그녀를 멀뚱히 쳐다보았다. 민영은 그의 따가운 눈길을 의식하면서도 시선을 맞추지 않았다. 뱃머리를 해변으로 돌리느라 키에만 집중하려고 애썼다.

그런데…….

민영은 자신의 손에 그의 손이 겹쳐지자 놀라서 고개를 돌렸다. 이번에는 그가 그녀의 시선을 외면한 채 안전 경계선 주위를 살피고 있었다. 그러면서 천천히 입을 열어 말했다.

"이게 더 좋네."

갑자기 몽롱해진다. 희미하게 미소를 머금은 그의 입술이 눈에 들어왔다. 아, 손등에 느껴지는 따스한 열기에도 가슴이 뛴다. 가끔씩 스치는 팔의 온기에도 미칠 것 같은 열기가 몰려들었다.

그 순간, 민영은 결심했다.

연애의 기술? 그따위 것 모르겠다. 골치 아프기만 하다. 난 그런 것 없이 순수하게 연애할 거야. 복잡하게 계산하고 재는 거 안 해. 물론 하라고 해도 못하겠지만.

그러자 마음이 가벼워졌다. 황지연의 연애 강의를 듣는 동안 연애가 그저 어렵게만 느껴졌지만 지금 이렇게 '박민영 식 연애'에 대한 정의를 내리고 나니 훨씬 편안해졌다.

민영은 그의 팔에 슬며시 몸을 기댔다. 가끔씩 닿던 팔이 이제는 딱 붙었다. 그가 슬쩍 쳐다보는 걸 느꼈다. 그의 팔이 슬쩍 돌아가더니 그녀의 허리를 껴안았다. 그리고 힘껏 끌어당겼다. 민영은 이제 그의 품에 안기다시피 한 상태로 바다를 누비기 시작했다.

여전히 서로의 손을 포갠 채.

"수고해."
"예, 경사님."
"방파제 쪽에 어린놈들 몇 명 보이던데 주의해서 살피고."
"예. 알겠습니다."

교대 타임에 맞춰 순찰정에서 내린 세종과 민영은 이재섭과 조용언과 바통 터치를 했다. 재섭은 세종과 둘만이 아는 미소를 나누었다. 재섭이 먼저 눈빛으로 말했다.

'이제 진도 좀 나가셨습니까?'

세종도 눈빛으로 대답했다.

'신경 꺼.'

'벌써 껐습니다. 좋아 보이십니다.'

슬쩍 놀리는 듯한 재섭의 눈길에 세종은 험악한 미소로 답했다. 그렇게 순간의 눈빛 대화를 마무리 짓고 세종과 민영은 육지로, 재섭과 용언은 바다로 향했다.

민영은 부두 길을 걸으며 바다를 응시했다. 작은 부두를 벗어나자 해변으로 향하는 한적한 오솔길이 시작되었다. 한참이나 이어지는 방파제를 끼고 파도 소리와 갈매기 소리를 들으며 모처럼 한가하게 걸음을 옮겼다.

"꼼짝 마!"

조용한 길을 걸으며 한적한 산책을 즐기던 민영은 화들짝 놀라 즉시 경계태세를 갖추었다. 긴박하게 울리는 세종의 목소리를 듣자마자 경찰로서 자동으로 허리가 숙여지며 주위를 살폈다. 하지만 아무것도 없었다. 하늘은 구름 한 점 없었고 파도 소리와 갈매기 소리가 다였다. 그리고 너무나 조용한 길에는 개미 새끼 한 마리도 보이지 않았다. 보이는 거라곤 그들이 지나온 저 멀리에 있는 배들과 어부들의 모습뿐이었다.

민영은 무슨 일이냐는 듯 세종을 돌아보았다. 그러자 세종이 눈짓으로 어딘가를 가리켰다. 그러면서 말한다.

"저리로 가."

"어?"

민영은 황당한 얼굴로 세종을 멍하니 바라보았다.

재, 지금 뭐 하는 거야?

"어서!"

"아니, 지금……."

도대체 왜 그러냐고 물으려는데 그가 갑자기 그녀의 팔을 잡고 길에서 해변으로 향하는 샛길로 내려가기 시작했다. 풀숲이 우거진 샛길은 조개껍질로 가득 덮여 발을 디디는 것도 힘이 들었다.

"어, 어. 왜 이래?"

민영이 그의 손에 이끌려 내려가며 다급하게 물었지만 세종은 대답도 안 하고 길을 내려간다.

아 씨! 이 자식이 미쳤나? 갑자기 '꼼짝 마'는 뭐고, 이 이해할 수 없는 행동은 또 뭐냐고!

갑자기 그가 걸음을 멈추었다. 민영은 눈을 동그랗게 뜬 채 그를 보았다. 뒤돌아보는 그의 얼굴에는 은밀한 미소가 걸려 있었다.

"무슨 일이야?"

민영이 정말로 궁금한 듯 묻자 그가 한 걸음 다가섰다. 그녀는 흠칫 놀라 몸을 젖혔다. 하지만 그의 한 걸음은 컸다. 한 팔 간격으로 떨어져 있던 두 사람은 세종의 한 걸음으로 인해 찰싹 달라붙었다.

"왜, 왜?"

그가 음흉하게 웃었다.

"꼼짝 말라는데 왜 움직여?"

"뭐?"

민영이 어이가 없어 되묻자 그가 고개를 숙여 그녀의 얼굴 가까이 눈을 내렸다.

"꼼짝 말라고 했잖아, 박 순경."

"도대체 왜……?"

"어허. 꼼짝 말라는 명령에는 이 입술도 포함되는 걸 모르나?"

그의 손가락이 그녀의 입술을 슬쩍 두드리더니 어느새 부드럽게 어루만졌다. 민영은 그 느릿한 행동에 석상처럼 굳어버렸다.

"지금부터 내가 움직이라고 할 때까진 그대로 있는다. 알았나, 박 순경?"

민영은 대답하지 못했다. 그의 목소리가 그녀의 몸을 부르르 떨게 할 만큼 자극적이고 섹시했다. 그의 명령이 아니라도 손끝 하나 움직이지 못할 지경이었다.

그의 입술이 내려왔다. 정말로 '꼼짝 마'라는 명령을 따르는 것처럼 숨도 제대로 쉬지 못하고 있는 그녀의 입술에 부드럽게 부딪쳐 왔다. 아랫입술을 살짝 깨물고 윗입술을 혀로 핥는다.

민영은 거친 신음을 들이켰다.

"숨은 쉬어, 박 순경."

목소리가 그 어느 때보다 허스키하고 낮았다. 입술에 닿은 그대로 움직인 탓에 그 짜릿한 느낌은 배가 되었다. 그리고 그가 '박 순경'이라고 할 때마다 등줄기에 소름이 돋았다. 감미롭고 아득한 감각이 전류처럼 흘렀다. 얼마 전만 해도 그가 '박 순경'

할 때마다 신경질이 울컥울컥 치밀었는데 이제는 그 '박 순경'이 무슨 애칭처럼 느껴진다.

그의 손이 그녀의 팔을 천천히 쓰다듬었다. 손등에서부터 부드럽게 거슬러 오며 반팔 티셔츠 아래로 슬며시 들어온다.

민영은 꼼짝도 할 수 없었다. 정말 그의 명령이 마술이라도 일으킨 것처럼 겨우 숨만 쉬고 있었다.

뜨거운 혀가 밀려들어 왔다. 입술을 열어준 적도 없는데 그의 혀는 그녀의 닫힌 창문을 열고 그 붉은 열기 속으로 들이닥쳤다. 멈칫 긴장하는 그녀의 혀를 감았다가 풀어주고 입안 깊숙이 밀어 넣어 살살이 훑기 시작했다. 그동안에도 민영은 앓는 소리만 낸 채 떨면서 서 있었다.

갑자기 그가 멀어졌다. 민영은 이때다 싶어 거친 숨을 들이켰다. 하지만 이내 그의 입술이 다시 다가왔다.

입술이 다시 닿기 전 그가 속삭였다.

"이제 움직여."

마법이 풀렸다. 민영은 말 잘 듣는 아이처럼 그의 목을 힘껏 끌어안았다. 그러자 그의 팔이 그녀의 허리를 억세게 끌어당겼다. 다급한 손길이 오가고 거친 입맞춤이 시작되었다. 서로의 입술을 훑고 서로의 혀를 휘감아 빨아 당겼다.

성급한 그의 손길이 티셔츠 속으로 들어와 가슴을 움켜쥐었다.

"으음."

민영은 허리를 비틀며 입술을 더 크게 벌렸다. 단숨에 서로를 삼킬 듯 미칠 것 같은 열정으로 매달렸다. 뜨거운 불길이 일어 온몸을 태울 듯하다. 입술을 지나 목을 핥고 깨무는 그의 욕망에 그녀도 똑같은 열망으로 응했다.

민영은 그에게 목을 내어주며 흐릿한 눈길로 하늘을 바라보았다. 그녀의 입술에 은밀한 미소가 걸렸다.

갈대밭이 연인들의 은밀한 장소라더니, 조개밭도 가히 나쁘지는 않네.

늦게 배운 연애질에 밤새는 줄 모른다.

현재, 강세종과 박민영의 연애질에 딱 맞는 속담이었다. 물론 살짝 각색은 했지만.

"아! 좋다."

민영은 샤워를 끝낸 후 침대 위에 벌러덩 드러누웠다. 젖은 머리를 감싼 수건을 그대로 두른 채 그녀는 나른한 몸을 쭈욱 폈다. 그러다 문득 키득거렸다.

'헤어지기 싫은데······.'

근무를 끝내고 보고서를 작성하러 사무실에 들어간 후에도 두 사람은 연신 은밀한 눈짓을 주고받았다. 혹시나, 해서 고개를 돌리면 여지없이 그의 뜨거운 눈길이 기다리고 있었다.

매일매일이 가슴 떨리는 나날이었다. 이제 여름도 얼마 남지 않았다. 그 의미는 해변의 근무도 끝나가고 있다는 뜻이다.

그럼 우린 어떻게 되는 걸까?

민영은 가끔 그런 생각을 했다. 몰래몰래 도둑 키스를 나누고 때로는 점심시간이나 교대 시간을 이용해 으슥한 곳으로 숨어들어 짧은 데이트를 했다. 그는 다소 무뚝뚝하지만 사랑 표현에 인색한 남자는 아니었다. 아니, 어떨 땐 '우와, 강세종에게도 저런 면이?' 할 정도로 깊은 애정을 표현할 때도 있었다. 어쩌면 약간 거리를 두고 있는 민영 자신이 애정 표현에 인색한 건지도 모른다.

하지만 시간이 지날수록 그를 향한 마음은 더 깊어졌다. 고교 때 잠시 앓았던 열병과는 차원이 달랐다. 이건 현실적이었고 미래 지향적이었다.

그녀는 그와 자신의 미래를 상상해 보았다. 아마도 이번 해변 근무가 끝나면 그는 함정으로 돌아갈 것이고 그녀는 파출소로 돌아갈 것이다. 그리고······.

민영은 인상을 썼다. '그리고' 다음에는 아무것도 없었다. 아직은 무언가를 약속하기에는 너무 이르다. 하지만 그들에게는 시간이 없었다. 너무 늦게 시작했고 시간이 촉박했다.

"하······."

그녀는 한숨을 푹 쉬며 천장을 노려보았다.

너무 앞서 가지 말자, 박민영. 그저 지금 이 순간을 즐겨. 이 행복을 만끽해.

주문처럼 외웠다. 민영은 며칠 전 엄마와 나눈 전화 통화를 떠올렸다.

'난 너 시집보내기 전에는 절대 재혼 안 한다.'

아저씨 좋은 사람이라고 재혼 찬성한다는 그녀의 말에 엄마는 예상대로 단호했다. 그녀를 찾아온 '동네 오빠' 말처럼 엄마는 딸을 혼자 두고는 절대 재혼하지 않겠다고 고집을 부렸다. 그래서 그 '오빠'도 대책을 상의하러 그녀를 찾아온 것이다.

"아버지도 별말씀은 안 하시는데 속이 타시지. 너희 어머니께서 워낙 강경하시니까. 그래도 우리 자식들 입장에서는 아버지가 저렇게 홀로 사시는 게 마음에 걸리고. 아주머니라면 우리 모두 찬성이니까. 우린 되도록 빨리 두 분이 합쳤으면 한다."

그런데 당사자가 고집을 부리고 있었다. 그녀가 아무리 자신은 괜찮다고 해도 엄마는 요지부동이었다.

"백 발 양보해서 너한테 좋은 사람이라도 생기는 거 보면 다시 생각해 보마."

마치 엄마의 행복을 막아선 나쁜 딸이라는 기분이 들었다. 서른한 살이나 돼가지고 여전히 혼자인 딸이 걱정스러워 새로운 인생을 시작도 못하는 엄마라니…….

제길, 진정한 불효녀네.

민영은 씁쓸하게 중얼거렸다.

Rrrrrr. Rrrrrr. Rrrrrr.

갑자기 방을 울리는 벨소리에 민영은 의아해하며 휴대폰을 들어 올렸다.

'마이쭁.'

휴대폰에 저장된 강세종의 별명은 꽤 여러 단계의 변천사를 가지고 있다.

꼴통, 백만돌이, 날쌘돌이, 신경질쟁이, 야비한놈.

그리고 이제는 '마이쭁'으로 낙찰되었다.

민영은 그의 별명들을 떠올리며 폴더를 열었다.

"어."

[뭐 해?]

"자려고."

[벌써?]

민영은 시계를 흘깃 쳐다보았다. 자정이 다 되어가는 시간이다. 그런데 '벌써'라니…….

"내일 일찍 일어나려면……."

[보고 싶다.]

민영의 얼굴이 화끈 달아올랐다.

꼭 이런다니까…….

세종은 이렇게 아무 준비도 안 되어 있는데 기습적으로, 돌발적으로 애정 표현을 한다. 그리고 민영은 그때마다 무턱대고 가슴이 뛰었다.

"나도."

누가 보면 아주 먼 곳에서 서로를 못 보고 지내는 안타까운 연인들이라고 할 것이다. 하지만 실상은 복도 하나를 사이에 두고 문만 열면 마주 보이는 방에서 조금 전 9시까지도 얼굴을 보던 사이라는 것이다.

[볼까?]

그의 목소리가 갑자기 낮아졌다. 왠지 허스키하게도 느껴진다.

"응?"

무슨 뜻인지 몰라 되묻는 그녀의 귀에 곧장 그의 목소리가 날아들었다.

[나와.]

"지금?"

[10분 후에 숙소 뒤편 고추밭에서 보자.]

그리고 전화는 일방적으로 끊겼다. 민영은 어안이 벙벙해 잠시 멍하니 있었다.

이건 또 무슨……? 그런데 왜 하필 고추밭이야? 아, 또 이상한 상상이 마구마구 든다. 얼굴이 갑자기 확 달아오르며 열기가 느껴졌다.

아, 조개밭에 이어 고추밭이라니…… 제길, 우린 어째 만나는 장소마다 에로 영화 뒷배경이야?

으슥하고 어두운 고추밭의 고랑으로 들어서자 매운 냄새가 확 밀려들었다. 민영은 코를 움켜쥐며 옆의 둔덕으로 슬쩍 올라섰다. 그리고 목을 쭉 빼고 넓은 고추밭을 휘돌아보았다.

아직 안 왔나 보다. 너무 일찍 왔나?

민영은 휴대폰을 깜박 잊고 가지고 오지 않은 것을 그제야 깨달았다. 이제 시간도 알 수 없고 그와 연락도 취할 수 없었다. 그녀는 목을 더 길게 빼고 눈을 커다랗게 뜬 채 주변을 세심하게 훑었다. 그때였다.

민영은 흠칫 놀랐다. 뒤에서 살포시 안아 끌어당기는 남자의 손길에 화들짝 놀랐지만 이내 익숙한 온기에 미소를 지었다.

그녀는 고개를 돌려 그를 흘겨보았다.

"뭐야? 깜짝 놀랐잖아."

"천하무적 박 순경도 이런 으슥한 곳에 혼자 있으니 무서운가 보지?"

민영은 짐짓 그의 품에서 나오는 척하며 톡 쏘았다.

"나도 순경이기 이전에 인간이고 여자인지라……."

"어딜."

세종이 그녀가 품에서 빠져나가려 하자 재빨리 팔에 힘을 주었다. 가슴 바로 아래서 깍지를 낀 그의 팔에 갇혀 민영은 꼼짝도 할 수가 없었다. 그리고 그녀의 귓가에 그의 숨결이 느껴졌다.

"순경이든 인간이든 그런 건 모르겠고 여자인 건 알지. 아주 잘."

"아주 잘?"

민영이 키득거리며 묻자 그가 이를 세워 그녀의 귓불을 살짝 깨물었다. 민영은 갑자기 목뒤의 솜털이 일제히 곤두서는 짜릿함에 거친 숨을 들이켰다. 그의 입술이 이번에는 귓불을 아주 세게 빨아들였다. '헉' 하는 놀란 신음을 내며 민영은 고개를 뒤로 젖혔다. 그러자 때를 기다린 야수처럼 그의 입술이 무방비 상태로 드러난 그녀의 목을 공략하기 시작했다.

민영은 후들거리는 다리로 겨우 서 있었다. 목에 느껴지는 뜨거운 입술과 가슴을 주무르는 강한 손길. 그녀는 저도 모르게 그의 손등에 자신의 손을 얹었다. 셔츠의 단추를 풀고 그 속으로 슬며시 스며드는 손길을 따라 그녀의 몸도 젖어가고 있었다.

"하아."

옆으로 고개를 숙여 그의 입술이 자유자재로 움직일 수 있도록 도왔다. 이미 맨가슴을 포획해 딱딱하게 솟은 젖꼭지를 희롱하는 손가락의 움직임에 뜨거운 숨결을 터뜨렸다. 바지 선을 따라 움직이는 은밀한 남자의 손길에 반응해 다리를 꼬며 엉덩이를 뒤로 뺐다. 하지만 뒤에서 기다리는 건 남자의 성난 욕망뿐이었다.

사면초가.

힘있는 남자의 품에 갇힌 그녀는 거친 호흡을 터뜨리고 떨리는 몸을 가누느라 정신을 차릴 수가 없었다. 뒤에서 느껴지는 사나운 욕망을 제어하고 싶은 의지도, 이대로 그의 손길을 피해 달아나고 싶은 욕구도 없었다. 다만, 몸속에서 끓어오르는 뜨거운 열망에 잠기고 싶었다. 이대로 이 밤 내내 그의 품에서 열망의 꽃을 피우고 싶었다.

"아!"

민영은 강한 힘줄이 투둑 드러난 그의 팔을 힘껏 붙잡았다. 어느새 바지의 후크를 열고 그 속으로 들어가는 손을 느낀 순간 그녀는 가쁜 숨을 내쉬며 고개를 저었다.

그가 속삭인다.

"조금만, 조금만 더……."

자칫 알아듣지 못할 만큼 낮고 허스키했다. 거친 숨결이 그녀의 귓바퀴를 건드리며 뜨거운 숨을 불어넣었다. 민영은 또다시 힘이 빠지는 것을 느꼈다. 그 순간, 그의 손이 더욱 전진했다. 지퍼를 열고 그 아래로, 열망에 젖어 떨고 있는 깊은 곳으로…….

"하앗."

민영은 더 이상 참지 못하고 몸을 휙 돌렸다. 그리고 그의 품에 얼굴을 묻었다. 그녀를 꽉 끌어안는 손길이 느껴진다. 그도 그녀만큼이나 거칠게 숨을 쉬었다.

"하아, 하아, 하아."

아주 먼 거리를 전속력으로 내달린 것처럼 호흡이 거칠었다.

가슴이 들썩이고 어깨가 흔들렸다. 그녀가 이마를 기댄 그의 가슴도 연신 오르락내리락을 반복했다.

한동안 조용한 밭길을 따라 매미 소리와 은밀하고 뜨거운 호흡 소리만 울려 퍼졌다.

"전협!"
"예, 경사님."

사무실 안은 평소와 달리 심각했다. 어젯밤 남부지방을 초토화시킨 태풍이 북상해 동해안의 많은 피해가 예상된다는 예보가 뉴스마다 떠들어대고 있었다. 태풍은 시간이 지날수록 세력이 약해져야 하는데 이번 태풍은 힘이 빠지기는커녕, 중부지방에 걸쳐져 있던 북태평양 고기압을 따라 그 세력을 더욱 확장하고 있었다.

전협은 세종의 부름에 냉큼 달려갔다. 상황이 상황이니만큼 그 어느 때보다 안전요원들의 민첩함이 요구되는 시점이었다. 해변에는 이미 입수 금지 방송이 계속해서 나가고 있었고 상인들은 일찌감치 물건들을 정리해 대피했다. 부둣가에도 강력한 비바람에 대한 대비를 하라는 방송이 이어지고 있었다.

"바람바위 쪽에 안전 경계선 치라고 했는데 어떻게 됐어?"
세종의 날카로운 질문에 전협은 '아차!' 하는 표정을 지었다.
"죄송합니다. 그쪽은 아직…… 지금 바로 치겠습니다."
"그걸 잊으면 어떡하나! 지금 당장 가서 사람들이 있나 없나 확인하고 안전 경계선 치고 푯말 세워! 이재섭!"

"예, 경사님."

"같이 나가."

"알겠습니다."

세종의 시퍼런 서슬에 사무실 분위기는 더욱 심각해졌다. 세종이 그럴 만도 했다. 바람바위 쪽은 젊은 연인들이 곧잘 찾아가는 곳이었다. 바람이 부는 방향으로 흐르는 것 같은 모양의 커다란 바위가 두 개 있는 그곳은 그 바위틈의 물이 얕고 둘만 있기에 한적한 곳이라 연인들이 잘 찾는 곳이었다. 파도에 깎여 자연적으로 생긴 그 틈은 동굴처럼 아늑한 장소를 만들어 연인들의 데이트 장소로도 좋았다.

하지만 그곳도 태풍의 위력을 피해갈 수는 없을 것이다. 그런 후미진 곳일수록 파도가 더욱 세차게 들이치고 고립되기 십상이었다. 이미 바캉스 시즌도 막바지로 치닫고 있어 사람이 썩 많은 건 아니었지만 그래도 뒤늦은 휴가를 즐기러 온 사람들이 꽤 남아 있었다. 한적한 해변을 즐기려고 일부러 늦은 휴가를 온 사람들은 대부분 연인들과 혈기 넘치는 청년들이 대부분이었다. 그런 사람들이 더 위험할 수 있었다.

연인들은 둘만 있을 으슥한 장소를 곧잘 찾았고 청년들은 위험한 장난을 즐긴다. 방송에서 '주의 사항'을 연속해서 떠들어 대지만 안전 불감증에 걸린 사람들의 안전을 위해서는 미리미리 신경 써서 챙겨야 했다.

풀이 죽어 나가는 전협과 그 뒤를 따르는 이재섭을 향해 힘내라는 뜻으로 살짝 손을 흔들어주던 민영은 갑자기 그가 부르는 소리에 흠칫 고개를 돌렸다.

"박 순경."

"예? 예. 경사님."

민영은 얼른 자리에서 일어나 그의 책상 앞으로 다가갔다. 그 짧은 거리를 걸어가는 동안 자신이 뭐 실수한 것이 없나 재빨리 체크했다. 해변가에 상주해 있던 상인들은 전부 철수시켰고 점점 파도가 커지는 바다도 순찰을 끝냈다. 그리고 또…….

뭐가 있었지? 없다.

오전 시간을 바쁘게 쓰면서 그녀는 자신에게 주어진 임무는 전부 완수했다.

자신이 빠뜨린 일이 없는 것을 확신한 민영은 뭐 다른 시킬 일이 있나? 하는 눈빛으로 그를 보았다. 그가 A4용지 한 장을 내밀었다.

"오늘부터 이틀 동안 여름 해경 순찰 계획표야. 각 단체장들에게 전달하고 그쪽 계획표도 받아와."

민영은 고개를 끄덕이며 용지를 향해 손을 뻗었다.

"예. 알겠습니다."

헛!

그녀가 용지를 잡는 순간, 그의 손이 순식간에 민영의 손을 움켜잡았다. 순식간이었다. 찰나의 순간에 그의 손이 그녀의 손을 살짝 잡았다가 부드럽게 쓰다듬고 멀어져 갔다.

놀란 민영이 눈을 크게 뜨고 바라보았지만 그는 아무 일도 없었다는 듯 최 경사 쪽으로 고개를 돌렸다.

"최 경사님, 부두 쪽도 어떤지 살펴봐야 하지 않겠습니까?"

"아, 그쪽은 119 쪽에서 살피기로 했으니까 우리는 해변 쪽만 신경 쓰면 돼."

햐아! 그 자식, 엄청난 능구렁이다. 어쩜 저렇게 태연할까?

민영은 어이가 없는 얼굴로 그를 빤히 쳐다보았다. 그러자 그가 그녀를 돌아보았다.

"왜?"

"네?"

놀란 그녀가 멍하니 물었다. 그러자 그가 의미심장한 미소를 지었다.

"나한테 무슨 할 말 있나? 왜 그러고 서 있어?"

민영은 황급히 고개를 저었다.

"아, 아닙니다. 할 말 없습니다."

그리고 재빨리 자신의 책상을 향해 걸었다. 그때 또다시 그의 목소리가 등에 꽂혔다.

"박 순경."

아! 젠장. 저놈의 '박 순경' 소리! 왜 저 자식이 저렇게 부르면 이렇게 가슴이 뛰냐고!

민영은 움찔 걸음을 멈추고 그를 향해 돌아섰다.

"예?"

"나도 마침 부두 쪽으로 나가야 하니까 같이 나가지."

"아, 예······."

"비옷 입어."

"네? 네."

아, 바보 같다. '예'와 '네'라는 말밖에 못하는 인형 같다.

박민영! 강세종에게 완전히 얼이 나갔구만! 나갔어!

탁.

민영과 세종이 나가고 문이 닫히자 최 경사가 고개를 갸웃거리며 중얼거렸다.

"수상한데······."

"예? 뭐가요?"

가까이에 서 있던 진지한이 물었지만 최 경사는 그를 무시하고 김 경장을 보았다.

"어이, 김 경장. 수상하지 않아?"

"뭐가 말씀입니까?"

김 경장이 되묻자 최 경사가 미간을 찌푸렸다.

"자네도 몰라? 저 둘 말이야. 강 경사하고 박 순경."

"두 사람이 왜요?"

이번에도 진지한이 톡 끼어들었다. 그러자 최 경사가 '감히 어딜?' 하는 눈빛으로 진지한을 노려보았다. 그러자 진지한이 깨갱, 눈길을 내리며 조용히 수그러들었다. 그러자 최 경사가 다시 김 경장을 쳐다보았다.

"둘이 수상하잖아."

"글쎄요. 전…… 어떤 면에서요?"

김 경장은 전혀 모르겠다는 얼굴로 고개를 저었다. 그러자 최 경사가 알 만하다는 표정을 지었다.

"어쭈? 김 경장이 그렇게 나오니까 더 의심이 가는군. 내가 이렇게 눈치를 챘는데 김 경장이 아무것도 안 느꼈다는 건 말이 안 되지. 분명 둘이 뭔가 있군. 그렇지?"

김 경장의 눈길이 진지한을 슬쩍 쳐다보았다. 그러자 눈치없는 진지한은 '왜요?' 하는 얼굴로 김 경장을 마주 보았다. 최 경사가 진지한의 정강이를 발로 툭 찼다.

"인마. 너, 순찰 안 나가?"

"저, 방금 다녀왔는데요. 일지 써서 지금 결재받으러 온 겁니다."

그래도 눈치를 못 챈 진지한이 당당하게 결재 서류를 내밀자 최 경사가 그 서류철을 홱 빼앗아 책상 위로 아무렇게나 던졌다.

"이건 됐고, 가서 해변 한 바퀴 더 돌아."

"예? 왜요? 다녀온 지 5분도 안 됐는데……?"

"자식이! 다녀오라면 다녀올 것이지! 뭔 말이 많아!"

최 경사가 자리에서 벌떡 일어서자 진지한이 움찔 뒤로 물러섰다.

"알겠습니다, 갑니다. 가요!"

그제야 뒤돌아서 입구에 걸려 있던 우비를 입기 시작했다. 정말 밖에서 돌아온 지 얼마 되지 않은 사실을 뒷받침하듯 우비에서는 여전히 물이 뚝뚝 떨어지고 있었다. 문득 진지한은 자신이 빠진 그 자리에 가까이 다가서는 김 경장을 흘겨보았다.

우비를 다 입은 진지한은 사무실을 튀어나갈 준비를 하며 그들을 돌아보았다.

"저도 다 알아요! 두 분이서 지금 무슨 말씀 하려는지!"

"뭐?"

최 경사와 김 경장이 동시에 쳐다보자 진지한은 마지막 말을 툭 내뱉고 재빨리 밖으로 나갔다. 마치 그들이 쫓아올까 봐 두렵다는 듯.

"강 경사님이 박 순경님을 기합 주러 나간 거 저도 다 압니다! 이거 잘하면 직장 내 폭력으로 비하될 수도 있다는 거, 저도 다 안다고요!"

쾅!

속사포처럼 내뱉고 눈 깜짝할 새에 진지한이 밖으로 나갔다. 그러자 최 경사와 김 경장은 닫힌 문을 황당하게 쳐다보았다.

"쟤, 뭐래?"

최 경사가 어이없게 중얼거리자 김 경장이 대답했다.

"글쎄요. 신경 안 쓰시는 게 뇌 건강에 좋을 것 같습니다. 저 자식이 자다가 봉창 두드리는 게 어디 하루 이틀도 아니잖습니까."
 최 경사도 고개를 끄덕였다.
 "하긴, 그렇지. 그건 그렇고 자, 빨리 사실대로 말해봐. 두 사람, 뭔가 있지?"
 김 경장은 최 경사의 초롱초롱한 눈을 보며 의미심장한 미소를 지었다.
 "최 경사님 눈치도 제법이신데요?"
 그러자 최 경사의 얼굴이 눈에 띄게 환해졌다.
 "그럼 사실이야? 그러니까 꼴통 강 경사와 막가파 박 순경이 연애한다고?"
 김 경장이 웃으며 고개를 끄덕였다.
 "예. 그런 것 같습니다. 그것도 활활 불이 붙은 것 같습니다. 늦게 부는 바람이 태풍보다 무섭다더니 두 사람이 지금 딱 그렇다니까요."
 "그으래?"
 최 경사가 정말로 의외인 듯 눈을 크게 떴다.
 "우리 박 순경한테 그런 면이 있었나? 애가 좀 무디고 더딘데…… 박 순경은 곰과잖아."
 "에이, 아무리 무딘 곰이라도 사랑 앞에서는 정열적으로 변하죠. 곰들이 사랑하는 거 보셨습니까?"
 김 경장의 질문에 최 경사가 고개를 저었다.
 "아니, 자네는 봤나?"

그러자 김 경장이 고개를 숙이고 목소리를 은밀하게 낮추었다.

"전 동물의 왕국에서 봤습니다. 곰의 거시기가 왜 스테미너에 최고로 좋은 보양식인 줄 아십니까?"

"몰라."

"곰들이 사랑을 나눌 땐 산 전체가 다 진동을 한답니다. 옆에 있는 나무가 다 쓰러지고 폭포의 물줄기가 거세지고, 땅은 진동을 하면서……."

김 경장의 말이 너무 과장되게 흘러가자 최 경사가 버럭 소리를 질렀다.

"그건 변강쇠잖아!"

그러자 김 경장이 머쓱한 듯 킥킥거렸다.

"그런가요? 쿡쿡쿡."

그때였다. 둘이 음침한 눈길을 주고받으며 곰들의 사랑에 강 경사와 박 순경의 사랑을 대입하고 있을 즈음 갑자기 조용한 사무실에 낮은 목소리가 기이하게 울려 퍼졌다.

"저, 순찰 나갑니다."

"허어억!"

"으허헉!"

두 사람은 동시에 기절할 듯 놀라 뒷걸음질을 쳤다. 그들의 눈이 일시에 사무실 구석으로 향했다.

조용언!

김 경장이 얼이 빠진 목소리로 손가락질을 했다.

꼼짝 마! 나, 사랑에 빠진 경찰이야! 371

"야, 너, 너 언제부터 거기 있었어?"

진정 무서운 놈이다. 지금까지 사무실에는 최 경사와 자신만 있는 줄 알았는데 저놈이 어디에 숨어 있었단 말인가!

조용언이 왜 그러냐는 듯 조용히 그들을 쳐다보았다.

"아까부터 있었는데요."

"그러니까 언제부터?"

최 경사가 무슨 공포 영화라도 보는 듯 떨리는 목소리로 물었다.

"재섭이 형하고 전협이 바람바위로 나갈 때부터요. 그럼 전 나갑니다."

유유히 사무실을 나가는 조용언의 뒤로 뒷목을 잡는 두 사람이 있었다.

"크헉. 그럼 우리가 하는 말 다 들었다는 거잖아."

최 경사가 말하자 김 경장도 중얼거렸다.

"전 가끔 저 자식이 무섭습니다. 어떻게 된 놈이 사람으로서 최소한의 인기척도 안 낸단 말입니까? 저 자식, 혹시 귀신 아닐까요? 으흐흐흐흐."

"아, 됐어! 귀신은 무슨!"

최 경사는 버럭 소리를 질렀지만 의심이 가득한 눈으로 조용언이 나간 문을 응시했다. 때마침 '번쩍' 하며 번개가 내리치고 가까운 하늘에서 '우르르' 천둥이 치기 시작했다.

10장 - 달콤한 박 순경

쏴아아아아.

세차게 내리는 장대비를 피해 민영과 세종은 가까운 대피소로 들어갔다. 평소에는 낚시꾼들이 비바람을 피하라고 만들어 놓은 단순한 건물이었지만 바캉스 시즌 동안에는 간이 샤워실로 운영되는 곳이었다. 그들이 비를 피해 들어갔을 때 그곳은 사람들이 모두 사라진 해변만큼이나 텅 비어 있었다.

민영은 우비에 달린 비닐 모자를 벗고 무섭게 내리는 빗줄기를 바라보았다. 빗줄기도 거친데 바람까지 심상치가 않았다.

"무사히 넘어가야 할 텐데."

민영이 중얼거리는 동안 그가 손을 내밀어 그녀의 머리에 매달린 물방울을 털어주었다.
"너만 안 나서면 돼."
그녀는 무슨 소리냐는 듯 그를 쳐다보았다.
"내가 뭘?"
세종이 짐짓 진지하게 말했다.
"여기저기 무턱대고 뛰어들지 말란 뜻이야. 본격적으로 태풍이 덮치면 정신없이 바쁠 텐데 너 때문에 신경 쓰고 싶지 않다."
"그게 무슨 소리야? 하, 나도 경찰이야. 내가 무슨 말썽꾼이야?"
민영은 고개를 쳐들고 야무지게 말했다. 그러자 그가 그녀의 볼을 살짝 건드렸다.
"인마, 누가 말썽꾼이래? 니가 하도 물불을 안 가리니까 하는 말이잖아. 이건 경사로서 명령하는 거야. 내가 정해준 구역 안에서만 돌아. 즉, 내 눈앞에서만 움직이란 뜻이야."
민영은 어이가 없어 눈을 치떴다.
"강 경사, 공과 사는 구별 좀 하시지?"
미소를 머금은 세종이 한 걸음 앞으로 쑥 다가서더니 민영의 바로 코앞에 섰다.
"그게 얼마나 힘든 건지 알아?"
"뭐, 뭐?"
"공과 사를 구별하는 게 이렇게 힘든 건지 나도 처음 알았다고. 그러니까 나한테 그런 무리한 요구는 하지 마."

"뭐, 뭔 소리야?"

민영이 주춤 뒤로 물러서며 묻자 그가 그녀의 허리를 잡고 홱 끌어당겼다.

"엄마야!"

"엄마는 무슨! 서른한 살이나 먹은 노처녀 주제에."

그녀는 그의 가슴을 탕탕 쳤다.

"왜 이래? 누가 들어오면 어쩌려고?"

아, 가슴이 단단해서 내 주먹이 아프다. 그래도 좋다. 이래서 여자는 강한 남자한테 끌리는 걸까?

"이 빗속을 뚫고 누가 들어와? 박 순경."

또, 또! 또 그런다. 아, 진짜! 저놈의 '박 순경' 소리!

민영은 자신의 몸이 다시 비비 꼬이는 것을 막지 못했다. 다른 여자들은 몸 어느 곳을 만지면 느끼는 성감대라는데 어떻게 된 게 그녀는 강세종이 부르는 '박 순경'이라는 소리에 오금을 펴지 못했다.

"왜, 왜? 왜 그러는데?"

목소리가 부들부들 떨렸다. 갈라지고 허스키해졌다. 마치 콧소리를 내는 것마냥.

"응? 목소리가 왜 그래? 설마 날 유혹하는 건가?"

세종이 천연덕스러운 표정으로 그녀를 음흉하게 쳐다보았다. 민영은 버럭 소리를 질렀다.

"유혹은 무슨! 누, 누가 유혹을 한다고……."

"박 순겨엉……."

아아아아! 미치겠다. 이 자식이 이런 식으로 나긋하게 '박 순겨엉'이라고 하면 온몸에 소름이 돋는다. 게다가 저절로 다리가 꼬이고 허리가 비틀렸다. 목젖까지 치밀어 오른 '으음' 하는 신음 소리가 당장이라도 입술 사이를 비집고 새어 나올 것 같았다.

그 순간을 놓치지 않고 세종이 그녀를 벽으로 밀어붙였다. 민영은 순식간에 뒤로 밀리며 입만 벙긋거렸다.

"어어어……."

그리고 그가 덮쳤다. 그녀를 양팔로 가두고 입술을 밀어붙였다. 민영은 거친 신음을 내뱉으며 그를 향해 입술을 열었다. 혀가 밀어닥치고 뒤엉켰다. 입을 한껏 벌리고 상대의 혀를 더욱 깊이 빨아들였다.

민영은 두 손으로 그의 머리칼을 움켜잡았다. 짧아서 손가락 사이로 자꾸만 미끄러지자 아예 머리통을 붙잡았다. 다리 사이로 비집고 들어오는 그의 허벅지 위에 다리 하나를 감아 당겼다. 평소에 운동으로 다져진 몸이라 다리가 번쩍번쩍 들린다. 크지도 않은 가슴을 쑤욱 내밀고 순식간에 덮쳐 오는 그의 손길에 반응했다.

금방이라도 터질 것 같은 욕망이 밖에서 부는 비바람처럼 거셌다. 위협하듯 아우성치는 파도처럼 사나웠다.

"헉, 헉, 헉."

겨우 서로를 놓아준 두 사람은 누가 먼저랄 것도 없이 거친 숨을 몰아쉬었다. 그의 입술이 다시 다가왔다. 가슴이 부풀어 오른다. 뜨거운 눈길로 그녀를 응시하던 그가 천천히 입술을 내려 티셔츠 위로 솟아오른 가슴에 닿았다.

"하아!"

가슴이 터질 듯 팽창했다. 그의 손이 가슴을 감싸 쥐더니 위로 추켜올렸다. 그리고 이를 세워 가슴 위로 딱딱하게 솟아오른 돌기를 깨물었다.

"아!"

민영은 숨 넘어가는 신음 소리를 내며 그의 머리를 잡았다. 감미로운 열망이 눈을 흐리게 만들었다.

쏴아아아아.

비가 더욱 세차게 내렸다. 흐릿한 시야 사이로 무서운 기운으로 내리는 빗줄기를 보았다. 그때 부실하게 뚫려 있던 창문 하나가 '덜컹' 소리를 내었다. 그와 동시에 두 사람은 이성을 찾았다.

고개를 든 그의 입술에서는 뜨거운 숨결이 쏟아져 나왔고 붉어진 눈 또한 강한 열기를 머금고 있었다.

민영은 그 눈길을 도저히 마주할 수 없어 슬쩍 시선을 피했다.

"가, 가야지. 우릴 찾을 거야."

그녀는 그의 팔 사이로 빠져나가려 몸을 움직였다. 그 순간,

그가 그녀를 와락 끌어안았다. 그리고 들렸다. 낮게 속삭이는 그의 목소리가.

"태풍이 지나고 나면…… 자자."

민영은 침을 꿀꺽 삼켰다. 대놓고 '자자'라고 하는 말이 우스워야 하는데 이상하게 진지하고 숙연해진다. 그가 머뭇거리며 말하는 그 한마디가 너무나 간절하게 느껴져서일 것이다.

그녀도 원했다. 매 순간, 그를 원했다. 이렇게 진한 키스를 하고 서로의 몸을 여실히 느낄 때면 더더욱 원했다. 이 열망의 결실을 맺고 싶었다. 불같이 솟아오르는 욕망을 억지로 참으며 그의 품에서 떠나고 싶지 않았다.

민영은 천천히 입을 열었다.

"어……."

그가 그녀의 어깨를 잡고 품에 떨어뜨렸다. 뜨거운 눈길이 그녀를 향했다. 어색한 미소가 입가를 떠돌았다. 그가 그녀의 입술에 살며시 입을 맞추었다.

"마음 변하지 마. 내가 좀 절실하거든."

민영도 그를 향해 희미한 미소를 지었다.

'안 변해. 나도 널 원해. 간절히.'

우지끈!

처얼썩! 촤아아아악!

어디선가 나무가 부러지는 소리가 웅장하게 울리고 파도는 광포하게 밀어닥쳤다.

우르르르르, 콰쾅!

쏴아아아아아.

천둥이 검은 하늘을 진동하고 가끔씩 번쩍 빛을 발하는 번개가 아주 가까운 듯 느껴진다. 강한 돌풍을 동반한 비는 여전히 세차게 내리고 있었다.

세종은 마지막 남은 망루대를 바닥 깊숙이 고정시키는 작업을 끝내고 고개를 들었다.

탕, 탕!

망루대를 고정시키기 위해 안전핀을 꽂은 곳에 마지막 망치질을 끝낸 재섭이 그를 올려다보았다.

"이게 마지막입니다."

바람 소리 때문에 가까운 거리에서도 소리를 질러야 했다. 세종은 재섭에게 고개를 끄덕여 보이고 시선을 돌렸다. 조금 전 들어왔던 윈드서핑 족들을 대피시키라고 보낸 대원들을 살피는 그의 눈길이 사뭇 진지했다. 엄청난 위력을 지닌 태풍답게 지나는 곳곳마다 앞길을 막는 것은 부수고 걸리는 것은 날려 버렸다.

바닥에 깊게 고정되어 있던 망루대 하나가 강한 바람에 흔들리다가 넘어가는 것을 발견하고 세종은 몇몇 대원들을 이끌고 다시 해변으로 나왔다. 망루대를 일일이 돌아다니며 아무리 강한 바람이 불어도 흔들리지 않도록 고정시키는 작업을 해나갔다. 그러던 중에 이런 비바람 속에서 윈드서핑을 하려고 나서는 청년들을 발견했고 세종은 조용언과 김 경장, 그리고 전협을 청년들 통솔에 보냈다. 그리고 거기에는 박민영도 포함되어 있었다.

세종의 눈이 윈드서핑 족들을 통솔하며 이제 막 도로로 올라가는 대원들의 모습을 바라보았다. 무모한 청년들을 에워싸고 걸어가는 그들을 바라보던 세종은 갑자기 눈살을 찌푸렸다.

없다.

그의 눈이 가늘어지고 다급해졌다.

아무리 봐도 없다. 조용언과 김 경장, 그리고 맨 뒤에 전협까지 보이는데 그 여자만 없다.

"제길!"

세종은 자신의 뛰어난 육감이 발휘되는 것을 느꼈다.

불길하다.

"왜 그러세요, 경사님?"

재섭이 옆으로 다가서며 소리쳤다. 하지만 세종은 재섭을 향해 빠르게 명령한 후 뛰기 시작했다.

"나머지 정리해서 사무실로 돌아가!"

전속력을 다해 뛰었다. 재섭이 뒤에서 '경사님!' 하고 소리쳤지만 귓등으로 흘렸다. 세종은 자꾸만 엄습해 오는 불안감에 무작정 뛰었다. 그리고 이제 막 도로로 올라가던 전협을 순식간에 따라잡았다.

세종이 팔을 잡고 홱 돌려세우자 전협이 놀란 얼굴로 돌아본다.

"경사님."

거세게 내리는 빗줄기에 눈을 가늘게 뜨며 쳐다보는 전협의 얼굴에는 의구심이 가득했다.

"박 순경, 어딨어?"

"예?"

멍하게 되묻는 전협에게 세종은 버럭 소리를 질렀다.

"박민영 순경 어딨냐고!"

세종은 다시 뛰고 있었다. 그의 뒤로 김동운 경장과 이재섭이 뒤따르고 있었다. 망루대를 고정시키는 데 사용하던 장비들은 전협에게 넘겨 버리고 재섭도 세종과 김 경장을 뒤따랐다.

상황이 심상치가 않았다.

"아까 박 순경님과 제가 로프 가지러 갔을 때 119대원들이 와서 데리고 갔는데요."

"왜? 119가 왜 박 순경을 데리고 가?"

무슨 일이냐는 얼굴로 전협이 말하자 세종이 다시 윽박지르며 물었다.

"부두에 배들이 떠내려간다고 지금 사람 손이 많이 부족하답니다. 그래서 박 순경님께 도움을 요청하더라고요. 박 순경님이 저한테 해변 정리되면 김 경장님께 보고하라고 해서 그렇게 할 참이었습니다."

"부두?"

"예. 거기 배들이 엉켜서 난리라면서……."

그 순간, 이미 세종은 뛰기 시작했다. 그리고 그 뒤로 상황의 심상찮음을 눈치 챈 김 경장과 이재섭도 덩달아 뛰었다. 부두를 향해.

쏴아아아. 덜컹. 탕.

끼익, 끼이익.

부두는 엉망이었다. 전협의 말대로 어선들이 옆에 붙은 배와 부딪치며 춤을 추었고 그때마다 바람은 신이 난다는 듯 더 큰 파도를 일으켰다. 상갑판 위에 세워져 있던 깃발이나 도르래 장치는 세찬 바람에 꺾여서 너덜거리고 이리저리 흔들리고 있었다.

세종은 더욱 거세지는 빗줄기 사이로 뛰어다니며 민영을 찾아 헤매기 시작했다. 어선의 주인들이 나와 모두들 바람과 사투를 벌이고 있었다. 조금이라도 충격이 덜하도록 배들을 최대한 붙여 고정시키는 작업을 하고 있었다.

아수라장이었다. 비에 젖는 것은 아무것도 아니었다. 삶의 유일한 터전이고 생존 방식인 배는 저들에게 생명과도 같은 존재였다. 그들에게는 무엇과도 바꿀 수 없는 소중한 것이었다.

그리고 강세종에게도 소중한 것이 있었다. 미처 알지 못했던, 그저 처음으로 온 마음을 다해 좋아하는 여자가 생겨서 그것만을 즐겼던 그는 박민영이 눈앞에 보이지 않는 이 순간 그 소중함을 깨달아 버렸다.

사랑한다.

강세종은 자신이 미칠 듯한 사랑에 빠진 것을 깨달았다. 어쩌면 스쳐 지나가는 열병일지도 모른다고 잠시나마 생각했던 것이 후회가 되었다. 이런 가슴 졸이는 사랑이 그럴 리가 없었다. 그녀가 잠깐 눈앞에 보이지 않는데도 이렇게 불안하고 걱정스러운 감정이 스쳐 지나가는 열병일 리 없었다.

세종은 미친 듯이 눈길을 휘저었다. 우비의 모자는 이미 바람에 벗겨져 버렸고 그는 온전히 빗줄기를 맞고 있었다. 우비는 이제 소용이 없었다.

배들을 스쳐 눈길을 움직이던 세종은 순간, 119수상안전요원들의 마크가 찍힌 푸른색 우비를 발견하고 달렸다. 순식간에 그들에게 다가선 세종은 소리를 질렀다.

"해경소속 여순경, 어디 있습니까!"

그 순간, 세종은 수상안전요원 두 명의 얼굴이 움찔 긴장하는 것을 캐치했다. 세종은 위협적으로 그들을 향해 다가섰다.

"무슨 일이야! 그 여자, 어디 있어!"

"무, 무슨 말을 하시는 겁니까?"

분명 당혹해하는 표정이었다. 세종은 더욱 험악한 표정을 지었다.

"바다에 처박아 버리기 전에 당장 말해!"

협박이 먹혀들었는지, 아니면 저승사자처럼 서슬이 퍼런 강한 기운에 겁을 먹은 건지 두 사람 중 한 명이 쭈뼛쭈뼛 손을 들어 방파제 쪽을 가리켰다.

"아, 아까 저리로 갔습니다. 어부 한 사람이 방파제 쪽에 낚싯배를 두고 왔는데 그걸 안전한 곳으로 이동시켜야 한다고 고집을 부려서 같이 갔습니다. 그쪽은 지금 토사가 밀려 내려와서 길이 유실됐는데…… 그래서 저흰 다시 돌아올 줄 알았습니다. 진짭니다. 아직도 돌아오지 않은 줄은 정말 몰랐습니다. 정말입니다!"

퍽.

세종의 주먹이 정통으로 남자를 향해 날아들었다. 그리고 그는 남자의 허리에 매달려 있던 구명 밧줄을 홱 낚아챈 후 몸을 돌려 달리기 시작했다.

개자식들! 그 여자 몸에 생채기 하나라도 났다가는 다 죽여 버리겠어!

김 경장은 세종을 따라 황급히 걸음을 옮기려다 119수상안전요원 두 명을 사납게 노려보았다.

"얼마나 됐어?"

"한 20분쯤……."

김 경장이 잇새로 내뱉듯 쏘아붙였다.

"우리 박 순경한테 무슨 일이라도 생긴 거면, 살가죽을 다 벗겨 버릴 테니까 각오해!"

얼굴이 하얗게 질리는 두 명의 남자를 남겨두고 김 경장은 뛰기 시작했다. 세종과 재섭의 뒤를 바싹 뒤쫓으며.

"길이 없습니다."

다 아는 사실을 재섭이 중얼거렸다. 한 치 앞도 분간할 수 없을 만큼 휘몰아치던 비바람이 잠시 잠잠해졌다. 하지만 아직도 하늘은 으르렁거리며 어두웠고 빗줄기는 다소 약해졌지만 여전히 세 남자의 머리와 어깨 위로 내리고 있었다.

그들의 눈앞에는 산에서 흘러내린 토사 더미가 있었다. 방파제를 따라 산을 끼고 만들어진 좁은 도로는 한 면은 바다였고 한 면은 산이었다. 비가 많이 오면 토사물이 흘러내리는 것이나 갑작스러운 낙석 현상이 발생하는 경우를 막기 위해 그물망을 쳐놓았지만 강력한 비바람에 그것마저도 이미 소용이 없게 되어버렸다. 사람 몸만큼이나 큰 바윗덩어리가 도로를 가득 채웠고 그 사이로 젖은 흙들이 작은 틈 하나 없이 메워져 있었다.

세종은 이를 악물었다. 낚싯배라고 하면 방파제 끝에 위치한 간이 선착장을 말하는 것이다. 그곳으로 가기 위해서는 이 길을 꼭 지나쳐야 했다. 그 외에는…… 세종의 눈길이 바다로 향했다.

길은 이제 바다뿐이다.

하지만 바다는 도저히 그들이 어쩔 수 없을 만큼 큰 파도가 일렁이고 있었다. 쾌속정 한 대라도 있다면 이것저것 재지 않고 곧장 저 파도 속으로 뛰어들었을 것이다. 하지만 그들에게는 지금 배도 없었고 시간은 더더욱 없었다.

"경사님, 어떻게 하죠?"

김 경장이 물었다. 세종은 대답을 하지 않고 그대로 걸음을 옮기기 시작했다. 김 경장과 재섭이 황급히 그를 뒤따랐다.

세종은 방파제 아래쪽을 내려다보았다. 엄청난 파괴력을 지닌 파도가 방파제를 세차게 덮쳤다가 일시에 물러가며 커다란 물보라를 일으키고 있었다. 자칫 잘못 발을 디뎠다가는 으르렁거리는 괴물처럼 덤벼드는 파도에 휩쓸려 가버리기 십상이었다. 그리고 아직도 바람은 거세기만 하다.

세종은 결연한 표정으로 김 경장과 재섭을 돌아보았다.

"이재섭은 지금 당장 사무실로 돌아가서 최 경사님께 보고해."

"예? 하지만······."

재섭이 당혹스러운 듯 한 발 앞으로 나섰지만 세종은 그대로 고개를 돌려 김 경장을 바라보았다.

"저 아래로 내려가서 돌아가는 방법밖에 없어."

김 경장이 그런 것 같다는 얼굴로 고개를 끄덕였다.

"제 생각에도 그 길밖에 없습니다. 그런데 가능할까요?"

"해야지."

그러자 김 경장도 심각한 얼굴로 희미한 미소를 지었다.

"그렇다면 저도 해야죠. 바늘 가는 데 실이 안 가는 거, 보셨습니까?"

세종도 마주 미소를 지었다. 그러자 옆에 서서 졸지에 방관자가 되어버린 재섭은 인상을 쓰며 입을 열었다.

"저도 가겠습니다."

"넌 빠져. 경찰서로 돌아가서 시키는 대로 해."

세종의 무시하는 말투에 재섭은 발끈했다.

"전 해병댑니다. 이깟……."

"어허, 어디서 새까만 해병대가 하늘같이 높으신 선배에게 반항이야?"

김 경장이 재섭의 어깨를 꽉 누르며 짐짓 으름장을 놓자 재섭은 눈을 가늘게 떴다.

"예? 그게 무슨……?"

"우리도 해병대 출신이란 뜻이야. 햇병아리. 부대로 돌아가거든 해병대의 전설, 식인상어가 누군지 물어봐. 그럼 기수가 좀 있는 놈들은 대답해 줄 거야."

"김 경장."

재섭을 상대로 한껏 거들먹거리던 동운은 세종이 부르자 얼른 뒤돌아섰다. 그리고 뒤를 돌아보며 싱긋 웃어 보였다.

"해경의 특수기동대의 진가를 잘 보고 느끼라고."

그리고 세종이 사라졌던 방향으로 훌쩍 몸을 던졌다. 그 순간, 재섭은 놀란 얼굴로 재빨리 아래를 내려다보았다. 내려다보는 그의 얼굴이 창백하게 굳어짐과 동시에 두 눈은 감탄으로 휘둥그레졌다.

저들은 인간이 아니었다. 마치 바다에 사는 거미처럼, 아니, 불가사리라도 되는 듯 손과 발을 이용해 이동하고 있었다. 파도가 들이치면 몸을 숙여 최소한의 마찰을 줄였고 파도가 밀려 나가면 그때를 이용해 재빨리 이동했다. 그 이동 속도가 실로 감탄을 자아냈다.

"특수기동대."

재섭은 그 이름을 조용히 읊조렸다. 벌써 저만치 멀어져 이제는 보이지도 않는 두 남자의 흔적을 쫓는 그의 목소리에는 옅은 존경심마저 깃들어 있었다.

세종은 단숨에 도로로 뛰어올랐다. 그러자 그 뒤로 김 경장도 '끙' 하는 신음 소리와 함께 도로로 올라섰다.

"해변으로 쫓겨온 뒤로 훈련을 안 했더니 몸이 무겁네요."

아무도 뭐라고 하지 않았는데 동운은 괜히 겸연쩍은 웃음을 지었다. 하지만 세종의 신경은 김 경장에게 가 있지 않았다. 그의 시선은 내리막길 끝에 보이는 간이 선착장을 향해 있었다. 그리고 거기 어디쯤에서 희미하게 사람의 목소리가 들려왔다.

세종은 뛰기 시작했다. 그와 동시에 동운도 뛰었다.

민영은 걱정스러운 시선으로 동굴 안쪽을 바라보았다. 커다란 바위산 아래에는 파도에 침식되어 자연적으로 생성된 동굴이 있었다. 그리고 그 안쪽을 향해 민영은 다시 소리를 질렀다.

"아저씨! 거기 꼼짝 말고 계세요! 제가 갈게요! 아셨죠?"

쏴아아아아.

갑자기 빗줄기가 다시 강해지기 시작했다. 민영은 가늘게 눈을 뜨고 하늘을 올려다보았다.

내 잘못이었다. 끝까지 아저씨를 말렸어야 했는데…….

민영은 뒤늦은 후회로 속이 꽉 막혀왔다. 그녀의 눈길이 이미 물이 가득 찬 동굴 입구를 향했다. 처음엔 저렇지 않았다. 물은 차기 시작했지만 이렇게 순식간에 불어버릴 줄은 몰랐다. 낚싯배들을 동굴로 옮겨놓아야 한다는 아저씨의 고집에 결국 그녀가 함께 돕기 시작했다.

아저씨가 낚싯배를 한 대씩 노를 저어 동굴 입구로 가져오면 민영과 아저씨가 합심해서 동굴 안으로 끌고 갔다. 하지만 갑자기 무서운 속도로 물이 차기 시작하자 민영은 마지막 남은 낚싯배를 가지러 나왔고 아저씨는 입구에 있던 배를 동굴 안으로 끌고 갔다.

그게 마지막이었다. 그녀는 자신이 올 때까지 배가 떠내려가지 않게 잡고 있기만 하라고 아저씨에게 누누이 말했지만 아저씨는 결국 그녀를 기다리지 않았다. 그리고 그렇게 동굴로 들어간 아저씨는 다시 나오지 못하고 고립되고 말았다.

그냥 물이 들어찬 것이 아니었다. 넓은 곳에서 거세게 일던 파도는 급격하게 좁아지는 동굴 입구에서 엄청난 소용돌이를 일으켰고 동굴로 들어가려고 시도하던 민영조차 도중에 다시 돌아오고 말았다. 아저씨 또한 동굴에서 나오려고 헤엄을 치려다가 부상까지 당했다. 부상의 정도가 어느 정도인지는 몰라도 헤엄을 칠 수 없는 상태인 것만은 분명했다.

"아저씨! 제 말 들리세요?"

민영은 다시 소리쳤다. 하지만 거대한 파도 소리와 세찬 바람 소리에 묻혀 그녀의 목소리는 사방으로 흩어질 뿐이었다.

그녀는 잠시 그렇게 서 있다가 드디어 결심을 하고 심호흡을 했다. 물살이 다소 거칠기는 하지만 해볼 만하다. 가만히 보면 틈이 있었다. 파도가 계속 들이치는 것이 아니었고 파도만 들이치지 않으면 소용돌이도 없다. 다만, 그 파도가 언제 들이닥칠지 그때를 알 수 없다는 것이 문제였다.

민영은 다시 한 번 결연한 의지를 가지고 힘껏 공기를 들이마셨다. 지금껏 자신의 운이 그렇게 썩 좋지는 않았지만 그렇다고 아주 절망적인 적은 없었다. 나름대로 견뎌낼 수 있을 만큼의 역경을 겪었다. 또 그런 힘든 역경을 이겨내고 나면 낙이 오기도 했다. 그 대표적인 예가 해경 시험에 합격한 것이었다. 또 강세종의 마음을 쟁취한 것도 포함된다.

세종.

민영은 세종을 떠올리며 주먹을 불끈 쥐었다. 세종이라면 이럴 때 분명 행동에 옮길 것이다. 그녀가 머뭇거리는 것이 부끄러울 만큼 재빨리 움직여 고립된 사람을 구해낼 것이다.

그 생각이 머릿속에 자리를 잡자 민영은 더 이상 망설이지 않았다. 바위 아래로 내려선 민영은 그대로 바다로 뛰어들었다.

공기의 흐름을 깨는 커다란 고함 소리가 울린 것은 그때였다.

"박민영!"

하지만 벌써 때는 늦었다. 이미 커다란 굉음을 울리며 덮친 파도가 그녀를 삼킨 후였다.

"안 돼!"

세종은 순식간에 웃옷을 벗어 던지고 그대로 바다로 뛰어들었다. 그리고 엄청난 소용돌이 속으로 사라졌다.

"콜록, 콜록 콜록!"

민영은 바위 위로 젖은 몸을 겨우 끌어 올리고 연신 기침을 쏟아내었다. 그리고 그 뒤로 세종의 몸이 불쑥 올라왔다. 기침을 멈추지 못하고 물을 뱉어내는 그녀의 등을 탁탁 두드리던 세종은 버럭 고함을 질렀다.

"미친 여자 같으니라고! 도대체 생각이 있는 거야! 없는 거야! 그렇게 아무 대책 없이 소용돌이 속으로 뛰어들면 어쩌자는 거냐고!"

민영은 사납게 소리를 지르는 그에게 뭐라고 대꾸를 하고 싶었지만 물을 너무 마셨고 소용돌이를 빠져나오느라 기운을 전부 소진한 까닭에 손가락 하나 까닥할 힘조차 없었다.

세종은 아무렇게나 널브러진 민영의 어깨를 잡고 일으켜 세웠다. 거친 듯하지만 걱정이 가득 묻은 손길이었다. 안전한 바위 위로 그녀를 부축한 세종은 황급히 다가온 김 경장에게 물었다.

"연락했어?"

"예. 그런데 파도가 너무 높아서 쾌속정이 뜰 수가 없답니다."

김 경장의 보고에 세종이 험악하게 인상을 썼다.

"이깟 파도가 뭐가 높아! 먼 거리도 아니고!"

세종이 소리를 지르자 김 경장도 심각하게 대꾸했다.

"그 사람들은 기동대가 아니잖습니까. 아무래도 이런 험난한 날씨 속에서 쾌속정을 띄워본 적이 없을 겁니다. 조금 더 기다려 보시죠. 122해난구조대 쪽으로 연락을 해보고 가능한 인원이 있으면 보내겠다고 했으니까요."

"안 돼."

김 경장의 말이 끝나기가 무섭게 민영이 속삭였다. 세종은 그녀를 돌아보았다.

"뭐?"

민영이 이제 점점 힘이 돌아오는지 고개를 들고 말을 하기 시작했다.

"기다릴 시간 없어. 저 동굴 안에 부상당한 사람이 있어."
세종의 눈살이 더욱 찌푸려졌다.
"얼마나?"
민영은 고개를 저었다.
"몰라. 어느 정도인지는 몰라도 분명히 헤엄을 칠 수는 없는 상태야."
"부상을 당하지 않아도 지금 상황에서는 헤엄을 칠 수 없어."
세종은 단호하게 말했다. 방금 당해보고도 모르냐는 식으로 그녀를 노려보았다. 사람의 힘으로 뚫고 가기에는 물살이 너무 셌다. 그런 소용돌이 속으로 뛰어든 그녀를 질책하는 어투가 분명했다.

"하지만 부상이 어느 정도인지도 모르는데 이렇게 손 놓고 기다릴 수만은 없잖아. 설사 쾌속정이 온다 해도 저 동굴로 들어가려면 헤엄을 칠 수밖에 없단 말이야."
세종은 민영의 말을 듣고 고개를 돌렸다. 동굴 입구의 소용돌이는 만들어졌다가 사라졌다가를 반복하고 있었다. 거센 파도가 들이칠 때마다 일시적으로 만들어진 소용돌이는 그 위력이 대단했지만 그만큼 빠른 속도로 소멸되었다.

민영의 말이 옳다. 부상의 정도를 알 수 없는 조난자가 저기 동굴에서 홀로 고통을 삼키고 있다. 어쩌면 급한 응급처치가 필요한 상태인지도 모른다.

한 사람은 가야 했다.

세종은 김 경장의 등에 매달려 있는 배낭을 바라보았다.

"거기, 응급구급함도 들어 있나?"

김 경장은 세종의 질문에 황급히 배낭을 내렸다. 그리고 지퍼를 열어 그 안을 헤집어 응급도구함을 꺼내 들었다.

"있습니다. 아까 119대원들한테서 뺏어오길 잘했는데요."

세종은 구급함을 받아 들고 중얼거렸다.

"잘했어."

그리고 민영을 돌아보았다.

"다친 곳은?"

그녀는 인상을 썼다.

"내 걱정을 할 때가 아니야. 동굴 안에 있는 사람부터 구해야 해."

하지만 세종은 민영의 말을 무시하고 동운을 쳐다보았다.

"나한테 무슨 일이 생기면 박 순경 데리고 경찰서로 돌아가. 무전 쳐서 122든, 특수기동대든 누구든 보내라고 해. 알았나?"

김 경장은 선뜻 대답하지 못했다. 그 틈에 민영이 끼어들었다.

"무슨 소리야? 무슨 일이 생긴다니? 너 혼자 가겠다고? 나도 가겠어!"

세종이 험악하게 인상을 썼다.

"허튼소리 말고 시키는 대로 해!"

"허튼소리 아니야! 니가 잡아서 끌어내지 않았으면 벌써 동굴 안에 들어갔을지도 몰라!"

그러자 세종이 민영의 어깨를 꽉 움켜쥐었다.

"똑똑히 들어! 저 파도 속으로 무작정 뛰어들면 동굴 입구에 다다르기도 전에 산산조각날 거야! 그리고 설사 동굴 안으로 들어갔다고 해도 아무 준비도 안 된 니가 뭘 할 수 있어? 단순한 응급처치 도구도 없는 주제에!"

민영은 아무런 대꾸도 하지 못했다. 그의 말이 옳았다. 조금 전 그녀가 뛰어들었을 때는 정말이지 아무런 준비도 되어 있지 않았다. 생각해 보면 얼마나 무모한 짓이었던가. 게다가 그가 잡아서 끌어내 주지 않았다면 아마 자신은 파도에 휩쓸려 저 바위 어느쯤에 부딪혔을 것이다. 그의 말처럼 산산조각이 났을지도 모르는 일이다.

"그래도 너 혼자 보낼 순 없어. 니 말대로 위험한 상황이야. 넌 사람 아니야? 너라고 무사통과할 수 있다는 보장도 없잖아?"

"아니, 난 할 수 있어. 난 사람이 아니고 대한민국 해경소속 특수기동대거든."

"뭐?"

민영이 그 자만심 가득한 말에 얼이 빠진 틈에 세종이 김 경장에게 다시 지시를 내렸다.

"내가 동굴 안으로 들어가는 걸 확인한 후에는 무조건 기다려. 122든, 안전요원이든 간에 누구든 구조하러 올 때까지 기다려. 섣불리 움직이지도 말고 동굴로 들어올 시도조차 하지 마.

알겠나?"

"경사님……."

동운은 이번에도 선뜻 대답하지 못했다. 그리고 또 민영이 그 틈으로 파고들었다.

"안 돼! 난 절대 그 지시 따를 수 없어! 나도 할 수 있어! 네가 할 수 있다면 나도……."

"박민영 순경!"

명령에 따르지 않고 반항하는 민영을 거칠게 부르는 순간 세종의 머릿속으로 익숙한 장면들이 스치고 지나갔다.

"폭풍우가 더욱 거세진다는 예보다. 너희들 힘만으로는 부족하다. 해군에 지원을 요청한 상태다. 반복한다. 철수하라."

"함정에서 함장의 명령이 곧 법이란 걸 모르나!"

세종은 씁쓸한 미소를 지었다. 자신을 여기 여름 해변에서 근무하게 만든 사건이 떠올랐다. 한우리함의 함장은 지휘관으로서 최소한의 피해를 줄이기 위한 명령을 한 것이었다. 함대를 이끄는 함장으로서 취할 수 있는 가장 합리적인 명령을 내렸던 것이었다. 한낱 패기 넘치고 자만심에 가득 찬 대원 하나가 자신의 명령을 어길 줄은 몰랐을 것이다.

"네가 그런 식으로 상관의 명령을 어기고 제멋대로 굴다가는 함장은커녕, 지휘관 근처도 못 가! 설사 네가 함장이 된다고 하더라도 너처럼 상관의 지시를 어기는 부하를 넌 도대체 어떤 식으로 통솔할 거냐?"

직위 해제의 위기에서 자신을 구해준 전일곤 함장이 했던 말도 떠올랐다.
전 함장의 말이 옳았다.
세종은 눈을 반짝이며 당장이라도 위험에 맞서 덤빌 태세인 민영을 응시했다.
'너처럼 상관의 지시를 어기는 부하를 넌 도대체 어떤 식으로 통솔할 거냐?'
함장이 되기도 전에 이미 자신의 명령을 어기는 믿지 않은 부하를 둔 셈이다. 게다가 이 부하는 직위 해제도 시킬 수 없다. 주먹이라도 한 대 날려서 명령 불복종에 대한 처결도 하지 못한다. 아니, 오히려 가장 안전하게 지켜주고 싶은 존재였다. 그 누구보다 보호해 주고 싶은 부하이며…… 여자였다.
세종은 한숨을 푹 내쉬었다. 한우리 함장이 차라리 부러울 지경이었다. 지금처럼 암담한 상황에서는 주먹 한 대 치고 직위 해제시키겠다고 길길이 뛰던 함장의 입장이 훨씬 나아 보였다.
그때의 잘못에 대한 대가를 이런 식으로 치른다고 생각하니 씁쓸하기만 하다. 그리고 자신이 무엇을 잘못했는지 뼈저리게 깨달았다.

"잘 들어, 박민영."

"너도 잘 들어. 난 할 수 있어! 너만 저기로 보낼 순 없어!"

"내 말 먼저 들어! 난 니 상관이야!"

망아지처럼 날뛰는 민영을 상관이라는 직위를 이용해 겨우 잡아놓고 세종은 다시 입을 열었다.

"저기 파도 보여? 지금 들어오는 저 파도."

민영은 무슨 말을 하려고 저러나? 하는 얼굴로 고개를 끄덕였다. 그러자 그가 다시 말을 이었다.

"난 저 파도가 들이치는 것과 동시에 헤엄을 칠 거야."

"뭐?"

놀란 민영이 소리를 쳤다. 파도가 들이치는데 헤엄을 치겠다니! 미치지 않고서야!

"내 말 먼저 들으라고 했잖아!"

순간, 민영이 일그러진 얼굴로 입을 다물자 세종이 다시 동굴 입구를 가리켰다.

"파도가 들이치면 일시적으로 물살이 동굴 쪽으로 흘러. 그것도 아주 빠르고 강한 힘으로. 그 힘이 날 밀어줄 거야. 난 최대한 빠르게 동굴 쪽으로 헤엄을 칠 거고. 그러다가 파도가 빠지면서 소용돌이가 생기면 가까운 바위에 붙어서 기다린다. 이 구명 밧줄이 날 거대한 물살에 휩쓸려 가는 것을 막아줄 거야. 소용돌이가 사라질 때까지. 지금. 바로 지금이야!"

민영은 그의 말대로 파도가 일시적으로 동굴 쪽으로 치솟았다가 급격히 빠지는 것을 보았다. 그리고 물이 빠지면서 소용돌이가 거대하게 돌다가 그것도 금방 소멸되는 것을 보았다.

"소용돌이가 사라지면 다시 헤엄을 칠 거야. 파도가 들이친다면 더 빨리 갈 수 있겠지. 하지만 이건 박자가 중요해. 파도가 오는 시점과 빠지는 시점을 놓쳐 버리면 난 저 소용돌이 속에 말려서 어느 단단한 바위에 처박히겠지. 이 모든 건, 물의 흐름과 바람을 잘 알아야 해. 난 바다에서 살다시피 한 사람이야. 이런 일을 위해 고도로 훈련된 사람이라고. 그러니 넌 할 수 없어."

민영의 얼굴이 어두워졌다.

"그건 이론일 뿐이야…… 말대로 쉽지 않을 거야……."

그가 희미하게 미소를 지었다.

"알아. 하지만 난 해낼 수 있어. 내가 그랬지? 난 보통 사람이 아니야. 고도의 훈련을 받은 해양특수기동대라고. 그러니까 날 믿어."

민영은 아무 말도 할 수가 없었다. 그는 기동대라고 당당하게 말하지만 자신은 도대체 뭘 내세워야 한단 말인가? 기껏해야 수상인명구조자격증 하나가 다인 것을.

"하지만……."

세종이 갑자기 그녀를 와락 끌어안았다. 김 경장이 보고 있는데도 그는 거리낌이 없었다. 그녀의 귓가에 대고 속삭였다.

"무사귀환이나 빌어."

민영은 김 경장에게서 장비를 챙겨 든 그가 바다로 뛰어드는 것을 묵묵히 바라보았다. 조금 전 자신을 품에서 떼어내며 중얼거리던 그의 목소리가 머릿속을 유유히 부유하고 있었다.

'사랑해, 박 순경.'

"어허허허허어어엉!"

민영은 자신의 몸속에 이렇게 눈물이 많은 줄 몰랐다. 벌써 세 시간째 끊임없이 눈물을 흘리고도 또 눈물이 난다.

세종이 파도와 사투를 벌이는 동안 민영의 간도 함께 졸아들었다. 거대한 파도가 그를 삼켜 보이지 않을 때는 애간장이 녹아 숨조차 쉴 수 없었다. 빗줄기는 시간이 갈수록 거세지고, 천둥과 번개까지 쳐댔다. 그리고 그녀는 그가 물로 뛰어든 순간부터 울고 있었다. 비록, 자신은 스스로가 우는지도 몰랐지만.

김동운 경장의 증언에 따르면 세상에 태어나서 그렇게 볼썽사납게 우는 여자는 처음 봤다고 했다. 하늘을 향해 목 놓아 울다가 또 갑자기 세종의 모습이 보이면 울음을 뚝 그치고 미친 듯이 소리를 질렀단다.

"강세종! 강세종!"

이름을 부르다가 또 미친 듯이 고함을 질렀단다.

"사랑해! 나도 사랑해! 죽으면 가만 안 둘 거야!"

그리고 또 중얼거렸단다.

"진짜야! 이 자식아. 죽으면 진짜 용서 안 할 거야."

그러면서도 내내 눈물을 흘리는 걸 멈추지 않았다고 했다. 나중에 122해난구조대원들이 쾌속정을 몰고 왔을 때에도, 구조장비를 갖추고 바람이 한결 잦아진 물살을 헤치고 동굴로 들어갈 때도, 또 거기서 응급처치를 끝낸 조난자와 함께 있던 세종을 발견한 순간에도 민영은 울었다.

'꺼이꺼이' 소리를 내면서 대성통곡을 했다. 나중에는 너무 울어서 목이 잠길 정도로.

그리고 그들은 모두 무사귀환했다. 아니, 박민영만 빼고. 다른 사람들은 물에 젖은 것 외에는 아무 이상도 없었지만 민영은 꼴이 말이 아니었다.

이번에는 전협의 증언이었다.

"와! 난 진짜 투투를 보는 줄 알았습니다. 왜, 있잖아요. 우리 어릴 때 보던 만화, 개구리 왕눈이. 거기서 나쁜 개구리 한 놈 나오잖아요. 그놈 이름이 투투였는데. 딱 그놈 같았다니까요. 사람 눈이 어떻게 그렇게 부을 수가 있어요? 눈이 그렇게 부었는데 앞이 보이긴 보여요?"

진지한도 한몫 거들었다.

"목소리는 어떻고요. 전 어디서 끽끽거리는 원숭이가 나타난 줄 알았어요."

모두들 그녀를 향해 한마디씩 놀렸다. 하지만 민영은 그런 그들에게 대꾸도 하지 않았다. 대꾸할 기력도 없었지만 그까짓 놀림쯤은 아무렇지도 않았다.

강세종만 내 눈앞에 있으면 괜찮아.

그런데도 그녀는 계속 눈물이 났다. 세종과 함께 쾌속정을 타고 경찰서로 돌아오는 동안만 빼고 계속해서 울었다. 경찰서로 돌아와 동료들에게 놀림을 받을 때 잠시 눈물을 그쳤지만 이렇게 다시 경찰서 뒤 후미진 마당에 쪼그리고 앉으니 또 눈물이 났다.

아직도 그때를 떠올리면 섬뜩했다. 다시는 생각하고 싶지 않은 순간이었다. 하지만 멋지긴 했다. 순간 머리를 스치는 생각에 민영은 고개를 홱홱 저었다.

멋지긴 개뿔! 아 씨! 또 눈물난다.

흘러내리는 물기를 손등으로 쓱쓱 닦던 민영은 갑자기 옆에서 나는 인기척에 화들짝 놀랐다. 그녀의 옆으로 세종이 털썩 주저앉았다.

"여기서 뭐 해?"

민영은 시선을 홱 외면하고 갈라지는 목소리로 중얼거렸다.

"아무것도 안 해."

그러자 그가 킥킥거렸다.

"전경들 말대로 너 목소리, 못 들어주겠다."

그녀는 팩 소리를 질렀다.

"니가 그런 말 할 처지는 아니지! 누구 때문에 내가……!"

순간 민영은 그의 품으로 엎어졌다. 그가 그녀의 어깨를 잡고 홱 끌어당기는 바람에 서툰 반항 한 번 못해보고 허물어졌다.

"나도 두려웠어."

머리 위에서 들려오는 나지막한 목소리에 민영은 움찔 동작을 멈추었다.

"너만큼 나도 두려웠다. 이제 막 한 여자를 사랑하게 됐는데, 이제부터 진짜 연애를 한 번 멋지게 해볼 생각이었는데 혹시 잘못되면 어쩌나 하는 생각에 두려웠어."

민영은 그의 품에서 빠져나오려고 몸을 비틀었다. 하지만 그가 손에 힘을 주어 그녀를 더 끌어당겼다. 마치 지금 자신의 얼굴을 보여주기 싫다는 듯.

"그런데 해야 했어. 앞으로도 그럴 거야. 난 해양특수기동대니까. 내가 가장 잘하는 일이고 내가 가장 좋아하는 일이니까. 하지만 이거 하나는 약속할 수 있어. 너 혼자 놔두는 일은 안 만들 거야."

그녀는 가만히 그의 목소리에 귀를 기울였다. 어느새 눈물이 멎고 있었다. 그렇게 끊임없이 흐르던 눈물이 그의 약속 앞에서 멈추고 있었다. 그리고 그가 나지막이 속삭였다.

"너하고 오래오래 같이 살고 싶으니까."

순간, 민영은 그 말의 의미를 정확히 이해하지 못하고 움찔했다. 그러자 그가 다시 중얼거린다.

"연애도 오래하고 살기도 오래 살자. 나하고 같이."

민영은 다시 눈물이 핑 도는 것을 느꼈다. 하지만 이번에는 울지 않았다. 행복한데 울기 싫었다. 조금 전까지 울었던 걸로 눈물을 끝내고 싶었다. 이젠 웃을 것이다. 그와 함께 오랫동안.

"죄송합니다. 저희 측 대원들이 대단히 큰 실수를 했습니다."
 태풍이 지나가고 쑥대밭이 된 해변과 부두를 모든 단체들이 합심해서 성실히 정리한 후에 119수상안전대 대장이 경찰서로 찾아왔다. 민영에게 앙심을 품고 일부러 그녀를 불러내어 위험한 상황에까지 처하게 만들었던 대원들도 함께였다.
 세종과 민영을 마당으로 따로 불러 그 문제의 119대원들에게 고개 숙여 사과도 하게 만들었다.
 "속이 좁은 녀석들이라 그동안 박 순경이 이리저리 구역을 침범하는 게 속이 상했던 모양입니다. 어린놈들이라 멋모르고 한 짓이니까 널리 이해를……."
 "어린놈들이라도 봐줄 것이 있고 봐주지 못할 것이 있지요. 사람 목숨이 상할 뻔했는데 어떻게 그냥 넘어가겠습니까?"
 평소 '좋은 게 좋은 거다'를 고수하던 최 경사도 이번 일만큼은 그냥 넘길 수 없다는 듯 단호했다. 옆에 있던 세종과 민영이 더 놀랄 정도였다.
 "압니다, 최 경사님. 물론 그냥 넘어가면 안 되지요. 저희 내부에서 나름대로 조치를 취할 생각입니다. 하지만 앞길이 구만리 같은 놈들인데 해고까지 당해서야 되겠습니까? 있었던 일 그대로 상부에 보고되면 이놈들은 곧바로 직위 해제될 텐데…… 좀 봐주십시오. 최 경사님. 그리고 강 경사님, 박 순경님. 부탁

합니다."

119대장이 고개를 숙이며 간절히 부탁했다. 그러자 나머지 두 대원들도 덩달아 허리를 깊숙이 숙였다. 그러자 마음 약한 최 경사가 세종과 민영의 눈치를 보기 시작했다. 눈빛에 그 의중이 다 드러난다.

'이렇게까지 하는데 한 번만 봐주자. 인생이 불쌍하잖아.'

그에 반해 세종은 여전히 험악한 얼굴을 풀지 않은 채 툭 말을 내뱉었다.

"나도 봐주고 싶지만 우리 박 순경의 용서가 먼저 아니겠습니까? 그런 다음에 전 결정하겠습니다."

세종은 모든 선택권을 그녀에게 주었다. 민영은 '이게 웬 떡이냐?'는 얼굴로 세종을 바라보았다. 그가 알아서 하라는 듯 눈짓을 보내자 그녀는 심히 깊은 고민에 들어갔다.

자신에게 한 행태로 봐서는 저 젖은 바닥에 패대기를 쳐서 자근자근 밟고 당장 직위 해제시키라고 소리쳐도 시원찮겠지만 119대장의 말대로 앞길이 구만리 같은 청년들의 앞길을 그런 식으로 막을 수는 없을 것 같았다.

민영은 꽤 오랫동안 고민을 하다가 119대장을 바라보았다.

"지금의 제 심정 같아서는 정말 119 쪽에 탄원서라도 내서 저 두 사람의 인생 진로를 무참히 일그러뜨리고 싶지만 그런데 저도 사람인지라, 그리고 다행히 저희 쪽 누구도 다친 사람 없이 무사해서 그렇게 모질게까지는 안 하고 싶네요. 그쪽 내부에서 응분의 처결을 한다고 하시니까 저희는 그냥 덮을게요."

"고맙습니다!"

민영의 말이 끝나자마자 두 대원이 다시 허리를 깊숙이 숙여 합창했다. 세종이 조금 의외라는 듯 그녀를 쳐다보았다. 조금 전까지만 해도 '가만 안 두겠어!', '매운맛을 보여주겠어!' 하며 벼르던 모습과는 전혀 다른 결론이었다.

민영은 어깨를 으쓱하며 의연한 모습을 보여주었다. 마치 '난 바다와 같은 넓은 이해심을 가졌단다' 하며 뻐기는 듯했다.

"감사합니다. 이 모든 것이 부하들을 잘못 통솔한 제 잘못이니 오늘 밤 회식 자리에 꼭 참석해 주십시오."

"회식은요. 됐습니다."

최 경사가 손을 내저으며 사양하자 119대장이 다시 청했다.

"그러지 마십시오. 제가 식사라도 대접해야 이 미안함이 가실 것 같아서 그럽니다."

한동안 두 사람의 밀고 당기기가 계속되는 듯하더니 갑자기 이야기의 방향이 엉뚱한 곳으로 흐르기 시작했다.

"그럼 이렇게 하시죠. 이번 일도 있고, 또 해수욕장 폐장도 얼마 남지 않았으니 그동안의 정을 생각해서 회식 내기 친선 경기 한판 하시는 건 어떨까요? 해수욕장 폐장에 맞추어서요. 회식은 그날 경기에서 진 사람이 사는 걸로 하고. 어떻습니까?"

최 경사가 먼저 의견을 내놓았고 119대장이 흔쾌히 동조했다.

"좋습니다. 그럼 경기는 어떤 걸로 할까요?"

"장소가 해변이니까 비치볼도 좋고…… 아! 족구 어떻습니까?"

"족구요? 좋습니다! 그거 좋네요! 하하하."

그렇게 여름해양경찰서와 119수상안전대의 친선을 도모하는 경기 일정이 번갯불에 콩 볶아먹듯 갑작스럽게 잡혔다.

"그럼 저희는 이만 가겠습니다. 수고하십시오."

기분 좋게 돌아서 가는 119대장의 뒤로 문제의 두 대원들도 허리를 깊숙이 숙인 후 뒤돌아섰다. 그때였다. 먼저 돌아서서 걸어가던 대원 한 명이 '어어!' 하며 허공에 팔을 휘젓는다. 그러다가 바닥으로 휙 꼬꾸라졌다. 그를 지켜보던 사람들의 얼굴이 황당함으로 얼룩졌다. 단 한 사람만 빼고.

민영의 얼굴에 음흉한 미소가 스쳤다. 하지만 언제 그런 미소를 지었냐는 듯 그녀는 천연덕스럽게 넘어진 대원을 향해 허리를 숙였다.

"어머. 이를 어째? 제가 그만 발을 뻗는 바람에…… 안 다치셨어요?"

넘어진 대원이 어이없는 얼굴로 민영을 빤히 쳐다보았다. 그러자 옆에 서 있던 다른 대원이 허리를 굽혀 넘어진 대원을 향해 손을 내밀었다. 그 순간, 민영이 '엄마야!' 하는 비명을 지르더니 허리를 굽히고 서 있던 대원을 휙 밀치고 휘청거렸다. 그때 바로 옆에 서 있던 세종이 재빨리 손을 뻗어 휘청거리는 그녀의 허리를 잡아당겼다. 하지만 민영에 의해 밀쳐진 대원은 조금 전 동료가 그랬던 것처럼 철퍼덕 엎어지고 말았다. 그것도 흙탕물이 흥건한 바닥에.

모든 것이 순식간에 일어난 일이었다.

거기 있던 사람들 모두가 믿어 의심치 않았다. 넘어진 두 대원도 앞서 가던 119대장도, 그리고 마당에 서 있던 해경 세 명과 창문을 통해 구경하고 있던 나머지 해경들도 전부 단번에 눈치를 챘다.

119대원 둘을 교묘하게 바닥으로 패대기친 것이 박민영이라는 것을! 그 모든 것이 박민영의 계획된 범행이었다는 것을!

11장 - 사랑에 규정 속도란 없다.
고로, 속도위반은 성립되지 않는다!

"아직?"
"예."

민영이 아직도 해변에 있다는 진지한의 말에 세종은 인상을 썼다. 태풍이 지나가고 그 뒷정리로 정신없는 나날을 보낸 후 해수욕장은 오랜만에 평화를 되찾았다. 바캉스 시즌이 끝난 뒤라 해변은 조용한 나날을 보내고 있었다. 지금 해변을 방문하는 사람은 거의 뒤늦은 휴가를 즐기러 오는 연인들이거나 뜻이 맞는 친구들과 함께 오는 학생들이 대부분이었다. 그 덕에 해수욕장 안전요원들도 시즌이 끝나가는 것을 온몸으로 실감하는 중이었다.

그런데 지금처럼 거의 할 일이 없는 해변에서 박민영은 뭘 하느라 아직 사무실로 돌아오지 않는단 말인가?

세종은 창밖으로 시선을 돌렸다. 벌써 땅거미가 지려는 듯 낮 동안 강하게 내리쬐던 햇살은 이미 자취를 감추고 없었다.

"무전해 볼까요?"

진지한이 조심스럽게 물었다. 태풍 때 긴박했던 상황을 겪었던지라 그날 이후로 '박민영 순경'에 관계된 일에서는 경찰서 사람들 전부 자동으로 긴장을 한다.

'큰 사건, 큰 사고가 있는 곳에 박민영이 있다.'

이 공공연한 비밀은 박민영 순경만 빼고 다 아는 사실이었다. 아니, 어쩌면 본인도 알고 있을지도 모른다. 채 두 달이 안 되게 해수욕장 근무를 하는 동안 사건이 좀 크다 싶으면 박민영이 연관되어 있었고, 큰 사고가 났다 하면 박 순경이 그 자리에 있었다. 그러니 이쯤 되면 경찰서 사람들이나 해수욕장 안전근무를 하는 사람들 모두가 박민영 순경에게 촉각을 곤두세울 수밖에 없었다.

물론 그녀가 그 모든 사건, 사고를 일으킨다는 것이 아니었다. 그녀가 그 모든 사건, 사고에 참견을 한다는 것이다. 그녀가 특진을 노린 사심을 가지고 있든 없든, 그녀는 그 모든 사건, 사고에 끼어든다는 사실만은 분명했다. 그리고 그것이 비록 개인의 욕심으로 인한 행동이라 할지라도 그 노력만큼은 인정하고도 남는다는 것이 일반적인 견해였다. 그래서 이제 이 해수욕장에 근무하는 사람들 중 그 누구도 박민영에 대해 뭐라고 하는 사람은 없었다.

근면, 성실하고 부지런하며 늘 노력하는 그 광대한 오지랖이 승리한 것이다.

"아니, 됐어."

세종은 진지한에게 고개를 저어 보이고 곧장 사무실을 나갔다. 직접 찾아볼 생각이었다.

괜한 걱정일지는 몰라도 그녀가 눈앞에 안 보이면 불안하다. 게다가 오늘 순찰 파트너는 이재섭이다. 그 자식이 마음을 접었다지만 늑대의 본성을 잠시 숨긴 건지 누가 알겠는가. 어린 늑대일수록 믿으면 안 된다.

'전 정말 안 그러려고 했는데…….'

요따위 변명을 늘어놓을지 누가 아는가 말이다.

제길, 내가 어쩌다 여자 꽁무니만 뒤쫓는 신세가 되었지? 빌어먹을!

"보이냐?"

"보입니다."

"내 말이 맞지?"

"맞군요."

민영은 쌍안경을 내려놓고 재섭을 쳐다보았다.

"니 생각은 어때?"

그러자 재섭도 쌍안경을 내려놓고 민영을 마주 보았다.

"글쎄요. 제가 보기엔 무지 안전해 보이는데요?"

"그래?"

"예. 그리고 박 순경님의 그 계획은 전혀 실현 가능성이 없어 보입니다."

"정말 그럴까?"

"예. 자고로 모든 생물은 자기 목숨 문제에 있어서는 냉철하거든요. 더욱이 이기적이기로 말하면 지구상에서 가장 오만한 생명체가 바로 인간이지 않습니까. 그런 인간이 작년에 죽을 뻔한 일을 또 반복한다면 말이 안 되지요."

"하지만 또 해수욕을 하러 왔잖아. 그것도 해수욕장 폐장을 얼마 남겨두지도 않고."

"그러니까요. 이렇게 늦게 왔으니까 지금 물에는 안 들어가고 모래찜질만 하고 있잖습니까."

재섭의 말에 민영은 그런가? 하는 얼굴로 다시 쌍안경을 들었다. 그리고 렌즈에 비친 모습을 유심히 바라보았다.

솔직히 포기하고 있었다. 바캉스 시즌 동안 시장 사모는 코빼기도 찾을 수 없었다. 여기저기 심어놓은 정보통들도 올해는 해변으로 휴가를 안 오실 모양이라고 말들을 했다. 시장 사모가 이곳으로 오면 꼭 들른다는 횟집 아주머니가 그랬고, 매년 꼭 한 번씩은 찾아온다던 사우나집 아저씨가 증언한 내용이었다. 분명히 해수욕장이 개장된 이후로 시장 사모는 이곳을 방문하지 않았다. 하지만 이제 바캉스 시즌이 거의 끝나고 해수욕장이 폐장되기 며칠 전인 이때에 드디어 그 건강한 몸이 나타났다.

한 마리 물곰을 보는 듯 출렁이는 뱃살을 흔들거리며 백사장에 나타난 시장 사모는 정확히 박민영의 눈에 들어왔다. 사람들이 확연히 줄어든 해변을 느긋하게 순찰을 돌던 민영은 시장 사모의 출현에 믿어지지 않는다는 듯 눈을 비비고 몇 번이나 다시 확인했다.

하지만 분명 시장 사모님이다. 작년에 그녀가 구해주고 상까지 받았는데 어찌 얼굴을 모르겠는가. 얼굴 몰라도 몸만 봐도 알아챘을 것이다.

이게 웬 떡인가! 이게 웬 굴러들어 온 호박인가!

아직도 특진을 향한 한가닥 미련을 버리지 못했던 민영은 '에헤라 디여!' 춤이라도 추고 싶었다. 하지만 그 기쁨은 얼마 가지 못했다. 바다로 들어가서 튜브에 몸을 의지한 채 유유히 파도를 타셔야 할 사모님께서는 현재 40분째 모래찜질 중이셨다. 바다로 들어가셔야 어떻게 파도를 만들어 구해주는 척이라도 할 텐데…….

물론 얕은 물에서. 원래 튜브 위에 앉아 있으면 물이 얕은지 깊은지 모르니까.

그런데 그런 모든 계획이 물거품이 되었다. 작년에 호된 맛을 봐서 그런지 시장 사모는 물에 들어갈 생각을 안 하는 듯했다.

"너무 좌절하지 마세요. 혹시 압니까? 폐장식 때 박 순경님이 이번 여름 해변의 우수 안전요원으로 뽑힐지. 그러면 작년에 공 세운 거하고 같이 해서 승격점수가 채워진다면서요? 그럼 승진 하는 거잖아요?"

"그렇긴 하지. 하지만 내가 우수 안전요원으로 뽑히겠어? 우 수 안전요원으로 뽑히려면 안전요원들의 추천표도 받아야 하는 데……."

"각 단체장들이 추천하는 항목이요?"

"어."

"왜요? 희망 있지 않아요? 속 좁은 대원들이야, 시기하고 질 투하느라 안 찍어주겠지만 단체장들은 박 순경님의 근무 태도 를 굉장히 높이 사고 있잖아요?"

"모르지. 겉으로는 그런데 속으로는 어떤지…… 확실한 건 혁 혁한 공을 세우는 건데……."

그리고 민영은 다시 쌍안경을 잡고 들여다보았다. 그 모습은 여전히 미련을 버리지 못하고 아쉬워하는 모습이 역력했다.

"어!"

순간, 민영은 거친 숨을 들이켰다. 재섭이 놀라서 재빨리 물 었다.

"왜요?"

재섭도 쌍안경을 눈으로 가져갔다. 하지만 민영은 재섭이 그 장면을 확인할 때까지 기다리지 않았다. 그녀는 엎드려 있던 모 래사장에서 눈 깜짝할 새에 몸을 일으켰다. 그리고 날 듯이 뛰기 시작했다. 뒤이어 재섭도 일어서서 뛰었다. 장난이 아니었다!

민영은 미친 듯이 모래를 쓸어내었다. 시장 사모는 여전히 컥컥거리며 숨을 몰아쉬더니 정신을 잃었다. 마치, 심장마비라도 일으키려는 사람처럼 경련을 일으킨 직후였다.
"이리 와서 모래 치워!"
곧바로 뒤쫓아 온 재섭에게 몸을 덮고 있는 모래를 치우라고 명령한 후 민영은 재빨리 시장 사모의 머리 쪽으로 움직였다. 부드럽게 머리를 들어 뒤로 젖힌 후 기도를 열고 어깨에 걸치고 있던 수건으로 뒷목을 받쳤다. 이윽고 재섭이 모래를 거의 다 치워내자 그녀는 숨을 훅 들이마신 다음 재빨리 구강호흡을 시작했다. 들이마시고 불어넣고, 들이마시고 불어넣는 동작을 2회 반복했다. 그동안 재섭은 무전기를 꺼내 들었다.
"안전사고 발생. 모래찜질을 하던 50대 여자 심장마비 일으킴. 장소는 제4망루대 앞 200미터 지점. 반복한다. 긴급을 요한다. 안전사고 발생······."
민영은 시장 사모의 코끝에 손가락을 대어보았다. 아직 숨 쉬는 기미가 없었다. 그녀는 손가락에 깍지를 끼고 시장 사모의 심장을 압박하기 시작했다.
하나, 둘, 셋, 넷, 다섯······.
심폐 소생술 교육에서 배운 대로 정확히 30회를 향해 달렸다. 침착하게. 멀리서 앰뷸런스 소리가 들려온다. 그녀는 끝까지 침착함을 잃지 않았다. 두려웠다.

설마 죽지는 않겠지? 사모님, 돌아가시면 안 돼요! 특진을 바라지만 사모님의 목숨을 바란 건 아니었다고요! 정말이라고요!

민영은 최선을 다했다. 세종이 옆으로 다가온 줄도 모르고 사모님의 숨을 쉬게 하는 것에만 집중했다. 특진 같은 거 안 해도 좋으니까 제발 살기를 바라고 또 바랐다. 그리고 구급대원들이 이동침대와 호흡기를 가져왔을 때까지도 그녀의 노력은 계속되었다. 세종이 그녀의 어깨를 잡고 일으킬 때까지.

앰뷸런스가 떠나고 민영은 어느새 다가온 세종의 품에 안겨 있었다.

"설마 돌아가시지는 않겠지?"

민영이 중얼거리자 세종이 그녀를 더욱 세게 안았다.

"걱정 마. 위기는 넘겼다고 했어."

"정말로 이런 걸 바란 건 아니었는데……."

"이런 거?"

민영은 고개를 푹 숙였다. 부끄러워서 차마 그의 얼굴을 볼 수가 없었다. 농담처럼, 사모님이 바다에 빠질 때를 기다렸다가 구해주고 특진을 노렸다는 걸 세종에게 말할 수는 없었다. 또 아주 농담도 아니지 않았는가. 물론 진짜 튜브에 구멍을 낼 생각은 아니었지만 어쨌든 아주 조금은 사모님이 위기상황에 빠지길 기다린 건 사실이었다.

"작년에 내가 구해준 시장 사모님이야. 이번에도 해변에 오셨기에 혹시 바다에 빠지시면 구해주고……."

더 이상 말을 잇지 못했다. 세종이 하늘을 보고 한숨을 푹 내쉬었다. 그 한숨 속에 깃든 의미를 민영이나 재섭도 눈치 챌 수가 있었다.

'아, 이 철없는 여자를 어쩌면 좋단 말인가' 하는 한탄이 섞여 있다는 것을 분명히 알 수 있었다.

"천만다행이었습니다. 약간의 고혈압 증상이 있어서 올해는 해변에 나가지 마실 것을 권했는데…… 조금만 늦었어도 목숨을 잃었을 겁니다. 심장마비를 일으키는 그 시점에 때마침 해경에 발견되는 바람에 살아나실 수 있었습니다. 해변에 지나다니는 사람도 거의 없었다는데 사모님께서는 정말이지 천행이었습니다."

"담당 주치의가 입에 침이 마르도록 박 순경에 대해 칭찬을 하더라니까. 병원으로 달려온 시장님도 아주 기뻐하시면서 박 순경에게 이 고마움을 어떻게 전해야 할지 모르겠다고 좋아하셨어. 작년에도 사모님을 구해준 그 사람이 박 순경이란 걸 알고는 이게 무슨 인연이냐며 아주 황당해하시더라고. 그러더니 꼭 박 순경을 만나야겠다고……."

"아뇨!"

최 경사가 신이 나서 말하는 걸 뚝 끊어버리고 민영이 자리에서 벌떡 일어섰다. 그러자 경찰서 사무실 안은 찬물을 끼얹은 듯 조용해졌다.

민영은 최 경사를 향해 다시 분명하게 말했다.

"제가 뭘 했다고요? 전 그럴 자격 없어요. 그러니까 고마워하실 것 없다고 꼭 전해주세요."

"아니, 왜 그래? 그토록 바라던 특진이 눈앞인데?"

최 경사가 도저히 믿어지지 않는다는 듯 묻자 민영은 버럭 소리를 질렀다.

"특진 필요없어요! 저 승진 안 해도 되니까 절대 특진시켜 주지 말라고 하세요! 전 정말 그럴 자격 없다고요! 앞으로 제 앞에서 특진의 특 자도 꺼내지 마세요. 아셨죠? 전부 다 아시겠죠!"

그리고 민영은 사무실 문을 박차고 나가 버렸다.

민영이 나가고 최 경사가 황당한 얼굴로 세종을 쳐다보았다.

"쟤, 왜 저래?"

"글쎄요."

세종은 최 경사의 질문에 건성으로 대답하고 무뚝뚝하게 일어섰다. 그리고 온다 간다 말 한마디 없이 사무실을 나가기 시작했다. 그런 모습을 지켜보던 최 경사가 정말 어이가 없다는 듯 김 경장을 바라보았다.

"쟤들, 왜 저래?"

"글쎄요······."

김 경장이 세종이 했던 대로 따라 할 기미를 보이자 최 경사가 버럭 소리를 질렀다.
　"야! 김 경장! 넌 경장이야! 강 경사는 경사니까 개긴다 치고 넌 뭐야!"
　김 경장이 당장에 꼬리를 내렸다.
　"죄송합니다."
　그런데 갑자기 소파 끄트머리에 앉아 있던 진지한이 불쑥 끼어들었다.
　"전 알 것 같은데요?"
　최 경사가 의심스러운 눈빛으로 진지한을 바라보았다.
　"니가?"
　"예."
　"말해봐."
　썩 기대는 안 한다는 투였다. 하지만 진지한은 신이 나서 말하기 시작했다.
　"박 순경님을 위로하러 나가신 거 아닐까요?"
　순간, 테이블을 빙 둘러앉아 있던 사람들의 얼굴이 일시에 일그러졌다. 마치 생조개를 씹는 듯 썩은 표정들이었다. 그러다가……
　"야! 이 자식아! 누가 그걸 몰라!"
　최 경사가 먼저 들고 있던 볼펜을 던지고 나머지 사람들도 앞에 놓여 있던 종이를 던지거나 휴지를 던졌다.

"아, 왜, 왜요?"

진지한이 정말 모르겠다는 듯 울상을 짓자 최 경사가 뒷목을 잡았다.

"아이고, 혈압이야! 저 자식 좀 치워! 내 보다보다 저런 놈은 또 처음 본다!"

그리고 진지한은 동료 전경들로부터 최 경사의 눈앞에서 치워졌다.

부르르르릉.

민영은 숙소로 돌아가는 시골길을 터벅터벅 걷다가 갑자기 들려오는 오토바이 소리에 걸음을 멈추었다.

끼이익.

광이 번쩍번쩍 나는 오토바이가 그녀의 옆에 멈춰 섰다.

"어이, 아가씨. 어디 가시나? 태워 드릴까?"

민영은 세종의 건들거리는 목소리에 '픽' 하고 실소를 머금었다.

"어쭈? 내 호의를 그런 식으로 무시하면 곤란한데?"

그녀는 미소를 지으며 그를 향해 돌아섰다.

"곤란해? 왜? 무시하면 어쩔 건데?"

그러자 그가 능글맞은 미소를 지었다.

"글쎄. 보쌈할까?"

"보쌈?"

"그래. 이대로 확 납치해서 도망가는 거지."
민영은 다시 웃었다.
"어디로 날 납치할 건데?"
"흠……."
잠시 생각하던 그가 갑자기 그녀를 진지하게 응시했다.
"바다가 보이는 내 아파트는 어때?"
민영의 얼굴이 살짝 붉어졌다.
"아파트? 거긴 너무 멀잖아."
농담처럼 웃었다. 하지만 그는 웃지 않았다.
"아니면 가까운 호텔. 그게 싫으면 어디든지 둘만 있을 수 있는 곳."
서서히 미소가 사라졌다. 민영은 그의 진지한 눈빛을 마주 보며 어색하게 서 있었다. 그가 그녀에게 눈짓을 했다.
"타."
마치, 자기 의견에 동의한다면 타라고 하는 듯했다.

"자자."

갑자기 그와의 약속이 떠올랐다. 태풍이 불어닥칠 것을 준비하던 날 두 사람은 서로를 원하는 마음을 드러냈고 약속을 했다. 그리고 태풍은 물러갔다. 태풍이 남긴 상흔도 어느 정도 정리가 되었다. 이제 남은 건…….

민영은 천천히 걸음을 옮겨 그의 뒤에 올라탔다. 그가 헬멧을 건네주자 받아서 머리에 썼다. 그리고 그의 허리를 힘껏 껴안았다. 순간, 오토바이가 달리기 시작했다. 숙소와는 정반대 방향으로.

철썩! 처얼썩!
쪽빛 바다가 내려다보이는 아름다운 산장이었다. 바닷가 절벽에 이런 멋진 펜션이 있다는 것을 그녀는 오늘 처음 알았다. 거실에서 문을 열고 베란다로 나오니 바다가 한눈에 들어오고 옅은 푸른색 하늘이 그녀의 머리 위로 펼쳐졌다.
끼룩, 끼룩.
갈매기마저 손에 잡힐 듯 가까웠다.
"어때?"
민영은 뒤돌아보았다. 세종이 문틀에 기대어 서 있었다.
"좋아. 이런 곳은 또 언제 알았어?"
"누구 도움을 좀 받았지."
"도움? 누구?"
세종이 의미심장한 미소를 지었다.
"비밀이야."
"뭐?"
민영이 눈살을 찌푸리자 그가 씨익 웃었다.
"그냥 친구라고 알아둬. 여긴 방 하나 잡기도 힘든 유명한 펜션이야. 좀 노는 놈한테 물어봤더니 여길 추천하더라고. 휴가 시즌 때는 이런 독채는 상상도 못해. 그런데 지금은 휴가철도 끝났고 이 집 주인이 친구와 친분도 있어서 나한테까지 기회가 온 거지. 원래는 다른 사람이 예약하려던 곳인데 잠깐 망설이던 사이에 내가 낚아챈 거지. 기회가 왔을 때 필요한 건 기동력이거든."

그가 자만심 가득한 표정을 짓자 그녀는 웃었다. 그리고 다시 바다를 바라보았다.

"좋긴 좋다."

잠시 그녀와 함께 바다를 응시하던 그가 갑자기 민영을 돌아보았다.

"밥 먹을까?"

그녀는 듣던 중 반가운 소리라는 듯 활짝 웃었다.

"어! 배고파!"

밖으로 나가는 게 귀찮아서 둘은 특별히 룸서비스를 주문했다. 펜션에서 룸서비스라니 말도 안 된다는 그녀의 주장에도 불구하고 세종은 했다. 그러자 정말 룸서비스가 왔다. 그의 설명으로는 가까운 곳에 배달까지 해주는 음식점이 있단다. 그것도 호텔식으로.

정말로 그가 장담한 것처럼 호텔식 저리 가랄 만큼 훌륭한 식탁이 차려졌다. 물론 호텔룸에서 뭘 시켜 먹어본 적이 없어서 비교할 수가 없지만 그만큼 훌륭했다.

두 사람은 푸짐하게 차려진 음식을 거의 전부 먹어치우고 후식으로 준비된 아이스크림을 냉동고에서 꺼냈다. 그리고 바닥에 나란히 퍼질러 앉아 히히덕거리면서 사이좋게 나누어 먹고 있었다.

"그래서? 정말 특진은 원하지 않는다고?"

내내 웃고 장난을 치던 그가 지나가는 말로 먼저 물었다. 민영은 고개를 끄덕였다.

"어."

"왜?"

"내 능력이 아니잖아."

"왜 니 능력이 아니야? 너 아니었으면 목숨이 위험했는데."

"그건 그렇지만 괜히 죄책감이 들어."

민영의 풀 죽은 대답에 세종이 부드럽게 웃었다.

"니가 그렇게 원해서 시장 부인이 심장마비를 일으킨 것 같아서?"

"꼭 그런 건 아니지만…… 아니라고 말할 순 없어."

그러자 세종이 그녀의 머리를 콩 쥐어박았다.

"인마, 니가 무슨 무당이야? 그렇게 되라고 빌었다고 시장 부인이 그렇게 되게?"

"아야, 아파!"

그녀가 엄살을 피우자 그가 콧방귀를 꼈다.

"아프긴 뭐가 아파? 살살 쳤는데."

민영은 인상을 쓰며 그를 노려보았다.

"너, 가만 보면 폭력적 성향이 있어."

"폭력적 성향?"

"그래. 툭하면 치잖아."

"내가 언제?"

"전에도 이마를 툭 치고 이번에도 꿀밤 때리고!"

"아, 그깟 꿀밤 하나 가지고 비약하시기는."

"비약? 좋아. 너도 한 번 맞아봐!"

그리고 민영은 그에게 꿀밤을 먹이기 위해 덤볐다. 그가 그녀의 꿀밤을 피하려 몸을 뒤로 젖히자 그녀가 그의 몸 위에 재빨리 올라탔다. '어어', '엄마야!' 하는 비명 소리와 함께 두 사람은 그렇게 방바닥으로 넘어지며 두 겹으로 겹쳐졌다. 세종은 아래에, 민영은 위에.

두 사람의 눈이 마주쳤다. 눈길이 마주치는 순간, 불꽃이 튀고 불길이 치솟았다. 누가 먼저랄 것 없이 급하게 서로의 입술을 찾았다. 상대의 입술을 핥고 빨고 깨물었다. 입술을 한껏 벌려 서로의 혀를 찾아 휘감았다. 감미로운 신음 소리를 흘리며 격렬하게 키스했다.

다급한 손길로 서로의 옷을 벗기기 시작했다. 그녀는 그의 티셔츠를 머리 위로 벗겨 휙 던져 버렸고 그는 그녀의 티셔츠를 벗겨내자마자 다시 입을 맞추었다. 벌거벗은 남자의 상체와 브래지어만 걸친 여자의 속살이 마주쳤다. 달콤하고 은근한 살내음에 취하고 부드럽게 부딪치는 살결에 소름이 돋았다.

헐떡이는 신음 소리와 타액에 젖은 음향이 진동했다.

입술을 떼지 않은 채 그가 그녀의 등 뒤로 손을 돌려 브래지어 후크를 풀었다. 그 순간, 속박되어 있던 젖가슴이 무방비 상태로 드러났다. 그러자 그의 입술이 사냥감을 포획하는 사냥꾼처럼 재빨리 덤벼들었다.

"아!"

민영은 고개를 젖히며 신음을 내뱉었다. 열기가 몰려든다. 그의 배 위에 닿아 있는 아랫도리에 뜨거운 열기가 몰려들었다. 엉덩이가 비틀렸다. 양 무릎으로 그의 허리를 옥죄었다. 그러자 아랫도리가 압박되며 쾌감이 치솟았다. 마치, 새로운 감각 놀이에 빠진 것처럼 민영은 허벅지에 더 큰 힘을 주었다.

가슴이 부풀어 오르고 젖꼭지가 딱딱하게 솟아올랐다. 그 민감한 정점을 뜨거운 혀가 희롱한다. 부드럽게 핥다가 강하게 빨고 이를 세워 물고 비틀었다. 그 모든 동작에 그녀는 미칠 듯한 신음 소리를 내며 반응했다. 더 이상 참을 수 없어 그의 얼굴을 끌어 올려 입을 맞추었다. 격렬하게 혀를 움직였다. 입 밖으로 혀를 내밀어 사납게 몰아붙였다.

젖어들고 있었다. 뜨거운 용암처럼 아랫도리가 촉촉하게 젖어들고 있었다. 그녀는 손을 내려 그의 바지 후크를 풀었다.

지이익.

지퍼가 내려가고 그가 엉덩이를 들었다. 그녀는 엉덩이를 아래로 미끄러뜨렸다. 그러자 그가 앓는 소리를 내며 욕설을 내뱉었다.

"빌어먹을!"

하지만 민영에게는 아무 소리도 들리지 않았다. 다만 온 신경이 아래로 가 있었다. 허벅지를 어루만지는 남자의 손길, 엉덩이를 움켜쥐는 강한 남자의 힘. 근육질 허벅지를 세워 그녀의 중심을 강하게 압박하는 은밀함. 이 모든 것에 그녀는 정신을 빼앗겼다.

그가 갑자기 그녀를 밀었다. 민영은 허무하게 그의 옆으로 밀려났다. 하지만 그 허무함은 채 5초도 가지 않았다. 그가 그녀의 위로 올라왔다. 그리고 순식간에 그녀의 입술을 덮쳤다. 얼굴 여기저기에 키스를 하고 드러난 목과 쇄골을 훑었다. 쇄골의 움푹 들어간 곳에 혀끝을 꽂아 애무하던 그가 다시 머리를 내렸다.

"하아!"

민영은 고개를 홱 저었다. 그가 민감하게 일어선 젖꼭지를 머금는 순간 찌릿한 쾌감이 등줄기를 내달린다. 혀로 둔덕을 핥을 때마다, 젖꼭지를 놀리며 아찔한 감각을 시험할 때마다 그녀는 자지러지듯 헐떡거렸다.

그의 입술이 점점 아래로 내려갔다. 갈비뼈 부근을 배회하던 입술은 더욱 아래로 내려가 배꼽을 농락하기 시작했다. 할짝이는 소리가 그녀의 귀를 타고 피를 끓게 만들었다. 허리를 비틀었다. 엉덩이를 들썩이며 더 많은 것을 원했다. 그러자 그가 그녀의 간절함을 안다는 듯 바지를 벗겨 내리기 시작했다. 단 몇 번의 동작으로 그녀는 실오라기 하나 걸치지 않은 모습으로 누워 있었다.

민영은 부끄러움에 다리를 꼬았다. 그가 허리를 세우고 앉아서 그녀를 내려다보고 있었다.

"뭐, 뭐 하는 거야?"

속삭이는 소리가 개미 소리만큼이나 작았다.

"내 거 보는 거야."

중얼거리는 소리가 너무 낮고 탁했다.

민영은 더 이상 그 뜨거운 눈빛을 견딜 수 없어 허리를 일으켰다. 그러자 그가 다시 몸을 겹쳤다. 아니, 이번에는 온몸이 아니라 몸의 반을.

그녀의 허리 위는 여전히 비어 있었다. 그가 그녀의 허벅지를 벌려 그 사이에 자리를 잡고 허리를 숙였다. 민영은 당황하며 몸을 일으키려 했지만 그가 용납하지 않았다.

"가만, 가만히……."

겨우 알아들을 수 있는 목소리에 민영은 움찔 동작을 멈추었다. 그러다 잠시 후 '하악!' 하는 소리와 함께 뒤로 몸을 젖혔다.

세종은 그녀의 무릎을 세우고 골반에 입을 맞추었다. 허리선을 따라 입술을 미끄러뜨리다가 점점 아래로 향했다. 깊은 수

풀에 입술을 미끄러뜨리고 혀를 내밀었다. 붉게 타오르는 계곡의 정점에 입술을 깊이 묻었다. 열기가 치솟는다. 흘러내리는 용암이 그의 입술을 타고 흘렀다. 참을 수 없는 욕망이 그를 잠식했다. 더 이상은 참을 수 없을 만큼 견뎌냈다. 그녀가 헉헉거리는 신음 소리를 내며 '아아악!' 비명을 지르고 절정에 오르는 순간, 하마터면 자신도 절정으로 치달을 뻔했다.

세종은 다시 허리를 세웠다. 그리고 아주 빠른 속도로 자리를 잡았다. 그녀의 촉촉하게 젖은 눈빛을 응시하며 단단하게 곤추선 욕망의 덩어리를 밀어 넣었다. 부드럽게 밀려들어 간다 싶더니 갑자기 고통스러울 정도로 빡빡하게 죄어온다.

"허억."

거친 탄성을 내뱉었다. 숨 막히게 좁은 입구에 멈춰 서서 그녀를 보았다. 고통으로 일그러진 얼굴이 보였다. 입술을 내려 키스했다. 자잘한 키스를 수없이 해댔다. 그녀가 다시 용기를 내어 그의 목을 끌어안을 때까지.

세종은 힘껏 허리를 움직였다. 태풍 속에서 춤추는 파도처럼 거칠게, 때로는 봄바람에 잔잔한 바다처럼 부드럽게. 민첩하고 감미롭게 쾌감을 향해 달렸다. 부드러운 허벅지에 자신의 몸을 묻고 정신을 빼앗길 만큼 포근한 젖가슴에 얼굴을 묻었다. 그리고 움직였다. 세차게 밀고 당기기를 하며 더 깊이 파고들었다.

더 빠르게, 더 깊게, 더 강하게.

"아아아!"

"허엇!"

동시에 무너졌다. 온몸이 산산조각나는 쾌감에 몸을 부르르 떨며 두 사람은 동시에 환락의 세계로 떨어졌다.

[자기야아~]

동운은 귓가에 들려오는 간드러진 목소리에 몸을 부르르 떨었다.

"어, 어. 왜에?"

여자의 넘치는 애교에 아랫도리가 벌떡 설 정도다. 동운은 목소리를 겨우 가다듬고 부름에 대답했다. 그러자 전화기 너머에서는 아주 작정을 했다는 듯 콧소리를 내기 시작했다.

[보고 싶어. 너무너무너무너무!]

"나, 나도 보고 싶어. 하지만 어떻게 해? 모레 해수욕장 폐장식이 끝나야 볼 수 있는걸."

진정 아쉬웠다. 지금이라도 당장 달려가서 격렬한 사랑을 나누고 싶었다. 하룻밤은 너무 짧았다. 그 하루에 만나고 데이트하고, 모텔로 직행해 그 밤 내내 사랑을 불태웠다. 번갯불에 콩을 볶는 게 아니라 콩을 볶아서 아주 가루까지 내버렸다. 그래서 더 애가 탄다.

하룻밤 만에 황지연이라는 여우에게 길들여진 김동운 경장은 더 이상 주체적일 수 없었다.

분했다. 단 하룻밤에 백 년 묵은 여우 같은 황지연의 마수에 걸려들다니. 하지만 그럼에도 불구하고 설레었다. 이런 설렘, 참으로 오랜만이다.

[그렇지? 참아야겠지? 아잉, 나 정말 참기 힘든데…… 자갸~]

"응, 응?"

동운은 자꾸만 일어서는 아랫도리를 손으로 누르며 황급히 대답했다.

아, 미치고 팔짝 뛰겠다. 오늘 밤 잠은 다 잤다!

[그 두 사람은 어떻게 됐어?]

"두 사람? 아, 강 경사님하고 박 순경? 잘돼가고 있는 것 같던데? 지금까지 안 들어오는 걸 봐서는 분명히 잘됐어."

[아직 안 들어왔어?]

갑자기 지연의 목소리가 콧소리를 벗어나 정상인의 목소리를 되찾았다. 그러자 동운도 겨우 숨을 돌릴 수 있었다. 여자의 콧소리를 이렇게 섹시하게 느껴본 적은 정말이지 처음이다.

"어. 아직 안 들어왔어. 아까 저녁때쯤 사무실을 나가서 그대로 행불이야. 두 시간 전에 문자 왔는데 안 들어올 거니까 문제없게 뒤처리 좀 부탁한다고 하시더라고."

[어머. 그럼 내가 잡아준 그 펜션에 두 사람이 지금 함께 있는 거야?]

"그렇겠지. 거기 아니면 어딜 가겠어?"

[오호호호호. 아유, 우리 곰탱이 민영이가 제법이네. 맹해서 속도위반 같은 거, 못할 줄 알았는데. 깔깔깔깔.]

사랑에 규정 속도란 없다. 고로, 속도위반은 성립되지 않는다!

동운도 씨익 웃었다.

"그건 우리 경사님도 마찬가지지. 여자는 만났어도 연애는 처음이니까 서툴러. 그나마 우리가 물심양면으로 도움을 주니까 이만큼이라도 온 거지. 그리고 사랑에는 속도위반이란 건 없어. 규정 속도가 없는데 어떻게 속도위반이 생길 수 있어?"

[호호호호. 그건 그래. 근데 난 강세종이 연애에 서툴다는 게 좀 의외야. 세종이 걔가 학교 때는 정말 잘나가는 킹카였거든. 여학생들 중에 걔 싫어하는 여자애는 없었을걸? 걘 연애를 수없이 해봤을 줄 알았는데…… 하긴 그때도 여학생한테 관심은 없었다더라. 그러니까 여자애들이 더 안달했겠지. 참! 내가 걔 기억해 낸 거, 민영이는 모르지?]

"모를걸? 강 경사님 하시는 걸로 봐서는 얘기를 안 하실 것 같던데."

[민영이가 자길 짝사랑했었다는 것도?]

"어."

[강세종은 뭐래? 민영이가 고교 때 자길 짝사랑했다니까.]

"그냥, 그렇더라고. 별 반응 없어. 자길 짝사랑한 여자애가 한 둘이었냐며 건성으로 넘기시던데?"

[어머! 걔, 너무 건방지다! 어쩜 그렇게 잘난 척을 하니? 재수 없어! 민영이가 살짝 불쌍해지려고 해.]

지연의 막 나가는 말투에 동운은 살짝 인상을 썼다.

"황 경장, 그래도 경산데 너무 말을 막하는 거 아니야? 아무리 나이가 같아도 '세종이'가 뭐야?"

[어머! 자기 지금 나한테 뭐라 그러는 거야? 자기랑 나랑만 하는 얘기니까 그런 거지. 내가 설마 사람들 앞에서 그러겠어? 날 그 정도로밖에 안 본 거야?]

"어? 아, 아니. 절대 아니지. 내 앞에서는 괜찮지만 혹시 그러다가 버릇돼서 사람들 앞에서도 실수할까 봐 걱정돼서 말한 거야. 자기 화났어?"

[흑, 자기 미워. 그런데 가만히 생각해 보니까 나도 좀 잘못한 것 같아. 자긴 나이도 어린데 어쩜 그렇게 어른스러워?]

동운의 입이 저절로 벌어졌다. 여우도, 여우도 이런 여우는 없을 것이다. 남자를 아예 가지고 놀고 있었다. 남자가 잘못을 지적하자 살짝 삐친 척하다가 곧바로 잘못을 수긍하는 저 태도. 저러니 어떤 남자가 안 넘어가겠는가.

"내가 좀 어른스럽지. 자긴 날 알면 알수록 더 어른스럽다고 생각할 거야. 그러니까 날 더 잘 알아봐."

[호호호호. 아이, 어떻게 알아봐? 지금 이렇게 멀리 있는데에…….]

"우리 기다리자. 꾹 참자. 앞으로 디데이는 3일 후야. 폐장식이 끝나는 대로 눈썹이 휘날리게 날아갈 테니까 기다려. 알았지?"

[아아, 너무 길어. 3일이라니.]

"나도 길어."

동운도 한숨을 푹 내쉬었다. 어느새 콧소리 모드로 다시 돌아온 그녀의 목소리 때문에 아랫도리가 다시 반란을 일으켰다. 그것을 바라보는 그의 눈빛이 측은하게 가라앉았다.

[자기야~]

아아! 죽겠다!

"어, 어?"

[나아…… 벌써 젖었어.]

허걱! 동운은 당장이라도 방을 뛰쳐나가고 싶었다. 몸이 불덩이처럼 타오른다.

"지, 지연 씨, 나중에 다시 걸게. 미안."

그리고 동운은 그대로 전화를 끊어버렸다.

[자기야! 자기야! 자기…….]

폴더를 닫기 직전 애타게 자신을 부르는 소리를 무시하고 곧장 화장실로 튀었다.

급한 불부터 끄기 위해.

검은 바다 위에 떠 있는 고기잡이배. 그 아련한 불빛이 흔들리는 장면은 참으로 평화롭고 한가했다. 바닷바람이 불어와 얇은 커튼이 휘날리고 어딘가에서 감미로운 플룻 음이 흘러오고 있었다.

민영은 세종의 품에 안긴 채 밤바다를 바라보고 있었다. 등 뒤로 느껴지는 따스함과 사랑하는 사람과 사랑을 나눈 직후에 바다를 바라보는 평화로움은 그 어떤 형용사로도 표현할 수 없는 행복이었다.

그의 손에 힘이 들어가더니 그녀를 더욱더 품으로 끌어당겼다. 그리고 그녀의 귓가에 그의 숨결이 느껴진다.

민영은 조용히 눈을 감으며 그의 숨결을 느꼈다. 따뜻한 입김이 귀에 난 작은 솜털을 곤두서게 했다. 천천히 가슴을 어루만지는 그의 손길에 부드러운 신음이 새어 나왔다. 짧은 미니 로브 아래로 밀고 들어오는 남자의 손길에 움찔 허벅지에 힘을 주었다.

"침대로 갈까?"

민영은 희미한 미소를 지으며 고개를 저었다.

"아니, 조금만 더 있다가."

그가 쿡쿡거리며 웃었다.

"사인이 안 맞네."

"사인?"

"나, 지금 널 안고 싶다는 뜻이야."

민영은 얼굴을 붉혔다.

"벌써?"

펜션으로 들어와 저녁을 먹은 후부터 지금까지 두 번이나 사랑을 나눴다. 체력을 소모해서 그런지 다시 배가 고파서 여분으로 남겨둔 빵까지 다 먹어치우고 이제야 좀 쉬려는데 또 안고 싶단다.

사랑에 규정 속도란 없다. 고로, 속도위반은 성립되지 않는다! 435

그녀는 살짝 걱정이 되었다.

애, 변강쇠가? 밤마다 이러면 곤란한데…….

민영은 그가 기분 상하지 않도록 부드럽게 말했다.

"피곤하지 않아?"

"피곤해?"

곧바로 되묻는다.

어, 나 피곤해. 좀 쉬자!

하지만 그녀는 그렇게 말하지는 않았다. 대놓고 그러는 건 좀 무안할 테니까.

"아니, 나 말고 자기……."

갑자기 그가 몸을 굳혔다. 그녀가 기대고 있던 그의 가슴이 긴장으로 굳어지는 것이 확실히 느껴졌다. 민영은 고개를 돌려 그를 올려다보았다.

"왜?"

그의 턱이 실룩거리며 입술이 올라간다. 웃는 건가?

갑자기 그가 그녀의 입술에 입을 맞추었다. 그리고 속삭였다.

"큭큭. 자기라니…… 갑자기 그렇게 부르니까 기분이 이상해서."

민영은 무안해서 슬쩍 시선을 깔았다.

"내, 내가 그랬나?"

그러자 그가 그녀를 꽉 끌어안으며 얼굴 여기저기, 드러난 어깨와 목에 키스를 퍼붓기 시작했다.

"다시 해봐."

"뭐, 뭘?"

"아까처럼 다시 불러보라고."

"싫어."

"어서. 안 그러면 당장 침대로 간다?"

민영은 그를 곱게 흘기며 조용히 속삭였다.

"자…… 기."

그가 아주 좋아 죽겠다는 듯 껄껄거린다. 바보 같다.

"내일 아침에 일찍 나가야 해."

"어."

그녀는 그의 말에 고개를 끄덕였다.

"그리고 그 특진 건 말인데."

"안 해."

"인마, 그걸 니가 안 한다고 안 되는 거야?"

"내가 거절하면 되는 거지."

"쯧쯧, 이렇게 뭘 몰라. 특진시켜 주면서 니 의사를 중요시 여길 것 같아? 그리고 시장까지 연관이 된 마당에 거절한다고 되겠어? 그리고 거절하는 이유는 뭐라고 할 거야? 시장 부인이 잘못되라고 기도를 했더니 진짜 잘못됐다. 그래서 양심에 찔린다. 그러니 난 특진의 혜택을 받을 자격이 없다. 이럴 거야?"

민영은 그의 조리있는 반론에 입을 쑥 내밀었다.

"그건 아니지만……."

그가 그녀의 정수리에 턱을 괴고 조용히 말하기 시작했다.

"솔직히 니가 특진에 목을 매는 게 싫었어. 시장 부인까지 들먹이면서 그 정도로 집착하는 것도 싫었고. 뭐든 급하게 서두르고 욕심을 부리면 탈이 나는 법이니까. 늦게 시작했지만 넌 성실하니까 언젠가는 인정을 받을 거라고 생각했거든. 그런데 이번 일은 하늘이 주신 기회일지도 모른다는 생각이 들어."

"하늘이 준 기회?"

"그래. 네가 특진에 집착해서 시장 부인을 감시하지 않았다면 어떻게 됐을까?"

"그야……."

"위험했겠지. 사람들이 거의 떠난 해변에서 혼자 있던 시장 부인은 네가 아니었다면 아마 손 한 번 써보지 못하고 목숨을 잃었을 수도 있었어. 그래서 난 네가 그들의 감사를 받아도 된다고 생각하고 또, 특진이든 뭐든 해경에서 주는 건 다 챙겨 받아도 된다고 생각해. 그래야 내가 계획하고 있는 일도 쉬워지고."

가만히 그의 말을 듣고 있던 민영은 문득 의아한 듯 그를 올려다보았다.

"계획? 무슨 계획?"

세종이 씨익 웃었다.

"우리가 함께 있을 계획. 아니, 더 정확히 말하면 더욱더 가까이 있을 수 있는 계획."

"그게 무슨 소리야?"

그러자 그가 음흉한 미소를 지었다. 무슨 은밀한 계획을 세우는 사람처럼.

"시장님께 작은 부탁을 하나 드렸지."

"뭐? 무슨 부탁?"

놀라는 민영에게 그가 다시 웃어 보였다.

"해경의 인사 이동에 살짝 힘을 보태주십사 하는 부탁."

"인사 이동?"

민영은 정말 무슨 말이냐는 듯 눈을 동그랗게 떴다.

"그래. 인사 이동. 파출서 근무에서 대한해양경찰서 본관 근무로 이동시켜 달라고 정식으로 요청을 드렸지. 그렇게 되면 내가 함정에서 돌아왔을 때 너와 함께 있을 수 있으니까."

"뭐어! 맙소사! 언제 또 그런 청탁을 넣었어?"

"병원에서."

별일도 아니라는 듯 그가 아무렇지 않게 말했다.

"싫어!"

갑자기 강력히 반항하는 그녀를 그가 황당하게 바라보았다.

"싫어?"

"그래, 싫어. 아니, 아주 싫은 건 아니야."

"그럼?"

민영은 갑자기 너무나 좋은 계획이 떠올랐다는 듯 함박웃음을 지었다. 이번에는 그가 궁금한 듯 인상을 쓴다. 무언가 좋지 않은 예감이라도 드는 듯.

그러거나 말거나 민영은 신이 나서 떠들기 시작했다.

"경찰서로 인사 발령 나는 건 좋아. 하지만 사무직은 안 해."

"무슨 소리야? 경찰서 본관 근무는 사무직이야."

"소속만 경찰서지. 일은 다른 걸 할 거야."

이건 또 무슨 소리냐는 듯 그가 어이없는 표정을 지었다. 민영은 서프라이즈 폭죽을 터뜨리듯 빵 하고 소리쳤다.

"122구조대! 난 122구조대에 지원할 거야! 시장님께 부탁드려서 이왕 청탁 넣어주실 거면 122구조대로 발령날 수 있게 해달라고 할 거야! 바로 그거야! 맙소사, 내가 왜 그 생각을 못했을까? 나, 이번에 자기가 동굴에서 조난자 구하는 걸 보고 감탄했었어. 바다와 마치 한 몸인 듯 움직이던 자기 모습을 잊을 수가 없다니까. 난 기동대까지는 못 되겠지만 122구조대는 될 수 있잖아. 그러니까……."

"안 돼!"

갑자기 조용한 밤공기를 가르고 험악한 남자의 목소리가 울렸다. 민영은 입을 딱 벌렸다. 그가 그녀를 확 밀치고 일어나더니 두 다리를 쩍 벌리고 위협적으로 시선을 내리깔았다. 벌거벗은 채.

민영은 민망해서 눈도 제대로 못 뜨고 손짓만 했다.

"미쳤어? 그러고 일어나면 어떻게 해! 좀 가리던지!"

그제야 그가 황급히 시트로 거기를 가렸다. 분명 흥분해서 자기가 벌거벗고 있다는 것도 잊었던 것이리라.

"절대 안 돼!"

그가 다시 반대했다. 완강히.

민영은 그제야 그를 똑바로 쳐다보고 따졌다.

"왜 안 돼? 뭐가 안 돼? 그리고 이건 자기가 안 된다고 해서 안 될 일이 아니야."

"내가 안 된다면 안 돼!"

"왜!"

"난 니 약혼자니까!"

헉! 민영은 다시 입을 딱 벌렸다.

"약혼? 아니, 우리가 언제 약혼을 했어?"

"그럼 나하고 결혼 안 하겠다고?"

민영은 또다시 황당했다. 언제 결혼하자고나 했나?

"그런 얘기 한 적도 없었잖아?"

"지금 하잖아!"

어이없다.

"그럼 이게 청혼이야?"

"그래! 청혼이든 뭐든 난 너하고 결혼할 거고 넌 122구조대 못해!"

"왜! 왜 못해? 결혼이랑 122구조대랑 무슨 상관이야!"

"상관있어! 난 니가 위험한 일 하는 거, 못 봐! 안 봐! 안 그래도 촐랑거리고 가는 곳마다 사고를 일으키는 통에 내 간이 졸아들 대로 졸아들었는데 뭐? 122구조대를 해? 내 눈에 흙이 들어가기 전에는 절대 안 돼!"

"내가 뭘! 아! 몰라. 상관없어. 자기가 뭐라고 하든 말든 난 할 거야! 꼭 할 거야!"

그리고 둘은 서로를 노려보았다. 한발도 양보할 수 없다는 듯 팽팽하게 맞섰다. 그렇게 한동안 서로를 노려보고만 있던 때에 갑자기 그가 그녀를 덮쳤다. 불시에!

"엄마야!"

민영은 바닥으로 떼밀리며 비명을 질렀지만 그가 이미 자신의 몸 위로 올라온 뒤였다. 그가 키스를 퍼붓기 시작했다. 그녀의 양 손목을 누르고 입술로 가슴과 겨드랑이 사이를 마구 애무하기 시작했다. 민영은 자지러지는 웃음소리를 내었다.

그렇다. 그녀의 민감한 부분, 즉 간지럼을 타는 그곳은 그가 만지지도 못하게 했던 그곳은 그녀의 커다란 약점이었다.

"안 한다고 해. 어서."

"아하하하, 시, 싫어. 못해…… 아하하하하."

민영은 웃고 싶지 않은데 웃어야 하는 고문을 당하고 있었다. 혀를 내밀어 간질이더니 이제는 이를 세워 살짝살짝 긁는다.

"그, 그마안! 미치겠어. 그만 해!"

"어서 항복해. 항복할 때까지 할 거야. 멀쩡한 날 4차원의 세계로 끌어들인 건 너니까 책임을 져야 할 거 아니야!"

"깔깔깔깔. 모, 못해. 난 하고야 말 거야. 우히히히히히히!"

그 밤이 가고 날이 밝을 때까지 뛰어난 절경을 자랑하는 펜션의 한 독채에서 기이한 소리가 끊이지 않았다. 음탕한 신음 소리와 자지러지는 웃음소리, 그리고 환희에 들뜬 비명 소리. 이 모든 것이 한곳에서 흘러나오는 소리였다.

"다음에는 해경팀 대표선수 입장!"

119수상안전요원들 쪽 선수들이 모두 모래 코트 안으로 들어온 후 이번에는 여름해양경찰서 팀이 입장하기 시작했다. 오전에 해수욕장 폐장식이 끝난 뒤 안전요원으로 근무했던 사람들 모두가 해변에 남았다. 회식 내기, 소방서 대 해경의 족구 경기를 관람하기 위해서였다. 여기서 진 팀은 그 자리에 모인 안전요원들의 점심 값까지 내야 하니 진다면 지출이 꽤나 크다. 그래서 119안전요원들과 여름해경들 모두 긴장한 표정이 역력했다.

"해경 파이팅!"

누군가 외치자 또 다른 한쪽에서 외침 소리가 들려왔다.

"119 파이팅!"

편 가르기 같은 것도 없었다. 그냥 자기가 응원하고 싶은 쪽을 응원하면 된다. 응원하던 팀이 지더라도 회식비와는 상관이 없으니 사람들은 마음 놓고 목청을 돋웠다.

심판으로 나선 민자대(민간자율구조대) 대장이 붉은색 삼각 수영 팬티를 입고 코트의 정중앙에 서 있었다. 사람들 모두 기하학적인 무늬가 화려하게 수놓인 수영복들을 차려입고 늦어도 너무 늦어버린 바캉스라도 온 느낌이다. 때늦은 휴가가 해변 안전요원들에게 찾아온 분위기가 물씬 풍기고 있었다.

삐이익!

그때 경기 시작을 알리는 호각 소리가 울렸다. 그 순간, 선수들이 '와아!' 하는 고함 소리를 크게 내지르고 각자의 자리로 뛰어갔다. 그곳에 민영도 있었다. 비키니 수영복 위에 해경 마크가 새겨진 하얀색 티를 입고 수비 자세를 취했다. 안이 다 비치는 얇은 티셔츠 덕에 안에 입은 푸른색 비키니가 훤히 들여다보였다. 여름 동안 그을린 몸매가 여실히 드러나는 섹시한 자태였다. 그리고 그녀의 몸을 아까부터 못마땅하게 주시하는 한 명의 남자가 있었다.

삐익!

다시 호루라기 소리가 울리고 상대편의 공격이 시작되었다.

"여기! 여기!"

"막아!"

"뛰어! 뛰어!"

여기저기서 고함 소리가 울렸다. 발이 푹푹 파이는 모래 위에서 하는 경기라 공을 차는 것이 여의치가 않았다. 민영도 공이 자신의 방향으로 날아오자 재빨리 뛰어가 발로 받아냈다. 그 순간, 바로 옆에 서 있던 세종이 그녀가 띄워 올린 공에 강 스파이크를 날렸다.

"와아아아아!"

세종의 스파이크가 먹혔다. 상대는 발 한 번 제대로 못 써보고 그대로 공을 놓쳐 버리고 말았다. 해경을 응원하던 사람들과 코트 안에서 뛰고 있던 선수들 모두 환성을 질렀다. 민영도 가장 가까이 있던 세종과 얼싸안았다. 그러자…….
 "어이, 경기에 집중해!"
 "연애는 나중에 하라고!"
 "삐이익! 유후!"
 여기저기서 야유가 쏟아졌다. 두 사람이 연애한다는 사실을 모르던 사람도 이제는 다 알 판이다. 민영은 얼굴을 붉히며 가장 만만한 전협을 노려보았다. 그러자 전협이 모른 척 시선을 돌린다.
 경기가 다시 재개되었다. 이번에는 이쪽 공격이다. 세종이 공격 자세를 잡자 민영은 크게 키스를 날렸다. 또다시 야유가 쏟아졌다. 어떻게 된 게 응원 소리보다 야유 소리가 더 크다.

 "10분 휴식!"
 심판의 고함 소리가 터져 나오고 선수들은 제각각 흩어졌다. 현재 세트 스코어 1 대 1. 마지막 경기를 남겨두고 있었다. 이번 경기에서 지는 팀이 회식비 전액 지불이다.
 "아, 아깝다. 아까워. 좀만 더 잘하지!"
 경기는 안 뛰면서 입만 산 최 경사의 말이었다. 자기는 진짜 족구 못한다고 후보로도 못 뛴다고 길길이 날뛰는 바람에 최 경사는 제외되었다. 어차피 경기는 일곱 명이 하기로 했기에 최 경사가 뛰지 않아도 되긴 되었다.

하지만 자기 안 뛴다고 저런 식으로 말하다니.

선수들의 시선이 최 경사를 못마땅하다는 듯 주시했다. 그러자 최 경사가 '뭐? 불만있어?' 하는 얼굴로 쳐다본다. 그러자 세종만 빼고 전부 깨갱 꼬리를 내렸다.

"불만은 없는데 목은 마릅니다. 시원한 물 좀 주세요."

그러자 최 경사가 옆에 있던 얼음물을 즉각 대령했다.

"강 경사는 주지. 내가. 강 경사가 제일 잘해. 제일! 다른 사람들도 좀 분발해."

또 선수들의 사기를 마구 꺾어주신다. 선수들이 대놓고 말은 못하고 구시렁거렸다. 그때.

"오늘 이기면 너희들 전부 우리 집에 데려가서 보양시킬 거야!"

그러자 선수들의 눈이 반짝반짝 빛을 내기 시작했다.

"정말요?"

진지한이 제일 좋아한다. 어린놈이 보양해서 어디다 써먹으려고 그러냐는 식의 시선이 곱지 않았다.

"그래, 인마. 내가 제일 아끼는 술, 내놓을 거야. 너희가 상상한 것 그 이상을 기대해도 좋아. 하하하하!"

그러자 선수들이 전부 주먹을 불끈 쥐었다. 기필코 이겨서 그 필살의 보양식을 먹고야 말겠다는 의지가 확연해 보였다. 그리고 민영 또한 침을 삼켰다. 그 모습을 지켜보던 최 경사가 황당하게 물었다.

"너도 가려고?"

민영은 당연하다는 듯 고개를 끄덕였다.

"그럼요. 당연히 저도 가야죠."

"야. 넌 보양해서 뭐 하려고? 이번에 내놓을 건 순수 스테미너 음식이야."

"저도 스테미너 좋아해요."

그러자 선수들의 입이 헤벌어졌다. 그때 최 경사가 껄껄 웃었다.

"그렇겠지. 하하하. 요즘은 여자도 정력이 좋아야 돼. 남자만 정력 좋으면 뭐 하나? 여자가 그걸 받아줄 힘이 있어야지. 그래, 너도 가자. 너도 가! 강 경사, 좋겠어."

이번에는 사람들의 시선이 세종에게 향했다. 그런데 이놈 좀 봐라. 무지 뻔뻔스럽게 나온다.

"글쎄요. 두고 봐야 알죠. 박 순경이 좋을지, 제가 좋을지. 가자, 박 순경. 세수나 하러 가자."

그러더니 사람들이 모두 지켜보는 앞에서 민영의 어깨에 척하니 팔을 둘렀다. 민영은 그런 세종의 가슴에 기대며 활짝 웃었다.

"네, 경사님."

순간, 또다시 야유가 터져 나왔다.

닭살, 대패, 소름, 기름, 느끼 등등의 단어가 마구 쏟아져 나왔다. 하지만 그런 사람들의 야유 속에서도 두 사람은 유유히 어깨동무를 한 채 세면대로 향했다.

사랑에 규정 속도란 없다. 고로, 속도위반은 성립되지 않는다!

"어어! 지금 어디 가는 거야? 세면대는 저쪽이야."

민영은 세면대와 멀어지는 길로 가는 세종에게 끌려가며 물었다.

"거긴 사람들이 많아. 우린 저쪽 세면대 갈 거야."

뭐? 사람이 많아? 사람 없는 데 가서 뭐 하려고?

민영은 그의 뒤통수를 보며 의심스럽다는 듯 눈을 가늘게 좁혔다. 아니나 다를까, 개미 새끼 한 마리 지나가지 않는 한적한 해변의 세면대로 끌고 간 세종은 다짜고짜 그녀를 건물 안으로 밀어 넣고 키스를 하기 시작했다.

"흐읍!"

잠시 당황하던 민영은 그의 키스에 즉각 반응했다. 세종의 머리통을 꽉 쥐고 허벅지 사이로 파고드는 그의 허벅지에 하체를 비볐다. 입을 크게 벌리고 혀를 얽으며 거친 숨을 들이켰다.

순식간에 티셔츠가 벗겨졌다. 아슬아슬한 비키니를 입은 그녀의 모습에 그가 '헉' 하고 격한 숨을 내쉬었다.

"제길, 내가 이럴 줄 알았어."

민영은 붉어진 얼굴로 그를 쳐다보았다.

"뭘?"

그가 그녀의 가슴을 움켜쥐며 속삭였다.

"티셔츠를 벗기면 이렇게 섹시한 몸매가 나올 줄 알았다고. 아까 니가 해변에 나타나는 순간부터 이걸 상상했거든."

"뭐어?"

민영은 어이가 없다는 듯 한숨을 쉬며 가슴으로 내려가는 그의 얼굴을 들어 올렸다.

"지금 뭐 하는 거야? 휴식 시간은 10분이야."

그의 눈이 간절하게 불타올랐다.

"10분 안에 할 수 있어."

"미쳤어! 여기서 한다고?"

"문 닫고. 아니, 잠그고."

"안 돼!"

민영이 그를 밀치고 나가려 하자 그가 재빨리 그녀를 붙잡았다.

"알았어, 알았어. 그 대신……."

그녀는 재빨리 손으로 그의 입을 막았다.

"안 돼! 무슨 말 할지 알아. 122구조대 하지 말라고 그러는 거지?"

그가 그녀의 손을 잡고 내렸다. 그리고 갑자기 진지한 투로 말한다.

"그래, 하지 마."

민영은 바닥으로 떨어진 티셔츠를 들고 머리 위로 뒤집어썼다.

"할 거야."

"하지 마."

"할 거야. 꼭 할 거야."

"안 돼. 하지 마."

사랑에 규정 속도란 없다. 고로, 속도위반은 성립되지 않는다!

민영은 그가 자신의 앞을 가로막고 버티고 서자 눈을 흘겼다.
"안 비킬 거야?"
그가 대답 없이 팔짱을 꼈다. 어디 해볼 테면 해보라는 식이다.
"안 한다고 하기 전에는 못 나가."
"그래?"
"그래."
완전 우기기 대장이다. 애 같다.
민영은 잠시 고민하다가 갑자기 그를 향해 미소를 지었다. 그가 살짝 경계한다.

경계심을 풀어주지.

그녀는 입었던 티셔츠를 다시 벗어 던졌다. 세종이 짙은 눈썹을 휘며 의심스럽게 쳐다보자 민영은 보란 듯이 등 뒤로 손을 가져갔다. 그러자 그의 눈이 점점 커진다.

그녀는 천천히 브래지어 후크를 풀었다.

강세종, 니가 이러고도 그렇게 서 있을 수 있겠니?

"지금 뭐 하는 거야?"

그가 몸에 잔뜩 힘을 주며 물었다. 민영은 최대한, 자신이 지을 수 있는 가장 은밀한 미소를 머금었다.

"자기 유혹하는 거야."

"뭐?"

그의 입이 툭 벌어졌다. 민영은 언젠가 에로 영화에서 봤던 것처럼 살짝 눈을 내리깔며 그 틈으로 그를 쳐다보았다. 그의 턱에 힘이 들어간다.

아싸! 먹힌다! 먹혀!

민영은 슬쩍 한쪽 어깨를 들어 올리며 몸을 비틀었다. 후크가 열린 브래지어를 손으로 잡고 천천히 뒷걸음질을 쳤다. 가슴의 상당부분이 이미 드러났다. 그녀가 움직이자 젖가슴도 출렁인다. 그의 목울대가 크게 움직인다.

민영은 그를 뜨겁게 바라보며 손을 놓았다.

툭, 브래지어가 바닥으로 떨어졌다. 그녀는 자신의 팔로 가슴을 감쌌지만 가슴의 둔덕은 더욱 섹시하게 솟아올랐다. 그러자 그가 부르르 몸을 떨더니 단숨에 그녀에게 덤벼들었다.

"엄마야!"

마치 먹이를 낚아채는 하이에나처럼 사정없이 가슴으로 덤벼든 그가 덥석 젖가슴을 물었다. 주무르고 쓰다듬고 엄지손가락을 자유자재로 움직이며 현란한 애무를 시작했다.

"으음."

민영은 애초의 목적을 잊고 그의 머리통을 꼭 껴안았다. 젖가슴을 쥐고 비트는 손길에 '악' 하는 신음을 내뱉고 엉덩이를 움켜쥐는 손길에 허리를 비틀었다.

그가 갑자기 고개를 들더니 자신의 아랫도리를 밀착시키기 시작했다. 민영은 허벅지를 벌리고 그의 엉덩이에 다리를 척 걸쳤다. 그러자 더욱 강한 욕망이 느껴진다.

"하아, 하아."

정말 이대로 여기서 뭔가 일을 저지를 것 같았다. 문도 안 잠갔는데!

민영은 팬티 속으로 들어오는 그의 손길에 벌써 다리에 힘이 풀렸다. 뜨겁게 팔딱거리는 속살을 헤집는 그의 손길에 그녀는 쓰러질 듯 비틀거렸다. 세종도 뜨거운 숨을 내쉬었다. 단단하게 솟아오른 덩어리를 그녀의 아랫배에 문지르며 사정없이 밀어붙였다.

어디선가 바닷바람이 불어왔다. 민영은 창을 통해 푸른 하늘을 쳐다보았다. 바다 갈매기가 두 사람을 훔쳐보기라도 하는 듯 창틀에 내려앉아 가는 눈을 빛내고 있었다. 그 순간, 최대한의 인내력을 끌어 모아 정신을 차리기 시작했다.

그녀는 그를 힘껏 밀었다. 놀라는 그를 벽으로 밀쳤다. 그러자 그가 갑작스러운 공격에 놀라 뒤로 밀려났다. 민영은 그에게 눈을 맞춘 채 천천히 그의 앞에 쪼그리고 앉았다. 그의 눈이 점점 커지고 있었다.

민영은 수영 팬티 위로 불쑥 솟아오른 욕망의 덩어리를 손으로 슬쩍 건드렸다. 그러자 그가 앓는 소리를 내었다.

"끄응."

그녀는 손바닥으로 쓸었다. 그러자 더 큰 신음 소리가 울린다. 이번에는 아예 손으로 그 부분을 움켜잡았다.

"으으으!"

그가 완전히 무방비 상태로 몸을 젖혔다. 벽에 기댄 채 그녀의 손길에 몸을 맡기고 있었다. 다시 이성을 잃기 직전으로 내몰린다. 그녀는 참을 수 없는 욕망에 정신을 잃을 것만 같았다. 당장이라도 이성의 끈을 놓고 그의 품에 안기고 싶었다. 사랑을 나누고 싶었다. 누가 들어올지도 모르는 긴박한 상황이라서 그런지 터질 듯한 긴장감이 욕망과 합쳐져서 더 큰 열망을 일으켰다.

민영은 심호흡을 크게 하며 다른 생각을 하려고 애썼다. 그리고 그의 얼굴을 슬쩍 올려다보았다. 무장해제 되어 그녀의 손길에 반쯤 이성을 놓은 그가 보였다. 그때를 놓치지 않았다. 민영은 바닥에 떨어진 티셔츠와 브래지어를 홱 낚아채어 뛰었다. 아니, 튀었다. 공처럼 튀어 빛의 속도로 건물을 빠져나왔다.

"박민영!"

순간, 그가 상황을 알아채고 달려오기 시작한다. 민영은 모래밭을 마구 뛰었다. 바로 뒤에서 그가 달려오고 있었다. 그녀는 달리면서 티셔츠를 입었다. 그리고 또 뛰었다. 그도 뛰었다. 마구 소리를 지르면서.

"거기 서! 박 순경!"

햇살은 따스했고 바람은 시원한 해변을 사랑하는 연인이 달리고 있었다. 민영은 뒤를 돌아보며 소리쳤다.

"나 잡아봐~ 라!"

가을이 가까워오는 어느 여름의 끝자락에 그녀의 맑은 웃음소리가 울려 퍼졌다.

에필로그

"모두들 수고했고, 일주일 동안 푹 쉬어. 해산!"

한우리함의 김을중 함장이 '해산'을 외치자 갑판 위에 모여 있던 해경소속 경찰들은 저마다 활짝 웃으며 바닥에 내려놓았던 짐 가방을 들어 올렸다. 열흘간의 선상 근무를 끝내고 드디어 집으로 돌아가는 날이었다. 일주일의 휴식 후에는 또다시 배를 타고 바다를 누벼야겠지만 그래도 집에서 기다릴 가족들과 애인들을 만날 생각에 다들 들뜬 표정들이었다.

"먼저 내리겠습니다, 경사님."

"그래, 수고했어. 아이는 언제 태어난다고?"

"하하. 오늘내일합니다."

쑥스러운 표정을 짓는 이 경장에게 세종은 싱긋 웃어 보였다.
"이번 주 안에 나오면 좋겠군."
"안 그래도 마누라하고 그랬으면 좋겠다고 설득하는 중입니다."
"설득을 해?"
세종이 '누굴?' 하는 얼굴로 쳐다보자 이 경장이 씨익 웃었다.
"뱃속에 든 놈한테요. 놈이 못 알아듣는 것 같아도 다 압니다. 마누라하고 제가 혼내면 삐쳐서 놀지도 않는다니까요. 하하하하."
잘 이해가 가지는 않지만 세종은 이 경장을 따라 웃었다. '일주일 후에 뵙겠습니다' 하고 배에서 내려가는 이 경장의 뒷모습을 보는 그의 얼굴이 우울하게 어두워졌다. 몹시 부러워하는 기색이 역력했다.
"경사님, 안 가세요?"
잠시 우울하게 서 있던 세종은 활기찬 목소리에 고개를 돌렸다. 뭐가 그렇게 좋은지 연신 싱글거리고 있는 김동운 경장이 보였다.
"황 경장이 왔나 보군."
세종이 묻자 동운이 신난다는 듯 떠들기 시작했다.
"예. 제가 배에서 내리는 날짜에 맞춰서 휴가 냈답니다."
당장이라도 달려가고 싶다는 듯 실룩거린다. 그런 김 경장을 보며 세종은 심드렁하게 중얼거렸다.

"어서 가봐."

"예. 아 참! 박 순경, 아니, 박 경장은 이번에도 근무랍니까?"

동운의 질문에 세종은 어깨를 으쓱했다.

"그렇다는군."

그러자 동운의 얼굴에 동정 어린 표정이 가득 퍼져 나갔다.

"또요? 휴, 경사님이 힘드시겠습니다."

세종은 동운의 동정을 받으며 푸른 창공을 올려다보았다. 그러자 그의 심정을 알아챈 동운은 재빨리 인사를 했다.

"죄송합니다. 먼저 가보겠습니다."

세종은 대꾸도 않고 텅 빈 하늘만 올려다보았다.

'제길'이다! 모두들 기다리는 가족들과 애인들 품에 안기려고 발길을 재촉하는데 난 뭔가? 사랑하는 여자가 있으면 뭐 하나? 일에 빠져서 하나 있는 애인을 거들떠도 안 보는데!

"후우."

오늘부터 또 그 여자 얼굴 한 번이라도 더 보려고 집에서 죽치고 앉아 있어야 한다는 생각에 그는 벌써부터 짜증이 일었다.

"강 경사."

바닥에 내려놓았던 가방을 들어 올리던 세종은 문득 들려오는 목소리에 재빨리 차렷 자세를 취했다.

"예, 함장님."

한우리함의 함장이 세종에게 다가왔다.

"아직 안 내렸군."

"예. 이제 막 내릴 참이었습니다."

"오늘도 애인이 마중 안 나온 모양이군."

"……."

세종이 고집스럽게 입을 다물자 김 함장은 속으로 웃었다. 해변 근무 이후로 꽤 많이 변했지만 저 고집과 자존심은 여전하다. 솔직히 아주 놀랐다. 해변 근무를 끝내고 돌아온 강세종이 다시 한우리함을 지원한 사실에 아주 의아해했었다. 자신이 강세종을 다시 받아들이고 싶지 않은 것과 마찬가지로 강세종 또한 한우리함으로 돌아오고 싶어하지 않을 줄 알았는데 세종은 끝까지 한우리함을 고집했다. 뒤틀린 부분에서부터 다시 시작하겠다는 각오를 내비칠 때는 함장 스스로도 살짝 감동할 지경이었다.

'함장님께 인정받겠습니다. 다시 한 번 기회를 주십시오.'

다른 함정으로 옮기더라도 한우리함에서, 그것도 한우리함의 함장에게서 인정받지 못하고서는 그 어느 함정에서도 잘해낼 수 없다고 말할 때는 진짜 감동을 받았다. 그 결과, 김을중 함장은 강세종을 받아들였다. '네깟 놈이 변해봤자지' 하는 마음도 조금 있었고, '그래, 얼마나 변했나?' 하는 궁금증도 있었다.

그런데 놈이 진짜 변했다. 겉으로 보기에는 별로 그 차이를 느낄 수 없을지도 모른다. 하지만 함장은 알 수 있었다. 한층 나아진 인간관계를 보이는 세종의 태도와 명령을 내리는 지도자의 편에서 생각할 줄 아는 성숙함, 그리고 무엇보다도 긴박한 상황에서 제멋대로 행동하는 것은 거의 찾아볼 수가 없을 정도였다.

그래서 함장은 강세종 경사를 다시 보고 있었다. 구제불능인 놈이라고 노래를 부르고 다녔는데 이제는 아니다. 고위 간부들의 회의가 있을 때마다 강세종 덕에 어깨에 힘을 준다. 얼마 전, 동해 바다 어선 침몰 사건 때만 해도 강세종이 이끄는 기동대 팀이 일사불란하게 움직여 어선에 타고 있었던 사람들 중 단 한 명의 낙오자도 없이 전원 구출해 내는 쾌거를 이루어냈고, 또 한 달 전에는 몰래 밀수품을 싣고 밀항하려던 중국 선박을 성공리에 나포해 훈장까지 받지 않았던가. 그 덕에 김 함장 또한 더불어 고평가를 받고 있었다.

이런 상황이니 아무리 강세종 경사에게 악감정을 가지고 있었던 김 함장이라도 이제는 더 이상 세종을 향해 가자미눈을 뜰 수는 없었다. 이제는 욕심나는 대원의 한 사람이었다. 다른 함정으로 간다고 말하면 대놓고 말리고 싶은 존재가 되었다.

그래서 김 함장은 세종에게 작은 상을 내리기로 했다. 그가 지금 가장 골치 아파하는 문제를 해결해 주는 것으로.

"이번에도 전 함장 집에 가겠지?"

세종이 어떻게 알았냐는 듯 함장을 쳐다보았다. 요 근래 세종의 육지 생활 중 아주 중요한 일부분이었다. 시간이 날 때마다 세종은 전일곤 함장의 집으로 쳐들어갔다. 나중에는 대문도 열어주지 않는 전 함장의 집 앞에서 밤까지 새며 고집을 피웠다. 하지만 그 사실을 아는 사람은 아무도 없었다. 세종은 그 누구에게도 자신이 전 함장을 괴롭히는 것에 대해 입을 연 적이 없었다. 그 모든 일의 원천인 박민영에게는 물론이고, 전 함장을 쉽게 움직일 수 있는 고모나 아버지께도 말하지 않았다. 이건 순전히 자신의 일이라는 생각에 혼자서만 아는 비밀이었다.

목적은 단 하나! 박민영의 인사이동에 대한 요구 조건을 들어달라는 청탁이었다!

그런데 함장님이 어떻게?

김 함장은 다 알고 있다는 듯 씨익 웃었다.

"듣자 하니, 애인과 관련된 인사이동에 대해서 전일곤 함장에게 힘을 써주십사, 하고 청탁을 넣는다지?"

세종은 속으로 '빌어먹을' 하고 욕설을 씹으며 입술을 굳게 다물었다. 김 함장이 알았으니 이 일을 어떤 식으로 받아들일지 심히 걱정스러웠다. 이제 조금만 더 전 함장을 설득하면 박민영을 24시간 대기 근무인 긴급출동 부서에서 빼낼 수 있는데 김 함장이 알게 되었으니 모든 일이 수포로 돌아갈 수도 있는 심각한 순간이었다.

"그런데 전 함장이 별로 내켜하지 않는다고?"

"제 개인적인 일입니다. 함장님과는 무관한 일입니다."

세종은 떨떠름한 얼굴로 씹어뱉듯 말했다. 근무 시에는 상관에게 복종하겠지만 이건 아니다. 이건 지극히 개인적인 일이었고 그의 인생에 있어 그 무엇보다 중요한 일이었다. 그래서 물러설 수 없었다. 김 함장이 어떤 식으로 방해를 하더라도 절대 물러설 수 없었다.

"그래? 일이 영 안 풀리는 것 같아서 좀 도와주려고 했더니 싫은가 보군. 그럼 할 수 없지. 일주일 후에 보자고."

돌아서는 김 함장을 잠시 멍하니 응시하던 세종은 퍼뜩 정신을 차리고 재빨리 튀었다. 그리고 함장실로 내려가려는 김 함장의 앞을 불쑥 가로막고 섰다.

"왜?"

웃음을 참는 듯 김 함장의 얼굴이 묘하게 일그러졌다. 세종은 이를 악물며 간신히 내뱉었다.

"도와주신다는 말씀, 정말입니까?"

김 함장이 씨익 웃었다.

"왜? 도와줘?"

항복을 받아내겠다는 듯 김 함장이 슬쩍 놀리는 투로 묻자 세종은 고개를 푹 숙였다.

"도와주십시오."

'전일곤 함장이 자네 때문에 고민을 하더군. 그래서 알았지. 알다시피 전 함장이 꽤 고지식한 사람이야. 누구 청탁을 받아서 인사이동에 관여할 인물은 절대 아니지. 하지만 난 아니야. 난 때에 따라서 얼마든지 부하의 뒷일은 봐줄 수 있다고 생각해.

난 그렇게 청렴결백하고 앞뒤 막힌 사람은 아니거든. 그래서 전함장을 내가 설득했지. 그동안 자네가 지난날의 잘못을 반성하고 새사람으로 돌아와 준 것에 대해 내가 내리는 작은 상이라고 생각해. 곧 인사이동이 있을 거야. 남해해경에 소속된 122긴급구조대 박민영 경장은 이제 곧 대한해경으로 이동조치될 거야.'

부아아아앙!

세종은 오토바이의 속도를 더욱 높였다. 열차가 출발할 시간이 가까워지고 있었다. 이제 곧 박민영을 만나게 된다. 정확히 보름 만에 만나게 되는 것이다. 매번 배에서 내릴 때마다 그는 동해에서 남해로 내려가는 여정을 반복하고 있었다. 그렇게 안 된다고 반대를 했지만 고집불통 박민영은 기어이 122긴급출동구조대에 응시했다. 그리고 예상과 달리 단 한 번에 합격하는 기염을 토했다.

박민영은 지금까지 그 특출한 자질을 숨기고 있었다는 듯이 122구조대를 뽑는 테스트에서 물 만난 물고기처럼 펄떡펄떡 뛰었다. 마치, 이제야 진짜 적성에 맞는 일을 찾았다는 듯이 그녀는 날아올랐다.

그런 그녀를 세종은 더 이상 말릴 수 없었다. 122구조대에 합격해 남해경찰서로 발령이 났을 때도 그는 아무런 조치도 취할 수 없었다. 그와 멀리 떨어지는 것에 대해 슬퍼하다가도 122구조대로 활동할 것에 대해 설레어하는 그녀를 보는 것도 괴로웠다. 근 1년 반을 그렇게 지내다 보니 세종은 안 그래도 얕은 인내심이 드디어 한계에 다다르는 것을 느꼈다.

그래서 그가 할 수 있는 최선의 조치를 강구하기 시작했다. 그 첫 번째가 바로 그녀를 자신이 있는 곳으로 데려오는 것이다. 비록 122구조대에서 빼내올 수는 없지만 어쨌든 가까이에 두고 봐야 했다.

적어도 배에서 내리면 곧장 얼굴은 볼 수 있어야 하지 않는가 말이다!

그리고 이제야 그 뜻을 이룰 때가 왔다. 전혀 의도하지 않았던 곳에서 도움의 손길이 뻗어왔지만 세종은 개의치 않았다.

아무렴은 어떤가! 박민영을 내 영역으로 데리고 올 수만 있다면!

"먼저 퇴근하겠습니다."
"어, 박 경장 퇴근하나?"
"네. 모레 뵐게요."
"아이구 마, 얼굴이 훤하네. 어데 좋은 데 가는갑다."
"좋은 데는 아니고요."
"좋은 데 아이믄 좋은 님 만나러 가나?"
"예. 하하하."

쑥스럽게 웃는 민영에게 직속상관인 최 경사가 이제는 대놓고 놀리기 시작했다.

"아이고, 그 멀끔한 총각이 또 오는갑다. 박 경장은 좋겠네."

"아이, 놀리지 마세요, 경사님."

"그래 만날 연애만 하지 말고 날을 잡아라카이. 혼기 꽉 찼는데 왜 날을 안 잡노? 퍼뜩 결혼해서 아도 낳아야지. 지금도 안 늦었나?"

민영은 하하 웃으며 대꾸했다.

"조만간 잡아야죠."

"와? 애인이 결혼하자는 말은 안 하나?"

"아뇨. 해요."

만날 때마다 결혼하자고 조르는 세종을 떠올리며 민영은 푹, 웃었다.

"그럼 와 안즉 안 하노?"

"일하느라 바빠서요."

"누가? 애인이? 애인이 해경특수기동대라매? 그런데 아직도 자리를 안 잡았나?"

"아뇨, 저요. 제가 122구조대에 들어온 지 얼마 안 됐잖아요. 그러니까 좀 더……."

"뭐라카노! 여자가 그만하면 됐지. 뭔 욕심이 그래 많노? 일은 결혼해서 아 놓고도 얼마던지 하지. 일 몬할까 봐 결혼을 안 한다는기 말이 되나 말이다. 그러다가 박 경장, 니 애인 도망간대이. 남자는 기다리는 거, 절대 몬한다니까."

민영은 '에이, 설마요' 하는 얼굴로 활짝 웃었다.

에필로그 463

"우리 애인은 절대 도망 안 가요."

"저 봐라, 저 봐. 저래 자신하다가 애인 보내놓고 우는 아들마이 봤다. 니, 그라다가 진짜 후회한대이. 애인 단속 단디 해라."

"네. 그럴게요. 전 그럼 먼저 나가볼게요."

"그래. 좋은 시간 보내라. 빨리 시집갈 날도 잡고. 알겠제?"

"네."

활기차게 대답을 하고 민영은 재빨리 경찰서를 빠져나왔다. 당장이라도 달려나갈 걸음을 겨우 진정시키며 되도록 빠른 걸음을 놀렸다. 복도에서 마주치는 사람들에게 가벼운 인사를 하고 또 복도 끝에서 우연히 마주친 경찰서장에게 붙잡혀 10여 분 동안 지루한 설교를 들은 다음에서 비로소 그녀는 경찰서를 빠져나올 수 있었다.

약간 비탈진 길을 빠른 속도로 내려가며 민영은 저 앞 경찰서 정문을 재빨리 훑어보았다. 아직은 보이지 않는다.

혹시 아직 도착 안 했나?

민영은 더욱 걸음을 재촉하며 정문을 향해 뛰었다. 정문을 지나치는 그 순간에도 그녀의 눈에는 찾는 사람의 그림자도 보이지 않았다. 도로 가에 우뚝 서서 거친 호흡을 내뱉으며 주위를 훑었다. 하지만 보이지 않는다. 몇몇 지나가는 사람들 틈에 혹시 끼어 있나 싶어서 자세히 살폈지만 그녀가 보고 싶은 남자의 모습은 보이지 않았다.

"정말 아직 안 왔나?"

민영은 휴대폰을 꺼내 들고 시간을 확인했다. 벌써 도착하고도 남을 시간이었다. 고개를 갸웃거린 그녀는 단축번호 1번을 길게 눌렀다. 그때였다.

"앗!"

그녀는 뒤에서 누군가가 자신을 덮치자 반사적으로 비명을 지르며 동시에 팔꿈치를 세게 내질렀다.

"윽!"

순간, 들려오는 나지막한 목소리에 민영은 화들짝 놀랐다. 황급히 뒤를 돌아보는 순간, 허리를 꺾고 '끄응' 하는 신음을 흘리는 세종이 보였다.

"강세종!"

놀라서 재빨리 달려가 그의 팔을 잡았다.

"괜찮아? 그러게 왜 갑자기 달려들고 그래! 이런 장난 좀 하지 말라고 했잖아!"

"으으음."

더욱더 아픈 신음을 흘리는 그에게 그녀는 걱정스럽게 고개를 숙였다.

"아파? 많이 아파? 아 씨, 이번엔 진짜 아프게 찔렀는데……."

와락.

"헉!"

그가 갑자기 몸을 펴고 그녀를 와락 끌어안자 민영은 눈을 휘둥그레 떴다. 그 순간, 귓가에 키득거리는 웃음소리가 들렸다.

"쿡쿡, 박민영. 매번 속고도 또 속는 둔탱이."

눈살을 확 찌푸린 그녀는 그를 휙 밀쳐 버렸다.

"야!"

"하하하!"

이젠 아예 대놓고 웃는 그를 향해 이를 갈던 민영은 신경질적으로 그의 정강이를 팍 차버렸다. 그런데 이 인간, 그럴 줄 알았다는 듯이 단숨에 그녀의 발길질을 피해 버린다. 아! 더 짜증난다.

다시 발길질을 하려는데 그가 다시 그녀를 와락 끌어안았다.

"이거 놔. 안 놔?"

"가만. 가만있어. 오랜만에 만났는데 싸움부터 할 거야?"

민영은 그에게 안겨 툴툴거렸다.

"내 말이 바로 그 말이야. 니가 먼저 시작했잖아."

"알았어, 알았어. 미안. 됐지?"

그가 그녀를 풀어주며 싱긋 웃었다.

"어디 보자, 내 애인. 그동안 잘살았나?"

민영도 마지못해 미소를 지었다.

"자긴? 자기도 잘 지냈어?"

그러자 세종이 기다렸다는 듯이 엄살을 피우기 시작했다.

"아니, 못 지냈다. 너 때문에! 너 때문에 내 속이……."

민영은 시선을 하늘로 올렸다.

또 시작이다. 강세종. 만날 때마다 결혼하자고 조르고 122구조대 당장 때려치우라고 윽박지르는 것이 또다시 시작된 것이다.

가을이 한창 무르익은 11월의 어느 오후였다. 하늘은 푸르렀고, 저 멀리서 바닷바람이 향긋하게 불어오고 있었다.

"정말?"

민영이 눈을 크게 뜨고 바라보자 세종이 고개를 끄덕였다.

"그래. 함장님이 힘을 좀 써주시기로 하셨어. 내가 얼마나 불쌍해 보이면 그렇게 하셨겠냐? 배에서 내리자마자 애인 만나려고 남해로 달려오는 것도 모자라, 바쁘신 애인이 시간이 날 때까지 주구장창 방구들만 지키고 있어야 하는 내 신세가 처량해 보이셨던 거지."

강세종은 떼쟁이다. 민영은 그와 연애하는 1년 반 동안 그 사실을 뼈저리게 깨달았다. 김 경장 말로는 배 위에서는 카리스마 대마왕이라는데 어째 그녀의 앞에서는 다섯 살 사내아이처럼 징징거리는지……. 그런데 세진의 말을 들어보면 강세종은 어릴 때 말썽을 피우고 부모님 말씀을 안 듣는 사내아이이긴 했어도 떼를 쓰진 않았다는데…….

그럼, 나한텐 왜 저래?

민영은 그를 뚱하니 쳐다보았다. 그러자 그가 '뭐?' 하는 얼굴로 쳐다본다.

"그렇게 나하고 결혼을 하고 싶어?"

그녀가 물었다.

"말했잖아."

"또 말해봐."

그가 슬쩍 노려보더니 입을 열기 시작했다.

"나도 이제 나이가 있는데 어서 결혼해서 가정을 꾸려야지. 안 그래도 저조한 출산율 문제로 나라 전체가 골머리를 앓는데 국가를 위해서도 애국해야 하지 않겠어? 어서 결혼해서 힘닿는 데까지 애도 낳아야지."

그녀는 '픽' 하고 웃었다. 곧 죽어도 '결혼해서 너랑 살고 싶어 죽겠다' 이 말은 안 한다.

"그게 나랑 결혼하고 싶은 이유의 전부야?"

그가 슬쩍 그녀를 쳐다보더니 다시 말했다.

"그리고 나도 이젠 배에서 내리면 날 기다리는 가족들 품에 안기고 싶기도 하고."

"또."

그가 무슨 소리냐는 듯 쳐다본다.

"또 나랑 결혼하고 싶은 이유 없어? 그게 다야?"

그녀가 의미심장한 눈웃음을 치며 묻자 그가 '훗' 하고 웃었다. 그리고 그녀의 이마를 콩 쥐어박았다.

"아!"

"넌? 넌 나하고 결혼하고 싶은 이유 없어?"

민영은 이마를 문지르며 툴툴거렸다.

"그런 건 남자가 할 말이라더라."

"누가?"

"황지연 경장."

세종은 가소롭다는 듯 웃었다.

"황 경장? 저나 잘하라고 해. 남자나 연애에는 통달한 사람처럼 굴더니 김 경장 앞에서는 완전히 고양이 앞의 쥐던데? 김 경장이 하라는 대로 다 하더구만 뭘. 황 경장 사표 쓴 거 알아?"

민영의 눈이 동그래졌다.

"지연이가 사표 썼어? 왜?"

"김 경장이 청혼하면서 결혼하면 집에서 자길 기다려 줬으면 좋겠다고 했단다."

민영은 어이가 없다는 듯 입을 딱 벌렸다.

"김 경장이 그랬다고 사표를 써?"

세종이 민영을 지그시 응시했다.

"넌 그럴 생각 없겠지?"

"당연하지! 난 내 직업을 사랑해."

"난? 난 안 사랑하고?"

민영은 또 어린아이처럼 조르는 세종을 향해 웃었다.

"싸랑하지. 내가 자길 안 사랑하면 누굴 사랑해? 자긴? 자기도 나 사랑해?"

"글쎄. 하도 속을 썩여서 생각 좀 해봐야겠다."

"뭐?"

그녀가 짐짓 눈을 치뜨자 그가 '하하' 웃었다. 그리고 그녀를 끌어안으며 중얼거렸다.

"사랑해, 인마. 사랑해서 결혼하고 싶어 죽겠다는 거 아니냐. 조금이라도 더 같이 있고 싶어서 내 구역으로 끌어들이려는 거고."

그가 그녀의 입술에 쪽 하고 입을 맞추었다. 한적한 바닷가였다. 차가운 바람이 부는 해변에는 두 사람 외에는 작은 인기척도 없었다. 두 사람은 보름 만에 만났다는 사실을 그제야 자각했다. 잠시 잠깐의 입맞춤이 두 연인의 사이에 불을 지폈다.

그가 그녀의 얼굴을 잡고 황급히 입술을 가져왔다. 민영은 그에 못지않게 서둘러 입술을 내밀었다. 서로의 입술이 닿고 서로의 숨결을 흡입하며 그리운 향기를 마음껏 들이켰다.

그때였다.

"살려주세요!"

차가운 바닷바람을 피해 움푹 파인 바윗덩이에 기대어 있던 두 사람은 흠칫 고개를 들었다. 그러자 여자의 비명 소리가 다시 들렸다.

"살려주세……!"

순간, 두 사람의 눈길이 동시에 소리가 들리는 쪽을 향했다.

저 멀리 해변에 사람 그림자가 보였다. 멀리서 보기에도 심상찮은 상황이었다. 펄럭이는 스커트가 보였고, 그 스커트의 주인을 에워싸고 있는 불량스러운 남자들.

남자들이 여자를 거칠게 밀치는 것을 보는 순간.

"여기 있어."

세종이 먼저 움직였다. 하지만 시키는 대로 가만있을 민영이 아니었다. 달리는 그의 뒤로 민영도 뛰었다.

전속력으로 뛰면서 그가 고함을 질렀다.

"있으라니까!"

"웃기는 소리! 나도 경찰이야!"

민영은 그에게 맞고함을 치며 동시에 주머니에서 호루라기를 꺼내 들었다. 그리고 있는 힘껏 불기 시작했다.

삐이이익! 삐이익!

"꼼짝 마! 해양경찰이다!"

그러자 남자들이 황급히 흩어진다. 세종이 소리를 질렀다.

"저쪽을 맡아!"

"오케이!"

세종이 왼쪽으로 도망가는 남자를 쫓아가자 민영은 오른쪽으로 달려가는 남자를 쫓아갔다. 자기를 쫓아오는 경찰이 여자임을 안 불량배가 갑자기 걸음을 멈춘다.

"뭐야? 여자잖아."

같잖다는 듯 말하는 남자에게 민영은 씨익 미소를 지었다.

"아니, 난 여자 아니야."

"뭐? 그럼 남자냐?"

파도가 철썩인다. 푸른 하늘은 맑았고 갈매기가 끼룩거렸다.

민영은 남자를 향해 한 발 다가섰다. 그러자 남자가 흠칫 물러선다.

"나? 난 남자도 아니고 여자도 아니야."

"씨팔! 뭐라는 거야?"

남자가 그녀를 향해 주먹을 날렸다. 민영은 사뿐히 주먹을 피하며 중얼거렸다.

"난 대한민국 해양경찰 122긴급구조대야! 새꺄!"

그리고 남자를 향해 부웅 몸을 날렸다.

"윽!"

높이 날아오른 그녀가 쭉 뻗은 발끝이 남자의 얼굴을 정통으로 가격하는 순간, 먼 바다에서 뱃고동 소리가 울린다.

뿌우우우우!

The END